미원 조영식을 생각한다

조영식 박사 탄생 100주년 기념문집

미원 조영식을 생각한다

초판인쇄 2021년 11월 22일
초판발행 2021년 11월 22일

지은이 조영식 · 이케다 다이사쿠 연구회
펴낸이 채종준
펴 낸 곳 한국학술정보(주)
주   소 경기도 파주시 회동길 230(문발동)
전   화 031-908-3181(대표)
팩   스 031-908-3189
홈페이지 http://ebook.kstudy.com
E-mail 출판사업부 publish@kstudy.com
등   록 제일산-115호(2000. 6. 19)

ISBN 979-11-6801-204-2 03800

미원 조영식을 생각한다

조영식 박사 탄생 100주년 기념문집

조영식 · 이케다 다이사쿠 연구회 편

조영식 박사
탄생100주년
기념문집

그분을 이어받는, 현재 진행형의 꿈

우리가 살아가면서 가장 중요한 것은 꿈을 가지는 일이다. 그 꿈이 이루어졌을 때 느끼는 행복감이 원동력이 되어 또 다른 꿈을 꿀 수 있기 때문이다.

우리는 몇 해 전부터 조영식 박사의 탄생 100주년을 기대하며 준비해왔다. 보고 싶어 하고 그리워하며 그분의 숭고하고 큰 업적들을 다 얘기할 수 없더라도 무언가 작은 일을 시도해야 한다고 생각한 것이, 100주년에 100명이 '조영식'을 생각해보는 책을 만들자는 것이었다.

그러나 주지한 바와 같이 조 박사님이 한창이실 때인 70세 생신 때 《인간 조영식 박사 101인집》이 출간된 적이 있다. 그렇다면 '100명 누구를, 어떤 범주로' 하는 생각이 먼저 들었다. 그럼에도 불구하고, 조영식 · 이케다 다이사쿠 연구회 회원들, 가까운 교수들, 평화복지대학원 출신들, 조영식 박사님을 간접적으로 알던 사람들, 그리고 지인들에 대해 검토하고 한 명 한 명의 이름을 수첩에 메모하였다. 그렇게 시작된 이 100주년

글쓰기 명단이 110여 명에 이르렀고 구두로, 우편으로, 이메일로 몇 개월에 걸쳐 원고 요청을 하였다.

욕심을 내어 100명을 꼭 모시고 싶다는 생각도 하였으나, 두 가지 이유에서 현재로도 좋겠다는 결정을 내렸다. 원래 계획은 원고를 준비해서 필자들이 조영식 박사의 100세 생신인 11월 22일(음력 10월 23일) 저녁에 만나 그 내용을 이야기하고, 그것을 모아 연말에 책을 출판하는 것이었다. 그러다가 생신전후에 작은 출판모임을 겸하는 방식이 좋겠다는 것이고, 다른 하나는 숫자에 연연하지 말고 내용에 충실하자는 것이었다. 탄생 100주년이라서 100명의 집필자면 더욱 좋을 것이라는 생각이었는데, 100여 명의 원고 요청자 중에 혹자는 '위대한 인물'에 대해 도저히 글을 쓸 수가 없다, 혹자는 글 쓰는 것을 놓은 지 오래다, 또 어떤 분들은 부득이 개인 사정으로 어렵다, 공직에 있다 보니 사적인 일에 글쓰기를 자제하는 것이 기관의 방침이라고 했다. 이와 같은 답신들을 접하고 최종 방침을 정했다.

숫자는 중요하지 않다. '조영식'을 생각하고 글을 쓰는 것이 중요하다. 70명이면 서구에서 좋아하는 숫자이고, 80명이면 중국을 비롯한 동양에서 좋아하는 숫자이지 않은가? 최종적으로 75인이 함께 쓰는 회고록이 되었다. 개략적인 범주는 다음과 같다.

- 경희대학교 교수들과 경희학원 교직원 및 관계자들
- 경희대학교 재학생, 졸업생, 유학생들과 평화복지대학원 출신자들

- 조영식 박사가 경희대에서 매주 목요일에 개최했던 목요세미나 참석자들
- 밝은사회 한국본부를 비롯해 밝은사회운동을 이끌어 왔던 분들
- 기타 각계, 각층에서 활약하고 있는 경희 가족들
- 『101인 집』 등에서 이미 글을 쓰신 몇 분들과 조영식 박사와 직·간접적으로 인연을 맺은 국내외 인사들
- 조영식 박사가 천년지기(千年知己)의 우정을 나누었던 이케다 다이사쿠(池田大作) 박사가 설립한 일본 소카대학교(創價大學敎)와 SGI의 관계자들
- 조영식·이케다 다이사쿠 연구회 회원과 후원자들

이 책의 특징은 아래와 같다.

첫째, 사진을 많이 모았다. 글을 쓴 필자들의 사진을 요청하여 글 내용과 나란히 실었고, 조영식 박사와 관련 있는 사진들을 그 글의 내용과 함께 실을 수 있도록 했다. 다만 지면상, 혹은 과거 이미 사진집으로 나온 것들은 가능한 중복을 피해 싣지 않았다. 정말 오래되고 소중한 사진들을 보내주신 분들께 진심어린 감사를 드린다.

둘째, 인간 조영식 박사의 일상적인 측면이다. 글 전체를 보면 박사의 위대한 철학이나 리더십은 물론, 박사와의 사소한 일상의 추억이나 인연이 많은 사람의 인생에 얼마나 깊고, 중요한 영향을 주었는지를 알 수 있다. 조영식 박사가 한 사람, 한 사람과의 만남을 소중히 하고, 매우 작은 부분까지 세심하게 배려해 왔던 것을 책을 통해 다시 한번 알 수 있을 것이다.

셋째, 계승의 정신이다. 무엇보다도 이 책의 최대 특징은 탄생 100주년을 맞이하여, 조영식 박사의 뜻을 다시 한번 상기하여, 각자의 입장에

서 어떻게 실천하여 계승해 갈 것인지에 대한 고민이 담겨 있다. 기존에 출판된 기념집들이 조영식 박사와 함께 운동 · 철학을 확대하는 것이 목적이었다면, 이 책은 고(故) 조영식 박사의 뜻을 현세대 나아가 다음 세대로 이어가게 하는 것이 최대 목적이다. 이러한 '고민'을 제목에 직접 표현했다. 즉, 조영식 박사의 명언 중에 "생각하는 자 천하를 얻는다"라는 말이 있듯이, 박사는 우리에게 '생각'하는 것의 중요성을 자주 언급했다. 이 책에서 우리는 조영식 박사를 생각함과 동시에 박사의 뜻을 어떻게 하면 이어갈 수 있을지 깊이 '생각'한다.

위와 같은 집필진의 목표를 가지고 책을 다음과 같이 구성했다. 프롤로그에서는 도입적 성격이자 특별기획으로서 조영식 박사가 어떤 인물인지를 소개하는 것을 목적으로 두 개의 글로 구성했다. 우선, 조영식 박사 본인의 글로서, 1965년에 IAUP(세계대학총장회)의 설립 준비 모임인 Fairleigh Dickinson International Conference에서 발표한 연설문이다. 현재까지 국내에서 책 형태로 발표되지 않았던 것임과 동시에 조영식 박사의 숭고한 의지와 사상을 알 수 있는 글이라서, 이를 국문으로 번역해 게재하기로 했다. 이 밖에 현재 및 미래 세대를 위해 조영식 박사의 인물상을 소개하는 글을 간행위원회에서 마련했다.

제1부에서 제4부까지는 75명의 글로 구성된다. 각자가 박사와의 인연이나 글을 통해 전하고 싶은 내용에 따라 4가지 주제로 분류했다.
제1부의 주제는 평화 사상과 밝은사회운동으로서, 특히 박사의 평화철학 · 사상을 직접 배웠거나 세계평화를 위한 국내외적 운동을 함께 펼

친 경험이 중심이다.

제2부는 교육의 힘과 연대를 주제로, 경희학원의 설립자이자 총장, 학원장으로서의 조영식 박사와의 인연이 중심이다. 박사는 교육의 힘이야말로 진정한 세계평화 구축을 위한 길임을 자주 언급하여, 선두에 서서 실천했다.

제3부는 다양한 만남을 통해 전해진 조영식 박사 본인의 인격적 힘을 주제로 한다. 기계적 인간이 아닌 '인격적 인간'으로 인류가 성장할 것을 염원하며, 우리에게 그러한 잠재력이 있다는 것이 박사의 중요한 사상이다. 조영식 박사는 한 사람, 한 사람과의 만남을 통해 인격적 인간으로서의 모습을 솔선수범하였고, 많은 사람의 인생을 바꿨다. 제4부는 미래를 주제로 한다. 직ㆍ간접적 인연이나 후세대 입장에서 조영식 박사의 뜻을 이어가려고 하는 글이 중심이다. 인간주의를 바탕으로 박사와 함께 미래를 창조해가는 서원(誓願)이라고도 할 수 있다.

마지막으로, 에필로그에서는 탄생 100주년을 축하하여, 위 글에서 담을 수 없었으나 의의 있는 조영식 박사와의 다양한 에피소드를 소개한다.

끝으로 바쁘신 중에도 추천사를 써주신 이수성 전 총리님과 임진출 전 국회의원님께 존경과 감사의 말씀을 드린다. 모든 필자 분이 항상 건강하시고 앞으로도 더 많은 지도편달을 보내주시기를 바라마지 않는다.

조영식ㆍ이케다 다이사쿠 연구회

조영식 박사 탄생 100주년 기념문집 간행위원회

2021. 11

천상에 계신 조영식 학원장님께 드리는 편지

학원장님!

천상에서 사모님과 함께 잘 계시지요?

저희는 학원장님과 사모님께서 자나 깨나 염려해주시는 덕분으로 학교의 학생들, 직원들, 교수들, 대학의 총장님과 보직교수들 그리고 학교법인 경희학원 조인원 이사장님을 비롯한 이사들, 감사들 모두 각자의 위치에서 경희 가족으로 열심히 노력하고 있습니다.

드릴 말씀은 무척 많지만 몇 가지로 보고드리고자 합니다.

첫째, 저 하영애 교수도 2017년 8월 말에 정년을 하였습니다.

정년하기 전에 제가 가장 보람 있는 일 중 하나를 했는데 즉, 2016년 5월 18일에, 한국의 경희대학을 설립하신 학원장님과 일본의 소카대학을 설립하신 이케다 다이사쿠 회장님의 존함을 따서 조영식 · 이케다 다이사쿠 연구회를 발족하였습니다.

연구회에서는 매년 학술심포지엄을 개최하고 교수들이 쓴 그간의 결과물을 책으로 엮어서 벌써 논총 1권과 논총 2권을 발간하였습니다.

학원장님!

당신께서 '세계평화의 날' 제정을 위해 유엔에 가실 때, 행여 일이 성사되지 않을 시에는 돌아오지 않으실 각오로 은장도를 품고 가셨고, 그 살신성인의 마음으로 이룩하신-유엔에 제정 건의하여 이룬-세계평화의 날도 올해가 벌써 40주년이 되었습니다.

저희 연구회는 이 귀한 정신과 성과를 잊지 않고 그 현양 사업에 지속적으로 노력하겠습니다.

둘째, 올해 2021년은 학원장님 탄생 100주년이십니다.

또 하나의 커다란 의미는 저희 연구회가 설립 5주년이 되었습니다. 이 의미 있는 해를 그냥 넘기기가 안타까워 제가 선두에 서고 많은 교수들과 지인들이 큰 역할을 해주셔서 두 분의 평화사상과 훌륭한 교육 정신을 이어갈 제1회 펠로를 뽑는 '작은 장학회'를 만들었습니다. 대학주보와 대학원보에 장학생선발 공고를 내었고, 제1회 지원자가 예상보다 많은 17명이 응시하였으며 최종적으로 2명을 선발하여 장학금을 전달하였습니다.

우리의 이 '작은 장학회' 사업은 올해를 시작으로 영원히 지속하려는 각오를 다집니다.

카네기는 인생론에서 50명의 친구가 모여 그의 큰 부를 이루었다고 하면서 그 50명을 중요시 했습니다.

2021년 10월 현재 장학회를 후원해주시는 분은 모두 70여명입니다.

그러나 앞으로는 꼭 더 많은 분을 모시려고 하며 가능하리라 소망하고 다짐합니다.

그분들께 진심으로 감사드리는 마음을 담아 성함을 기록하면 다음과 같습니다.

후원해주신 순서로 말씀드리면,

장학금 후원자 명단

(정기후원, 일시 후원 및 일시 후원 예정자), 총 70여명(2021년 10월 현재)

최돈숙, 이지혜, 하영애, 이계희, 김성자, 김현진, 이상임, 이은선,

조순태, 조양민, 김옥경, 홍승태, 추순삼, 백성우, 전광진, 이숙자,

정민형, 박희라, 김현숙, 김귀순, 최재현, 김륜희, 오영달, 차은경,

송연숙, 안인식, 김순옥, 이희주, 조정래, 양우진, 신상협, 심상우,

이종구, 김의영, 이화용, 김경수, 이미숙, 이정규, 이경희, 엄규숙,

(6월 이후) 여규호, 김대환, 박영국, 연규욱, 김기택, 강인철, 길강묵,

김종회, 박연준, 김차옥, 홍용희, 임정근, 송종국, 정복철, 이재동,

이동수, 오충석, 신대순, 강희원, 강효백, 신용철, 연점숙, 김중섭,

강명옥, 허 명, 주영자, 김화례, 김우식, 김종현, 김미경, 이순란,

고(故)조문부(전 제주대 총장), 김천일.

이분들 중 최초로 후원을 해주신 최돈숙 회장님은 학원장님께서 경희대학을 지으시던 초기에 자신의 부친께서 건축 감리로 활동하신 인연이 있다고 했고요, 최근에 뜻밖의 큰 후원으로 감동을 주신 강동경희대병원의 김경수 본부장은 3대가 경희 가족으로 인연을 맺어오고 있다고 합니다. 부친과 본인이 그러하고, 따님 상임 양도 현재 경희사이버대학에서 근무하고 있다고 합니다.

그리고 장학회를 시작하기 이전에 연구회에 후원을 해주신 전 제주대학교 고(故) 조문부 총장님께도 커다란 감사를 드립니다. 또한 오영달 교수님, 신상협 교수님, 손혁상 교수님의 세미나 사례비 후원과 이환호 교수님의 인쇄비 그리고 중국 요녕대학교 김천일 교수님의 후원에도 감사드립니다. 또한 최근에 정년하시면서 많은 장학금을 쾌척해주신 강희원 명예 교수님께도 커다란 감사를 표합니다.

후원을 해주신 한 분 한 분께 다시 한번 진심으로 감사를 올립니다.

셋째, 어쩜 가장 중요한 일이기도 합니다. 100회 생신 잔치와 75인의 회고록을 봉정합니다.

올해는 바로 학원장님께서 탄생하신 지 100주년이 되는 뜻깊은 해입니다. 우리는 생신을 겸하여 년말에 근사한 곳에서 맛있는 저녁을 먹으며 각자가 회고하는 대로 학원장님 이야기를 하면서 멋있고 보람 있는 시간을 가지려고 합니다. 그리고 그날 우리는 이 책에 대한 작은 출판기념회를 가지며 학원장님과 사모님께 봉정하려 합니다.

학원장님!

또 하나 보고드릴 사항은 아니, 감사드려야 할 일은 저, 하영애가 학교법인 경희학원 이사회(理事會)의 이사 소임을 맡게 되었습니다. 경희의 정신이 국내는 물론, 학원장님께서 말씀하셨던 미래의 구상 '세계 속의 경희학원'으로 자리매김하는 데 제가 가지고 있는 모든 열정과 노력을 경주하도록 하겠습니다.

끝으로 꿈이 하나 있습니다. 2015년 유엔여성지위위원회(CSW) 회의 참석차 뉴욕을 방문했고 학원장님께서 묵으셨던 유엔본부 바로 앞 ONE ON UN NEW YORK 호텔에 저도 묵으면서 기원했습니다.

"UN 본부 내 어느 곳에나 혹은 정원에 '조영식 박사 조각상'을 세우고 싶다"고. 그 꿈, 한 사람의 꿈은 꿈에 불과하지만 만인의 꿈은 꼭 이뤄질 수 있다는 마음으로 더욱 노력하겠습니다.

조영식·이케다 다이사쿠 연구회 전체 회원님들과 간행위원회 위원님들께 감사드립니다. 특히 바쁜 일정에도 좋은 책이 나올 수 있도록 큰 도움을 주신 김종희 황순원 문학관 관장님, 신용철 연구회 고문님, 황병곤 전 밝은사회 연구소 소장님 고맙습니다. 또한 작은 장학회-펠로우 양성에 혼혈을 기울이고 계시는 미우라 히로키 연구위원장과 여국희 사무국장께도 항상 감사를 드립니다.

앞으로도 학원장님의 연구에 매진하여 그 사상을 국내는 물론 아시아, 나아가 세계적으로 더 넓게 지속적으로 알릴 수 있도록 소명을 다하겠습니다. 그 길에 함께 나선 많은 교수님들과 보이지 않는 곳에서 도와주시는 모든 분들께도 마음 깊이 감사드립니다.

학원장님 항상 지켜봐주시고 격려해주시기 바랍니다.

조영식·이케다 다이사쿠 연구회 회장

하영애 올림

2021. 11.

세계 평화와 인류 사회 번영의 큰 모범

조영식 박사님께서 1921년 평양의 운산에서 태어나신 지 올해가 100주년이 되는 해입니다.

선생님의 탄생 100주년을 기념하기 위하여 후학들이 《미원 조영식을 생각한다》의 제목으로 저서를 출간하게 되니 너무나 감사하고 또한 진심으로 축하합니다.

조영식 학원장님은 제게 학교의 은사십니다. 그래서 더욱 뜻깊게 생각됩니다.

조 박사님은 우리 시대의 선각자로 1948년에 《민주주의 자유론》을 저술하셨으며, 한국 전쟁 후 초토화된 한반도의 미래를 생각하며 '교육으로 사회를 다시 일으킬 수밖에 없다'는 신념으로 경희대학교를 설립하셨고, 평생을 교육운동과 세계평화를 위해 진력하셨습니다.

일찍이 1965년 세계대학총장회의(IAUP)를 창립하셨고, 냉전이 한창이던 1981년 유엔의 '세계평화의 날' 제정에 결정적 역할을 하셨습니다. 조 박사님은 자신과 유사한 길을 걸어오신 이케다 다이사쿠 소카대학교 창립자와 1997년 소카대학교에서 만나 교육과 평화의 철학에 대해 깊이 공명하고 1998년 이케다 회장을 경희대학교에 초청하여 명예 철학박사 학위를 수여하셨습니다.

두 분의 만남이 이루어졌던 1997년, 학원장님 내외분과 함께 소카대학을 방문하였던 하영애 교수를 중심으로 2016년 두 대학 설립자의 존함을 따서 '조영식·이케다 다이사쿠 연구회'가 발족되어 올해가 벌써 5주년이 되었습니다. 연구회와 한국 SGI 학술부 교수들이 함께 학원장님과 이케다 다이사쿠 회장님에 대한 사상과 실천 학술세미나를 매년 개최하고, 조영식 이케다 다이사쿠 연구회 논총1『조영식과 이케다 다이사쿠의 평화사상과 계승』, 연구회 논총 2『문화세계의 창조와 세계시민』을 출간하였습니다.

이어서 올해는 유엔 평화의 날 40주년과 연구회 설립 5주년 기념으로 '기후위기와 세계평화'라는 주제로 한국, 일본, 중국 세 나라의 학자들이 학술세미나와 열띤 토론을 했다는 기쁜 소식을 접했습니다.

평화는 인류가 추구하는 최고 가치입니다.
이 책을 계기로 우리 시대의 진정한 평화사상가이신 조영식 학원장님에 대해 더욱 많은 분이 관심을 갖게 되시기를 바랍니다. 공사다망하심에도 불구하고 이 저서 집필에 참여해주신 필자 한 분 한 분께 커다란 감사를 드립니다. 아울러 조영식 학원장님과 이케다 회장님의 사상에 대한 본격적인 연구와 실천을 목적으로 하는 연구회가 저서 출판 등 활동의 저변을 확대하고 있는 것은 무엇보다도 기쁜 일이라고 생각합니다.

경희대학교 조영식·이케다 다이사쿠 연구회를 이끌어 가시는 하영애 회장과 많은 교수들의 활약에 감사와 존경을 보냅니다. 앞으로도 세계평화와 인류사회의 번영을 위해 큰 활약을 해 주시길 고대합니다.

대한민국 전 국무총리 *이수성*

2021. 11.

과거, 현재, 미래가 융합된 새 발전의 계기

올해가 조영식 학원장님께서 탄생하신 지 100세가 되시는 해다. 어느
덧 본인도 팔순에 접어들었으니 세월이 유수와 같음을 실감하지 않을 수
없다. 이 소중한 해를 맞이하여 조영식을 연구하는 학자들과 그와 인연
있는 사람들이 '조영식 탄신 100주년'에 대한 저서를 출판하게 된 것을
축하한다.

돌이켜보면, 조영식 학원장님께서는 유치원에서 대학원에 이르는 일
관교육체계를 확립, 경희학원을 출범시키셨다. 1971년 경희의료원, 2006
년에는 강동경희대학교 병원을 설립하셨다. 또한 현대의학과 동양의학
을 접목한 '제3의학'을 창안하셨다. 50년대 중반부터 전쟁의 폐허 위에서
농촌계몽운동, 문맹퇴치운동, 잘살기 운동을 펼치며 사회발전에 앞장서
셨다. 1960년대 초반 이후에는 시야를 한반도 너머로 넓히고 밝은사회운
동, 인류사회재건운동을 제창하고, UN을 비롯한 국제기구, 세계 시민사
회와 평화운동을 전개하셨다. 특히 1965년 세계대학총장회의를 영국 옥

스퍼드대학에서 발족시켰고, 3년 뒤 제2차 세계대학총장회의는 경희대학교에서 개최함으로써 국민소득 80여 불밖에 되지 않는 한국사회를 전 세계로 알려 한국의 국격을 높이셨다.

학원장께서는 경희 50년사에서 경희의 '세계적 학원건설'을 요청하셨다. 모든 구성원과 연구자들이 학원장님의 평화와 학문의 가치 추구를 계승발전시킬 수 있도록 더욱 노력해 주기를 기대하며, 『미원 조영식을 생각한다』는 책의 내용과 역사적인 사진들을 통해 과거, 현재, 미래가 융합되어 경희대학을 아시아는 물론 세계 속에서 더욱 빛날 수 있도록 발전시켜 줄 것을 기대합니다. 또한 이 일에 앞장서고 계시는 하영애 교수와 연구회의 모든 관계자들께도 감사를 드립니다.

대한민국 전 국회의원 *임진출*

2021. 11.

5　발간사 _간행위원회

10　머리말 _하영애

15　추천사 _이수성, 임진출

프롤로그: 생애와 사상

31　평화에의 호소 _조영식

42　오토피아에로의 꿈, 아무도 가지 않은 길 _간행위원회

제1부 세계평화를 위한 사상과 운동

62　밝은사회운동으로 세계평화와 사회발전에 기여 _황병곤

76　나의 생각과 정신에 맞는 GCS _심호명

79　조영식 박사의 밝은사회 구상과 밝은사회운동 _신대순

92　오정명 여사와 목련회 그리고 밝은사회여성클럽 _하영애

99　한편 지각된 기사: 〈천하를 가슴에 품고 천하에 사죄한다〉
　　一篇迟到的报道〈胸怀於天下, 谢罪於天下〉 _김천일

105　세계평화를 위한 눈물겨운 헌신과 노력 _강종일

110　교육입국과 세계평화의 큰 얼굴 _김종회

117　시대를 앞서간 평화 사상가, 유엔을 사랑한 평화 교육가 _박흥순

123　상생(相生)을 위한 미래 문화의 창조 _김용환

128　내가 만났던 대인(大人) 조영식: 오토피아(Oughtopia)의 구현자 _강희원

136　추운 겨울 이기고 새 시대의 지평을 연 첫 저서,《민주주의 자유론》 _강효백

143　경희학원의 길: '생각하고 생각하고 또 생각하라' _신충식

159　'평화는 개선보다 귀하다' _오충석

163　조영식 박사님의 GCS와 RCS 비전 _오영달

170　〈오토피아론〉과 디지털 시대 _이동수

174　The legacy of Young Seek Choue and the intellectual ecosystem of
　　　Kyung Hee University _Emanuel Pastreich

187　인류의 대도로 나아가다 _미우라 히로키

192　'그랜드 피스 투어(Grand Peace Tour)', 평화여행의 길 위에서
　　　조영식을 생각하다 _정다훈

199　평화에 대한 염원 _람칸프엉

204　조영식 박사의 평화 사상을 연구하며 _진싱

제2부　교육의 힘으로 세계를 바꾸다

210　미원의 웅대하고 아름다운 발자취 _김수곤

216　경희(慶熙)와 한국의 르네상스 _신용철

223　이 나라의 교육 발전과 인재 양성에 평생을 바친 총장님 _안영수

239　경희의료원 개원 50주년과 제3의학의 선구자 _김기택

242　고귀한 평화주의와 인간주의의 정신
　　　故趙永植博士誕生100周年記念 메세지 _다나카 료헤이

246　교육을 통해 지구촌의 꿈을 구현한 글로벌 리더 _이광재

250　'재미없는 시간들', 민들레 홀씨로 _연점숙

255　다양함과 세계 시민관을 향한 고등 교육의 역할:
　　조영식과 이케다 다이사쿠의 세계관을 기리며 _박영국

259　세계평화와 국제 교류 그리고 한국어 문화 교육 _김중섭

264　우리나라 체육학의 선구자 _송종국

269　수천 년 한의학을 제도화한 경희대학 _이재동

272　지구공동사회를 향한 열정 _임정근

276　새 빛의 창조자, 그 문화 세계를 생각하며 _이계희

280　두 분 스승과의 만남과 사숙(私淑) _김대환

287　문화 세계의 창조와 사회 복지 _엄규숙

292　봄날의 햇살 같던 학원장님 _차은경

297　사회와 세계를 걱정하는 비전과 가르침 _강명옥

300　문화 세계의 창조를 희구(希求)하며 _이은선

304　인간 중심의 인류 사회의 재건을 위한 노력 _유재영

308　두 분 스승의 감동적인 훈도(薰陶) _박창완

312　만남과 흔적 _길강묵

315　학생으로 배우고 싹을 틔울 곳은 어디에? _최창원

322　조영식 박사의 리더십을 되돌아 보며 _최준희

326　'생각하는 자 천하를 얻는다'는 교훈 _백성우

제3부 아름다운 인간적 면모

332　삼가 존경과 애정을 닮고 싶습니다 _김경오

334　지금도 내게는 영원한 총장님 _송현

340　작은 장학회에 동참하면서 _이지현

342　높은 이상과 꿈을 심어주신 분 _허명

346　미래를 꿈꾸는 소년 _박상필

351 그분이었으면 어떻게 하셨을까 _신상협

355 '지도자 중 지도자 되라' _정복철

358 인생의 원점 _이토 타카오

363 시대의 거목(巨木) _이성길

제4부 내가 간직한 '님'의 추억과 함께 만드는 미래

370 나의 고지식함과 학원장님과의 인연 _김유택

373 교육의 권위가 추락한 시대에, 그분을 생각한다 _주영자

378 소망의 정상을 향한 끊임없는 노력 _김화례

381 꽃동산에서 아름다웠던 시절 _조정례

384 美源 조영식 학원장의 기도 _김우식

389 조영식 미원 옹과 나무 심던 임학도들의 추억 속 다짐 _최원호

394 조영식, 목련화 혹은 꿈꾸는 리얼리스트 _홍용희

400 '미래는 꿈꾸고 상상하는 자의 손 안에 있다' _김미경

404 학생들을 향한 뜨거운 관심과 사랑 _김종현

408 1997년 일본 소카대학교에서 조영식 박사님을 만나 뵙다 _황보선희

411 이케다 다이사쿠(池田大作) 회장의 '새로운 천년의 여명:
경희대학교 창립자 조영식 박사께 드린다'를 읽고 _손희정

415 조영식 · 이케다 다이사쿠 연구회의 인연으로 _노무라 미찌요

418 'Oughtopia 사상'에 대한 깊은 관심과 공감 _이규선

423 '대화 그리고 한일의 우정'이라는 주제의 캠퍼스 패널전시를 기획하며 _임효빈

428 조 박사님의 연설, 한 · 일우호에 깊은 감명을 _우오즈미 야스코

433 항상 정신이 깨어 있으신 분 _강성호

441 내 인생에서 만난 평화 운동가 _여국희

448 2012년을 회고하며, 나의 서시를 써간다 _여영윤

452 스스로의 문화 세계를 창조하다 _심상우

456 가족과 깊은 인연을 맺은 경희대의 설립자 _김성우

462 그의 사상을 이어가려는 한 학생의 이야기 _홍예성

에필로그: 교훈으로 남는 일화들

470 님은 갔지마는, 우리는 님을 보내지 아니하였습니다 _간행위원회

부록

486 A PLEA FOR PEACE _Young Seek Choue

조영식 박사
탄생100주년
기념문집

조영식 박사
탄생 100주년
기념문집

생애와
사상

고(故) 조영식 박사

故 조영식 박사 프로필

◆ **경력**

1921년 평안북도 운산 출생

경희대학교 설립자 겸 학원장

세계대학총장회 영구명예회장, 평화협의회 의장

인류사회재건연구원 총재

밝은사회국제클럽 국제본부 총재

일천만 이산가족 재회 추진위원회 위원장

◆ **설립 교육기관 및 연구소**

1949년 신흥초급대학(현 경희대학교) 설립

1958년 한국학술연구원 설립

1965년 세계대학총장회 창립

1971년 경희의료원 설립

1974년 경희호텔경영전문대학 설립

1976년 인류사회재건연구원 설립

1979년 밝은사회국제클럽 국제본부 설립

1983년 경희대학교 평화복지대학원 설립

◆ **주요 저서 및 논문**

1948년 『민주주의 자유론』

1951년 『문화세계의 창조』

1960년 『인간과 창조』

1963년 『우리도 잘 살 수 있다』

1965년 "살기 좋은 미래 세계의 건설"(제1회 IAUP 기조연설)

1971년 『교육을 통한 세계평화의 구현』

1975년 『인류사회의 재건』

1976년 『창조의 의지』

1979년 『오토피아』

1982년 『평화는 개선보다 귀하다』

1984년 『평화의 연구』

1986년 『세계평화백과사전』(총 4권)

1989년 『세계평화를 위한 대구상』

1991년 『21세기 인류사회의 과제와 선택』

1991년 『세계평화백서: 조영식 평화학』

1994년 『조국이여, 겨레여, 인류여』

1995년 『세계시민론』

1997년 『오토피아 새로운 천년을 향한 인류사회의 현실과 미래상』

1997년 『21세기 지구공동사회를 향한 평화전략과 유엔의 역할』

1998년 "지구공동사회 대헌장"

1999년 "새로운 천년을 여는 NGO의 역할과 사명"

1999년 『동양의학대사전』(총 12권)

2000년 "21세기에 세계평화는 성취될 수 있는가?"

2002년 "문명 간의 대화를 통한 지구공동사회를 지향하며"

2003년 『아름답고 풍요하고 보람 있는 사회』(연설집, 총 5권)

평화에의 호소

♦ **조영식**(경희대학교총장 한국)[*]

저명하신 전 세계 석학들이 함께하는 이 특별한 모임의 자리에서, 여러모로 부족한 제가 착수위원회 위원의 자격으로 이번 콘퍼런스에서 달성하고자 하는 기본 목표에 대해 전폭적인 지지를 밝히고, 더 나아가 Fairleigh Dickinson 대학에 축하의 뜻을 전할 수 있는 기회를 갖게 되어 기쁨이자 영광으로 생각합니다.

우리는 최근 우주선들의 사례를 필두로 새로운 우주 시대의 도래를 목도하는 등 역사적인 변환기에 있습니다. 이런 상황에서 오늘 모임의 첫 번째 목표는 현재 전개되고 있는 역사적인 변화들이 내포하는 의미를 서

---

[*] 이 글은 조영식 총장께서 1965년 세계대학총장회의(IAUP) 발기인 회의 시에 국제회의(Fairleigh Dickinson Conference)에 참석하여 발표한 내용이다. 2015년 IAUP 50주년 회의가 설립 당시의 옥스퍼드대학에서 개최되었을 때 경희대 조인원 이사장(당시 총장)께서 참석하여 기념 연설을 하였고, 함께 참석했던 박용승 국제교류처장이 이 자료를 찾게 되었다. 그 후 2016년 조영식 · 이케다 다이사쿠 연구회 창립 학술회의에서 박용승 교수가 개략적인 발표를 하였고, 이 소중한 자료를 조영식 탄생 100주년 기념 원고에 영문과 함께 한글을 싣게 되었다.

로 논의하는 데 있습니다. 다른 한 가지 목표는 전 세계 대학이 협력하여 인간사회의 당면 문제들을 극복할 수 있는 방안들을 제시함으로써 우리 지식인들이 인류 발전에 공헌할 수 있는 길을 구체적으로 모색하는 데 있습니다.

따라서, 전 세계 지식인들의 대변자로서 우리들이 이번 콘퍼런스에서 수행할 과업은 무미건조한 규칙들을 제정하는 것보다는, 현대인, 특히 대학인들의 정신 자세와 정신적 지향점의 현주소를 우선 파악하고, 더 큰 틀에서 전(全) 인류사회가 추구해야 할 정신적 지향점들을 제시하는 데 있습니다. 그렇지 못할 경우 우리가 여기에서 기울이는 노력들은 무위로 끝나게 될 것입니다.

단언컨대, 지금의 시대는 인간 정신이 물질 문명의 위력 앞에 굴복하는 특징을 보이고 있습니다. 현대인들은 사이렌(Siren) 요정의 노래에 현혹되어 이성적 사고를 상실했으며, 그 결과 성적 충동 본위의 삶을 영위하고 있습니다. 적지 않은 젊은 세대들이 인생에서 목적 의식을 잃고 있으며 사회의 기존 질서에 저항하고 있습니다. 이들의 거센 공격 앞에 기존 제도와 신념 체계는 위협받고 있으며 심히 어지럽혀지고 있습니다. 하지만 마땅한 해결책이 제시되지 못하고 있는 상황입니다.

그렇다고 해서 젊은 세대들을 과도하게 비난해서는 안 될 것입니다. 성인들조차도 신(神)의 법칙과 명령을 어기고 물질주의의 헛된 우상을 쫓으며 "식충이"나 "일하는 기계" 등의 한심한 상태로 전락하는 현상이 현실에서 자주 목격되기 때문입니다. 인간 이성과 자유, 그리고 인간으로서 향유할 수 있는 권리들을 내던져 버림으로써, 인간들이 자신들을 한낱 기계 상태로 전락시키고 있는 것이 현실입니다. 이들은 더 이상 인생의 고귀한 가치들을 추구하지 못하고 자신들이 만들어낸 기계의 노예가 되고 있습니다.

오늘날 가장 우려스러운 부분은 우리가 이러한 추세에 제대로 대처하지 못한다면 이 세계는 이성이 지배하는 인간의 왕국(Kingdom of Men)이 아니라 물질주의가 지배하는 물질의 왕국(Kingdom of Matters)이 될 것이라는 점입니다. 그럴 경우 우리 모두는 정신이상자로 전락하게 될 것입니다. 그런 세상을 떠올리는 것만으로도 소름이 끼칩니다.

만일 어떤 사람이 이성의 통제 없이 위와 같은 세상에 홀로 남겨진다면 그는 결국 인간성을 상실하여 짐승이나 다를 바 없는 존재가 될 것입니다. 그렇게 되면 그는 동료 인간들을 착취하기 위해 계급투쟁이나 피의 혁명 등 모든 계책을 동원할 것입니다. 이런 불행한 추세가 지속될 경우 결국 인류의 총체적 붕괴로 귀결될 것입니다.

그렇다면 미래에 대한 희망은 없는 걸까요? 많은 예언가가 문명 세계의 파괴가 임박했다며 요란을 떨고 있고 그들의 주장은 일면 개연성 있어 보입니다. 그러나 우리는 동전의 이면 또한 볼 수 있어야 합니다.

사람들의 미래에 대한 시각이 비관 일변도는 아니라고 볼 만한 이유들이 아직 남아 있습니다. 더 밝은 미래의 전망도 찾아볼 수 있습니다. 현재 전 세계 국가들이 보여주고 있는 상호 의존의 정도는 역사상 전례 없이 높은 상태입니다. 현대 과학과 기술의 발달로 인해 예전엔 이질적이었던 국가 간에도 이제는 소통이 가능하게 되었습니다. 핵무기라는 인간이 만든 괴물의 등장으로 세상 사람들은 국가 간의 야만적인 경쟁이 계속되어 전면전이 발발한다면 인류 전체가 괴멸될 것이라는 사실도 깨닫게 되었습니다.

따라서, 지금이야말로 이성을 제자리에 복귀시켜 인간성을 바로 세워야 하는 적기입니다. 바로 지금 모든 국가는 민주주의의 기치 아래 서로에 대한 반목을 접고 인간의 복지, 평화 그리고 문화적 가치 등 공통의 가치를 추구하는 협력자가 되어야 합니다.

역사적으로 볼 때, 인간의 잔학 행위가 여기저기서 계속되는 와중에도, 인간 협력은 부족 단위에서 국가 단위로, 지역 단위에서 전 세계로 그 범위가 확장되어 왔습니다. 따라서, 국제 콘퍼런스에서는 무엇보다도 국가 간의 상호 협력방안을 찾는 데 논의의 역점을 두어야 합니다. 바로 이런 이유로 인해 오늘 각국의 석학들이 이 자리에 모인 것입니다.

이번 콘퍼런스에서 시대적 상황의 요구에 맞춰 상호 협력방안을 고안해내고 구체화시켰으면 하는 게 제 개인적인 바람입니다. 예를 들어 대학

간에 장학생, 교수, 서적과 논문 등을 서로 교환하고 상호 간의 우정을 증진시킬 수 있도록 공동연구를 활성화하는 등의 구체적인 방안들을 제안하고 싶습니다.

새로운 우주 시대의 문턱에 선 지금 우주 공간의 정복은 그런 프로젝트를 과감히 시도할 수 있었던 일부 강대국들의 의무로 치부해서는 안 될 것입니다. 크든 작든 모든 국가가 우주 정복에 큰 관심을 가지고 있습니다. 우리 모두가 우주 개발에 있어 공동의 책무를 지고 있기 때문입니다. 소수의 이해와 의견이 정당하게 존중되는 민주적인 입법기구에서 처럼, 약소국, 특히 개발도상국들이 그런 신성한 책무에서 배제당하지 않도록 하는 것이 신의 지령에 부합하는 것입니다.

인간들이 인도주의적 관점에서 옳다고 판단되는 정상 경로에서 벗어나 시대 역행적인 태세를 취한다면 세계평화와 문명의 진보를 더디게 할 것입니다. 역사의 경로는 인류 "공영"을 실현하는 방향으로 진행된다고 저는 확신하기 때문입니다.

실제로 시대의 징후들을 살펴보면 "협력의 시대"가 이미 도래했음을 알 수 있습니다. 세계의 현 상황을 개선할 수 있는 유일한 대안은 계몽화된 사익 추구, 즉 개인들이 공익에 부합되도록 자신의 사익을 추구하는 기조하에 서로 협력할 수 있는 "공영"의 시대를 여는 것입니다. 인간이 태생 초기부터 환경의 적대적 요인들과 싸워야 했던 것과 마찬가지로, 인류 발전의 여정에서 가장 큰 적은 동료 인간이 아니라 아직도 지구상에 만연하고 있는 무지, 질병, 빈곤 그리고 끝없는 권력욕이라는 사실도 하나의 참 명제로 받아들여야 합니다.

같은 맥락으로, 이 현실의 전쟁터에서 우리 전투의 목표는 동료 인간들에게 치명타를 가하는 것이 아니라 기후를 조절하고 질병을 박멸하며 우주를 개척하고 인류의 안녕을 위해 자연을 정복하는 데 있다는 점을 명심해야 합니다.

그런데 우린 이제까지 무엇을 해오고 있었습니까? 이성과 지성을 겸비한 우리 지식인들이 전 세계 인구의 절반 이상이 기아에 허덕이며 잠자리에 들고, 일부 국가들은 대규모의 무기와 실탄 생산에 혈안이 되어 있는 이 현실에 어떻게 등을 돌릴 수 있겠습니까? 세계의 지도자란 사람들이 어떻게 호모사피엔스 인종의 자기보존 본능을 외면할 수 있겠습니까? 참으로 불쌍한 무지의 소치가 아닐 수 없습니다.

사실, 우리 세계는 질병이나 역경으로 인해 문화적 진보의 레이스에서 낙오되는 미개국이 하나라도 존재하는 한 안정적인 평화를 누릴 수 없을 것입니다. 다른 국가들을 정복하려는 군비 증강의 사악한 욕망을 떨쳐내지 못하는 나라가 하나만 있더라도 마찬가지일 것입니다. 평화는 군비 증강을 통해서가 아니라 오로지 상호 공영과 이해를 통해서만이 유지될 수 있는 것입니다.

현재 우리는 기로에 서 있습니다. 한쪽 길은 인간이 살상 무기를 무분별하게 이용할 경우 지구의 파멸이라는 나락으로 유도할 것입니다. 다른 한쪽 길은 향후 몇 세대 동안 우리를 인류 공영으로 이끌 것입니다. 하지만, 거기에서는 통행료가 부과됩니다. 그 통행료는 금전으로 지불되는 것이 아니라 사랑, 헌신 그리고 희생 등의 형태로 지불될 것입니다. 우리는 이 세계의 지적 지도자들로서 시대의 흐름에 깨어 있어야 합니다.

어느 날 갑자기 인류 역사가 인간들의 잘못된 선택으로 인해 종말을 맞을 수 있으므로, 각국의 지식인들은 이성의 빛으로 국민들을 깨워서 인생의 참 의미, 목적 그리고 가치들에 대해 다시 한번 숙고하도록 촉구해야 합니다.

역사를 보면 자신의 영광을 극대화시키려는 국가 지도자들의 끝없는 야망은 필연코 자멸로 귀결되는 것을 알 수 있습니다. 따라서, 인간 사회에서 허용될 수 있는 유일한 경쟁은 생산의 경쟁입니다. 그것만이 경쟁에 참가하는 모든 자에게 이로운 결과를 가져다주기 때문입니다. 우리는 인종적으로 그리고 문화적인 면에서 차이가 있지만 중국에는 형제들입니다.

만일 모든 국가가 상호협력의 원칙 아래 기존의 편견을 버리고 인류의 하나 됨을 받아들인다면, 우리는 현대 과학과 기술의 수준을 끌어올려 태양열을 이용하고, 북극과 남극에서 경작을 하며, 전 세계 땅의 3분의 1을 차지하고 있는 사막 지역에 관개를 하고, 해안과 대륙붕을 매립하며, 해저 초목들을 키우고 우주 공간을 정복하고 인간의 기대수명을 늘릴 수 있을 것이라고 저는 확신합니다.

상호 박애 그리고 우애 등의 상호협력 정신을 통해 이러한 꿈이 실현된다면, 인간 정신은 과학과 기술을 통제하여 인류의 이익에 공헌하도록 유도함으로써 인류를 새로운 차원으로 끌어올릴 수 있을 것입니다. 우리는 세계의 많은 당면 과제들을 해결할 것이고, 이를 통해 고차원의 정신 문명에 기반을 둔 소위 "문화의 전당"을 건립하고, 매우 진보된 과학 문명의 기초 위에 "과학의 왕국"을 구축할 수 있을 것입니다. 이 두 가지 결합을 통해 우리는 소위 "새로운 문명 세계"를 창조해낼 수 있을 것입니다. 이것이야말로 바로 오늘날 우리 대학인들에게 주어진 하늘의 소임일 것입니다.

우리는 지적 지도자들로서 이 세계의 기둥이 되기 위해 전력을 다해야 합니다. 이성의 역군으로서 우리는 전쟁과 정복을 대신해 협력의 정신을 고무시켜야 하며, 계급 투쟁과 인종 차별을 대신해 박애와 희생의 정신을 고취시켜야 합니다. 사랑의 정신으로 세상을 하나로 묶는 이 고귀한 목표 달성에 평생 헌신하는 것이 우리 지적 지도자들의 소임임을 다시 한번 강조하고 싶습니다.

결단코 우리는 배금주의 혹은 기계주의의 노예가 되어서는 안 됩니다.

그 대신, 인간 이성이 물질세계를 지배함으로써 전쟁과 투쟁으로 점철되는 병적인 악순환을 종결시켜야 합니다. 우리 모두가 정직하고 성실하고 근면하게 그리고 상호 협력하며 안전하게 살 수 있는 평화로운 세상을 구축해야 합니다. 이것이 바로 제가 "인간의 승리(Victory of Man)"라고 명명한 인간 정신의 승리입니다.

우리 운동의 궁극적인 목표는 인류가 정치적 폭거에서뿐만 아니라 빈곤의 공포에서부터 자유로울 수 있는 자유 세계의 건설에 있습니다. 자유는 제가 상정하고 있는 새로운 문명사회의 중심에 있습니다. 이러한 방향으로 전진해가기 위해 우리는 어떠한 역경이 있더라도 평화의 구축을 염두에 두고 지속적이고 창의적으로 헌신, 관용 그리고 형제애를 보임으로써 타인들의 모범이 되어야 합니다.

지적 지도자들인 여러분들이 각자의 국가에서 펼치는 주장은 엄청난 설득의 힘을 가질 것입니다. 각자의 설득력을 모아, 우리는 이 자리에서 진정한 세계평화는 군비 증강이 아니라 상호이해와 협력의 정신에 의해 유지된다는 진리를 선포해야 합니다. 상호이해와 협력의 정신은 국가들이 민주적이고 형제애로 뭉친 공동체를 구성하는 데 절대적으로 필요한 토대입니다.

여기 모인 우리 석학들이 세계의 운명을 어깨에 걸쳐 메고 간다고 해도 결코 과언이 아닐 것입니다. 우리의 지혜와 능력을 모아서 이 콘퍼런스가 건강한 문명 세계의 시대로 나아가는 전환점이 될 수 있도록 합시다. 그 건강한 문명 세계는 동양의 것도 서양의 것도 아니고, 그 두 곳을 병렬시켜 놓은 것도 아니며, 전혀 새로운 창조물입니다.

마지막 결론으로, 저는 실례를 무릅쓰고 우리 모두가 다음 선언문을 채택할 것을 제안합니다.

1. 우리는 인간 이성의 통제 하에 과학과 기술의 발전을 진전시킴으로써 새로운 문명 세계의 창조를 위해 가능한 모든 수단을 강구하여 서로 협력할 것을 다짐한다.

2. 우리는 이기주의와 이타주의, 그리고 전쟁과 평화 사이의 이율배반으로 인해 야기되는 국가 간의 불협화음을 극복하기 위해, 모든 국가가 타국의 고유문화를 존중하는 인류의 공영을 추구함으로써 지속적인 세계평화의 실현을 위해 노력한다.

3. 우리는 기존 질서와 가치의 타파에 에너지를 허비하고 힘을 폭발시키는 정신적으로 미숙한 젊은 세대들의 상황을 감안하여, 그들의 원기와 힘이 더 나은 세계의 건설에 이용될 수 있도록 유도할 것을 결의한다.

4. 우리는 교육과 기술의 진보를 통한 인류 문화의 발전이 우리의 공동

과업임을 인식하고, 공동연구 프로젝트를 최대한 많이 개시하고, 장학생, 교수, 서적, 정기간행물 그리고 기타 학술적 자료들을 교환하는 방법들을 강구할 것을 결의한다.

번역 강인철 (평화복지대학원 동문회 부회장, 24기)
Director Kang, Incheol (Avalon/LangCon)

오토피아에로의 꿈, 아무도 가지 않은 길

- **조영식 · 이케다 다이사쿠 연구회**
- **조영식 박사 탄생 100주년 기념문집 간행위원회**

교육사상과 세계평화 구현의 숙원

향년 91세로 이 세상을 떠난 지 9년이 된 미원 조영식 박사는 1921년 평안북도 운산에서 출생하여 서울대학교 법과대학을 졸업했으며 미국 마이애미대학교 명예법학박사를 비롯하여 모두 34개의 명예박사 학위를 받았다.

1951년 6·25동란의 피난지 부산에서 2년제 미인가 신흥초급대학을 인수한 조영식 박사는, '문화세계의 창조'라는 교시와 '학원의 민주화, 사상의 민주화, 생활의 민주화'라는 교훈을 내걸고 경희대학교를 교육입국의 구현과 세계평화의 실천을 선도하는 요람으로 성장시켰다. 1961년 유치원에서 대학원에 이르는 일관 교육체계를 확립하고 경희학원의 면모를 갖췄으며, 1971년 경희의료원의 설립을 시작으로 한의학의 부활과 함께 동서양의 의학을 통합한 '제3의학'을 창안했다.

전란의 폐허 속에서 한 젊은 이상주의자가 설정한 '문화'와 '민주화'의 꿈은, 한국에서만 머물지 않고 세계의 무대로 확산되어 나갔다. 그는 이것을 대학의 공적 책임으로 인식했으며, 오늘날 경희대학교의 학풍이 된 교육·연구·실천의 창의적 결합은 그때부터 시발된 셈이었다. 잘살기운동, 꽃길·꽃동리가꾸기운동, 밝은사회운동, 인류사회재건운동, 세계평화운동, 제2르네상스운동 등으로 호명되는 경희의 지속적인 사회 실천 운동이 이를 증거한다.

그는 교육을 통해 인류사회를 새롭게 건설하고 세계평화를 실현할 수 있다고 믿었으며, 이에 대한 이론적 체계를 수립한 최초의 사상가요 운동가였다. 단순히 탁상의 이론을 피력하는 데 그치지 않고 UN을 통한 국제적 협력을 이끌어 내며 구체적 실천 모델을 제시했다. 한국에서는 물론 세계 역사에 있어서도, 인류의 운명이라는 큰 명제를 두고 이처럼 이론과 실제를 동시에 체현한 지도자는 발견하기 어렵다.

조영식 박사는 1965년 세계대학총장회(IAUP)의 창설을 주도하여 세계 지성들과 함께 인류의 미래를 모색했다. 동 총장회의 3·4·5대 회장을 지냈으며 그 이후에는 종신명예회장 겸 영구이사로 추대되었다. 그 외에도 동 총장회 산하의 평화협의회(HCP) 의장, 밝은사회국제클럽(GCS International) 국제본부 총재, 인류사회재건연구원 총재, 오토피아평화재단 총재, 한국의 통일고문회의 의장 등으로 활동했다.

이와 같은 한 개인의 헌신적이고 전방위적인 노력에 대해 국제사회는 냉담하지 않았다. 세계평화에 기여한 공로를 인정하여 제1회 세계인류학 자대회에서는 '인류 최고 영예의 장'을 수여했으며, 함마슐트상, 세계대학총장회 세계평화대상, UN 평화훈장, 아인슈타인 평화상, 비폭력을 위한 마하트마 간디상, 대한민국 정부 무궁화장, 만해평화상 등 67개의 상훈을 받았다.

조영식 박사가 1981년 UN이 제정한 세계평화의 날과 해를 제안하고 제정케 한 숨은 주역이라는 사실은 이제 널리 알려져 있다. 그는 그해 7월 코스타리카 산호세에서 열린 세계대학총장회에서 이를 제안했으며, 이 제안을 코스타리카 정부가 유엔에 상정, 제36차 UN 총회는 이를 만장일치로 결의, 통과시켰다. UN 세계평화의 해는 1986년이었으며, 세계평화의 날은 지금 매년 9월 21일로 되어 있다. 제정 30주년 때에 UN은 경희대학교와 공동으로, UN 본부와 경희대학교 평화의 전당에서 화상네트워크를 연결하여 동시에 뜻깊은 기념식을 치렀다.

조영식 박사는 20 · 21세기에 걸친 인류의 상징적 비극이자 세계 유일의 분단국가로 남아 있는 한반도의 평화와 통일을 위해서도 진력했다. 1982년부터 20년간 일천만이산가족재회추진위원회 위원장을 맡아 남북 이산가족 재회의 물꼬를 트는 데 크게 기여했으며, 세계기네스협회가 최다 국가 최다 서명으로 인정한 '남북 이산가족 재회촉구 범세계 서명운동'을 전개했다. 이 서명의 숫자는 세계 각국의 원수들을 포함하여 153

개국 21,202,192명에 이르렀다.

한·미 우호 증진에 기여한 조영식 박사의 제안으로 1978년 미국 몬태나 주정부는 '한국 우정의 주간'을 선포했다. 1989년 8월 미국 의회는 세계평화 구현에 기여한 공로를 기려 국회의사당에 조영식 박사의 이름으로 성조기를 게양했다. 아르헨티나 팔레르모대학은 '조영식 평화강좌' 개설과 함께 '조영식 평화전당'을 헌당했으며, 멕시코 과달라하라대학도 '조영식 평화강당'을 헌당했다. 독립국가연합(CIS) 학술원은 '제3민주혁명이론'을 창시한 공로를 인정해 외국인으로서는 처음으로 조영식 박사를 정회원으로 선정했다.

고인이 남긴 저서는 《민주주의 자유론》,《문화세계의 창조》,《교육을 통한 세계평화》,《오토피아》,《인류사회의 재건》,《세계평화:그 위대한 소명》,《Pax UN을 통한 세계평화》,《세계평화대백과사전》,《지구촌의 평화》,《동양의학대사전》,《아름답고 풍요하고 보람 있는 사회》 등 모두 51권이 있다. 각기 저서의 제목을 일별하는 것만으로도, 그가 걸어온 생애와 사상의 역정을 짐작할 만하다. 고인의 유택은 남양주 시 조안면 삼봉리 선영에 있다.

척박한 땅에 교육의 꽃을 피운 선구자

1950년부터 3년간 계속된 6·25동란은 이 땅을 폐허로 만들었다. 아무런 바탕도 배경도 없는 그 '무(無)'에서, 조영식 박사는 경희의 이름을

사진 1. 전쟁 중 피난지의 부산 학교

내걸고 '유(有)'를 창조하는 대장정을 시작했다. 그가 정부 피난지였던 부산에서 인수한 신흥초급대학은, 3개 학과에 모집정원 150명에 불과한, 아직 정식인가도 나지 않은 빚더미의 천막 학교였다. 그때 그의 나이 30세, 해는 1951년이었다.

그로부터 60여 년이 지난 시점에서 보면, 경희대학교는 중앙일보 대학평가를 기준으로 국내 종합대학 5위 대학으로 성장했다. 교육 및 재정, 교수연구, 국제화, 평판도 등 여러 평가지표 가운데, 설문조사로 배점하는 평판도를 제외한 2011년도 순위는 놀랍게도 국내 종합대학 중 1위를 기록했다. 세계대학 순위는 245위, 아시아대학 순위는 42위에 올라 국제적 위상도 크게 높아졌다. 이를테면 개교 25주년에 해외언론이 칭송한

'극동 교육사의 기적'이요, 지금의 별호인 '경이로운 경희'의 성취다. 말할 것도 없이 이는 교육을 통해 나라를 부흥시키고 세계평화에 기여하겠다는 설립자 조영식 박사의 꿈이, 그 후대에 이어져 열매 맺은 결과다.

1921년 11월 22일 국내 제일의 금(金) 산지였던 평안북도 운산에서 태어난 어린 조영식의 꿈은 목사가 되는 것이었다. 몸이 허약하고 잔병치레가 많았으나 이를 극복하기 위해 스스로 복싱·체조·달리기로 신체를 단련했으니, 소년 시절부터 자기관리에 철저한 면모를 보였다. 부친 조만덕(趙萬德) 씨는 금광 사업으로 두 번을 크게 실패하고 세 번째 성공한 분이었다. 그는 방학 중 고향에 온 아들에게 '생각하고 생각하고 또 생각했더니 마침내 성공할 수 있었다'며 금광 입구에 생각할 때마다 돌 하나씩을 올려놓아 탑이 된 돌탑을 '생각탑'이라 명명하면서 사고와 사색의 깊이를 교훈으로 들려주었다.

해방 전 일본 도쿄체육대학에 입학했고 1943년 10월 일시 귀국해 일생의 반려 오정명 여사와 결혼했다. 그리고 태평양 전쟁이 막바지로 치닫던 신혼 3개월의 1944년 1월, 평양에 주둔한 일본군 48공병부대에 학도병으로 강제 징집되었다. 훈련소로 끌려간 그는 '일제의 총알받이가 될 수 없다'고 결심하고, 훈련소 탈출을 위해 생사를 걸고 조선인 학도병들을 규합했다. 그러나 거사 직전 정보가 유출되어, 일본 헌병대로 끌려갔고 모진 고문과 구금을 당했다. 이른바 1945년 1월의 '평양 학도병 의거 모의사건'이었다.

1945년, 꿈에도 그리던 해방이 되고 그 이듬해 청년 조영식은 고향을 등진 채 자유를 찾아 월남했다. 하지만 1인당 GNP가 45달러에 그친 세계 최빈국으로 문맹률이 73.5%에 달하는 현실은 암담했다. 해방과 정부 수립의 과정에서 드러난 사회의 혼란은 조국의 앞날에 대해 깊이 생각하게 했다. 서울고등학교 교사, 서울법대 입학 등의 과정을 거치면서 면학에 정진한 그는, 1948년 27세의 젊은 나이에 자신의 사상과 포부를 담은 첫 저서 《민주주의 자유론》을 상재했다. 6·25가 발발하던 1950년, 그는 정계에 입문해 국회 교섭단체 중 하나인 공화민정회의 조사국장 겸 법제사법전문위원으로 있었다.

정부는 부산으로 피난했다. 논어의 방식으로 말하자면 이립(而立)의 나이 삼십에 청년 조영식은 거기서 뜻밖의 제안을 받았다. 초대 부통령 이시영 선생이 미인가 2년제 대학, 신흥초급대학의 인수를 요청했던 것이다. 말이 대학이지, 3개 학과에 모집정원 150명에 불과한, 그리고 가진 것이라곤 1,500만 환의 은행 빚과 밀린 월급뿐인 '천막학교'였다. 주변에서도 '전쟁 중에 교육 사업이라니, 정신이 있느냐'고 만류했다. 생각의 깊이와 함께 결단을 내린 조영식은, 그 이후부터 눈부신 속도로 달렸다. 사재를 들여 교사를 짓고 재정을 확충하여 행정 합리화를 모색했다. 재단 이사장과 학장을 겸하면서 직접 '민주주의론' 강의도 맡아 했다. 그리고 1952년 2월 당시 문교부로부터 초급대학 정식 인가를 받았다.

그것이 교육자로서의 조영식, 오늘날 국제사회에 이름을 가진 경희학원의 출발이었다. 1953년 1월 예상치 못했던 화재로 인해 학교는 절체절명의 위기를 겪었으나, 초인적인 의지와 지혜와 노력으로 이를 극복했다. 1952년 12월 마침내 4년제 대학으로 승격했고 그 이듬해 3월 첫 학위수여식을 거행해 제1회 졸업생 45명을 배출했다. 1953년 휴전이 되고 정부의 환도와 함께 대학들도 서울로 돌아왔지만, 서울 이전을 결심한 조영식 박사에게는 돌아갈 땅이 없었다. 수차의 답사 끝에 지금의 동대문구 회기동 산기슭 일대에 30만 평의 교지를 확보했는데, 산의 이름은 천장산(天藏山)이었다. 조 박사는 이를, 하늘이 간직하고 있다가 합당한 주인에게 내어주는 형국의 명호로 받아들였다.

이 새로운 터전에서 생각에 생각을 거듭하며, 그는 광활한 캠퍼스의 밑그림을 그렸다. 그런 점에서 보면 그는 국내 대학 최초로 마스터플랜을 수립하고 추진한 교육자이자 기획자·설계자·건축가였다. 높이 16.3미터, 지름 1.36미터의 원형 돌기둥 14개가 떠받치고 있는 코린트 양식의 석조전 본관 건물은 경희 캠퍼스의 상징과도 같다. 지금의 돌기둥은 양날개 각 6개씩을 더하여 모두 26개가 되었다. 당시 본관을 포함한 마스터플랜의 큰 공사에만 3억 5천만 환의 막대한 예산이 소요되었기에, 모두 불가능한 일로 여겼다. 조 박사는 자택을 팔고 급전을 빌리고 은행 융자를 얻는 등 온갖 방법을 다 동원해 캠퍼스를 조성했고, 1954년 봄에 대학은 예정대로 첫 학기를 개강할 수 있었다.

한국을 넘어 세계로… 일관된 교육철학

1955년 2월, 조영식 박사는 공들여 준비한 종합대학 승격 인가를 받았다. 2년제 신흥초급대학이 불과 3년 6개월 만에 문리과대학, 법과대학, 정경대학, 체육대학 등 4개 단과대학과 대학원을 갖추게 되었고 조영식 박사는 초대 총장에 취임했다. 그해 개교기념식에서 조 박사는 기념사를 통해, 세계적 명문대학으로 도약하겠다는 결의를 표명했다. 당시로서는 아무도 생각하지 않던 큰 포부요 비전이었다. 1958년 12월부터 이듬해 3월까지 조 박사는 미국과 유럽 20여 개국의 명문대학을 순방하며 선진 제도를 경험하고 아이디어를 구했다. 그의 남다른 비전은 언제나 실천적 프로그램을 동반하고 있었고, 그것이야말로 남다른 점이었다. 신흥초급대학을 인수한 지 10년째 되던 1960년 3월 1일, 대학은 급속하고 개혁적인 변화와 발전의 상징성을 반영하여 교명을 '경희'로 개명했다.

유치원에서 대학원에까지 이르는 '일관교육체제'는 조영식 박사의 오랜 꿈이었다. 1960년 경희중·고등학교 설립을 시작으로 이듬해 경희유치원·초등학교·초급대학이 연이어 문을 열었다. 이처럼 고유한 철학과 정신을 공유하는 교육 시스템을 통해 전인교육·정서교육·과학교육·민주교육을 각 교육 단계에 따라 일관되게 시도하고, 미래의 인재가 갖춰야 할 덕목을 강조했다. 그것은 '경희정신'이라 불리는 '창의적인 노력, 진취적인 기상, 건설적인 협동'이었다.

명실상부한 종합대학으로의 편제를 갖추기 위해 단과대학과 학과를 증설하는 가운데, 조 박사는 1965년 동양의과대학을 인수하면서 장차 의과대학·한의과대학·치과대학·약학대학 등 의학 계열의 모든 단과대학을 갖춘 세계 유일의 종합대학을 내다보았다. 이는 나중에 동서의학의 통합을 넘어 '제3의학'의 창안으로 나아가는 길목이 되었다. 동시에 경희의료원·강동경희대학교병원·강남경희한방병원 등 의료기관의 설립을 통해 사회적 기여와 실천을 예비하는 초석이 되기도 했다.

온 생애를 교육에 투신한 조영식 박사에게 이처럼 순항의 날만 있었던 것은 결코 아니었다. 5.16 군사쿠데타 직후 군사 정부에 협조하지 않는다고 해서 총장 승인을 취소당하고 2년간 물러나 있었는가 하면, 1980년대 초 신군부의 등장과 더불어 유사한 일을 겪기도 했다. 그러나 이러한 일들이 교육을 통한 새로운 세계의 구현, 그 외길을 추구한 그의 도정을 훼손하지는 못했다. 거기에 알맞은 좋은 예증이 있다. 개발도상국으로 겨우 이름이 알려지기 시작한 한국의 한 젊은 대학 총장이, 세계대학총장회(IAUP) 창설을 제안하고 주도했다는 것은 그것이 현실이 아니었으면 도무지 믿을 수 없는 기적과도 같은 일이었다.

세계대학총장회는 1965년 영국 옥스퍼드대학에서 창립대회를 열었고 1968년 경희대학교 중앙도서관에서 제2차 대회를 가졌다. 조영식 박사 자신은 그 이후 3·4·5대 회장을 역임했으며 나중에 종신명예회장이자 영구이사로 추대되었고 산하에 있는 평화위원회(HCP)의 의장이 되었다. 조 박사는 동 총장회를 통해 끊임없이 인류사회의 재건과 세계평화의 구

사진 2. 제2차 세계대학총장회의 개회식(경희대학교 중앙도서관 국제회의장, 1968)

사진 3. 제6차 코스타리카 세계대학총장회의(1981) – 세계평화의 날과 해 제안

현에 관한 아젠다를 던졌으며, UN이 세계평화의 날과 해를 제정할 때도 한국이 미가입 국가였던 까닭으로 동 총장회와 중남미의 코스타리카를 거쳐 그 의안을 UN 총회에 상정시켰다.

1970년대의 경희대학교는 내적 충실을 기하며 국제적 위상을 높이는 데 성공했음에도 불구하고, 집권 세력의 시기와 압력에 의해 단과대학이나 학과의 증설에 큰 제약을 받았다. 그러나 정부의 수도권 인구 분산책과 지방대학 육성 정책이 맞물려 캠퍼스 신규 건설이 가능해졌다. 조영식 박사의 원래 구상은 '분교'가 아니라 독립적인 '제2캠퍼스'의 건설이었다. 그동안 익히 보아온 세계 명문 대학들의 '뉴 칼리지 시스템'에서 벌써부터 영감을 얻은 터였다. 하지만 당시의 법규는 '분교' 형태로만 설립을 허용했으므로 당분간 이를 따라야 했다.

경희대학교가 이 족쇄를 벗어나 통합캠퍼스 체제를 이룬 것은 지난해 2011년이 되어서야 가능했다. 그 캠퍼스의 터를 잡은 일은 참으로 중요했다. 조영식 박사는 경부고속도로를 지나다가 차창 너머로 신갈 호수 부근, 지금의 용인 국제캠퍼스 자리의 경관을 발견했다. 30년 전 청량리 부근에서 천장산 기슭을 바라보았던 때처럼 마음에 안겨드는 느낌이 밀려왔다. 게다가 서울과 가까운 위치여서 이곳에 제2캠퍼스를 세운다면 서울캠퍼스와의 소통이 원활할 것이었다. 그로부터 다시 30여 년의 세월이 지나고 보니, 모두 멀리 떨어져 있는 다른 대학의 지방캠퍼스와 비교할 때 탁월한 선택이었음이 입증되었다.

1980년 국제캠퍼스는 경영학부·이학부·공학부 등 3개 학부 8개 학과, 입학정원 450명으로 출발했으나 그로부터 30여 년이 지난 현재 53만 평의 자연 환경 속에서 9개 단과대학 44개 학과에 1만 3,000여 명의 학생을 보유한 매머드 대학으로 성장했다. 1988년 조 박사는 대학 발전을 더욱더 역동적으로 이끌기 위해 다시 총장직에 복귀했고, 1993년 임시국회의 '약사법 개정안'으로 한의과대학 학생들의 집단 유급 사태로 사퇴할 때까지 총장직에 있었다. 그의 사퇴는 값진 결말을 맺어, 학생들은 강의실로 돌아오고 정부도 학생들을 구제하기 위한 비상대책을 내놓기에 이르렀다.

1999년 조영식 박사는 경희대학교 개교 50주년을 맞아 UN과의 협조 아래 '서울NGO세계대회'를 유치했다. 이는 전 세계의 NGO 단체들이 경희대와 서울에 모여 인류사회의 과제를 토의한 전무후무한 국제 콘퍼런스였다. 또한 이 대회를 계기로 그는 하나의 숙원 사업을 이루었다. 동양 최대의 강당이자 웅대하고 아름다운 풍모를 자랑하는 '평화의 전당'을 준공한 것이다. 이는 대지면적 3,312평에 연 면적 4,611평 규모로 최대 4,500명을 수용할 수 있는 초대형 문화예술 공간이다. 이 이름난 건물은 1970년대 초반부터 구상되었으며 치밀한 준비와 설계를 거쳐 1981년 건축 허가를 받은 다음 공사에 들어갔다.

그러나 당시 그 너머 산곡에 있던 국가안전기획부의 보안상 문제 제기로 1986년부터 10년 가까이 공사 중단을 강요당했다. 1999년 서울NGO세계대회의 개막식 당일 평화의 전당 개관식이 거행되었으니, 무려 20년

사진 4. 경희대학교 평화의 전당

가까운 세월이 걸려 완공된 건물이었다. 이처럼 경희대학교 성장 발전의 역사는, 고난의 언덕을 넘어 아직 누구도 '가지 않은 길'을 개척하는 선구자의 모습을 보였다. 추운 겨울을 헤치고 봄 길잡이로 찾아오는 목련화가 경희의 교화(校花)이고, 힘과 용맹뿐 아니라 인자함과 덕망을 갖춘 '웃는 사자'가 경희의 상징임을 되새겨 보면, 그 속에 담긴 설립자 조영식 박사의 교육적 신념을 짐작해 볼 수 있다.

실천적 사상가, 평화운동가, 값있는 생애

해방 후 혼란기와 전란을 거치는 중에, 27세의 젊은 나이에 쓴 첫 저서 《민주주의 자유론》과 30세에 쓴 두 번째 저서 《문화세계의 창조》는 민주주의의 본질과 인간 중심의 문화 세계에 대한 청년 조영식의 염원을 담았다. 그는 여기에서 더 발전하고 확장되어 나간 자신의 창의적 사상을 인류사회 속에서 실천하는 데 일생을 보냈다. 한 인물에게서, 한 대학에서 시작된 이러한 정신 운동은 오늘날 교육·연구·실천을 창조적으로 결합하는 경희대학교의 독특한 학풍 가운데 면면히 살아 있으며, 세계평화의 논리와 실현에 있어서도 구심적 역할을 하곤 했다.

1998년 2월 23일, 대통령 당선인일 때 경희대학교에서 명예경제학박사 학위를 받은 김대중 전 대통령의 수락 연설에 다음과 같은 대목이 있다. "제가 6·25 때 부산에 있을 때 1951년 신흥대학의 학장을 하시는 분이 《문화세계의 창조》라는 책을 출간했습니다. 모두 전쟁의 와중에서 생사의 갈림길에 서 있던 때라 문화 같은 것은 사치로 생각하던 때인데 조영식 선생은 그 책을 썼습니다. 본인 앞에서 이런 이야기를 해서 참으로 미안합니다만 그때는 젊은 객기에 한번 본때를 보여준다고 썼겠지 하는 부끄러운 생각을 했습니다. 그런데 세상이 바뀌어 과연 우리나라에도 그런 선견지명을 가지신 분이 있었구나 하고 감탄해 마지않았습니다. 20세기가 경제와 국방의 세기였다면 21세기는 문화의 세기입니다."

조영식 박사의 사상은 그렇게 시대를 앞선 것이었다. 당시 한국은 세계 최빈국 가운데 하나였고 문맹률도 70%가 넘었으며, 전후 UN 조사단은 금세기 내에 경제적 자립이 불가능하다고 보고했다. 조 박사는 교육을 통한 의식 개혁을 바라보며 경희를 의식혁명·생활혁명의 전진기지로 삼았다. 잘살기운동, 꽃길·꽃동리가꾸기운동, 밝은사회운동이 해를 이어 전개되면서 상아탑만의 사상이 아닌 국민의 삶 속에 뿌리내리는 실천 프로그램으로 확산되었다. 박정희 대통령은 세 번씩이나 조 박사를 청와대로 초청하여 견해를 듣고, 잘살기운동을 새마을운동의 표본 모델로 삼았다. 그러나 조 박사는 이를 통한 정치적 현실 참여 제안은 거절했다. 일생을 교육 현장에 있겠다는 신념 때문이었고, 결과를 두고 보면 그 선택은 옳았다.

밝은사회운동과 그에 뒤이어 국제적으로 확대된 인류사회재건운동, 그리고 세계평화운동의 본질적 이론 및 실천적 강령 그리고 구체적 성과에 대해서는 도저히 여기서 다 언급할 길이 없다. 밝은사회운동의 경우도 이를 세계 속에서 실천하기 위해 밝은사회국제클럽 한국 본부와 국제 본부가 창설되어 지금도 그 역할을 수행하고 있다. 특히 동 국제 본부는 주요 사업 중 하나로 인류화합과 세계평화에 공헌한 사람을 선정해 '오토피아 평화대상'을 수여하는데 제1회는 부트로스-갈리, 제2회는 하비에르 데 케야르 전 UN 사무총장, 제4회는 로널드 레이건 전 미국 대통령과 미하일 고르바초프 전 소련 대통령의 공동 수상이었다.

인간이 꿈꾸는 이상 사회를 16세기 정치 사상가 토마스 모어는 유토피아(Utopia)라고 명명했다. 조영식 박사가 주창한 오토피아(Oughtopia)는 지구상에 당연히 있어야 하고(Ought to be), 당연히 이루어야 하는(Ought to do) 문화 세계, 곧 인간 중심의 지구공동사회(Global Common Society)다. 그의 저서 《오토피아》는 현대 문명의 위기를 진단하고, 인류가 마땅히 도달해야 할 당위적 요청 사회에 대한 사상적 토대와 구체적 실천 과제를 제시한 명저다.

1998년 9월에 열린 세계평화의 날 제17주년 기념 국제학술회의에서, 조 박사는 '새천년을 위한 지구공동사회 대헌장(Magna Carta of Global Common Society)'을 제안했다. 하비에르 데 케야르 전 UN 사무총장을 비롯한 참석자들은 적극적인 지지를 표명하고 이를 만장일치로 채택했다. 그는 그렇게 시대를 앞서서 시대를 이끌어간 선구적인 사상가였다.

한국의 양식 있는 지성들이, 그리고 UN 본부에서도 익히 알고 있듯이 조영식 박사는 평생 세계평화의 구현을 위해 정성을 쏟았다. 그에게 있어 한반도의 화해, 동북아의 안정, 세계평화의 실현은 하나의 연결고리로 묶여 있었고 20년간 일천만이산가족재회추진위원회 위원장으로서 남북 이산가족 재회를 통한 민족적 화해 협력에 헌신한 것도 그 맥락에 있었다. 1986년 1월 1일, 미국의 레이건 대통령과 소련의 고르바초프 서기장이 서로 상대국 국민에게 평화의 메시지를 보냈다. 이를 통해 형성된 해빙 무드는 UN과 세계 각국, 그리고 세계 석학들이 평화의 길을 모색할 수 있는 분위기를 조성했다. 그 저변에 그리고 배면에 바로 조영식 박사, 세계평화의 날과 해의 제안자이며 그 실천가가 있었다.

경희대학교는 1987년 세계 최초로 세계평화대백과사전을 간행했고, 경희대학교 평화복지대학원은 1993년 유네스코 평화교육상을 수상했으며, 1999년 '서울NGO세계대회'를 개최했다. 이 모든 인간회복과 인류사회재건, 그리고 세계평화운동의 결정체로서 조영식 박사는 그 말년에 제2의 르네상스운동, '네오르네상스운동'을 제창했다. 여기에는 교육자로서, 사상가로서, 평화운동가로서 생각하고 실천해 온 그의 전 생애가 담겨 있다. 그 정신은 교육·연구·실천의 창조적 융합을 통해 지구적 존엄(Global Eminence)을 구현하고 '경희의 미래, 대학의 미래, 인류의 미래'를 열겠다는 경희학원의 비전으로 계승되어 가고 있다.

이렇게 인류 역사에 우리 시대에 그리고 세계 교육사에 큰 에포크를 그은 거인은, 숱한 위업과 교훈을 남기고 역사의 지평선 너머로 사라져 갔다. 그를 길이 기억하고 그가 남긴 과제를 탐구하며 이어 나가는 것은 남은 자들의 몫이다.

조영식 박사
탄생 100주년
기념문집

제1부

세계평화를 위한
사상과 운동

밝은사회운동으로
세계평화와 사회발전에 기여

황병곤
경희대학교 명예교수, 전 밝은사회 연구소장,
전 GCS 국제본부 사무총장

1. 역사적 배경(문명 퇴치)

　밝은사회운동이란 선의, 협동, 봉사-기여의 정신으로 ① 건전사회운동(문맹 퇴치와 잘살기운동 전개) ② 잘살기운동 ③ 인간복권운동 ④ 자연애호운동 ⑤ 세계평화운동 등 5대 운동을 전개하여 아름답고, 풍요하고, 보람 있는 사회를 건설하기 위한 운동이다. 이 운동의 시발은 한국의 조영식 박사에 의해서 제창되었으며, 1975년 IAUP(세계대학총장회)대회에서 구체화되었다. 그 발전 과정을 보면 제1단계로 1954년부터 한국 내 문맹

퇴치를 위한 계몽 활동을 통해 무지와 빈곤을 타파하여 노력하면 잘 살수 있다는 의욕을 고취하였고, 제2단계로 1965년부터 잘살기운동을 전개하여 근면, 성실, 협동의 국민정신을 함양하며 새마을운동으로 이어져 갔다. 제3단계로 1970년대에 들어와 GCS(밝은사회) 운동을 전개하게 되었다. 물질문명과 정신문명이 조화된 아름답고, 풍요하고, 보람 있는 사회를 건설하는 데 목표를 두고 1975년에 미국 보스턴에서 개최된 IAUP 대회에서 GCS운동을 제안하여 만장일치로 채택되어 1978년에 한국에 GCS 국제클럽 한국본부와 군제본부가 설립되었다. 제4단계로 1980년부터 동 운동이 세계 각국으로 GCS 클럽을 조직 확산하여 UN에서 세계평화의 날(1981년), 평화의 해(1986년)를 제정 공포케 하여 화해 시대를 열어갔으며, 제5단계로 1990년부터 소련과 동구권이 붕괴됨에 대처할 수 있는 방안으로 '제3민주혁명과 신 국제질서'와 'Pax UN' 즉 UN 강화를 통해 세계평화 정착에 기여하며, 다가올 21세기의 영구평화정착을 위해 '도덕과 인간성 회복'으로 '제2르네상스'를 제기했다.

2. 잘살기운동 전개 과정

한국은 36년간의 일제식민지 시대를 거쳐 1945년에 해방을 맞았으나 우리의 의사와는 관계없이 외부의 힘으로 남북이 분단되었고, 1950년에 또다시 한국전쟁으로 전 국토는 완전 황폐화되어 금세기 내에는 재기 불능(UN 조사단 보고) 상태에 처해 있었을 뿐만 아니라 무지(문맹률 65%)와 빈곤이 겹쳐져 있었으므로 삶의 의욕을 상실한 채 허탈에 빠져 있었다. 이때 무엇보다 요구되는 것은 무지로부터의 해방과 하고자 하는 의욕을 북

돌아주는 일이었다. 조영식 박사는 1954년 자신이 설립한 경희대학교의 교직원과 학생을 중심으로 잘살기운동의 준비 작업으로 '문맹 퇴치' 활동부터 착수하였다. 도시에서는 적당한 공간(동회, 파출소, 사무실)을 이용하여 야간학습(夜學)을 개설, 운영하였고 농촌에서는 공휴일이나 방학 기간에 집중적으로 마을의 사랑방 등에서 계몽 학습과 각종 봉사 활동을 병행하여 전개하였다. 조 박사는 1960년대에 여러 차례 세계일주 순회 후 1965년《우리도 잘 살 수 있다》는 저서를 출판하였는데 '잘살기운동'을 왜 전개해야 하고, 어떻게 하면 가능한가를 구체적으로 설명하면서 잘살기운동의 전개에 국민 모두가 동참할 것을 호소하였다. 1966년부터 경희대학교에서는 '잘살기운동 장학금' 제도를 두어 생활이 어려운 학생들에게 배움의 기회를 제공하면서 잘살기운동을 장려하였다. 학생들은 교내에서 "봉사연합회"를 통하여 기능별로 계몽, 일손돕기 봉사 및 의료진료팀을 구성하여 도시 및 농어촌에서 두루 '잘살기운동'을 전개해 왔다. 동시에 봉사 활동을 지역사회개발 과목 또는 교직과목에 반영하여 학점화하기까지 하였다. 또한 헐벗은 국토를 푸르게 하자는 뜻에서 '조림녹화운동(그 후 애림녹화로 고침)'도 전개하였다. 잘살기운동을 전개하기 위해 1965년 11월 25일《우리도 잘 살 수 있다》는 80면의 소책자를 저술, 1968년까지 여러 차례 중판 배포하였다. 또한 조영식 박사는 잘살기운동을 전담하기 위해 경희대학교 부설로 "후진사회문제연구소"를 설치하였다. 이후 동 연구소는 "밝은사회문제연구소"로 개명했다가 다시 "밝은사회연구소"로 개명정착하였다. 연구소는 한국의 후진성과 빈곤의 요인을 연구 분석하며, 잘살기운동의 시범적 대안을 제시하여 왔다.

1971년 박정희 대통령의 요청으로 조영식 박사가 청와대를 방문했을 때 박 대통령께서 《우리도 잘 살 수 있다》를 세 번 읽었다고 하시면서 "새마을운동은 바로 잘살기 운동"이라고 하시면서 '잘살기운동' 하였기 때문에 자신은 '새마을운동'으로 정했다고 하셨다.

이후 조 박사는 자신이 설립한 경희학원 30만평에 교화로 목련화를 심고 학원내 도로 주변 전면에 가로수로 벚꽃나무를 심어 봄철에 주변 주민들에게 1주일 정도 개방하기도 하였다. 또한 자연 생태계의 파괴를 막기 위해 '애림녹화운동(1967)', '꽃길꽃동리 가꾸기 운동(1973)'을 전국 대상으로 전개하며, 대학 내에서는 '꽃씨은행' 제도를 운영하며 꽃씨를 수집, 배포하였고, 1975년부터 전국을 대상으로 '모범가족상' 제도와 '환경녹화미화상' 제도를 제정하여 모범 가족을 발굴하고, 우수지역(직장)을 선정하여 매년 시상하였다. 이와 같이 민간 운동으로 추진되던 '잘살기운동'은 정부 차원의 국민운동으로 이어져 제4공화국에서 '새마을운동과 새마음운동'으로, 제5공화국에서는 '사회정화운동'으로, 제6공화국에서는 '바르게 살기 운동'으로 이어졌다.

3. 밝은사회운동 결성대회

밝은사회운동이 체계적인 조직을 갖추고 범 국민운동으로 전개된 것은 1978년 밝은사회 한국본부가 결성되면서부터라고 할 수 있다. 밝은사회운동의 출범은 1975년 10월 25일 경희대학교 대운동장에서 조 박사의 제창으로 교직원, 대학 및 병설학교 학생 1만 5천여 명이 참가한 가운데 개최된 '밝은사회운동 결성대회'에서부터라고 말할 수 있다. 당시 경희학원의 교직원과 학생들은 선의, 협동, 봉사-기여의 정신으로 우리의 생활을 건전하고 밝게 하여 아름답고 보람 있는 사회를 이룩하며, 우리 사회에서 부조리, 불신, 무질서 등을 없애고자 하였다. 이날 참가자들은 물질문명이 낳은 비인간화의 세계, 인간경시 풍조를 제거하고 건전한 사회건설을 이루기 위해 밝은사회운동을 제창, 전개하였다.

4. IAUP대회에서 GCS운동의 실현을 결의

1975년 미국 보스턴에서 49개국 600여 명의 세계대학 총장들이 모인 제4차 IAUP대회에서 당시 회장직을 맡고 있었던 조영식 박사가 기조연설을 통하여 의식혁명을 통한 인간복권을 주요 내용으로 하는 주제 발표를 하자 총회에서 만장일치로 가결됨에 따라 "보스턴 선언문"으로 GCS운동이 채택되기에 이르렀다.

보스턴 선언문의 내용은 생활의 불건전성, 정신적 타락으로부터 인간, 물질, 정신이 조화를 이루고, 선의, 협동, 봉사-기여를 바탕으로 하는 밝은사회를 건설하는 데 최선을 다하자는 결의를 표명한 것이다(표 1 참조). 이로써 GCS운동은 국제사회에서 선택받았다.

표 1. 보스턴 선언문

1. 인간중심선언

인간이 세상의 모든 것에 앞서는 귀한 존재다. 인간은 역사와 문명의 주인이어야 하며 인류사회는 인간 중심 사회로 재건되어야 한다. 어떠한 제도나 조직도 인간을 앞설 수 없으며 인간을 그 도구로 써서도 안 된다. 인간은 자유로워야 하고 창의력도 발휘하며 보람 있게 살 수 있어야 한다.

2. 민주평화주의

모든 인간은 자유롭고 평등하며 모든 국가는 동등하다는 민주정신을 재인식하면서 세계평화 구현에 함께 노력한다. 인간과 인간 그리고 인간의 집단과 집단 사이의 갈등을 대화와 타협을 통해 평화적으로 해결해야 한다. 분쟁 해결에서 모든 폭력은 일체 배제되어야 하며 전쟁은 영원히 지구상에서 제거돼야 한다.

3. 과학기술의 통어

과학기술은 인간의 복지와 번영을 위한 도구이며 수단이다. 과학기술은 그 자체가 목적이 될 수 없다. 과학기술은 인간을 위하여 봉사할 수 있도록 철저히 통어되어야 한다. 과학기술이 인간을 역 지배하는 사태를 허용해서는 안 된다.

4. 건실한 인간기풍

인간의 존엄성을 해치는 물질만능 풍조를 배격한다. 정신생활과 물질생활의 균형을 회복하고 인간이 인간다운 인간으로서 더 살기 좋고, 더 아름답고 더 보람 있는 사회를 만들기 위하여 노력한다.

5. 인류가족정신과 새 규범 및 이상사회 구현

모든 인간은 인류사회의 일원이라는 가족의식을 가져야 한다. 한 집단을 위한 선한 일이 인류 전체 사회에 악이 되는 모순은 시정되어야 한다. 국가 또는 그 이하 소규모 집단의 이익과 규범이 전체 인류의 안정과 평화, 복지 향상에 위배되어서는 안 된다. 모든 인간이 하나의 인류사회의 일원이라는 생각을 갖게 될 때 인류사회의 진정한 평화 질서가 실현된다는 것을 확신한다.

5. 인류사회재건으로 세계평화에 기여

GCS운동으로 인류사회를 재건하여 세계평화를 실현하기 위해 1976 년에는 IAUP의 부설로 '인류사회재건연구원'이 경희대학교 내에 설치되어 인류사회재건에 관한 전문연구발표와 IAUP 기관지로《LUX MUNDI(영문)》잡지와《OUGHTOPIA(영문)》학술지를 발간해 왔고, 1977년 11월에 밝은사회연구소에서는《밝은사회》잡지(격월간지)를 발간하고, GCS(밝은사회)클럽 헌장과 조직 요강을 제정하여 클럽 조직에 착수하였으며, 1978년 6월에 밝은사회 한국본부가 서울에 설치되었다.

1978년 8월에 제5차 IAUP대회(이란, 테헤란)에서 보스턴 선언의 정신(실천사항)을 재확인함과 동시에, 한국에서부터 GCS클럽의 조직과 활동 모델을 시작할 것을 결의하였다. 1979년 전직 대통령, 노벨상 수상자, 대학 총장 등 77명의 각국 지도자들이 서울에서 GCS국제클럽 발기인 회의를 개최(사진 3 참조)하여 GCS클럽 국제본부의 결성과 초대총재 인선을 논의한 바, 제안자와 제안국이 한국이므로 한국에 설치하기로 결의하였고, 초대 총재로 제안자인 조영식 박사가 추대되었다.

한편 세계평화를 궁극 목적으로 삼고 있는 "국제평화연구소"(1979)를 IAUP 부설로 경희대학교 내에 설치하고 평화 문제에 관한 전문연구발표와 더불어 조 박사를 중심으로 한 "세계평화백과대사전" 편찬위원회를 구성하여 오랜 작업 끝에 1986년에《세계평화백과대사전(World Encyclopedia of Peace)》4권 1질(사진 1 참조)이 영국의 Pergamon 출판사에서 영어로 출판되었으며, 1999년에 증보판이 8권 1질로 미국에서 출판되었다. 이후

사진 1. 세계평화백과사전(발췌: 《사진으로 보는 밝은사회운동 30년사》, 332p)

현재 한국어 등 외국어로도 번역 중에 있다.

또한 1979년에 조영식 박사는 《오토피아(Oughtopia)》 저서를 통해(출판) '당위적 요청사회' 건설을 제창하였다. '오토피아'란 '인류의 협동 종합문명 복지사회'를 실현하자는 이론으로 동서 철학을 융합, 조화시켜 창출한 새로운 이론이며, 그의 기본철학 중에 '전승화(全承和)' 이론과 '주리생성론(主理生成論)'이 중심이 되어 정립된 것이 '오토피아'로 표현되고 있다. '오토피아'의 철학이론이 발표되자 새로운 학설로서 높이 평가되어, 여러 나라 대학에서 교재로 채택되었을 뿐만 아니라 조 박사는 그 기본 원리를 의학 분야에까지 적용시켜 경희대학교에서는 서양의학과 동양의학을 병행하여 교육, 연구, 임상 적용함으로써 상호 교호(交好)시켜 왔다. 특히 동양의학을 과학화하는 데 주력하여 기존 동양의학의 학제를 4년제에서 6년제로 승격시켰을 뿐만 아니라 전 세계에서 경희대학교 한의과 대학에 처음으로 한의학 석 · 박사 과정을 개설하고, 동양의학의 현대화를 위한 지원과 인재 양성에 헌신하여 왔다.

6. UN의 "세계평화의 날", "세계평화의 해" 제정으로 위기를 극복

1980년도까지는 세계 각국은 군비를 경쟁적으로 확장하여 국가 간의 분쟁은 끊길 새가 없었고, 세계 정세는 더욱 어지러워져 가고 있었으며, 언제 제3차 핵 대전이 도발할지 알 수 없어 위기 의식이 팽배하여 세계의 많은 지도자, 군사전문가, 석학들이 1980년대를 유사 이래 인류가 처음 맞는 위기의 연대로 보고 인류 종말을 예언하기도 하였다. 이와 같은 위기 해소 방안을 오랫동안 연구해온 조 박사는 1981년 코스타리카 산호세에서 열린 제6차 IAUP대회에서 'UN을 중심으로 한 세계 평화(Pax UN) 이론', 즉 힘 있는 UN을 만들어 UN이 중심이 되어 세계질서를 재정비해야 한다는 논리를 제기하였다.

1986년 1월 1일 새아침에 미국의 레이건 대통령과 당시 소련의 고르바초프 서기장은 서로 간에 '평화 메시지'를 교환하며, 금년은 UN이 제정한 '세계평화의 해'라고 전제하며, 서로 협력하여 평화를 이룩하자고 다짐하였다.

1986년 5월 서울(국립극장)에서 '세계평화의 해(1986)' 기념행사를 거행하였는데 이때 UN 사무총장의 특사로 파견된 제임스 조 UN 사무차장, 피니에스 UN 총회 의장, 각국의 GCS 총재, 이원경 한국외무부장관, 유창순 한국UN협회회장 등 2,000여 명이 참석한 가운데서 조 박사가 '평화의 날, 평화의 해' 제정 제안자로 높이 추대되었고, '세계평화의 해'를 기념하는 행사가 전 세계 각국에서 대대적으로 거행되었다. 그 후 1986년 11월 아이슬란드의 "레이캬비크"에서 미소정상회담을 통해 핵무기 전폐에 관한 원칙합의, 1987년 INF(중거리미사일) 전폐를 위시하여, 소련군의 아프가니스탄 철수, 소련의 군축 발표, 바르샤바조약군의 해체, 이란-이라크 전쟁의 종식, 캄보디아, 웨스트 사하라, 앙골라, 나미비아 등 지역 분쟁에서 관여국들의 철수 등으로 화해 시대에 돌입하게 되었다.

한편 이미 계획되어 있었던 21세기의 평화 시대를 맞이하기 위한 준비로 조 박사는 일찍이 1981년 제6차 IAUP 대회에서 각국이 평화에 공헌할 인재 양성을 위해 '평화대학' 설립제의를 하였으며, 이를 로드리게스 코스타리카 대통령이 받아들여 코스타리카에 평화대학이 설립 운영되고 있고, 그 후 조 박사는 1984년에 경희대학교에 '평화복지대학원'을 설립하였다. 그는 '평화복지대학원'을 세계에 하나밖에 없는 국제적 대학원, 대학으로 설립, 정착시켜 왔다. 경희대학교의 평화복지대학원은 ① 국적을 초월한 전면 장학생(등록금, 숙식비 면제)만 모집(단, 영어 TOEFL 580 수준) ② 전 과목을 영어로만 강의 ③ 교수진은 세계 석학들을 선별 초빙 ④ 평화 증진을 위한 연구에 기여 ⑤ 평화 활동에 기여할 고급 인재의 교육, 배출 등의 공로가 인정되어 '평화복지대학원'이 1993년에 UNESCO로부터 '평화교육상'(US$60,000)을 수상하였다.

7. PAX UN을 통한 신국제질서의 정립과 제2 르네상스의 제기

　소련의 고르바초프는 1988년 '페레스트로이카'와 '글라스노스트'를 외치며 공산주의를 포기했고, 1989년 동독이 흡수 통일되자 급기야 동구권이 무너지는 등 걷잡을 수 없이 국제질서가 혼미에 접어들고 있을 때 조 박사는 1989년 7월 18일 밝은사회중앙클럽 월례회의에서 행한 강연을 통해 '인류 세계의 오늘과 내일의 진로'를 피력하였다. 또한 1990년 4월 말레이시아 쿠알라룸프르에서 남양상보(南洋商報-80만 부 발행) 신문사 주최로 열린 현대사회 세미나에서 '제3 민주혁명과 신국제질서'란 주제의 기조연설은 연 3일 톱 기사로 보도되었고, 같은 해 5월 모스크바에서 열린 '세계평화의 날' 10주년 기념 7개국 학자 학술회의에서 네 가지 결의안이 담긴 'UN을 통한 세계평화정착 대선언문'(제선언문 참조)을 UN에 상정시켰다. 그 요지는 ① 회원국은 어떠한 경우에도 UN 헌장을 준수하고, 새로 가입하는 국가는 이를 이행하겠다는 약속을 해야 한다. ② UN이 다시 태어난다는 각오로 회원국들끼리는 절대로 전쟁이나 침략을 하지 않겠다는 서약을 해야 한다. 이를 어기고 전쟁을 도발한 나라에 대해서는 외교 고립, 경제 조치, 내왕 중단, 공동 제재한다. ③ 재래식 무기를 서로 이전하거나 판매하지 못하고, 대량학살 무기의 확산이나 기술 이전도 못 한다. ④ 이러한 조치를 감시하기 위해 상설 "UN평화유지군"을 창설한다는 내용이었다. 그 후 이 안건은 UN에서 그대로 채택 반영되어 이미 걸프전쟁을 UN의 이름으로 훌륭하게 치러냈고, 현재 아프리카 등 혼란 지역에는 UN평화유지군이 활발하게 활동하고 있다. 또한 같은 해 10월에는 모스크바 대학에서 조 박사에게 수여하는 명예박사학위수여 기넘 연설에서 "제3민주혁명과 러시아의 향방"이라는 논문이 발표되자 기다리기라도 하였다는 듯이 이 논문이 노어로 번역되었고, 이 논문의 말미에 "이 논문은 350,000부를 인쇄하였다."라고 기재되어 있다(사본: 경희대학교에 전달 보관).

8. GCS 클럽 현황

1978년에 처음으로 한국에 GCS 국가본부가 설립된 이래 2021년 현재 한국에는 350개의 GCS 단위클럽이 결성되었고, 외국에서는 1980년 2월에 인도에서 GCS 클럽본부가 결성되었으며, 1981년 3월에 미국 GCS 본부가 일리노이 주 정부 설립 인가를 받았고, 1983년 1월에는 홍콩 GCS 본부와 마카오 협회, 사전(沙田) 지역분회가 결성되었고, 동 6월에 중화민국(대만) GCS 본부와 대만성(臺灣省) 분회, 대북시(臺北市) 분회, 고웅시(高雄市) 분회가 결성되었으며, 1984년 호주 시드니 클럽, 1985년 마카오 협회, 일본 도요다(豊田)클럽, 남미 칠레클럽, 1988년 일본 도쿄(東京) 국가본부와 요코하마(橫浜)협회, 2008년 오사카(大阪)협회, 1989년 말레이시아협회, 태국 GCS본부, 필리핀 GCS본부, 1990년대에 미국 시카고 클럽, 남미 아르헨티나, 브라질, 콜롬비아, 코스타리카, 멕시코 등 GCS 본부, 1991년 러시아 GCS본부, 우크라이나 GCS본부, 중국 연길(延吉) 협회, 1992년에 GCS 국제클럽이 UN NGO/DPI(비정부단체) 가입, UN ECOSOC(경제사회이사회)의 특별협의지위 획득, 1993년 미국 하와이 클럽, 1994년 일본 나고야(名古屋)클럽, 벨기에 협회, 카자흐스탄 본부, 사하본부, 1995년 중국 북경본부(金鑫 총재 임명), 중국 하남성(숭달대학클럽), 2001

사진 2. 조영식 박사(왼쪽)와 필자

년 GCS 페루클럽, 대만(중국문화대학클럽, 육달대학클럽), 2004년 나이지리아 본부, 우루과이 본부, 파라과이 본부, 호주 본부, 요녕협회, 장춘협회… 등 40여 국가 및 지역에 GCS클럽이 조직되어 있다.

조영식 박사

밝은사회운동 제창자 (현 명예총장)

경희대학교 설립자겸 학원장

세계대학총장회 제안자 겸 영구명예회장

디오스다도 마카파칼 박사

필리핀 전 대통령

찰스 브렌톤 허긴스 박사

1966년 노벨의학상 수상

미국

군나르 뮈르달 박사

1947년 노벨경제학상 수상

스웨덴

아우렐리오 페체이 박사

로마클럽 전 회장

이탈리아

조영식 박사, 한국
세계대학총장회 영구명예회장
경희학원설립자

H.E. DicsdadoMacapagal, 필리핀
전 대통령

윤보선 박사, 한국
전대통령

H.E. Rodrigo CrazoOdio, 코스타리카
전 대통령

H.E. Fidel Sanchez, 엘살바르도
전 대통령

Hon. E. De La Mata, 스페인
국제적십자사 총재

Hon. Nagendra Singh, 홀랜드
국제사법재판소 소장

Hon. Bohdan Lewandcwski, 폴란드
전 유엔사무차장

Hon. Davidson Nicol, 시에라리온
전 유엔사무차장

Charies huggins 박사, 미국
노벨상 수상자(1966)

Gunnar Myrdal 박사, 스웨덴
노벨상 수상자(1974)

S. Shatalin박사, 소련
경제과학원 사무총장, 소련과학위원회 부의장

Hon. Gil J. Puyat, 필리핀
필리핀 상원의장

Hon. Gil J. Puyat, 필리핀
필리핀 상원의장

Aurelio Peccei 박사, 이태리
로마클럽 회장

Roger C.L.Cuillemin 박사, 미국
노벨상 수상자(1977)

James D.Walson 박사, 미국
노벨상 수상자(1962)

Hon Armando Arauz Aguilar, 코스타리카
부통령

Gen. Richard G. Stilwell, 미국
전 유엔극동군 사령관

F.H. Hinsley 박사, 영국
케임브리지대학 부총장

Hubert Niederlander 박사, 독일
하이델베르크대학 총장

Peter De Somer 박사, 벨기에
루벤대학 총장

Seiji Kaya 박사, 일본
동대대학 총장

Gunther Winkler 박사, 오스트리아
비인대학 총장

Alhaji Ado Bayero 박사, 나이지리아
나이지리아 수상

Henry King Stanlord 박사, 미국
마이애미대학 총장

William R. Wood 박사, 미국
알라스카대학 총장

Helena Z. Benitez 박사, 필리핀
하원의원, 무임소 대사

Gustavo Nicolich Fonseca 박사, 우루과이
우루가이대학 총장

Nasrcllah S. Fatemi 박사, 미국
대학교류위원회 회장

Alexander Prokhorov 박사, 러시아
노벨상수상자(1964)

Rrvin Laszlo 박사, 미국
UNITAR 연구소장

Nibondh Sasidhorn 박사, 태국
세계대학총장회 전 회장, 전 교육부장관

R.C. Mehrofra 박사, 인도
델리대학 총장

W. Sarrazin 박사, 독일
독일연방회의 의원 및 대사

Anlonio Cardona 박사, 콜롬비아
아메리카대학 총장

Gen. Robert N. Smith(Ret), 미국
전 유엔군극동 사령관

Adnan Badran 박사, 요르단
야묵대학 총장

Chang Chi-yun 박사, 중화민국
전 교육부장관, 중국문화대학 설립이사장

Granville M. Sawyer박사, 미국
텍사스대학총장

ToraoUshiroku박사, 일본
교토 국제회의 의장, 전 주한 일본대사

Mrs. Blanche Judge, 미국
몬타나주 우정의 사절단 단장

Ehsan Rashid박사, 파키스탄
카라치대학 부총장

Benito F. Reyes 박사, 미국
세계대학설립자 겸 총장

Gen. WegoW.K. Chiang, 중화민국
통합사령부 사령관

Benjamin T. Tirona박사, 필리핀
외무부순외대사

Chen–HsingYen 박사, 중화민국
국립대만대학 총장, 전 교육부장관

김기형박사, 한국
전 과학기술처장관

Mahar Mardjono박사, 인도네시아
인도네시아대학 총장

J.P. Duminy박사, 남아프리카공화국
케이프타운대학 부총장

ConradoP. Aquino 박사, 필리핀
동방대학(Univ. of the East) 총장

안호상 박사, 한국
GCS클럽한국본부총재, 초대 문교부장관

안호상 박사, 한국
GCS클럽한국본부총재, 초대 문교부장관

Lai Kar–Chiu 박사, 홍콩
중화민국 국회의원, 홍콩 극동대학 총장

이원설 박사, 한국
한남대학교 총장

Mustafa Haddad 박사, 시리아
다마스커스대학 총장

E.J. Marais 박사, 남아프리카 공화국
포토 엘리자베스대학 부총장

G.D.Sharma 박사, 인도
인도대학협의회 사무총장

Raymundo Nonnato Loyola de Castro 박사, 브라질
주한 브라질대사

Thaworn Phornprapha 박사, 탁국
사이암 모터스(주) 회장

Dame Daphne Purves, 뉴질랜드
국제여성대학연맹 회장

Rodolfc E. Piza Excalante 박사, 코스타리카
주 UN코스타리카 대사

H.E. Shafik Abrahim Blda 박사, 이집트
국회상원 부의장

H.E. Karl Warnberg, 스웨덴
주 콜롬비아 스웨덴 대사

Indar Jit Rikhye 박사, 미국
국제평화학술원 원장

Richard F. Gordon, Jr. 박사, 미국
아폴로 12호 선장

Norman D. Palmer 박사, 미국
미국정치학회 회장

Laszlo Taroni 박사, 헝가리
세계인도주의연맹 회장

Yuri Sayamov 박사, 소련
소련과학자협회 수석부회장

Ing. Ricardo Popovsky, 아르헨티나
Palermo대학 총장

Alexei L. Kovylov 박사, 소련
청년연맹위원회 의장

Ismat T. Kittani 박사, 이라크
제36차 유엔총회 의장

H.E. Leonid Kuchma, 우크라이나
우크라이나 대통령

S.S. Mohapatra 박사, 인도
인도외교협의회 회장

Amalendu Guha 박사, 노르웨이
마하트마간디 비폭력평화재단 총재

Manuel D. Punzal 박사, 필리핀
그레고리오 아네타대학 총장

Juan Carlos Lavignolle 박사, 아르헨티나
아르헨티나 Palermo 대학 교수

차경섭 박사, 한국
차병원 원장

서돈각 박사, 한국
전 한국학술원 원장

사진 3. 밝은사회운동 국제공동 발기인

(발췌: 《사진으로 보는 밝은사회운동 30년사》, 54p)

(당시 직책 무순)

나의 생각과
정신에 맞는 GCS

심호명
사단법인 밝은사회국제클럽 한국 본부
명예총재, 담제 보훈기념사업회 회장

___

　조영식 박사님 탄생 100주년과 유엔 세계평화의 날 40주년 기념으로
글을 쓰게 된 소회가 남다르다. 조영식 박사는 평생을 우리나라의 교육
사업과 세계 인류의 보다 나은 삶의 발전을 위해 노력하신 분이다.

　본인은 조영식 박사님과의 만남이 1998년부터지만 만날 때마다 조 박
사님과의 대화에서 그의 세계관, 역사관, 인생관에 대한 이야기를 많이
들었다. 조 박사님의 사상은 동양과 서양의 사상을 조화롭게 섭렵하여 인

류가 더 살기 좋고 평화로운 평화 세계를 지향하고 있다는 것을 많이 느꼈다. 그리하여 조 박사님이 제창한 밝은사회운동이라는 국제사회운동에 동참하여 한 분야를 담당하면서 지금도 조 박사님의 사상이 대단히 원대하며 깊이가 있음을 계속 느끼고 있다.

본인은 밝은사회 한국 본부 총재직을 수행하면서 인도, 미얀마, 중국, 대만 등 많은 국가의 밝은사회운동에 회원들과 참여하여 그 나라의 문화를 접하고 다양한 활동을 했다. 몇 해 전에는 150여 명의 전국의 밝은사회 회원들과 함께 일본의 동경을 방문하였고, 'GCS 도쿄 클럽'를 성대하게 결성하였다. 그리고 미국 몬트레일 사막 한가운데인 센와킨 밸리에는 295명의 아무도 찾지 않는 전사자 묘지에 꽃다운 젊은 군인들의 버려진 묘소가 있다.

피난 중에 1,500여 명의 피난민들을 위해 피난민 정착촌 개척단을 만들어 문맹 퇴치와 삶을 위해 노력하여 한국 최고의 모범부락 신흥동(새로 흥한다는 의미)을 만들어 학교 설립, 교육 및 삶을 이루게 하신 부친을 보며 초근목피에 꿀꿀이 죽을 먹던 우리가 유엔군 중 특히 미국의 절대적인 도움을 받아 일어설 수 있었기에 그들의 감사를 잊어서도 잊지도 않겠다는 마음에 조 박사님과의 뜻이 같아 밝은사회(GCS) 봉사 정신에 동참하게 되었다.

인생에서 제아무리 좋은 명분일지라도 가족의 죽음만큼 가슴 아픈 일은 없는데 미안하고, 미안한 마음이 아려오기에 감사 비석을 제작하여 공수하여서 묘소에 세우고 식수와 참배를 매년 해오고 있다. 그리고 인천상륙작전의 미 40사단 또한 매년 찾아 늘 감사의 뜻을 전하고 있다.

클럽 활동 때마다(거리 청소, 이웃에 김장 나누기 등) 부모를 따라와 봉사하는 아이들(초·중·고)의 모습에 격려와 칭찬으로 봉사 정신을 일깨워 주고 있으며, 6·25 당시 미국의 참전용사 덕분에 한국이 이렇게 잘살 수 있다고 알려주고 있다. 한국 정부나 보훈처 등에서 그때 도와준 군인들을 초청해 감사와 축하 인사를 하는데, 미주 지역, 영국, 필리핀, 터키, 푸에르토리코 등 한국 전쟁에서 부상 당해 보훈 병원에 누운 채 집에 가보지도 못하는 부상병들을 찾아 가서 위문하고 있기도 하다. 이들은 현재 무연고자들로 이미 죽거나 90살이 넘었다.

2007년부터 지금까지 이 일을 하고 있다.

우리가 처음 갔을 때는 "왔네" 하였고 두 번째 방문했을 때는 "또 왔네" 하다가 세 번째는 "정말 오네"라면서 감격하여 서로 껴안고 눈물을 흘렸다. 약 10여 명이 꾸준히 이 활동에 참여하고 있으며, LA지역 선후배들도 호응하고 있다. 이제 코로나 팬데믹이 끝나면 이 봉사 활동을 재개할 계획이다.

조영식 박사의
밝은사회 구상과
밝은사회운동

신대순
경희대학교 명예교수,
밝은사회국제클럽한국본부 부총재

---

1. 밝은사회운동의 태동

　밝은사회운동 제창자 조영식 박사는 현대 사회가 비인간화 투쟁적 관계로 변화되는 모습을 보면서 그 원인을 인류사회가 추구해야 할 바람직한 공동 목표가 부재하고 목표 달성을 위한 공동 노력이 없다는 사실에서 찾아보려 하였다.

　인간이 만들어가는 우주적 차원의 재앙을 막기 위해서는 누군가 나서서 인류 공동 목표를 제시하고 목표 구현을 위한 세계적인 실천적 노력이 있어야 한다고 강조하였다. 그리하여 그는 먼저 인간이 마땅히 이루어야 할 당위적 요청사회로의 오토피아를 이론적으로 체계화하여 1979년에 《오토피아》라는 저서를 발표하였다.

　'오토피아'를 한마디로 표현하면 "정신적으로 아름답고 물질적으로 풍요하고 인간적으로 보람 있는 사회"라고 저서에서 밝히고 있다. 오토피아(oughtopia)는 ought(당위)와 topia(장소)의 합성어이며 인간으로서 추구해야 할 삶의 목표라고 할 수 있다. 궁극적 목표로서의 오토피아를 실천하는 방법으로 밝은사회 이론을 제시하였다. 오토피아가 인류 모두 함께 추구해야 할 미래지향적 목표라면 밝은사회는 오토피아를 이루기 위해서 가정, 이웃, 지역사회가 실천해야 할 목표라고 할 수 있다.
　조 박사는 학술적으로 이론을 전개하였을 뿐만 아니라 구현 방안으로서의 밝은사회운동을 제창하였다. 서로 잘 아는 사람끼리 모여 클럽을 형성하고 형제자매로서의 우정을 키우면서 서로 돕고, 이웃의 어려운 사람을 위하여 봉사하며 지역사회 발전에 기여하도록 하자는 것이 밝은사회운동이다. 단위클럽의 독립적 활동을 원칙으로 하면서 이웃 클럽들과 연계하고 유기적인 협력 관계를 유지하도록 하자는 것이다. 이러한 클럽을 직장 지역사회에 결성해 국가적으로 추진하면서 더 나아가 국가 간의 협력을 통해서 세계적인 밝은사회운동이 되도록 한다는 것이다.

　조 박사는 세계적인 밝은사회운동을 추진하기 위하여 세계대학총장회(IAUP)가 주도적인 역할을 하도록 하였다. 1978년 IAUP이사회에서 밝은

사회헌장을 채택하고 한국을 밝은사회운동 시범 국가로 지정하면서 같은 해에 한국에 밝은사회국제클럽한국본부를 창설하였다. 그리고 그다음 해인 1979년에 국제본부가 탄생하게 되었다. 1980년(2.18. 초대회장 백선엽 장군) 초기의 단위클럽인 밝은사회서울중앙클럽 결성을 계기로 우리나라 전역에 밝은사회클럽을 결성하기 시작하였고 세계 여러 나라에 밝은사회클럽이 조직되기 시작하였다.

2. 밝은사회 건설은 왜 필요한가

우리는 오늘날 물질만능사회, 과학과 기술이 고도로 발달한 우주 개발 시대에 살고 있다. 단순히 기존 물건이나 기계를 통합하거나 분리하여 새롭게 만들거나 어떤 도구나 기계를 한 단계 발전시켜 성능 좋은 제품을 만드는 차원을 넘어 생각할 수 있는 것, 꿈꿀 수 있는 것은 무엇이나 만들어 낼 수 있는 시대가 되었다. 보이는 대상이 아니라 보이지 않는 것을 대상으로 신제품을 만들고, 상상할 수 있는 그 이상의 정신력으로 새로운 물건을 만들어내는 시대, 인간이 기계를 조작하는 것이 아니라 기계가 스스로 판단하여 작동하는 로봇 시대를 살아가고 있다. 컴퓨터나 휴대폰만 하나 가지고 있어도 궁금한 것이 모두 해결되고 즐거운 시간을 보낼 수 있다.

이와 같은 사회적·물질적 변화는 사회 규범이나 윤리 도덕 그리고 사회를 이루는 기본 원칙의 변화를 가져왔다. 가정에서 부모가 자녀들에게 평생 필요한 존재로 공경의 대상이 되기보다는 유산이나 넘겨주는 존재, 함께 살 필요가 없는 존재로 전락되고 형제나 친척도 이해관계로 대립되는 이기주의적 인간 관계로 변질되어가고 있다. 각 국가는 전쟁 물자를 경쟁적으로 생산하고 있으며 나날이 더 빨리 더 많은 사람을 살상할 수 있는 가공할 군사력을 키우고 있다. 이 상태로 간다면 과연 인류는 잘 살 수 있을까, 인류에게 미래는 있는 것인가 의문하지 않을 수 없다. 어느 누구도 인류사회는 안전하고 평화스럽다고 말하기는 어려울 것이다. 아무리 긍정적으로 보려고 해도 결국 인류는 엄청난 재해를 면하기 어려울 것이다.

준비 없는 안일한 자세는 재앙을 불러올 뿐이다. 1차 대전을 경험하고 아무런 대책이 없었기에 2차 대전을 경험하지 않았는가. 2차 대전으로 그 많은 인명의 살상과 시설 재물의 파괴를 봤으면서도 인류는 정신을 차리지 못하고 있으며 앞으로 더 큰 전쟁을 방지하기 위한 어떠한 준비와 노력도 찾아보기 어렵다. 전쟁을 방지하기 위해서 신무기를 개발하고 핵 공격을 막기 위해서 더 큰 핵무기로 무장해야 한다는 평범한 전술적 개념을 제시하고 있을 뿐이다. 말로는 평화를 외치지만 전쟁에 대비하여 무기를 개발하고 현재까지 만들어 놓은 지구상의 핵무기만으로도 인류가 몇 번을 죽어야 할지 모르는데 이 순간에도 핵무기 화학 생물무기, 전자 무기, 로봇 무기는 쌓여가고 있으니 지구를 화약고라고 하지 않을 수 없고 현대인은 그 화약고 위에서 노래 부르고 춤추고 있다고 할 수 있다. 전쟁에 대비하려는 노력이 결국 지구상의 살상 무기가 넘치도록 경쟁적으로 생산하고 있어 점점 더 인류는 자살적 위기로 치닫고 있다.

인간의 바람직한 삶의 지표나 인류가 지향해야 할 궁극적 목표가 없으니 교육·문화·과학 기술이 모두 물질적 이익 추구에 치우치게 되고 이해 관계의 대립으로 전쟁의 위험은 고조되고 있다. 앞으로의 전쟁은 국지적 전쟁으로 일부의 물질적 손실과 인명의 살상으로 끝나는 전쟁이 아니라 인류가 전멸할지도 모를 종말적 위기를 우려해야 하기에 인류는 미래 사회를 바라보면서 영구 평화와 번영을 위해서 오토피아를 구현하는 데 힘써야 할 것이다.

3. 밝은사회는 어떠한 사회인가

한 개인은 독립적으로 살아가는 존재가 아니라 사회 속에서 남들과 어울리며 살아간다. 자기의 자유 의사와는 관계없이 부모 사이에서 자식 관계로 태어나고 누군가의 도움을 받아 걷고 활동하고 생활할 수 있는 성인으로 성장한다. 태어나서 사람은 단독으로는 몸을 움직일 수도 없고 먹을 수도 없고 살아갈 능력도 없이 누군가의 도움을 기다릴 뿐이다. 야생 늑대의 도움이 없었다면 늑대 소년도 없었을 것이다. 태어나면서 우리는 사회 관계를 맺으며 살아야 하고, 서로 돕고 의지하고 협동하며 살아간다. 이러한 인간의 본연의 자세가 가정을 이루고 지역사회와 인류사회를 구성하는 기반이 되어야 한다. 인간 모두가 건전한 가정을 바탕으로 선의·협동·봉사-기여의 생활을 하고 그러한 건전한 가치관을 가진 사람들이 사회와 직장에서 사회 규범을 지켜나간다면 우리 사회는 살기 좋은 밝은사회가 될 수 있을 것이다.

인간은 가정·학교·사회의 교육 과정을 통해서 가치관을 갖게 되고 그렇게 형성된 가치관을 토대로 사회 활동을 하게 된다. 그런데 개인이 가지는 가치관에 따라 사람들의 활동이 사회 발전에 기여하기도 하고 저해 작용을 하기도 한다. 이러한 가치관의 충돌은 대립 투쟁 관계로 이어지며 결국에는 집단 간, 국가 간 전쟁으로 확대되기도 한다. 그리하여 인류의 역사는 전쟁의 역사였고 과학 기술은 전쟁을 위한 도구로 이용되었으며, 과학 기술의 발달로 인류의 종말을 우려해야 하는 단계에 이르게 되었다. 무기로서 전쟁을 막을 수 없고 전쟁으로 평화를 이룰 수 없다는 것은 인류 모두가 경험해서 알고 있는 사실이다. 조금만 생각해보면 인류 역사의 진로는 잘못되고 있다는 것을 알 수 있다. 그러면 인류가 지향해야 할 평화와 번영은 어떻게 이루어야 할 것인가.

그 해답은 밝은사회라는 평범한 용어에서 찾을 수 있다. 인간은 누구나 가정을 이루고 이웃과 더불어 인간관계를 이루며 지역사회 속에서 활동한다. 그러한 지역사회가 모여 국가를 이루고 인류사회로 확대된다. 이러한 점에서 인류사회의 문제는 바로 적은 단위의 사회 집단에서 그 해결 방안을 찾아야 한다. 대면적 생활이 이루어지는 적은 단위의 지역사회에서부터 구성원들이 의식 구조를 개선하고 협력 관계를 유지하며 사회에 도움이 되게 활동하는 분위기가 조성될 때 차상위 단위가 지향하는 목표도 건전한 방향으로 변화될 것이다. 밝은사회는 지역사회를 밝게 한다는 차원을 넘어 인류사회 재건의 기초로 삼고 인류사회의 진로를 전환시키는 기본 이론으로 삼자는 것이다.

오토피아를 지향하는 밝은사회의 지도 이념은 무엇인가.
첫째는 정신적으로 아름다운 사회다. 인간이 다른 동식물과 다른 것은 정신과 가치관이 있다는 점이다. 그런데 정신은 사회환경 학교와 사회 교육 자기 수련의 과정을 거쳐 형성된다. 개개인의 정신은 사회 속에서 통합되어 집단적 정신, 사회적 이념이 된다. 인간의 정신을 사회관계와 관련시켜 보면 사회에 도움을 주는 긍정적 정신과 사회를 분열시키고 대립 투쟁 관계로 이끄는 부정적 정신으로 나누어 볼 수 있다. 긍정적 정신은 사랑 의리 · 협동의 인정을 바탕으로 하는 정신이다. 긍정적 정신에서 사회통합 발전이 이루어지고 구성원 모두가 보람 있고 즐거운 생활을 할 수 있다. 부정적 정신은 미움 · 시기 · 대립 · 투쟁의 정신으로 서로를 불신하게 되고 조직의 건전한 목표 달성을 어렵게 만든다. 우리 사회에 긍정적 정신을 고양시키고 이를 공통의 가치관으로 승화시켜 사회 발전의 원동력으로 삼느냐가 과제라 할 수 있다.

둘째, 물질적으로 풍요한 사회다. 인간이 살아가기 위해서는 의식주 문제가 해결되어야 하고 생활에 불편 없이 살아갈 수 있을 만큼의 자금도 확보되어야 한다. 시대의 흐름에 따라 문화 생활을 할 수 있는 도구 시설도 필요하다. 풍요한 사회를 지향하기 때문에 주택을 짓고 도로를 건설하고 자동차를 생산한다. 인류 역사는 바로 물질적 풍요를 위한 발자취라 할 수 있다. 물질적 풍요를 지향하지 않았다면 오늘날 인류는 원시적 생활에서 벗어나지 못하였을 것이다. 물질적 풍요를 이룩하기 위해서는 과학 기술의 진흥과 협동적 생산 체제가 확립되어야 한다.

셋째, 인간적으로 보람 있는 사회다. 먹고 사는 문제라면 동물에서도 찾아볼 수 있다. 인간은 타 동물과 달리 인간적인 대우와 안정된 사회 환경, 미래에 대한 생활 보장 등을 요구한다. 인간이 조직 속에서 기계의 부속품처럼 대우받고, 제도와 물질의 노예가 되고, 인간성이 부재하는 사회가 된다면 아무리 물질 문명이 발달하고 과학 기술이 발전한다 해도 보람 있는 사회는 아닐 것이다. 모든 발전은 인간의 보람을 위한 수단이어야 하며 인간의 생명과 존엄성이 중시되고 인간의 자유와 평등이 보장되고 평화와 행복을 지향하는 사회 제도가 확립되어야 한다.

밝은사회를 한마디로 표현한다면 서로 돕고 협동하는 사회이고, 물질적으로 풍요하여 부족함이 없는 사회이고, 인간적 대우와 노력에 대가가 주어지는 사회, 미래의 안전과 보다 나은 발전이 보장되는 사회라고 할 수 있다.

4. 밝은사회를 어떤 방법으로 구현할 것인가

인간이 마땅히 이루어야 할 밝은사회를 거부할 사람은 없을 것이다. 그러나 극도의 이기주의가 팽배하고 물질 만능시대에 밝은사회를 이루는 일에 솔선수범한다는 것은 쉬운 일이 아니다. 어떠한 방법으로 구현하느냐가 중요하다고 할 수 있다. 조 박사는 밝은사회 구현을 위한 밝은사회운동을 제창하면서 지역사회에서부터 시작하여 범세계적으로 전개해야 한다고 강조하였다. 이에 1978년 제5차 세계대학총장회의에서 밝은사회운동을 범세계적으로 전개할 것을 결의한 바 있다.

밝은사회운동이란 직장이나 지역사회에서 잘 아는 사람들끼리 모여 클럽을 결성하고 회원 상호 간에 친목을 도모하면서 형제자매로서의 우의를 키우고 서로 돕고 협동하며 이웃의 어려운 사람을 돕고 그들이 정신적·육체적으로 자립의 터전을 조성하며 그들 스스로 지역사회 발전에 기여하도록 여건을 조성해나가는 운동이라 할 수 있다. 지역사회에서 이러한 밝은사회클럽(GCS클럽)이 결성되어 활동하고 주변의 다른 클럽들과 제휴하며 이러한 클럽들이 국가적으로 더 나아가 세계적으로 확산될 때 밝은사회는 구현될 수 있을 것이다. 밝은사회운동은 한국에서 시작되어 세계적으로 확산되고 있다.

GCS클럽은 자생적 모임으로 스스로 지도자를 선발하고 자체 회비로 운영 자금을 마련하여 외부의 통제를 받지 않고 스스로 목표를 정하고 사업을 추진한다. 회원들은 모일 때마다 밝은사회 명상을 통해서 심신을 단련하고 건전한 가치관을 키우며 밝은사회 정신이 의식 속에 자리 잡게 하고 있다. 회원 각자가 내면으로부터의 심신 단련 의식개혁의 방법론으로 명상을 채택하고 있다.

클럽에서 해야 할 일은 자체 사업과 외부 활동으로 구분할 수 있다. 클럽 내에서 자체적으로 해야 할 사항은 회원 간의 화목한 인간관계 확립, 형제자매로서의 친밀한 우정 키우기, 서로 돕고 협동하기, 조직을 활성화하고 회원 확충 기금 조성, 지속적인 활동 기반 구축 등을 들 수 있다. 클럽의 외부 활동으로서는 어려운 이웃 돕기, 환경미화사업, 지역사회개발사업 등을 들 수 있다. 밝은사회클럽은 단위클럽이 독자적으로 사업을 추진할 것을 원칙으로 하면서 주변에 있는 다른 단위클럽과 연합회를 조직

할 수 있고 광역 지역을 중심으로 지구를 두며 국가 단위에는 국가본부가 모여 국제본부를 결성하게 된다. 밝은사회클럽은 국제본부와 연결된 계통적 조직 형태를 취하며 적게는 지역사회 문제 해결, 크게는 인류사회 문제 해결이라는 과제를 추진하는 조직이라 할 수 있다.

5. 밝은사회운동의 과제는 무엇인가

지역사회별로 밝은사회클럽이 조직되어 활동하고 세계적으로 확산되어 유기적인 연결 체계를 확립하여 밝은사회 건설을 위한 활동을 한다면 인류사회는 전쟁이 없는 평화사회, 모두가 형제로 연결되는 한 가족 사회, 모두가 잘사는 풍요 사회, 미래가 보장되는 보람 있는 사회가 될 것이다. 그러나 인정이 고갈되고 이웃이 상실되고 고도의 이기주의가 팽배한 사회구조 속에서 범세계적인 밝은사회운동을 추진한다는 것은 쉬운 일이 아니다. 우선 단위클럽이 많이 탄생해야 하는데 받기보다는 주고자 하는 사람, 자기의 안일보다는 남을 먼저 생각하고 배려할 줄 아는 사람, 다른 사람과 어울리기를 좋아하고 봉사에 보람을 느끼는 사람을 찾기가 쉽지 않아 어려움이 따른다. 그러나 그렇게 쉬운 일이라면 인류사회 문제는 해결됐을 것이다. 클럽 결성이 어려운 일이지만 밝은 미래를 위해서 더 많은 클럽을 육성하고 사업 범위를 확대해 나가야 할 것이다. 이를 위해 필요한 과제가 있다.

첫째로 유능한 지도자가 확보되어야 한다. 지도자는 남을 지도할 수 있는 이론 무장이 되어있어야 하고 회원들이 피부로 느낄 수 있는 봉사

사진 1. 조영식 박사(왼쪽)와 필자

정신과 열정이 있어야 한다. 사람들을 잘 설득시켜 회원으로 영입하는 능력, 회원 상호 간에 협력 관계를 유지하도록 하는 능력, 조직을 이끌어나가는 리더십 있는 지도자가 계속적으로 확보되어야 한다. 본부 차원에서는 유능한 지도자를 발굴하는 데 힘써야 하고 활동하는 지도자들에게 지도 능력을 함양하는 교육이 지속적으로 추진되어야 한다. 지도자 육성은 연수교육이라는 형식을 통해서도 가능하지만 수시로 대면적 접촉을 통해서 대화의 형식으로 추진하는 것도 지도자 양성에 중요하다.

둘째로 단위클럽 수를 늘리고 클럽을 활성화해야 한다. 클럽 수를 늘리는 것이 밝은사회운동을 확산하는 데 지름길이라 할 수 있다. 조직 형성에 있어서 상위조직을 먼저 두고 단위클럽을 늘려나가는 방법도 있으

사진 2. 밝은사회클럽 회원들과 함께 (가운데 조영식 박사)

나 건전한 단위클럽의 육성 없이 상위조직을 통한 하향식 조직 형태는 지속적 활동을 기대하기 어렵다. 건전한 단위클럽 육성이 지도자의 사명이며 단위클럽이 점진적으로 확산될 때 밝은사회운동은 활성화될 수 있다. 단위클럽에서는 회원 수를 늘리고 사업을 지속적으로 추진하는 것이 중요하며 상위조직 단위에서는 클럽 수를 늘리고 단위클럽이 활성화되도록 클럽 관리를 잘하는 것이 필요하다.

셋째, 사업을 활성화해야 한다. 단기 장기 계획을 수립하여 지속적으로 사업을 추진하여야 한다. 사람이 매일 운동하고 활동해야 건강을 유지할 수 있는 것처럼 사회 조직도 구성원에게 책임을 부여하고 해야 할 과제를 주며 활동할 수 있도록 해야 한다. 활동이 없으면 침체된 조직이고 사회 발전에 기여할 수 없다. 단위클럽에서는 지역사회에서 필요한 사업, 지구본부에서는 지역에 적합한 사업, 국가본부에서는 전국적으로 시행할 수 있는 사업을 구상해야 하고 국제본부에서는 인류사회가 안고 있는 문제를 해결할 수 있는 사업을 추진해야 한다. 밝은사회운동은 대립 투쟁으로 잘못되어가는 인류의 진로를 바로잡기 위한 국민운동이며, 선의 협동 봉사-기여의 정신을 키우는 의식혁명이며, 인류가 함께 더불어 잘 사는 생활 공동체를 이루기 위한 생활 혁명이라 할 수 있다. 이러한 과제를 실천하기 위하여 사회 지도자들이 밝은사회클럽에 모여 지역사회 발전에 참여하고 클럽이 제휴하여 본부를 결성하며 활동하고 있다. 우리 사회가 이대로는 안 된다는 시대적 사명 의식을 가지고 출발한 밝은사회운동이 성공적으로 추진되기 위해서는 유능한 지도자를 발굴 육성하는 체제가 확립되어야 하고 지도자들을 격려하고 사기를 진작시키며 적극 지도활동을 할 수 있도록 여건을 조성해야 한다.

조 박사는 바쁜 일정 속에서도 서울중앙클럽 모임에는 빠짐없이 참석하였으며, 단위클럽행사에도 자주 방문하였고, 밝은사회운동과 관련된 일이라면 밤낮을 가리지 않고 토론하고 보고받고 지시하였으며, 수시로 현장에서 뛰는 지도자들을 불러 격려하고 지원을 아끼지 않았다. 조직의 최고 책임자가 솔선수범해 지도자들과 의사 소통을 하면서 역할을 부여하고 격려하며 구성원들이 최선을 다하는 조직 체계를 확립해야 한다. 밝은사회운동 제창자의 지도 이념을 후대들이 계승하여 지속적으로 추진될 수 있도록 힘써야 할 것이다.

오정명 여사와 목련회 그리고 밝은사회여성클럽

하영애
밝은사회 한국본부 초대 여성부장,
학교법인 경희학원 이사

  목련클럽은 여성클럽으로서 가장 역사가 오래된 대표적 클럽이며 1978년 6월에 결성하여 수십 년간 활동하였다. 초대회장은 밝은 사회클럽을 창립한 국제클럽 국제본부 조영식 박사의 부인 오정명 여사가 추대되어 수십 년 동안 이끌어 왔다. 회원은 경희대학교의 학장 부인들로 구성되었으며 회원이 많아지면서 두 개의 클럽으로 운영하고 있으며 목련 A클럽은 도순희 회장이, 목련 B클럽은 김경희 회장이 이끌어나가고 있다. 대부분 두 클럽이 사업과 활동을 함께하고 있으며 오정명 회장을 비롯한 회원들은 월례회의를 매월 말일에 어김없이 개최하였다.

목련클럽의 중요한 사업 활동으로는 '목련 어머니회의 역할'을 대표적으로 꼽을 수 있다. 국내 유일의 유네스코 학술상을 수상한 경희대 평화복지대학원의 목련클럽은 어머니의 정신으로 20년간을 묵묵히 대학원생들을 보살피고 있다. 즉 목련 어머니회 회원들은 입학식과 졸업식은 물론 Home Coming Day 등 1년에 3~4차례씩 학교를 방문하여 겨울 스웨터나 잠바, 운동복, 면내의 등의 생활 필수품을 정성껏 마련하여 전달한다. 더욱 주목할 만한 사실은 입학식 때 목련어머니회와 신입생들은 제비뽑기 추첨 방식으로 1 대 1 어머니를 맺고 목련 가족이 탄생하게 되는데 이 목련 가족은 손주, 손녀까지 합해 17명이 되는 어머니도 있으며, 학교생활 외에도 함께 모여 좋은 시간을 보내기도 한다. 특히 한국에서 개최된 '1999서울 NGO 세계대회'에서 이들 목련 회원들은 수십 년간 한푼 두푼 모은 기금 수억 원을 보람있게 써달라고 찬조금으로 내놓았으며 장학금을 정기적으로 지급하고 있다. 과거에는 학생들의 체육복이나 팬티를 직접 재봉틀로 만들어 입히기도 했으며 그때가 오히려 더욱 인간미가 있었고 화목했었다고 오정명 회장은 회고한다.

목련클럽은 중요한 한국본부 및 국제본부에서 개최하는 GCS클럽의 크고 작은 행사에 많은 회원이 적극적으로 지원하였다. 또한 최초로 개최한 '전국여성클럽 회장단 회의'와 '제1회 한국본부 전국여성클럽 수련회' 행사에서도 각각 격려금과 수해의연금을 내어줌으로써 여성 클럽의 활

사진 1. 오정명 여사 (왼쪽부터 5번째), 공영일 한국본부 총재 등과 필자 (2002)

사진 2. 전국여성클럽 지도자 수련회에 참석하신 조영식 학원장(우측 2번째) (2003)

성화에 기여하였다.

이러한 밝은사회 여성클럽과 나는 특별한 관계가 있다.

어느 날 학원장님과 독대하였다. 학원장님 말씀의 요지는 대략 이러했다. 요즈음 여성들의 능력과 학력이 뛰어나다. 밝은사회클럽에 전문직 여성들을 모아 여성클럽의 확산을 추진해보는 것은 어떨까? 그래서 "하 교수를 한국본부 초대 여성부장으로 임명할 테니 능력을 최대한 발휘해보기 바란다."라고 하셨다. 나는 어떤 일이 주어지면 최선을 다하는 성격이다. 아마도 내가 여군 장교를 했던 책임감이나 사명감이 몸에 배어 있어서일 게다.

나는 서둘러 추진하였다. 맨 먼저 '다산 여성클럽', '서울 여성클럽' 이어서 '제주도 여성클럽', '동울산 여성클럽' 등 여성클럽을 결성하였으며, 이 여성클럽의 역할과 활동을 지속적으로 펼치기 위해 "밝은사회 전국 여성클럽연합회"를 태동시켰다.

"밝은사회 전국 여성클럽연합회"에서는 경희 의료원, 동서 한방병원 등에 요청하여 '전국 여성클럽연합회 무료의료봉사'를 주요 활동으로 하였다. 즉 각 여성클럽 회원들과 경희 의료원 의사, 간호사들, 동서한방병원의 의사들과 함께 구리시, 종로구, 광진구, 삼척시, 동해시를 비롯하여 경주안강 지역에서 치과, 내과, 침구과 등 지역 주민에게 무료 의료 봉사를 시작하였다. 경주안강 지역은 거리 및 준비 관계로 1박 2일 일정으로 추진하였는데 약 1,000여 명의 노인과 지역 주민이 진료 혜택을 받았다고 당시 일간지 및 지역 신문에 보도되었다. 어르신 부축, 예비 접수, 간식(빵과 우유)나눔 등 봉사자 역시 100여 명에 달했다. 봉사는 대개 토요일인 경우가 많았다. 동서한방병원은 격주 토요일 봉사가 대부분 의사들의 의무여서 경주 일정에는 심지 뽑기에서 원장님의 아드님이 선택되어 함께 경주 지역 의료돕기에 동참하였고, 이때는 '전국 순회 의료버스'까지 공동으로 참여하여 규모 면에서 가장 큰 의료봉사였다고 기억된다.

나중에 들은 이야기인데 그 당시 경주안강 지역의 무료 의료 봉사가 워낙 크게 진행되다 보니 "하영애가 이 지역 국회의원 나오려고 미리 운동한다."라는 소문이 돌았다며, 2-3번씩 내려가 준비를 진행하는 과정에 비협조적이었던 것은 이런 오해 때문이었다며 행사를 끝내고 돌아오는 버스에서 당시 도 의원인 동창생이 참기름 50병을 가지고 와서 미안하다고 했다.

사진 3. 여성클럽 연합회 무료 의료봉사를 마치고 기념촬영(경주시 안강지역) (2004)

사진 4. 밝은사회 전국 여성클럽연합회 김장 담기 봉사 (2003)

그 외에도 '전국 여성클럽연합회'에서는 여성들이 가장 잘하는 일로 '김장 담기 및 지역 어르신 나누어 주기'를 매년 실시하였다. 어느 경우는 일주일간 날짜를 정해놓고 전국에 있는 여성클럽이 동시에 전개하기도 하였는데 전주여성클럽에서는 5,000포기를 하는 극성으로 지역주민에게 좋은 평가를 받기도 하였다. 그 무렵은 마침 한국의 김장철이라 나는 우리 집의 김장은 시어머니와 시누이에게 맡기고 전주로 달려가기도 했는데 시댁의 며느리 사랑(?)에는 여전히 감사하기만 하다. 서울 지역에는 밝은사회 다산클럽, 경희여중고 클럽, 남중고 클럽, 초등학교 클럽, 유치원 클럽의 회원들이 중심이 되어 어느 해는 여중고 식당에서, 어느 때는 남중고 식당에서 이 대대적인 김장 봉사가 진행되었다. 최근에는 경희여교수회, 경희대 교직원회를 비롯하여 서울 근교의 클럽 등 30여 개 클럽에서 참여하기에 이르니 통상 100-150여 명이 김장을 하고, 그 김장을 자신이 속한 클럽의 이웃에게 나누어 주고 있다. 여교수회에서는 관광대 조리학과 교수들이 냉장고에 넣어 놓고 공고하여 지방 학생이나 유학생들에게 선착순으로 김치를 나누어 주니 몇 시간 만에 김치가 동이 났다고 하며, 힘들었지만 교수와 학생 간의 끈끈한 정을 느끼게 된다고 했다. 밝은사회 클럽의 김장 담기 봉사는 20여 년째 추진되고 있다. 이 봉사 정신은 조영식 박사가 일으킨 선의(Good Will), 협동(Cooperation), 봉사 기여(Service)의 밝은사회운동의 3대 정신이기도 하다.

김천일
중국 요녕대학교 교수

본인은 삼가 이 글을 올려 깊은 그리움을 표현하면서 저희 은사 조영식 박사 탄생 100주년 기념 참배를 하는 바다.

본문에서 기술한 내용은 뉴스와 언론계에서 보도된 적이 없는 사실이다. 1995년 9월 26일 자정 한국 경희대학교 학원장이며 GCS세계 총회 총재이신 조영식 박사께서 중국 산둥성 취푸우 시 공묘에서 인류사회의 윤리 도덕 규범을 최초로 수립한 선사 공자에게 국제대회에 참석한 사람들을 이끌고 함께 무릎을 꿇고 큰절을 올려 천하에 사죄했다.

　1995년 세계 각국의 정의로운 사람들은 반파시스트 전쟁 승리 50주년을 맞이했다. 세계평화를 지키기 위한 유엔 창설 50주년을 기념하는 해기도 한다. 이 해는 세계평화를 사랑하는 뜻있는 사람들이 경축할 만한 특별히 성대한 명절이다. 모두 이 기회를 이용해 전쟁을 반대하고 인류의 평화를 이루기 위해 분주히 뛰어다니며 부르짖는 해다. 인류의 밝은 사회 실현을 위해 평생을 바친 조영식 박사는 이때를 대비해서 작전하여 서울에서 "인간 도덕 재건" 주제로 국제 학술회의를 개최했고, 인류사회의 윤리 도덕 규범을 최초로 수립한 선사 공자의 탄생지, 즉 중국 산둥성 취푸우 시에서 국제학술회의를 직접 주최하였는데 주제는 "21세기의 윤리 도덕"이다.

　조 박사가 이곳을 택하여 "21세기의 윤리 도덕" 국제학술회의를 여는 것을 얼마나 고심했는가! 1995년 9월 25일에서 27일까지 산둥성 취푸우 시 취푸우 사범대학에서 대한민국 경희대학교, 중국의 베이징대학, 푸단대학, 난카이대학, 랴오닝대학, 산둥대학, 허난대학, 취푸우사범대학, 일본의 桐蔭대학, 山口여자대학 학자들 100여 명이 회의에 참석하여 21세기 사회의 새로운 윤리 도덕을 확립하기 위해 동북아 한·중·일 3개국 학자가 한자리에 사흘간 마음을 열고 자신의 의견을 털어놓았다.
　세차게 흐르는 황하가 세상의 고난을 적신하고, 높고 큰 태산이 세상의 온갖 풍파를 다 보았다.

공자의 탄생지 중국 산동성 취푸우 시는 바로 이 유명한 동악 태산 아래 있다. 그 당시 진시황(秦始皇)이 천하를 통일하고 나서 태산 정상에 올라서 제천대전(祭天大典)을 거행했다. 신의 가호를 빌며 진 나라가 오랫동안 안정되고, 번영 창성하기를 기도했다. 그러나 하느님은 어찌 이 세대의 무부를 보우할까? 태산이 바로 역사의 증거다. 인간의 수천 년 문명사는 어느 한쪽 선혈이 줄줄 흐르는 전쟁 기록이 아니던가? 인류의 이러한 역사가 언제까지 발전해야 끝이라고 할 수 있을까? 앞으로 21세기 인류 사회도 이렇게 살아야 하는가? 아니다! 인류 역사의 비극은 다시는 그것을 되풀이하게 해서는 안 된다. 조영식 박사가 바로 이러한 신념으로 태산 기슭에 직접 와서 공자의 고향에서 이 주제로 회의를 개최하는 것은 태산이 목격한 역사적 의의다.

조영식 박사께서 "21세기의 윤리 도덕"을 주제로 한 국제학술회의 개막식에서 강개하고 격앙되어 "미래 천년 인류사회의 대구상" 주제로 기조연설을 하였다.

조영식 박사께서 투철한 이론을 논술하였다. "현재와 같은 현대 문명이 과연 좋은가? 앞으로 우리 사회는 어떻게 발전할까? 오늘의 패턴에 따라 계속 발전하는 것인가? 아니면 변화를 겪고 나서 다른 사회 모델로 개혁하는가?" 그는 미래의 사회 변화가 어떤 변화인지 전망하였다.

그때를 회상하며 공자는 천하를 다스리기 위해 체계적인 유가 사상을 제기하였다. 천도부터 인사로 추리하여 이르기까지, 인사라는 것은 내성

(內聖)과 외왕(外王) 양면이다. 내성이란 바로 수신(修身)이고, 외왕은 바로 천하를 다스리는(濟天下) 것이다. 공자는 나라를 다스리기 위해 인정(仁政), 민본(民本), 군신(君臣), 의리(義利)를 제출했고, 또 천명관(天命觀)으로부터 천도관(天道觀), 천리관(天理觀) 유가의 치국(治國) 철학 사상을 논술하였고, 인성관(人性觀)으로부터 수양관(修養觀), 경계관(境界觀) 유가의 윤리적 근거를 강조하였다. 그러나 공자의 당시 사회 환경은 지금과 같지 않고, 과학 기술도 지금처럼 발달하지 않았다. 공자의 사상으로 현재 사회의 모순을 해결하려면 분명히 충분하지 않다. 그것은 2500년 전에 시작된 교육이며, 교육자의 사상이다. 중국 농경 사회의 산물은 농경 사회를 위해 봉사하는 것이고, 이 사상을 그대로 가져와 오늘날의 산업 사회에 적용하려면 가능성이 크지 않다.

조영식 박사의 연설은 심오한 이론을 가지고 있으며 또는 내용이 박식하여 빛을 발하는 글이다. 학술회의에 참석한 중국의 가장 유명한 대학 교수들은 모두 감탄하여 절규했다. 여기에는 천인합일(天人合一)의 우주 윤리 모델에 대한 탐구뿐만 아니라 인례통일(仁禮統一) 정치 윤리 모델의 모색도 있고, 성선위본(性善爲本) 인간의 본성에 대한 인성론이 널리 퍼져 있고, 또한 중의경리(重義輕利) 의리관의 수긍이 있고, 더욱이 진(眞), 선(善), 미(美)의 이상 경지의 추구와 학사결합(學思結合)이 있고, 게다가 반신내성(反身內省)적 도덕 수양론의 창조가 있다. 조영식 박사님은 오토피아 철학을 21세기 도덕 건설에 대한 탐구에 수긍했다. 어쩐지 회의에 참석한 학자들이 조영식 박사의 연설을 듣고, 매우 흥분된 마음을 가라앉히기 어려워 탄복해 마지않았다.

북경대학 엽랑(葉朗) 교수는 조영식 박사의 이론을 매우 찬성했다. 그는 발언에서 이렇게 말했다. "조영식 박사께서 종합적인 사고 방식으로 인류가 제2의 르네상스 전야에 처해 있다고 예언했다. 이 예언이 세계 각국 학자들의 지대한 흥미와 관심을 불러일으켰다.", "우리가 살고 있는 현대 사회는 철학이 없고, 인간미가 없고, 인간성이 없는 3무 사회다. 현대인은 감성적인 물질적 풍요로움 속에 살고 있고, 정신적 가난의 환경과 잃어버린 자아의 시대에 처해 있다. 모든 것은 기계와 효율을 우선으로 하고, 인간성을 무시하고, 사회 규범의 기초, 즉 전통의 가치 질서도 어떤 대안 없이 거부, 부인하는 것이 우리 사회를 더 큰 혼란에 빠뜨린다.", "조 박사가 현재 서방 세계의 많은 학자와 사상가들보다 뛰어난 점은 인류사회의 위기와 곤경을 제시하였을 뿐만 아니라 인류사회에 존재하는 밝은 미래의 인류문화 부흥의 희망도 지적했다. 저는 조 박사의 이 논단이 인류의 전도와 운명에 대해 깊은 우환 의식을 가진 사상가일 뿐만 아니라 또한 인류의 전도와 운명에 대해 낙관주의를 가지고 있는 사상이라고 이렇게 말할 수 있다. 조 박사의 사상은 바로 동방의 선철의 우락원융(憂樂圓融)의 숭고한 경지를 구현하고 있다."

요녕 대학 총장인 풍옥충(馮玉忠) 교수는 대회에서 다음과 같이 말했다. "나는 조영식 박사의 이론에 대해 매우 찬성한다. 도덕적 재건에 있어서 지금 우리는 전 세계적으로 심각한 상황에 직면해있다. 요약하면 네 가지다. 인생의 의미를 상실하고, 인간의 본성이 왜곡되고, 가치 척도가 불균형하고, 사회생활 질서가 상실되었다.", "나는 조 박사의 인류 역사 발전을 4단계로 나눈 학설에 대해 동감한다. 제1 단계는 혼돈 사회이고, 제2단계는 중세 정신 사회이고, 제3단계는 근대의 물질 사회이고, 제4단계는 미래의 협동 사회다.", "중세에서 근대 사회로 진입하면서 첫 번째 르네상스를 거쳤다. 이것은 중세 정신 사회에 대한 부정이다. 인류사회는 물질 사회로 발전하였다. 지금 물질 사회는 이미 극단으로 치달았고 곤경에 빠졌다. 제2의 르네상스가 있어서 다시 한번 부정해야 된다. 그리하여 정신과 물질을 중화시키는 새로운 시대, 즉 협동 사회 시대에 진입한다."

회의에 참석한 모든 학자들은 이구동성으로 말했다. 조영식 박사는 인류 문명 폐단의 핵심 문제를 포착했고, 인류 문화 부흥의 핵심, 즉 물질과 정신의 새로운 균형과 마음의 융합을 포착했다. 이는 그가 제시한 인류 역사상 두 번째 르네상스의 주제이기도 하다. 대회의 군중 감정은 격앙되었다. 조영식 박사가 제안한 "21세기 윤리 도덕 확립을 위한 곡부 선언문"이 만장일치로 통과되었다. 조영식 박사는 공자의 탄생지에서 이러한 회의를 열면서 무엇을 느꼈나? 우리는 교육자로서 모두 자문해야 한다. 우리는 공자처럼 윤리를 전파하기 위해 진정한 노력을 했는가? 사회의 도덕이 이렇게 타락했는데 우리는 교육자로서 책임이 없습니까? 우리는 공자 스승님께 부끄럽다.

이에 조 박사는 회의에 참석한 모든 학자가 함께 공묘에 가서 교육선사 공자를 마주하고 천하의 금수처럼 사죄할 것을 제의하였다. 회의에 참석한 모든 학자는 공묘에 함께 무릎을 꿇고 천하를 향해 정중하게 세 차례 머리를 조아렸다.

세계평화를 위한
눈물겨운 헌신과 노력

강종일
한반도 중립화 연구소장

___

　조영식 박사의 탄신 100주년을 기리는 원고 청탁을 받고 막상 글을 쓰려고 하니 먼저 부끄러운 생각을 금할 수 없는 것이 나의 솔직한 심정이다. 나는 57학번으로 신흥대학 시절 세대로 조영식 박사를 개인적으로 알지 못하고, 직접 만난 일도 없었다. 당시 군 입대 문제는 대학생에게 면제나 입영 연기가 되지 않았을 뿐만 아니라 '길거리에서 붙잡혀 강제로 논산 훈련소에 입대하면 죽도록 고생한다.'는 소문에 따라 대학 입학 후 육군 통역장교 입대를 자원하게 되었다.

내가 인생 후반기를 사는 동안 조영식 박사가 언제나 나의 주위를 맴돌고 있다고 느끼면서 살고 있다. 나는 오늘날까지도 조영식 박사의 평화 사상으로 영향을 받아왔다고 생각한다. 조영식 박사는 일생 동안 한반도와 세계평화, 그리고 인류복지 건설에 노력해 왔다. 그는 후학들에게 이를 유언으로 남길 정도로 집념이 있었다. 조영식 박사와 나를 연결하는 고리도 한반도의 '평화'다. 나는 현재 한반도의 스위스 식 영세 중립 평화통일을 위해 활동하고 있기 때문에 '한반도의 평화'라는 공통점을 가지고 있는 셈이다.

만약 한반도가 스위스와 같이 영세 중립국이 된다면 한반도는 물론이고, 동북아와 세계평화에 기여할 수 있을 것이다. 조영식 박사가 주장하는 세계평화 건설의 목적도 한반도의 영구 평화와 관련이 있을 것으로 생각한다. 한반도 주변 국가들은 세계에서 1등부터 4등까지 국력이 막강한 국가들이다. 그들은 한반도를 지배하려는 야망과 이를 저지하려는 상대 국가 간의 이해관계가 상충되기 때문에 계속해서 패권경쟁을 하고 있는 것이다. 한반도가 그들의 패권경쟁에서 벗어날 수 있을 때 조영식 박사가 구상하는 한반도의 영구 평화는 달성될 수 있을 것으로 믿어진다.

조영식 박사는 1979년 자신이 구상하는 이상 세계라 할 수 있는《오토피아(Oughtopia)》를 출간했다. 그가 오토피아에서 강조한 것은 플라톤의 이상 국가나 토머스 모어가 꿈꾸는 인간의 세계에서는 이룰 수 없는 유토피아적인 것이 아니라, 인류가 갈등과 대립을 지양하고 화합과 협력을 한다면 달성할 수 있는 이상적 사회 건설을 목표로 한 사상이다. 그의 오토피아 사상은 동양철학에서 강조한 중화지도(中和之道)와 같은 맥락이다. 중화지도란 어느 편에도 치우치지 않고 균형을 이루는 것으로 어느 한 곳에 편중(偏重)되거나 편견이 없으며 상하나 좌우에 치우침 없이 중심을 이루는 것으로 고대 중국의 요순(堯舜) 임금의 지도 이념이었던 중(中)의 사상으로 이상적인 사회를 건설하는 것과 맥을 같이 한다.

조영식 박사의 또 다른 세계평화 사상과 활동을 살펴보자. 그는 1981년 세계대학총장회의에서 '평화의 날' 제정을 주도하였고, 그해 코스타리카 공화국 정부의 지원을 받아 유엔총회에 세계평화의 날 제정을 위한 안건을 제출한다. 유엔총회는 참여 국가의 만장일치로 매년 9월 셋째 주 화요일을 '세계평화의 날'로 제정케 함으로써 조영식 박사가 얼마나 세계의 평화를 위해 노력했는지를 보여주는 증거라 할 수 있다. 조영식 박사가 코스타리카 정부에 얼마나 영향을 미쳤는지는 알 수 없으나 코스타리카 공화국은 2년 후인 1983년 11월 17일 스스로 영세 중립국임을 선포했으며, 유엔은 만장일치로 코스타리카 공화국의 영세 중립을 승인했다. 근세 조선의 고종황제(高宗皇帝)는 1904년 1월 20일 조선의 영세 중립국임을 만방에 선포했으나 일본의 방해로 실패한 것과 대조를 이룬다.

조영식 박사의 평화 사상이 내 주위를 맴돌게 한 또 다른 일화가 있다. 내가 미국에서 공부할 때 도서관이 보관해 온 오래된 책을 떨이로 파는 행사가 있었다.《인간혁명(Human Revolution)》이라는 책이 나의 눈길을 끌었다. 나는 상하권을 샀다. 저자는 이케다 다이사쿠(池田大作)다. 처음 들어본 이름이라 대수롭지 않게 넘겼는데 나중에 알고 보니 그는 대단한 종교 지도자로 알려진 인물이었다. 일본 제국주의가 한반도를 식민지로 지배하고 전쟁을 확장할 때 이케다 다이사쿠는 일본의 법화종 계열의 불교 종단인 창가학회(Soka Gakkai International) 회장으로서 일본 정부에 전쟁을 중지하고 평화 애호 국가가 될 것을 강력하게 요구할 정도로 일본에서 유명한 평화운동가라는 것을 알게 되었다.

귀국 후 조영식 박사와 이케다 다이사쿠 회장은 가장 가까운 세계평화운동의 동지들로서 평화 활동을 하고 있음을 알게 되었다. 그들은 인간주의를 바탕으로 한 공통적인 평화 사상을 가지고 있으며, 한국과 일본을 대표하는 위대한 평화 사상가이자 교육자, 선구자, 지도자들이다. 두 사람의 사상과 활동은 이미 세계에 널리 알려져서 수많은 사람이 그들의 사상에 동조하고 있으며, 특히 교육과 사회, 지역 발전 등에서 헌신적인 변화를 일으키고 있다. 그들은 세계평화를 위해 함께 열심히 일생 동안 노력해 왔으며, 가장 가까운 평화운동의 동지들임을 알았을 때 나는 또 한 번 놀라게 되었다.

조영식 박사님! 살아 계실 때 세계평화를 위해 그렇게도 열심히 헌신하시고 노력했으나 다 이루지 못한 미완의 평화 활동과 사업은 후학들에게 분명하고 확실하게 유언으로 남기셨으니 우리 경희 후학들이 뜻을 모으고 힘을 합해 총장님의 유지를 받들어 총 매진하겠다는 맹세를 드리니 하늘에서도 저희들을 굽어 살피시어 박사님의 유아(幽雅)와 세계평화에 기여할 수 있도록 음덕을 내려 주시고 편히 영면하시기를 기원드립니다.

교육입국과
세계평화의 큰 얼굴

김종회
문학평론가, 전 경희대 교수

1. 왜 지금 다시 조영식 박사인가

'불세출의 인물'이란 말이 있다. 100년에 한 번 날 만한 사람이란 뜻이
다. 필자가 30여 년 몸담아 온 한국 문단에는 올해로 탄생 100주년에 이
른 이름 있는 문인이 유달리 많다. 시인 조병화, 김수영, 김종삼이 있는가
하면 소설가 이병주, 유주현, 장용학이 있다. 이들은 모두 문학사가 포용
하고 있는 초상화 전시장에 그 얼굴과 이름을 선명하게 내걸었다. 그런데
동일하게 1921년생으로, 100년 내에 한 인물이 이룬 업적의 강도와 분량

에 있어 기함을 하고 놀랄 만한 분이 있다. 바로 미원 조영식 박사다. 이 어른은 1921년 평안북도 운산 출생의 실향민이다. 동갑이었던 편운 조병화 시인과는 일생을 두고 막역한 벗으로 지냈다. 두 분 다 필자에게는 잊을 수 없는 은사(恩師)다.

미원 선생께서 살아온 세월 곧 일제강점기와 해방 공간, 남북 대립과 분단의 시대, 나라가 후진국에서 개발도상국으로 진입하던 시기 등은 그야말로 파란만장한 격동기였다. 어쩌면 민족 구성원 모두가 자신의 한 몸을 제대로 가누기도 힘들었던 엄혹한 시절의 연속이었다. 그러나 마음 바쁜 나그네가 그 행로에 날이 궂다고 가야 할 길을 멈추지 않는 것처럼, 그러한 역경을 헤치고 감당해야 할 과제가 있었기에 시대사에 새 길을 내며 살아온 분이 미원 선생이었다. 이를 두고 우리는 시대의 소명(召命)을 받은 이의 사명이라고 한다. 그분이 자신의 사명으로 삼았던 길을 간략하게 요약하면 '교육입국'과 '세계평화'라 할 것이다. 모든 노력이 다 성공의 열쇠가 되는 것은 아니다. 그러나 미원 선생은 종횡무진한 지혜와 불철주야의 수고를 통해 이 모두를 성취했다.

선생께서 이 땅에 온 지 100년, 안타깝게 유명(幽明)을 달리한 지 벌써 9년이 되었다. 그런가 하면 선생이 제의하여 유엔이 '세계평화의 날'을 공포한 지 꼭 40년이 되었다. 한 대학 차원에서가 아니라 우리 사회가 마음을 모아 기리고 추모해야 할 상황이지만, 모두가 힘겨운 이 팬데믹 환경 속에서 그나마 약식으로 넘어갈 수밖에 없는지도 모른다. 차제에 '조영식 · 이케다 다이사쿠 연구회'에서 그와 같은 사업의 한 축을 들고 나선 것은 감사하고 또 바람직한 일이다. 미원 선생과 함께 명호가 걸려 있는 이케다 다이사쿠 선생은 일본의 철학자요 작가이며 국제창가학회 (SGI) 회장이다. 어쩌면 야마모토 신이치라는 필명이 더 친숙할 수도 있겠다.

이케다 선생은 1928년생이니 미원 선생보다 7년 연하다. 필자가 알기로 두 분의 우의가 각별했던 것은 교육과 문필, 그리고 평화 애호와 주창자로서의 사상이 합치점을 갖고 있었기 때문이다. 이렇게 두 분의 삶과 철학, 그 행적과 위업을 함께 조명하는 것은 지금 극한 대결로 가고 있는 한일 관계의 화해와 정상화를 위해서도 긴요한 일이다. 두 분의 생애를 동시에 살펴보니 정말 그렇다. 이분들은 문필가이자 교육자이며 사상가이자 철학자였던 그 삶의 결실로, 너무도 많은 흔적과 교훈, 이를테면 '위인'의 삶을 우리 앞에 남겨 놓았다. 이것을 이어받고 계승 · 발전시키는 것은 마땅히 후대가 수행해야 할 책무다. 그러기에 지금 여기서 다시 '미원 조영식'인 것이다. 필자 개인으로서는 그분께 받은 훈도(薰陶)와 은혜가 새로워서, 다시금 눈물을 삼킬 지경으로 이 글을 쓴다.

2. 전인미답(前人未踏), 아무도 가지 않은 길

미원 조영식 박사께서 타계하신 것은 2012년 2월 18일 오후 5시 13분, 경희의료원에서였다. 향년 91세였고 그 일시에 이르도록 짧지 않은 8년 세월을 병상에 의지해야 했다. 그 당시 필자는 경희대 문화홍보처장을 맡고 있었으며, 그런 연유로 이 아프고 슬픈 현장에 함께 있었다. 돌이켜 보면 미원 선생의 생애는 하루도 영일이 없이 긴박하고 파란만장한 파고(波高)의 연속이었다. 그것은 한편으로 어려운 시대와 사회적 환경 속에서 교육과 평화를 일깨우는 일의 엄중함으로 말미암았다. 다른 한편으로는 이 두 큰 물줄기가 흐르는 동안 당신 스스로 간단 없이 새로운 차원의 사상 및 철학의 토대를 세워나가기에 투혼을 불살랐기에 그랬다.

미원 선생이 일생을 두고 금자탑처럼 쌓아 올린 바 경희학원을 중심으로 한 교육에의 기여와 유엔을 효율적인 지렛대로 활용한 평화 구현의 공적은 여기서 새삼스럽게 언급할 필요가 없겠다. 그것은 이미 만천하가 알고 있는 사실이며, 공적인 기록으로도 여러 차례 정리가 되어 있다. 20년이 넘는 세월을 두고 선생을 지근거리에서 모시고 살았던 필자로서는, 오히려 그분의 고매한 인품과 인간적인 면모를 기술하는 것이 더 바람직할 것으로 여겨진다. 기실 필자로서는 청·장년기의 가장 활달하던 시절에 선생을 모시고 일할 수 있었던 기간이 감사요 기쁨이요 축복이었다. 그 뜻깊고 치열했던 시기에 필자는 큰 인물의 풍모와 금도(襟度)를 볼 수 있었다.

선생은 인본주의 또는 인간중심주의의 견지에서는 한없이 따뜻하고 온정적인 분이었다. 인간의 근본적인 도리를 다하는 사람에게는 아낌없이 마음을 열어주었다. 그러나 중요한 일의 판단이나 결정에 있어서는 신중하게 숙고하지만, 일단 방향을 정하고 나면 확고하고 과감하게 밀고 나가는 성품의 소유자였다. 다른 사람에게 부드럽고 자기 자신에게 매서운 품성을 일러, 우리는 외유내강(外柔內剛)이란 말을 쓴다. 이분의 생애 가운데 이로 인한 수발(秀拔)하고 전범(典範)이 될 만한 사례나 일화는 부지기수로 많다. 그러기에 무엇을 어떻게 가져다 기술해야 할지를 가늠하기가 어려운 형국이다. 그런 연유로 필자에게 강력하게 각인되어 있는 두 가지 정도의 기억만 간략하게 소환해 보려 한다.

필자는 1983년부터 꼭 20년을 선생을 모시고 통일부 산하의 '일천만 이산가족재회추진위원회'에서 일했다. 그곳에서 과장, 국장, 사무총장을 거치는 동안 대학에서는 석사, 박사를 마치고 교수로 임용되었다. 1983년에 저 여의도를 중심으로 경천동지할 역사(役事)를 촉발한 '이산가족을 찾습니다' 사건은, 이 위원회와 대한적십자사 그리고 KBS가 함께했다. 그런가 하면 '남북이산가족 재회촉구 범세계 서명운동'을 전개하여 세계 153개국에서 21,202,192명의 서명을 받았고, 이는 '최다국가 최다서명'으로 기네스북에 기록되었다. 필자는 그때 선생께서 진중하게 하셨던 말씀을 지금도 생생하게 기억한다. "가만히 있으면 편해. 그러나 그렇게 해서는 아무 일도 할 수 없어"가 그 말씀이었다.

선생은 문필가요 시인이었으며 언어의 장인(匠人)이었다. 경희대학의 교가나 응원가 등은 대개 선생께서 직접 작사하거나 아니면 조병화 선생이 했다. 작곡은 주로 음대에 있던 김동진 교수의 몫이었다. 선생은 매우 특이한 시집 한 권을 남겼다. 《하늘의 명상》이란 제목으로 두꺼운 책 한

권 분량의 장편 서사시였고, '우주의 대창조'란 부제가 붙어 있다. 엄청난 우주 과학의 지식과 유장(悠長)한 상상력이 결합된 대서사시이자, 우주의 생성에서부터 소멸을 내다보면서 인간의 미소(微小)함과 유한함을 환기하게 하는 걸작이었다. 영광스럽게도 필자는, 천문학자 조경철 박사의 도움을 받아 이 시집의 해설을 썼다. 선생은 이 시의 형식과 장르를 두고 굳이 '자연시'라고 명명했다. 문학평론가로서 필자는 그 명칭에 이의가 없지 않았으나, 그 새로운 호명법에 토를 달지 않았다.

3. 가슴 속에 남아있는 미처 하지 못한 말

여기서 소제목으로 가져온 이 수사(修辭)는 이태 전에 세상을 떠난 소설가 박태순의 장편소설 제목이다. 어느 누군들 그렇지 않으랴만, 필자는 아직도 미원 선생께 다 드리지 못한 질문이 많다. 더 세월이 흐른 다음, 나중에 천국에서 선생을 뵙게 되면 그때는 좌고우면하지 않고 여쭈어 볼 참이다. 왜 그렇게 열심히 사셨는지, 얼마나 고독하고 또 힘이 드셨는지, 지나놓고 보니 후회할 일은 무엇인지, 만약에 다시 원점에서 삶을 시작하신다면 바꾸실 것은 무엇인지 등의 질문이다. 아마도 선생은 웃고 대답하지 않으실 듯하다. 이백(李白)의 시 〈산중문답(山中問答)〉 가운데 〈답산중인(答山中人)〉에 그 형용이 있다. 소이부답 심자한(笑而不答 心自閑)이란 구절이 그것이다.

이제 선생은 떠나고 이 땅에 계시지 않으나, 선생을 기리며 그리워하고 안타까워하는 이들은 너무도 많다. 선생은 그야말로 한국 교육사에,

세계평화의 역사에 '아무도 가지 않은 길'을 내며 살다 가신 분이다. 그분이 가면 초목이 무성한 길도 어느결에 대로가 되었다. 선생이 타계하신 그 2012년에, 필자는 《월간중앙》에 선생을 회고하는 두 편의 글을 썼다. 하나는 〈오토피아에로의 꿈, 아무도 가지 않은 길〉이고 다른 하나는 〈님은 갔지마는, 나는 님을 보내지 아니하였습니다〉였다. 매우 긴 지면을 점유한 글이었으나, 선생을 서술하고 묘사하기에는 안고수비(眼高手卑)를 탓할 수밖에 없었다. 그렇다. 언어도단이면 심행처(言語道斷 心行處)라는 표현처럼, 필설로 다하지 못하면 마음으로 하는 수밖에 없다.

이 글은 그와 같은 심정으로, 선생의 찬연(燦然)한 면모에 대하여 열에 한둘을 옮긴 소략한 것이다. 이 자리를 빌려 다시금 존경하고 사랑하는 미원 선생의 명복을 빈다. 아울러 이렇게 선생의 애틋한 기억과 빛나는 행처를 한 권의 책으로 묶기 위해 애쓰고 수고하는 '조영식 · 이케다 다이사쿠 연구회'의 하영애 교수와 그 권속들에게 진진(津津)한 감사의 말씀을 드린다. 바라기로는 지금 여기 우리 사회가 이렇게 선현을 회고하고 또 그 가르침을 본받는 일의 귀함과 소중함을 놓치지 않아야겠다. 미원 조영식 박사, 그분은 이미 하나의 역사다. 그러기에 "과거의 역사에서 교훈을 얻지 못하는 민족에게는 미래가 없다"는 금언(金言)을 여기에 그대로 적용하는 것이 참으로 온당하다 할 터다.

시대를 앞서간 평화 사상가,
유엔을 사랑한 평화 교육가

박흥순
법학과 70학번, 전 선문대 명예교수,
현 유엔한국협회 부회장

나의 경희와의 인연, 총장님(학원장님)과의 인연은 1970년 모교의 법대 법률학과 입학으로 시작되었지만, 사실은 내가 유엔을 전공하는 국제정치학의 전문가의 길을 걷게 된 나의 삶의 과정과 직접 닿아 있다. 내가 일찍이 한국인으로서는 거의 처음으로 유엔학을 전공하고 관련 논문으로 박사학위를 취득하고, 유엔 그리고 학계에서 유엔 관련으로 학술, 정책 활동을 하게 되었기 때문이다. 대학 졸업 직후 나는 영광스럽게도 1978년 경희의 미국 자매대학교인 훼얼리디킨슨 대학교(FDU)에 교환 장학생으로 선발, 파견되었다. 법대를 수석 졸업하고 진로를 고민하던 내게 당시 심태식 법대 학장님(그 후 총장역임)의 추천으로 선발시험 그리고 학원장님의 최종 면접을 거쳐 미국행의 기회를 얻은 것이다. 당시 국내 대학들은 해외자매대학이나 교환 학생 운영이 거의 없는 실정이라 해외 유학은 대단한 특혜로 여겨졌다. 뉴욕에서 한 시간 거리인 뉴저지(티넥)에 소재한 FDU 국제대학원 석사과정에서 2년간 공부하였는데, 국제대학원장님은 이란의 외교부 장관 출신이며 학원장님의 친구인 나스롤라 화테미 박사였다. 경희와의 인연으로 이미 몇 선배 동문들이 이 대학에서 국제정치 혹은 경영학 공부를 마치기도 한 때였다.

낯선 미국 생활을 극복하며 순조롭게 석사를 마친 후 나는 원래 계획한 국제법 분야가 아닌 국제정치학 박사 과정을 택하였다. 그래서 바로 뉴욕 시내에 있는 컬럼비아대학교에 진학하였다. 국제정치학으로서 국제기구 전공을 선택한 것은 경희캠퍼스에서 다소 익숙해진 유엔의 평화 역할, 특히 학원장님의 유엔 평화 관련 활동이 큰 동기가 되었다. 당시 냉전과 미·소 간의 갈등 속에 유엔은 심지어 '무용론'까지 언급되며 존재감이 약했지만, 석사과정에서 배운 유엔은 내게 학문적으로도 큰 매력으로 다가왔다. 더구나 컬럼비아는 당시 미국에서도 드물게 국제기구 분야의 전공 트랙과 더불어 저명한 교수진이 있었다. 더구나 바로 옆 맨해튼 이스트에는 유엔 본부가 소재한 곳이라는 점에서 내게는 최적의 선택이었다.

뉴욕 시절 내가 학원장님을 가까이서 뵙던 기회는 많지 않았지만, 몇 가지 즐거운 추억이 있다. 한번은 당시 김경원 유엔 대사님과의 유엔본부 오찬 모임에 동행해서 김 대사, 박수길 공사님과의 식사 자리에 참석하였다. 1981년 9월 유엔총회에서 국제평화의 날 제정, 선포 등 다양한 세계적 활동을 하고 계신 와중이었다. 총장님의 뉴욕 방문 시 당시 이경희 영문과 교수님(당시 뉴욕총영사 김항경 대사님 사모)과 함께 몇 차례 공항에 영접을 나가기도 하였다. 학원장님의 뉴욕 방문 시에는 드물기는 하지만 경희대 뉴욕동문회가 나서서 환영 모임을 개최하기도 하였다. 당시 뉴욕 한인 사회가 그리 크지 않던 시절, 150여 명 경희 동문들은 특히 애교심과 단결력이 강한 것으로 평판이 높았다. 학원장님이 오시면 뉴욕 동문들은 바쁜 이민 생활에도 불구하고 부부동반까지 하며 심지어는 2-3시간 거리의 운전을 마다 않고 모임에 참석하곤 하였다. 학원장님으로부터 학교 소식과 세계적 활동에 관해 직접 말씀을 듣는 것은 고국을 떠나 있던 대다수 동문과 동문회 총무로 봉사하던 나에게도 큰 감동과 모교 사랑의 자부심을 심어주었다. 내가 박사 과정 말기에 제네바 유엔사무소에서 인턴십을 하고 있을 때 마침 국제회의 강연차 오신 학원장님을 기쁘게 뵈었고 따뜻한 격려를 받은 기억도 생생하다.

학업을 마치고 귀국하여 나는 총장님을 조금 더 가까이 뵐 수 있는 기회를 가졌다. 서울캠퍼스와 광릉 GIP(평화복지대학원)에서 강의를 하는 한편, 저명 원로인사들이 추진한 학원장님의 노벨평화상 신청공적서 작업이나 브트로스 갈리 당시 유엔사무총장의 'Agenda for Peace'(평화의 의제) 보고서의 한글판을 번역, 출간하는 것을 도와드렸다. 이 기념비적 유엔보고서는 갈리가 1992년 취임 직후 발표한 탈냉전 시대의 유엔의 평화 전략 제안서인데, 그의 한국 방문 계획에 맞추어 준비하였지만 아쉽게도 방문은 이루어지지 못하였다. 또한 경희의 국제평화 세미나에서 Pax UN 등 주제로 발표하고, 당시 모든 경희대생이 필수교양과목이 된 '세계시민론' 교재를 번역, 편찬하는 데도 참여하였다. 학원장님은 나의 미국 대학 은사이며 유엔 분야의 저명학자인 도널드 푸찰라를 비롯하여, 로저 코트, 찰스 케글리 등 여러 교수를 국제평화 행사에 초청해 주시기도 하였다.

사실 나의 단편적인 관찰과 경험으로 학원장님의 평생에 걸친 심오하고 넓은 사상과 철학, 그리고 많은 활동을 제대로 이해하고 평가하는 것은 쉽지 않다. 또한 어떻게 그러한 경륜과 품격, 그리고 비전과 열정을 가지고 동시에 갖추고 일생을 살게 되었는지 잘 모른다. 많은 평론가는 그를 어려운 상황의 근대 한국에서 우리 시대의 선각자로서, 민족과 국가를 위해 그리고 세계적으로 활동한 교육자, 평화 사상의 이론가이자 실천가라고 인정하고 있다. 나로서도 그는 경희 학원의 창립자, 모교의 총장이시고, 동시에 비범한 혁신가, 평화 철학자, 세계시민의 교육자이며 또한 국제평화 활동가였다. 지난 30여 년간 유엔전공 학자와 교육자로서 내가 관찰한 학원장님은 무엇보다도 '시대를 앞서간 평화 사상가'이고 '유엔을 사랑한 평화 교육가'라고 규정하고 싶다. 그는 식민 시대에 태어나고 교육을 받았지만 청년 시절부터 큰 꿈을 키우며 한반도를 넘어 일찍이 세계와 인류의 평화 문제를 고민하고 그 해결을 위해 활동한 한 비범한 평화 사상의 선구자다. 그는 또한 선한 인간의 이성과 자유, 민주주의,

국가 간 협력, 그리고 교육과 지성인들의 역할을 통해서 세계평화가 가능하다고 믿는 열린 마음의 휴머니스트 그리고 코스모폴리탄, 즉 범세계시민주의자다. 더구나, 세계의 빈곤, 지역분쟁과 갈등, 특히 냉전시대 미·소 간 위험한 핵전쟁 위협을 극복하고 진전한 평화 체제를 이루기 위해서 오대양 육대주에 걸쳐 왕성하게 교류한 평화활동가다. '로마클럽'이나 '세계대학총장회의' 같은 세계의 지성인들, 그리고 '고르바초프' 같은 세계 지도자들을 설득하는 등 명민한 리더십을 발휘하였다. 그는 당시에 이미 한국을 대표하는 지성인, 세계가 인정한 평화주의자였다.

　학원장님은 특히 세계 최대의 국제기구이며 국제사회의 협력과 평화를 추구하는 주요한 수단으로서 등장한 유엔(UN, 국제연합)의 열렬한 지지자였다. 1945년 유엔의 탄생은 마침 한국의 독립과 궤를 같이하고 분단된 한반도에서 대한민국 정부수립과 6·25 전쟁을 거치며 고마운 역할을 하였지만, 학원장님이야말로 아마도 세계 최초로 유엔의 이상을 모토로 고등교육을 시작한 분이 아닌가 한다. 유엔의 상징인 올리브 가지와 세계지도를 형상화한 경희대학교의 교표를 비롯하여 평화 사상을 대학의 핵심교육 이념으로 설정한 것은 바로 유엔이 지향하는 이념과 목표가 인류사회 전체에 전파돼야 한다는 확신에서 나온 위대한 발상이라고 여겨진다. 그는 페레즈 데 케이야, 브트로스 갈리, 코피 아난 등 역대 사무총장을 비롯하여 유엔의 고위직 인사들과도 긴밀히 교류하였다. 일생을 통하여 유엔의 이상과 목적을 옹호하고 국제평화를 위한 노력을 전파하고 또한 유엔의 권능과 역할을 활용하고자 하였던 것이다.

그가 특히 한국의 유엔가입 훨씬 전부터 세계를 상대로 민간외교, 지식인 외교를 전개하였고, '유엔국제평화의 날'(1981, 매년 9월 셋째 화요일 유엔총회 개막일), '유엔국제평화의 해'(1986)를 제안하고 결국 유엔총회가 이를 제정, 선포하게 된 것은 역사적인 사건이다. 분단 한반도의 현실과 외교 약소국이던 시절을 감안하면 그의 이니셔티브는 한국의 민간외교와 대학의 역할 측면에서 큰 족적으로 여겨진다(나는 반기문 전 유엔 사무총장님으로부터도 학원장님의 유엔 관련 평화 사상과 평화 활동의 부단한 노력의 여러 일화를 들은 바 있다.). 다만, 우리 정부나 사회적 차원에서 학원장님의 세계평화 노력과 유엔 활동의 업적과 공로에 대한 평가가 미진한 상태로 남아있는 것은 아쉬운 일이다. 바라기로는 탄생 100주년인 올해 위대한 선구자의 진면목을 평가하고 그분의 사상과 활동이 가진 역사적 의미와 교훈을 체계적으로 정리, 계승하는 활동들이 계속 이어지기를 바라는 마음 간절하다.

상생(相生)을 위한 미래 문화의 창조

김용환
시인, 조지 메이슨대 연구교수

조영식 박사는 인간과 평화 그리고 교육 가치를 구현함에 있어서 큰 발자취를 남긴 교육 사상가이자 세계평화에 헌신한 평화 운동가라고 할 것이다. 그는 경희대학교를 설립했으며, 유엔으로 하여금 세계평화의 날과 세계평화의 해를 제정 선포하도록 솔선수범하였다. 올해는 그의 탄생 100주년을 기리는 해다. 조영식 박사의 교육 사상과 세계평화 실천을 상기하며 기리는 기념 추모 도서 발간에 즈음하여 그를 추모하는 글을 작성하게 되어 큰 기쁨이 아닐 수 없다.

올해는 유례없는 코로나19 상황으로 교육계는 비대면 수업을 진행하고, 회의는 온라인 줌으로 개최하는 등 새로운 국면 전환에 있다. 조영식 박사는 인류가 '아름답고 풍요롭고 보람 있는 사회'를 구현하도록 교육의 미래 비전을 제시했다. 이러한 교육 비전은 경희대학교 설립의 꿈을 현실화했으며, 많은 인재를 배출하는 동기부여로 작용하였다. 새로운 교육 비전을 구현하고자 '책임감을 지닌 시민', '봉사정신을 구현하는 공동체 의식', '미래 사회를 생각하는 세계 시민' 모습을 부각시키고 이를 매개함으로 경희대학교 후마니타스칼리지 교육의 산실이 되었다.

조영식 박사의 평화 사상은 방대한 체계를 이루지만, '팩스유엔' 어휘에 초점을 두고 있다. 세계평화 구현을 위해서는 유엔의 구조적, 기능적, 성격적 변화가 전면적으로 이루어지면서 유엔의 권능강화가 필수라는 담론을 낳았다. 이에 따른 '팩스유엔'은 국가의 개별 능력의 한계가 분명해지고, 국가마다 과잉 군비 지출과 대량 살상 무기가 확산되기에 세계 안보에 관한 보편적인 회원 구성, 국제적 정통성과 상대적 중립성을 구비한 유엔의 필요 충분한 힘을 강조하기에 이른다. 이처럼 조영식 박사의 '팩스유엔'이 실현되면, 지구공동사회 진입도 기대할 수 있으며, 국가지상주의와 민족지상주의의 폐단에서 벗어나 치유를 기대할 수 있다.

지금 코로나 사태로 세계가 온갖 고통을 감내한다. 이제는 새 감염증 사태에 대비한 국제 지침을 마련해야 한다. 기후변화와 더불어 코로나19 위기에 봉착한 지금의 위기를 기회로 전환하기 위한 묘책은 '인간 중심

다국가주의'로 전환함으로 미증유의 위기를 극복할 수 있는 세계경영 마인드를 구축함에 있다. 무엇보다도 '지구 수준 규모의 안전망' 구축이 시급하다고 할 것이다. 당장 코로나19 백신 접종에 대한 글로벌 지침이 채택되어야 인류가 빈부격차를 뛰어넘고 인간존중을 가시화할 수 있다. 유엔을 통해 '인간 중심 다국가주의'를 구현하지 않는다면, 오늘의 이 위기를 기회로 전환하기는 어려울 것으로 전망한다. 조영식 박사의 '팩스유엔' 구상은 세계평화 구현의 초석으로,《팩스유엔을 통한 세계평화》저서에 잘 나타나 있다.

또한 조영식 박사는 1965년 세계대학총장회(IAUP)를 창설하고 동 총장회의 회장과 영구명예회장을 역임했으며, 세계대학총장회 산하 평화협의회(HCP) 의장, 밝은 사회국제클럽(GCS International) 국제본부 총재, 인류사회재건연구원 총재, 오토피아평화재단 총재, 통일고문회의 의장으로 활동하였다. 이 같은 공로를 인정받아 제1회 세계인류학자대회에서 '인류 최고영예의 장'을 수상하게 된다. 그 밖에도 세계대학총장회 세계평화대상, UN 평화훈장, 비폭력을 위한 마하트마 간디상, 만해평화상 등도 수상하였다. 그의 저서로는《문화세계의 창조》,《교육을 통한 세계평화》,《지구촌의 평화》를 비롯하여 50여 권이 있다. 무엇보다도 조영식 박사는 세계시민사회 중심의 세계평화운동에 매진했으며, 인간교육과 세계평화를 동전의 앞뒤 면처럼 동일 가치로 간주하면서 세계평화운동을 전개한 평화 운동가라고 말할 수 있다.

충북대 사범대학 윤리교육학과 교수로 33년 6개월 몸담았던 초창기부터 같은 건물, 체육교육학과 이종각 교수님으로부터 조영식 박사님을 소개받은 덕분에 '밝은사회운동'에 15년 동안 동참했던 기억이 새롭게 떠오른다. 학기 중 한 달에 한 번 정도 정기적으로 만나 조영식 박사 사상과 철학을 경청하고 회원들은 돌아가며 주제 발표를 맡았으며, 밝은 사회 구현을 위한 실천좌표를 모색했던 날들이 주마등처럼 스친다. 이 자리 참석자들은 '평화와 웃음의 가치'를 공유했으며 서로 간의 대화를 통해 달마다 갱신하며 더욱 새로워지는 생활 변화를 실감할 수 있었다. 또한 이 모임을 통해, 한국인을 은인으로 대했던 이케다 다이사쿠 회장을 소개받았다. 이를 통해 법화경의 새 해석을 근간으로 삼는 한국 SGI의 밝은 사회 구현을 위해 지용보살 활동을 전개한다는 소식을 접했으며, 또 다른 차원의 만다라 본존 체험의 계기가 되었다.

희망의 21세기를 향한 도전을 위해서 인간 교육과 세계평화의 지평을 확대한 조영식 박사는 교육의 힘으로 무너지지 않는 한일 우호와 세계평화 다리를 건설하고자 행동하고 실천하는 노력을 게을리하지 않았다. 충분히 휴식을 취하며 쉴 수 있는 노년기임에도 불구하고 전쟁을 종식시키고 평화를 이 땅에 정착할 수 있도록 인간 사랑으로 새 시대를 열기 위한 헌신의 열정을 아끼지 아니하였다. 그의 헌신과 열정에 힘입어 앞으로 인간관계는 지배 구조가 자리 잡기보다 서로의 생명을 배려하고 존중하는 상생 구조가 확산되고 심화될 것으로 전망한다.

21세기의 온갖 기상이변과 병균의 침투에도 불구하고 살아남기 위해, 인류는 자기 중심성의 극복이 절실히 요구된다고 할 것이다. 핵무기를 비롯한 각종 생화학 무기 개발과 환경 파괴 위험은 인류 생존을 위협한다. 탐욕과 침략성에 뿌리 되는 자기 중심성의 극복은 인류 숙명을 극복하고 향상키 위한 새로운 문화 창조에 달려 있다고 해도 과언이 아니다. 조영식 박사 탄생 100주년을 맞이하여, 그의 사상과 실천을 통해 온갖 제약 속에서도 인간이 자유를 꿈꾸는 희망을 엿볼 수 있음은 주지의 사실이다. 이 기회를 통해 인간 생명에 내재되어 있는 갖가지 욕망을 직시하면서, 인간 존엄, 세계평화 그리고 교육 비전을 구현하기 위한 조영식 박사의 미래 비전은 상생을 위한 미래 문화의 창조 지평으로 앞으로도 무궁한 생명력을 발휘할 것으로 여겨진다.

내가 만났던 대인(大人) 조영식:
오토피아(Oughtopia)의 구현자

강희원
법학박사 · 변호사, 경희대 명예교수

  며칠 전에 (재)경희학원 이사로 계시는 하영애 박사님으로부터 경희학원의 창립자이자 평화주의 사상가로서 국내외에 커다란 발자취를 남기신 미원(美源) 조영식 박사님 탄생 100주기를 맞이하여 조 박사님을 기리고 그의 사상과 실천을 연구하고 계승 · 발전시키고자 하는 취지에서 '미원 조영식 박사를 생각한다'라는 제목 하에 후학들의 조영식 박사님과의 직 · 간접적인 경험담을 모아서 기획 · 출판한다는 취지로 청탁을 받았다. 정말 영광스럽기 그지없다.

나는 조영식 학원장님과는 어떠한 관계에 있을까? 아니, 단순한 관계가 아니라, 인간 조영식과 나 사이에는, 불교적으로 말한다면, 어쩌면 전생(前生)에서부터 깊은 인연(因緣)이 있었던 것이 아닌가 생각한다. 그것은 내가 경희 동산에 살아온 긴 세월이 말해주고 있다. 나는 올해 8월 말에 경희대학교 교수로서 정년 퇴임을 했다. 사실, 교수로서 지낸 30여 년간뿐만 아니라 경희 동산에서 보낸 기간은 내 인생의 전부라고 해도 과언이 아니다. 1975년 안동에 있는 고등학교를 졸업하고, 19세에 경희대학교에 입학해서 경희 동산에 들어온 후에, 사법연수원 2년과 독일 유학 기간 5년을 빼놓고, 정년 퇴임한 지금도 명예교수로서 경희 동산에 머물고 있으니, 경희 동산에 머문 세월은 이제 40년째 접어들고 있다. 조영식 박사님과의 직 · 간접적인 경험담이라고 하니, 무엇보다, 학부 시절에 내가 개인적으로 조영식 총장님을 느끼게 되었던 첫 번째의 조그마한 일화가 뇌리에 문뜩 떠올랐다.

나는 4살 때에 소아마비를 앓아서 아주 심한 하지 장애가 있다. 철이 들고서부터 나는 나와 같은 지체장애인에게 도움이 되는 로봇을 개발하거나, 의학이나 약학을 공부해 의사나 약학자가 되어서 장애를 가지고 있는 사람들을 치료해주고, 또 질병이 없는 세상을 만들어야겠다는 강한 열망을 품고 있다. 주위 사람들에게서 어릴 때부터 영재라는 소리도 들었고 학교에서 공부를 꽤나 잘했기 때문에 그러한 열망을 실현할 수 있을 것이라고 굳게 믿고 있었다. 그래서 고등학교 시절에는 이과를 선택해서 의과대학 진학을 강력하게 갈망했었다. 그러나 과거에 장애인에 대한 우리 사회의 적대적인 상황 때문에 그러한 나의 갈망은 실현될 수 없었다. 게다가 부모님이 농사를 지어서 대가족 입에 겨우 풀칠할 정도로 경제적 사정이 열악했기 때문에 나만을 적극적으로 지원해 줄 수 있는 형편도 아니었다. 당시 전기의 대학입학시험에서 퇴짜를 맞고, 후기입시에서는 성적우수자를 위한 장학제도가 잘 갖추어져 있는 경희대학교를 선택했고, 입학하면서 전공도 법학으로 바꾸었다. 등록금은 장학금으로 면제받았지만, 생활비와 기타 학비가 없어 학부 초기에는 고등학생을 가르치는 입주가정교사 노릇을 하면서 밥과 용돈을 받으면서 공부를 해야 했다.

1970년대 중반은 박정희의 유신정권이 극에 치닫고 있을 때였다. 나는 언젠가부터 다른 사람과 너무나 다른 이중적으로 불리한 조건이 있다는 것을 인식하고 있었기 때문에, 한편으로는 약간 몽상적이었지만, 다른 한편으로는 현실에 대해서 아주 비판적인 태도를 취하고 있었던 것 같다. 그 당시 나는 대학생으로서 다양한 사상에 관한 서적들을 닥치는 대로 탐독하고 있었다. 그 당시 많은 대학생이 그랬듯이, 나도 나름대로 정말 비판적인 대학생이 되고자 했던 것 같다. 그래서 가칭 정치 사상 독서 클럽을 만들어서, 잠시 동안이었지만, 서유럽의 사회주의 사상을 열심히 공부하기도 했다.

나의 학부 시절에는 조영식 박사님이 경희대학교 총장으로 재직하고 계셨고, 대외적으로는 세계대학총장회의(IAUP)를 조직 · 주도하시면서 한(韓)민족을 위해서뿐만 아니라 온 인류를 위해서 세계평화운동을 전개하시는 데에 진력하고 계셨다. 이와 아울러 자신의 이러한 평화사상과 문화세계의 창조라는 경희학원의 설립이념에 입각해서 재학생들과 교직원에게 〈민주시민론〉이라는 특강을 정시적으로 실시하셨다. 이에 대해서도 나는 좀 비판적이었던 것 같다. 1977년도인가 78년도인지는 정확히 기억할 수 없지만, 나는 도서관에서 우연히 조영식 총장님의 저서 《오토피아》(Oughtopia, 1976)를 발견하고, 무엇보다 《오토피아》라는 책의 제목에 이끌렸었는데, "유토피아"는 말은 자주 들어서 익히 알고 있었지만, 《오토피아》라는 말이 무엇인지가 궁금했다. 그래서 그 당시에 《오토피아》를 내 나름대로 아주 열심히 읽었던 것으로 기억하고 있다. 그렇지만 오토피아(Outhtopia)라는 용어는 "당연히 …해야 한다" 또는 "…인 것이 당연하다"라는 뜻의 잉글리시 조동사 'Ought to'와 '장소(place)'라는 뜻을 가진 그리스어 τόπος (tópos)에서 파생된 '낙원(paradise)' 또는 '나라(land)'를 의미하는 접미어(suffix) '-topia'의 합성어로서 '반드시 와야 할 이상사회(理想社會) 또는 이루어져야 할 이상국(理想國)'이라는 의미에서 소당연향(所當然鄕, das Sollensland)* 즉 정신적으로 아름답고 또 물질적으로 풍요롭고 인간적으로 보람 있는 이른바 '당위적인 삶의 공동체' 정도로 아주 관념적으로만 이해했던 것 같다. 《오토피아(Oughtopia)》에서 조영식 총장님이 주장하고 계시는 오토피아 사상의

---

* 도이치어 "sein"과 "sollen"이라는 동사는 주로 철학 분야에서 특히 신 칸트 학파에 의해 "das Sein"과 "das Sollen"이라는 명사적인 형태로 사용된 것으로서 일본에서는 일찍이 이를 "존재(存在)"와 "당위(當爲)"로 번역하여 사용하였는데, 우리나라에서도 이를 그대로 받아들여 사용해오고 있다. 그런데 저자는 고봉 기대승(高峯 奇大升, 1527~1572) 선생과의 논쟁에서 퇴계 이황(退溪 李滉, 1501~1570) 선생이 사용하였던 어법을 "das Sein"과 "das Sollen"을 번역하는 데에 살리고자 한다. 그래서 das Sein은 '소재연(所在然, 그렇게 있는 바)'으로, das Sollen은 '소당연(所當然, 당연히 그러한 바)'으로 번역하고자 한다. 그리고 도이치어 können이나 müssen이라는 동사를 명사적으로 사용하는 경우에도 '소능연(所能然, 그럴 수 있는 바)' 그리고 '소필연(所必然, 반드시 그렇게 되어야 하는 바)'으로 번역·조어한다.

진수가 무엇이고, 그것이 어떠한 정치적 · 경제적 · 사회적인 배경에서 어떻게 형성되었고, 그 자세한 취지가 무엇인지 알아보려고 시도조차도 하지 않았기 때문에 제대로 이해하진 못했다. 그저 나는 오토피아도 인간이 우주 현실과 인간 본성에 대한 관념적인 이해에 기하여 언젠가 도래하면 좋은 원망적인 사회, 플라톤(Plato, BC427-BC347)이 《국가(Πολιτεία)》에서 말하는 이상국가(理想國家)나, 토마스 모어(Thomas More, 1477-1535)의 공상 소설 《유토피아(Utopia, 1516)》에서 나오는 기아와 실업이 없는 유토피아 같은 공화국 등 관념적이고 허구적인 몽상이라고만 생각했었다.

특히 조영식 총장님의 오토피아론(論)이 칸트(Immanuel Kant, 1724-1804)에서 출발한 도이치 관념론(der deutsche Idealismus)에 기초하고 있다고만 생각했던 것 같다. 그 당시에 나는 내 나름대로 비판적인 서적들을 읽었고 이들 사상에 상당히 심취해 있었다. 그래서 나는 이러한 관념론들에 대해서 아주 비판적인 자세를 취하고 있었다. 오토피아론도 마찬가지로 동일한 류의 관념론이라고 치부하면서 부정적인 생각을 가지고 있었던 것이 아닌가 한다. 그때까지 섭취했던 아주 얄팍한 비판적 지식에 입각해서 치기어린 마음에서 나는 감히 오토피아론을 비판해보려고 했던 것이 아닌가 생각한다. 벌써 40여 년 전 전의 일이니, 기억이 가물거린다. 또 그때 쓴 원고가 오래전에 사라져 버렸으니 구체적으로 무엇을 썼는지 그 내용도 기억할 수 없다. 다만 그때 내걸었던 '이룰 수 없는 가치(價値)는 악(惡)이다', '갈 수 없는 이상(理想)은 허상(虛想)이다', '수단(手段) 없는 목적(目的)은 불능(不能)이다'라는 세 개의 테제(These)만이 어렴풋이 기억에 떠오를 뿐이다. 학부 2학년 말(末)이었는지, 3학년 초(初)였는지조차 정확하게 기억하지는 못하지만, 나의 일화는 그러한 비판 글을 대학주보에 게재해보려고 시도했다가 불발로 그쳤던 작은 사건과 관련된 것이다. 지금 생각하면, 별것 아니지만, 이 때에 나는 어렵게 다니고 있었던 대학을 그만두어야 하는 것이 아닌가라는 걱정도 했고 또 장학금을 못 받으면 어떻게 하는가라고 정말 노심초사했었다. 그런데 조영식 총장님께서는 더 공부해서 생각을 더 깊게 하고 또 고시 공부에 집중하라는 꾸짖음의 말씀을 나에게 간접적으로 전해주셨던 것 같다. 당시 나이가 어리고 배운 바가 적어서 내 생각이 설익은 수준이었지만, 이것이 계기가 되어서 조영식 총장님의 인격과 인품을 나름대로 새롭게 느낄 수 있게 되었다.

그 후에 나는 다른 사람들과 너무나 다른 이중적으로 불리한 조건들을 어떻게 극복하고, 대학 졸업 후 삶의 물적 기반을 위한 도구를 확보하고 또 어떻게 삶을 꾸릴 것인가에 골몰했었다. 그때 나름대로 판단했던 것이 사법시험에 합격해서 삶의 발판을 만드는 것이 가장 빠른 길이라고 생각했다. 때마침 그때 고시생을 위한 삼의원 기숙사가 신축·개원되었고, 나는 삼의원에 입사하여 고시공부에 몰입만 하면 대학 졸업 전까지 쉽게 합격할 수 있으리라고 생각했으나 그렇게 만만하지 않았다. 제1차 시험은 일찍 합격했지만 제2차 시험은 그렇게 되지 않았다. 3회 낙방 후 계획보다 약간 늦긴 했지만, 대학 졸업 직후에 곧바로 합격할 수 있었다. 내가 사법시험에 합격하자, 조영식 총장님께서는 나를 불쌍히 여기시면서 대단히 아끼셨던 법대 동창회장님이었던 고(故) 현곡(玄谷) 윤종근 선배님의 요청을 쾌히 받아들여서, 지금은 우리 의과대학 석좌 교수님으로 계시지만, 당시 경희의료원 정형외과 과장님으로서 소아마비 장애의 교정 수술로 명성이 자자하셨던 유명철 교수님의 집도로 엄청난 비용이 소요되는 교정 수술을 무료로 시술받을 수 있는 은혜를 나에게 베풀어 주셨다. 장기간 입원해서 6차례에 걸친 교정 수술과 재활치료로 장애가 상당히 개선되었다. 병원에서 퇴원 후 사법연수원을 수료하고, 내가 좋아하는 이른바 기초법학연구를 더 하기 위해서 도이칠란트로 유학을 가기로 마음먹고 고(故) 현곡(玄谷) 윤종근 선배님을 통해서 간접적으로 말씀드렸을 때, 장학금까지 마련해 주셨다. 이 때 나는 조영식 총장님의 오토피아 사상을 다시 생각하게 되었다. 이것도 또한 하나의 '작은 오토피아(a small oughto-pia)'의 구현이었구나 하는 생각을 갖게 되었다. 조영식 학원장님이 생존해 계실 때, 직접 물어볼 기회를 갖지 못해서 확인하진 못했지만, 그 당시 학부 시절 치기에 사로잡혀서 내가 했던 어리광스런 짓을 아주 좋은 의미로 이해하셨던 것 같다. 그 후에 나에게 베풀어 주신 여러 가지를 생각해보면 조영식 총장님은 정말 대인(大人, a great man)이셨던 것 같다. 30여 년 동안 교수로서 내가 편안하게 자유로이 학문적 연구를 계속할 수 있었던 것도 조영식 학원장님의 덕분이다.

조영식 학원장님이 돌아가신 지도 벌써 10년이 되어 가고 있지만, 늘 활짝 미소짓고 있는 인자하신 그 얼굴이 떠오른다. 그리고 아련하게 그의 부드러운 음성이 들여온다. 그의 호(號) 미원(美源)이 잘 말해주고 있듯이, 조영식 학원장은 마르지 않는 평화로운 '미(美)의 샘'(Die Schönheitsquelle, the source of beauty)이다. 돌이켜보면, 무엇보다 우선, 미원 선생님은 경희학원을 하나의 학문적 오토피아(ein Academisches Oughtopia)로 만들려고 하셨던 것 같다. 미원(美源) 선생님의 탄생 100주년을 맞이하면서, 나는 미원 선생님이야말로 인간다운 삶의 공동체로서 오토피아 구현의 선구자셨구나라는 생각을 새삼 하게 된다.

추운 겨울 이기고 새 시대의
지평을 연 첫 저서,《민주주의 자유론》

강효백
경희대학교 교수

◆ 나는 새는 뒤를 돌아보지 않는다. 과거의 업적을 자랑 마라! 아무것도
아니니. 미래의 목표를 잊지 마라! 모든 것이니.

◆ 나무만 보지 말고 숲을 보라는 말은 식상하다. 큰 바닷새 알바트로스가
창공에서 아래를 내려다보듯 나무와 숲뿐만 아니라 산과 산맥, 강과 바
다, 동북아와 세계를 줌인-줌 아웃하듯 보자. 새 세상이 펼쳐지리!

◆ 육체적 성장판과 달리 정신적 성장판은 나이와 상관없다. 반짝이는

생각을 받아들이고 새로운 지평을 찾아내는 일을 즐기는 사람의 정신적 성장판은 영원히 닫히지 않는다. 심지어 정신적 성장판은 개체의 육체적 죽음으로 멈추지 않는다. 오히려 후세들에 의해 무한 성장해가는 특성을 지닌다.

위 세 마디는 나의 운명을 바꾼 아포리즘이다. 1982년 봄, 경희대학교 본관 2층 학원장실에서 나의 필생의 사표(師表) 미원(美源) 조영식 (趙永植) 박사께서 말씀해 주신 정언(正言)이다.

미원은 상상 이상으로 매우 일찍이 당대의 사고를 뛰어넘는 지평을 열기 위해 각고의 노력을 기울인 평생을 살았다. 저명한 석학과 대가들이 아무도 맞히지 못하는 과녁을 맞히려고 애를 쓸 때 미원은 아무도 보지 못하는 과녁을 맞혀 왔다.

1946년 월남하여 서울고등학교에서 체육 교사로 교편을 잡다가 안정된 교사 생활을 내려놓고 '민주주의는 법치주의에 기초한다'는 생각에 법학을 공부하기로 마음먹고 1947년 서울대학교 법과대학에 편입하였다. 재학 시절 '1만 시간 독서 계획'을 세우고 하루 평균 10시간 이상 독서에 몰두하였고, 1948년 27세 나이로 《민주주의 자유론》을 펴냈다.

《민주주의 자유론》은 미원이 집필한 첫 번째 저서다. '자유'의 의미 탐구를 시작으로 인간에게 자유가 존귀한 사유, 민주주의적 자유가 필요한 연유를 기술한 철학서다. 또한 미원 사상의 원형이자 경희대학교의 창학

이념인 '문화세계의 창조'의 사상적 출발점이자 토대가 되는 도서이기도 하다. 해방기의 혼란스러운 정국에서 민주주의의 참뜻을 논한 보기 드문 쾌저(快著)다.

미원의 가르침대로 다독 · 다사 · 다작 삼다주의를 자처하며 동서고금의 수많은 책을 읽으며 살아온 나는 아직 이처럼 젊은 나이에 시공의 프레임을 훌쩍 뛰어넘는 쾌저를 저작한 학인을 만나지 못했다.

최초는 영원한 최초다. 미원의 최초 저서 《민주주의 자유론》은 천학비재한 내가 감히 서평을 쓸 엄두도 낼 수 없다. 따라서 아래와 같이 1948년 11월, 이 책 초판 발행 당시 신문 스크랩 3편으로 나의 필생의 사표 미원 조영식 박사에 대한 깊은 존경과 흠모의 마음을 고한다.

사진 1. 경향신문 1948년 11월 8일 1면 광고 조영식 저 《민주주의 자유론》

우리가 생각하는 데 따라 자유도 이런 자유와 저런 자유의 여러 자유관
이 있다면 이와 아울러 민주주의에도 이런 민주주의와 저런 민주주의가
또 있을 것이다. 여사히 현국 우리 한국의 실정은 이런 자유가 진정한 것
이라고 저런 자유가 진정한 것이라고 아우성치며 네 민주주의가 옳으니
내 민주주의가 옳으니 하여 서로 모함하고 골육상잔하며 도덕이나 도리도
심지어는 애국심까지도 몰각하고 오직 자기 주장만을 고집하고 있는 형편
이다. 이러한 혼란기에 있어서 이 민주주의 자유론은 일부 특권자의 전횡
을 용납하지 않은 만민평등의 자유를 주창하여 자유에 있어서 우리의 택
할 바를 알으켜 주며 계급사회는 특권 사회가 아니고 만민자치의 사회
즉 진정한 민주주의를 창도하여 민족이 있은 후에야 주의도 사상도 있
을 수 있다는 것을 극히 역설한다. 우리 국민된 자의 진정한 인권을 보장
할 수 있는 자유와 전 국민의 행복을 약속할 수 있는 민주 이념을 정당하
게 파악하기 위해서는 누구나 필히 읽어야 할 민주주의의 결정판이다.

경향신문 1948년 11월 26일 3면 고려대학교 법경대학 윤세창 교수가
《민주주의 자유론》의 요약과 찬탄의 서평을 싣는다.

사진 2. 경향신문 1948년 11월 26일 3면 조영식 저 《민주주의 자유론》 윤세창 서평

민주주의는 개인과 전체의 생활 영역을 동시에 인정하고 상호 간에 유기적인 운영을 기하는 데 있는 것이며 전제군주제의 통과 후 자유에 대한 논의는 오늘까지 지식인의 최대의 대상이었고 자유에 관한 투쟁은 인간 역사의 전부를 점하고 있는 것이다. 개인의 자유를 무제한하고 신장하는데 전체는 그의 존재를 멸할 수밖에 없는 것이요 자유가 전체의 전제물일진대 거기에는 개인에 존재가 있을 수 없다. 이와 같이 자유는 인간의 최대의 관심사이며 그의 적절한 운영에 민주주의에 묘미가 있다.

해방 후 우리 땅에는 여러 가지 자유론이 대두하였고 조잡한 논의에 진리의 지향을 현혹시킨 바 크다. 이러한 때에 조영식 군의 《민주주의자유론》이 출간된 것은 자유의 정체를 탐구함에 있어서 그 의의가 실로 큰 바가 있는 것이다. 그 내용을 보면 제1장 자유의 발생적 의의, 제2장 본능적 자유, 제3장 인격적 자유, 제4장 발전적 자유, 제5장 자유의 진의와 그의 세계, 제6장 자유의 본질, 제7장 민주주의와 자유평등 공영론 등 자유를 조상에 놓고 여러 가지 각도로 분석 고찰하고 있는 것이다. 필치도 섬세할 뿐 아니라 평이한 기술 방법에 일반 독자의 지식욕을 만족시키고도 남음이 있으리라.

사진 3. 《동아일보》 1948년 12월 26일 2면,
조영식 저 《민주주의 자유론》 장연원 서평

다난한 정국 혼돈한 시국 속에서 나는 최근 한 개의 좋은 책을 발견하였다. 이는 곧 학자 조영식 씨의 심혈의 쾌저 민주주의 자유론이다. 팔일오가 우리에게 가져온 민족적 선물은 독립이 아니요 해방과 자유였다. 그릇된 민주주의의 탈선된 자유였다. 이 그릇된 자유 의식의 탈선행위가 개인적으로 또는 집단적으로 얼마나 조국 재건의 성스러운 탑을 파괴하고 유린하였던가. 정치의 혼선 경제의 혼란, 학원의 동요 내지 스포스계의 난투 등 이 민족적 비극의 유래를 회고하면 전혀 그 근본 원인은 민주자유의적류의 소화불량증이었다고해도 과언은 아니다.

현하 사상계의 혈청제가 되기에 넉넉한 이런 양서가 왜 3년 전에 나오지 않았던가. 자유는 인간의 희망이고 행복이며 동시에 발전의 열쇠이므로 인간은 자유에 의해서 살고 자유를 위해 살고자 하며 이를 얻기 위해 사는 것이라고 필자는 절규한다.

정치적 민주의의의 자본 전제나 경제적 민주주의의 노동 독재의 폐해를 일소 규정하고 만민 공생의 동족 공영의 이상적 균등사회를 건설함에는 어디까지든지 공영 이념을 중심으로 하는 새로운 민주주의의 등장을 새로운 세기는 대망하고 있다.

나는 믿는다. 이 책은 상극의 두 개의 세계로부터 조화의 하나의 세계를 지향하면서 세기의 진통기를 건너가고 있는 현대인에게는 좋은 마음의 안내자다. 특히 인용례가 정확 합당하고 고증이 동서고금에 달통하였으므로 호학 청년 대학생은 물론 일반 독자에게도 흥미 있는 근래의 강심적 명저다.

사진 4. 내 평생 이처럼 멋진 교시와 교시탑을 본 적이 없다. (1979. 03.)

경희학원의 길:
'생각하고 생각하고 또 생각하라'

신충식
경희대학교 교수

경희대학교는 팬데믹 상황이 전 세계를 강타하기 이전부터 미래 문명의 전환 시기를 맞아 인류가 농업혁명, 산업혁명에 이어 '마음의 혁명'을 준비해야 한다는 점을 강조해왔다. 대학 교육이 마음의 혁명을 이루어내지 못한다면 미래의 대다수 인구는 "인공지능 시대의 '노예'"로 전락하리라는 점에서 이는 우리의 엄중한 현실이 되어버렸다.

이른바 '마음의 혁명'을 어떻게 교육과 학습, 연구와 실천에 녹여낼 수 있을까? 이 혁명의 실현을 위해 "꿈꾸고, 네트워크를 만들며, 진실을 말하고, 배우며 사랑해야 한다" 또는 "고결하고 소중한 이상으로 마음을 채우라"라는 단순한 메시지들만으로 거대한 전환이 이루어질 수는 없다. 본 글은 먼저 문명사적 전환기를 맞아 경희학원이 나아가야 할 길을 조영식 경희학원 설립자의 교육 철학을 중심으로 논의하고자 한다. 교육 현장에서 가능한 마음의 혁명을 인간의 세 가지 정신 활동인 사유·의지·판단에 주목할 것이다. 사유·의지·판단이라는 마음 작용이 곧 모든 행위 역량의 선행 조건이기 때문이다.

조영식 경희학원 설립자(이하 조영식)가 광산을 경영했던 선친에게 받았던 여러 교훈 중 가장 지속적으로 울림을 주었던 가르침은 '생각하고, 생각하고 또 생각하라'였다.* 이 모토는 1954년의 환도를 앞두고 예정보다 앞당겨 가졌던 제2회 졸업식(1953년 12월 1일) 연설문을 녹음한 음성 기록물에 생생히 전해진다.** 약관 32세의 그는 졸업생 각자 운명의 창조자가 되라면서 인간의 사유, 판단, 행위를 어떻게 가져가야 하는지 다음과 같이 명료하게 정리한다. "모든 의로운 일, 좋은 일, 큰일 할 것 없이 내가 행동으로 움직일 때엔 'stop to think!'라고 생각하고 이것이 옳은 길이냐, 옳지 않은 길이냐 하는 것을 자기가 판단한 연후에 행동하도록 하자." 영국 속담에 실제로 "멈춰 생각하라!"(Stop and think!)가 있다. 일상 생활을 영위하는 데 필수인 다른 모든 활동을 멈추거나 이로부터 물러나야 사유

---

* 《경희대학교 뉴스레터: 경희학원 설립자 미원 조영식 박사 추모특집》, 2012년 2월 20일, p. 11.
** 가장 오래된 것으로 판명된 학원장의 이 음성 기록물은 오디오 테이프에 담겨 있던 것으로 미원 탄신 100주년 기념 관련 시청각 자료를 정리하는 과정에서 발견되었다. 이의 녹취록은 〈제2회 졸업식 학원 장님 연설 녹취록〉(2021년 4월 23)인데 기관 내부용으로 열람되었다(녹취록 인용은 본문 괄호 안에 표기함).

의 관문으로 들어설 수 있다. 따라서 사유는 일상의 궤도에서 벗어나 있음이다(out of order). 골똘히 사유하는 동안 나는 지금 실제로 있는 곳에 있는 것이 아니라, 자신 말고는 아무도 볼 수 없는 이미지 또는 현실에 사로잡혀 있다. 기술적으로 말해서 모든 사유는 멈춤, 즉 감각 기관이 주어진 현상에서 물러나면서 시작된다.

그러나 조영식은 이 연설에서 사유가 곧 올바른 판단을 보장해주는 것은 아님을 분명히 하고 있다. 그는 이에 앞서 필연과 자유, 주관과 객관, 주관의 객관화와 객관의 주관화 간의 "굉장한 정신 작용"을 거쳐서 어떤 현안에 관한 "마음을 세워야" 한다고 주장한다. 안타깝게도 이 대목의 녹음 상태가 선명하지 않아서 소크라테스식 사유의 도움을 빌려야 할듯하다. 소크라테스는 일과를 마치고 귀가할 때도 결코 혼자가 아니었다. 그 옆에 바로 자기 자신(himself)이 함께했다. 그래서 그는 자기 자신과 "사유의 대화"(the dialogue of thought)를 계속 나눌 수 있었다. 자신과의 대화에서 소크라테스는 "내가 자신과 조화하지 못하고서 하나가 되기보다는 다중과 불화하는 편이 더 낫다"는 사실을 깨닫는다. 그가 발견한 '사유의 대화'는 현대인에게 친숙한 '양심'이 기능하는 방식이기도 하다. 양심을 의미하는 라틴어 'con-scientia'가 원래 '내 자아와 함께 알고 있음'이라는 점에서 그러하다.* 우리가 자기 자신을 알면서 자각하는 능력은 옳고 그름

---

* 조영식, 《문화세계의 창조》, 경희대학교 출판문화원, 2014[1951], pp. 33~40 참조. 이 저작에서 조영식은 양심이 전체 인류를 단위로 한 사회선 또는 세계선(世界善)에 토대해야 한다고 주장한다. 그에게 진정한 양심이란 사회 생활을 떠나서는 있을 수 없는 것으로서 공공선에 바탕을 둔 자유와 평화 건설로서의 문화세계에서만 가능하다고 본다(p. 40).

을 알고 판단하는 능력이라기보다는 나와 나 자신이 하나가 되는 현재 의식(consciousness)에 가깝다.

이에 반해서 인간의 의지 활동은 지금의 자아와 앞으로 프로젝트를 이 행해 나갈 미래의 자아 사이에 갈등을 빚을 수밖에 없게 된다. 조영식은 졸업식 연설에 앞서 출간된 저서 《문화세계의 창조》에서 인간의 3대 의 지를 분명히 한 바 있다. "인간은 누구나 착하고자 하는 보편 의지(universal will to be good)와 옳고자 하는 보편 의지(universal will to be right), 더 나아지고 자 하는 보편 의지(universal will to be better)를 갖고 있기에 더 선할 수 있고, 더 옳을 수 있으며 더 나아질 수 있는 발전의 소지를 가지고 있다."* 순수 하게 더 나아지려 하는 미래의 보편 의지와 현재의 보편 의지 사이에는 항상 간극이 있기 마련이라는 점에서 의지는 세계 내에서 또는 세계에 대해서 보편적인 자기다움(selfhood)을 주장하게 된다.

마지막으로 이 연설에서 조영식이 특히 강조하는 '판단' 역시 "모든 행 동에 있어서 항상 심사숙고해야 한다"는 점에서 특수성을 사유하는 양식 이다. 이는 특수한 사안에 대처할 수 있는 사유의 양식이라는 점에서 나 자신과의 조화 또는 통일을 좇는 사유의 본래 기능과는 확연히 구별된다.

특이한 사안을 두고 숙고하는 양식인 판단은 특수한 것을 일반 규칙

---

* 조영식, 《문화세계의 창조》, p. 154; 조영식, 《인류사회는 왜, 어떻게 재건되어야 하는가》, 고려원, 1993, p. 51.

하에 포괄하는 구태의연한 방식이 아니라, 오히려 특수한 것(the particular) 에서 보편적인 것(the universal)으로 나아가는 상승 과정이다. 이 과정에서 핵심적인 질문은 무엇을 판단의 근거로 삼는가다. 그 실마리를 조영식이 졸업생에게 건넨 마지막 당부에서 찾아볼 수 있다.

> 인간으로서 생각해서, 윤리적으로 생각해서, 세계인으로서 생각해서 내 가 이것을 의례(依例)히 단행해야 한다는 이런 정의에 입각한 신념을 가 지고서 옳은 것을 위해서 옳은 것을 지탱하기 위해서 굳은 마음을 가지 고 운명의 창조자가 되어 주기를 바랍니다.

여기서 판단의 준거는 자연인, 도덕인, 세계인이다. 조영식은 졸업생이 각자의 확장된 심성을 가지고 다른 모든 이의 입장에서 사유하고 또 사 유하기를 요망한다. 구체적으로 말하면 이 과정 앞에 없는 것을 나타나게 하는 상상력과 활발한 소통 능력이 요구된다고 할 수 있다.

조영식은 인간의 삶 가운데 판단 활동을 "엄중한 의미에 있어서 우리 의 운명을 규정지어 주는 원동력"으로 규정한다. 우리가 당면한 운명이 생각대로만 되는 것이 아니라 "자유스러운 필연"이라면 우리는 스스로 대면한 현실을 자연적 인간으로서, 윤리적 인간으로서, 세계적 인간으로 서 숙고해 어떤 결정을 단행해나갈 수 있는 신념을 가져야 한다고 주장 한다.

이렇게 볼 때 판단의 궁극적 근거는 참된 자기로의 회귀가 아니라 타인과 공유해야 하는 '세계'(the world)임을 알 수 있다. 타인과의 이러한 세계 공유가 가능하게 하는 정신 활동이 곧 판단임을 알 수 있다.* 이른바 상식, 즉 공통감(sensus communis)은 타인과 세계를 공유하는 공동체 감각이다. 이러한 이유에서인지 조영식은 졸업생들이 자신 안에 있는 자연인, 도덕인, 세계인으로서 적극적으로 대화에 참여해 "굳은 마음"을 갖게 되기를 간절히 바랐다. 그래야만 이들 대화의 주체는 증인이 되고, 고유한 판단력을 갖게 되며, 옳고 그름을 식별할 수 있는 역량을 갖게 되기 때문이다.

우리는 항상 현상(appearance)과 세계성(worldliness) 측면에서 세계를 판단하게 되어 있다. 현상으로서의 세계에 관한 판단의 타당성은 개인의 변덕에 좌우되는 주관성보다는 예증적 타당성(exemplary validity), 즉 상호주관적 · 재연적(representative) 타당성에서 기인한다. 이러한 타당성은 다른 사람들과 세계를 공유함으로써 얻어지는 관찰자 자신의 공통감(sensus communis)에 기반을 두고 있다.

여기서 흥미로운 사실은 조영식이 학생들에게 졸업을 계기로 "무슨 새사람이 되는 것"을 전혀 당부하지 않는다는 점이다. 다만 심사숙고한 연후에 "이것이 내가 취할 것인가, 이것이 취해서는 아니 될 것인가 하는 한계를 명확히 해야 할 줄을 생각하라"고 당부하고 있다. 이러한 의미에서 조영식이 마음에 둔 사유는 취사 선택의 한계를 분명히 해서 자신을

---

* 정치적 판단의 영역에서 세계의 중요성을 최초로 발견한 사상가는 마키아벨리다. 그도 일찍이 우리가 더불어 판단하는 기준은 자기가 아니라 세계가 되어야 한다고 주장했다. 이러한 기준의 설정이야말로 그를 근대 정치 철학의 시초라 할 수 있는 부분이다. 그는 평생 자기 영혼의 구원보다 피렌체에 더 관심을 두었고, 세계보다 영혼의 구원에 더 관심 있는 사람은 일찌감치 정치에 발을 들여놓지 말아야 한다고 했다.

"좋은 길로, 행복스러운 길로 인도하는" 마음의 정향임을 알 수 있다. 따라서 "생각하고, 생각하고, 또 생각하라" 함은 실제 현실에서의 의미 또는 확신의 추구임을 알 수 있다. 그러나 사유 활동이 인간의 다른 주요 정신 활동인 의지 능력과 판단 능력, 나아가 행위 능력을 규제한다고 볼 수는 없다. 모든 정신 활동은 사유하고 의지하며 판단하는 우리의 자아에서 공고히 드러남을 알 수 있지만, 이들이 가진 공통적 특징 때문에 공통 분모로 분류될 수는 없는 일이다. 사유하고 의지하며 판단하는 정신의 주체가 항상 동일 인물이라는 이유로 이들 활동이 자율적인 성격을 지니고 있음을 소홀히 할 수 없을 것이다. 앞에서 보았듯이 사유는 현재 일어나는 현안을 두고 자기 자신과 진정으로 하나가 되는 과정이다.

광산을 경영했던 부친 조만덕이 소년 조영식에게 "생각하고, 생각하고, 또 생각하라"고 했던 가르침은 6·25 전쟁 직후 더욱 치열하게 전개된다. 1950년 하반기 충남 천안 피난처에서의 극도로 혼란스러운 환경에서 집필을 시작해 이듬해 5월 18일 간난의 시간 끝에 출간한 《문화세계의 창조》를 '세계'의 차원에서 독해하는 일이 중요하다. 그런데 그는 가장 심혈을 기울여 분석한 '문화세계'에 선행해 '세계' 자체를 거의 분석하지 않고 있다.[*] 조영식이 졸업식 연설에서 졸업생들에게 무슨 새사람이 되라고 당부하지 않은 점은 예사롭지 않다. 그에게 판단의 기준이 인성이나 삶 또는 자아가 아니었음을 확실히 하는 부분이다. 다만 그는 졸업을

---

[*] 조영식은 문화세계의 건설에 앞서서 '하나의 세계'를 구축할 필요가 있다고 주장한다. 그에게 하나의 세계는 "약육강식의 세계가 아니라 상호 부조하며 호혜하는 세계"다(조영식, 《문화세계의 창조》, p. 294).

계기로 제2의 인생이 출발한다는 획기적인 에포크를 가져야 한다고 강조할 뿐이다.

그렇다면 도대체 조영식에게 좋은 길, 행복스러운 길에 대한 기준은 무엇이었을까? 그것은 곧 인성이 아닌 세계선(世界善)이었다. 지금까지 세계선이라는 개념을 사용한 철학자는 없었다. 안타깝게도 그가 말하는 세계선은 다시금 "전체 인류를 단위로 한 사회선"인 사회적 문화주의로 회귀한다.* 1951년 그의 신조어인 '세계선'은 오늘날의 위기 상황을 진단하는 데 적극적으로 원용될 수 있다. 위기의 원인이 인간인지 또는 세계인지는 후설과 아렌트 이후 울리히 벡에 이르기까지 핵심적인 사안이었다. 이들에게 확실한 것은 세계 내 인간들을 바꿈으로써 세계를 바꿀 수는 없다는 사실이다. 젊은 나이의 조영식이 인류의 영생을 얻을 수 있는 길로서 문화세계의 길을 제시한 점은 대단히 도발적이었음을 다시금 확인할 수 있다. 그러면서도 그는 문화의 왕국이 곧 영생불멸의 나라가 아니라 한다. 이 또한 "법도 도덕도 고생도 사(死)도 있는 나라이기" 때문이다.** 조영식이 한나 아렌트의 저작을 접했다는 증거는 없지만 아렌트의 다음과 같은 교육 개념을 적극적으로 수용할 수 있었으리라 추정해본다.

교육은 우리가 세계에 대한 책임을 떠맡기에 충분할 만큼 사랑할지, 같은 이유로 세계의 복구 없이, 즉 새로운 젊은이들이 오지 않고서는 파멸

---

* 조영식, 《문화세계의 창조》, p. 49.

** 조영식, 《문화세계의 창조》, p. 266f.

할 수밖에 없을 세계를 구할지를 결정하는 지점이다.*

이렇듯 이들에게 교육은 실제 세계로 들어가도록 하는 관문임을 알 수 있다.

우리가 '세계'라는 개념에 주목하는 이유는 세계가 분명히 잘못되어가고 있다고 우려해서다. 《위험사회》의 저자 울리히 벡은 자신의 비범한 유고 저작에서 "세계가 오작동 중이다"(The world is unhinged)라는 문장으로 시작한다.** 세계가 탈구(脫臼)되어 미쳐가고 있다는 것이다. 예를 들어, 우리는 기후변화와 해수면 상승이 단순히 우리가 위험사회에 진입하고 있는 징후가 아니라 세계 자체의 대격변(metamorphosis)을 예고하고 있음에도 아무렇지 않게 살아간다. 9 · 11 사태나 코로나19에 의한 팬데믹 상황은 어제까지만 해도 생각조차 할 수 없었던 일이 오늘은 실재가 되고 가능하게 된다. 벡에 앞서 일찍이 아렌트도 인간이 쇠망하는 이유는 "인간 자신이 아닌 세계"라고 경고했다.***

오늘날 우리는 세계 개념에 친숙하다. 세계는 가장 세속적인 사물들을 기술하는 데 필수적이다. 각 개인은 제작 공정을 거친 인공물로 이루어진 세계 내에서 자신의 삶을 영위한다. 따라서 세계는 인간이 없는 자연의 가능

---

* Arendt, *Between Past and Future*, New York: Penguin Books, 1968, p. 196.

** Urlich Beck, *The Metamorphosis of the World*, Cambridge: Polity Press, 2016 참조.

*** Hannah Arendt, "Introduction *into* Politics," *The Promise of Politics*, New York: Schocken Books, 2005, p. 107

성과 달리 인간들 사이의 공간이자 인간 세계다. 무엇보다 세계 개념은 인간 다운 삶을 지속적으로 영위하기 위한 '인간 작위'의 결과물이다. 조인원 경희 학원 이사장은 최근 출간된 강연록《희망하는 인간, 전환의 길을 묻다》에서 인간작위에 바탕을 둔 열린 공간으로서 세계를 함축적으로 보여준다.

> 우리 모두는 세계의 자손입니다. 세계는 열린 공간입니다. 인간의 내면
> 으로, 세계로, 우주로 열려 있습니다. 우리 일상을 규정하는 경계인 정치
> 와 경제, 사회, 문화의 작동 기제는 '인간 작위의 결과(human artifacts)'입
> 니다. 그 작위가 인간세계의 열린 가능성과 희망의 미래를 가로막는다
> 면 우리는 그것을 넘어서야 합니다. 그 점에서 현대사회의 경쟁적 산업
> 문명과 배타적 국가 체제, 미래 세대의 미래를 앗아가는 오늘의 현실은
> 더 깊이 성찰돼야 할 것입니다.*

위기의 세계에 대한 그의 교육적 소임을 마저 들어보자.

> 그 역사의 제약 위에서 인간의 열린 가치와 의미 세계를 바로 세우는 일
> 은 중요합니다. 미래를 위해 불가능해 보이는 일을 가능의 세계로 만들어
> 가는 일이 현대 산업 문명의 폐해를 줄이는 유일한 길일지 모릅니다. 이런
> 점에서 우리에게 주어진 대학의 소명은 분명해 보입니다. 대학은 교육 ·
> 연구의 탁월성을 고양하는 것 외에도, 시대가 청하는 대학인의 실천적 역
> 량을 사회로, 세계로 전환해내야 하는 긴급한 책무를 안고 있습니다.**

---

* 조인원,《희망하는 인간, 전환의 길을 묻다》, 경희대학교 출판문화원, 2021, p. 164-165.

** 조인원,《희망하는 인간, 전환의 길을 묻다》, p. 165.

둘째, 세계는 상호 이해, 공동 의미, 실천 공유의 공간을 가능하게 한다. 어느 누구도 자기 스스로 객관 세계를 이의 온전한 실재로 이해할 수는 없다. 세계를 많은 사람이 공유하며 객관과 주관으로 분리하고 결합하는 방식으로 사물들을 이해해나가야 한다. 때로는 이것들을 두고 서로 맞서거나 서로가 함께 의견과 관점을 교환하는 점도 이해해가게 된다. 따라서 세계에 대한 이해는 이와 관련된 모든 다양성을 파악하는 일로부터 시작한다. 교육이야말로 있는 그대로의 세계로 들어가는 입구다. 교육이 제공하는 공간에서 우리는 세계에 대해 논의하고 자신들의 의견 또는 관점을 함께 교환하거나 이의를 제기한다. 조영식 또한 인간은 인간이기 때문에 교육이 필요하고 가능하다고 보았다. 즉 "인간만이 자신이 처한 자연적·사회적·역사적 상황을 알고자 노력하며 또 그것을 개선해 더 나은 것으로 창조하려는 의욕을 갖고 있다"고 주장해왔다.*

문명사적 전환기에 인간은 단지 자기 필요나 보살핌에서뿐만 아니라 사회를 떠나서는 기능할 수 없는 정신, 즉 사유라는 최상의 자질에서도 상호의존적임을 상기해야 할 것이다. 그 좋은 예로 조영식은 부산 동광동 화재를 필두로 한 수많은 환난에도 이념과 사상의 갈등을 넘어 정신과 물질의 조화를 통해 인류 평화, 즉 지구공동사회로 구현되는 문화세계를 추구하면서 1974년 애틀랜타에서 개최된 제1차 '세계인류학대회' 기조연설에서 현대의 위기에 대한 중요한 예찰(豫察)을 남긴다.

---

* 조영식,《인류사회는 왜, 어떻게 재건되어야 하는가》, p. 51.

나는 현대 위기의 더 직접적인 원인은 바로 인간 자신에게 있다고 보고
싶습니다. 인간 이외의 다른 데서 원인을 찾으려 함은 사실상 문제의 핵
심을 곧바로 보지 않으려 하는 일이 될 것입니다. 현대인은 오늘날 자기
정신을 잃고 사실상 기계 문명에 예속되고 있습니다. 그 까닭은 기계가
인간보다 강하다거나 훌륭해서가 아니라 인간이 기계가 생산하는 모든
것을 우러러 받들고 있기 때문입니다.[*]

그의 연설이 행해진 지 반세기가 다 되어가는 오늘날에도 문제의 열쇠
는 여전히 "굉장한 정신 작용"(1953년 12월 연설문), 즉 "자기 정신"의 올바
른 이해에 있다.

경희학원이 제시할 수 있는 "자기 정신"의 올바른 이해는 결국 문화의
영역에 있다. 오늘날의 문화라는 개념은 '콜레레'(colere)라는 라틴어에서
유래했다. 이는 인간이 자연 환경에서 살기에 적합할 때까지 이를 경작하
고 가꾼다는 의미로서 자연과 인간 사이의 상호 작용을 통해 가능하다.
키케로는 최초로 판단을 위한 마음의 경작을 '쿨투라 아니미'(cultura animi)
라 했다. 사실 이 개념은 그리스어로 교육을 의미하는 '파이데이아'의 라
틴어 번역이다. 어떤 특수한 상황에서 내려야 하는 판단과 결정은 우리
가 과거의 기념물을 보살피거나 자연을 개발해 주거지로 만들어가는 과
정처럼 인간성의 형성 과정에서 기인한다. 본래적 의미에서 '쿨투라 아니
미'는 취미(taste), 즉 일종의 미적 판단 능력이다. 그렇지만 취미는 아름다
운 대상을 제작하는 장인이나 예술가가 지녀야 할 속성이라기보다는 이

___

[*] 조영식, 《인류사회는 왜, 어떻게 재건되어야 하는가》, p. 121.

를 감상하는 관객 또는 관찰자의 미감(美感)에 가깝다. 이러한 의미에서 문화는 최소의 유용성을 지니면서 최대의 세계성에 속한 사물, 즉 예술가, 시인, 음악가, 철학자 등의 작품에 관해 문명이 규정한 태도나 상호 작용 양식을 의미한다. 여기서 중요한 점은 이 작품들이 세계와 깊은 연관이 있다는 것이다.

페리클레스는 그리스 문화를 다음과 같이 정의했다.

> 우리는 미를 사랑하지만 절제하고, 지혜를 사랑하지만 유약하지 않다.

여기서 말하는 절제와 유약성은 시민의 정치적 판단과 무관하지 않다. 유약성이 야만인의 악덕을 의미하고, 목표의 정확성은 어떻게 행동하는지를 알고 있는 사람의 미덕을 의미한다는 점에서 그러하다. 이런 의미에서 페리클레스의 다음 말은 매우 의미심장하다.

> 우리는 정치 판단의 한계 내에서 미를 사랑하고 유약성이라는 야만적인 악덕 없이 철학을 한다.

지혜 사랑과 미(美) 사랑의 한계를 규정하는 것은 정치 영역인 '폴리스'다. 야만인과 그리스인을 구분해주는 것이 바로 정치였다. 결국 이러한 차이는 문화의 차이로서 미와 지혜에 대한 다른 태도를 의미했다. 이처럼 '미'를 사랑하는 일이 야만적이지 않기 위해서는 에우텔레이아(절제), 즉 판단, 분별, 식별에서 목표를 지향할 수 있는 능력이 뒤따라야 한다.

1953년 12월 학원장의 졸업식 연설로 돌아가 경희학원이 어떻게 마음의 혁명을 교육, 학습, 연구, 실천에 녹여낼 수 있을지 정리해볼까 한다. 그해 1월 동광동에 있던 학교에 화재가 있은 지 한 달도 채 지나지 않아 학교의 실무 책임자인 학장과 이사장이 동반 사퇴한 상황에서 두 책임자의 업무를 감당해야 했던 당시 조영식 학원장은 비슷한 또래의 졸업생에게 사유, 의지, 판단, 행위의 상관 관계를 조명하는 교육 철학을 성심을 다해서 밝혔다. 제2의 삶을 시작해야 하는 졸업생에게 운명의 창조자가 되어야 한다고 당부하면서 그는 '지식'이 아닌 '사유'의 중요성을 새삼 강조한다. "인간으로서 생각해서 윤리적으로 생각해서 세계인으로서 생각해서 … 이런 정의에 입각한 신념을 가지고서 옳은 것을 위해서 옳은 것을 지탱하기 위해서 굳은 마음을 가져야" 한다고 역설한다. 우리의 운명을 규정하게 되는 원동력은 각 주체의 "의사 선택 혹은 판단"이 되어야 한다는 그의 예찰은 경희학원의 정신으로 새롭게 재조명되어야 할 것이다.

마음이 가진 본연의 임무는 무엇이 일어났는가를 이해하는 일이다. 이러한 이해는 대상으로서의 현실과 주체로서의 자기 자신을 조화롭게 하는 방안이다. 조영식이 1953년 졸업 연설에서 칸트의 자유와 필연의 사상을 적극적으로 수용해서 "자유가 있기 때문에 비로소 도덕이 있을 수 있는 것이요. 도덕이 있기에, 비로소 인간은 상과 형벌, 그 두 가지 중 어느 하나를 택할" 수 있다고 하며 운명적인 현실과 적극적인 자유의 주체인 자기 자신의 조화 가능성을 제시한 점은 탁월하다. 필연이 아닌 자유의 측면에서 볼 때 인간의 운명은 필연적이지도, 숙명적이지도 고정적이지도 않다는 것이다. 그래서 그는 우리 인류가 처한 "현실에 입각해서 우리의 행위가 전개되는 것이고, 그 행위에 의해서 우리의 운명이 결정된다"고 했다. 인공지능의 시대에 우리 대학이 견인해야 할 마음의 혁명도 바로 이 현실이 무엇인지로부터 시작해야 할 것이다.

이러한 조영식의 정신은 경희학원의 모든 분야에 확고히 자리 잡고 있음을 최근 조인원 이사장의 다음 발언에서 확인할 수 있다.

> 경희가 써내려 온 문화세계는 '마음의 정향'입니다. 성찰의 시간에 흔들리는 인간의 양심, 그 마음은 생래적으로 발현됩니다. 내 안에 있습니다. 누가 뭐라 하지 않아도 마음의 거리낌이 드는 인간 본성에서 비롯됩니다. 그러나 또 다른 측면도 있습니다. 우리의 마음과 양심은 사회로부터도 영향을 받습니다. 후천적으로 경험하는 시대의 기류와 학습이 양심의 또 다른 축입니다. 사회의 관습과 관행이 판단의 조건으로 작동됩니다. 이처럼 문화세계는 우리 안팎에서 만들어지는 존재와 현실에 대한 인식으로부터 삶의 가치와 행동의 좌표를 발견해가는 과정입니다. 그 과정의 동력이 집단적 현상으로 표현될 때, 시대를 풍미하는 '문화세계'가 자리를 잡습니다.[*]

---

[*] 조인원, 《희망하는 인간, 전환의 길을 묻다》, p. 97-98.

이처럼 '문화세계'가 우리 인간의 안팎에서 이루어진 현실인식으로부터 삶의 가치와 행동 좌표를 발견해가는 과정이라는 데 전적으로 동의한다. 여기에 한 가지 덧붙였으면 한다. 문화세계에 소속된 인간은 이와 동시에 자연세계에 속해 있다는 사실이다. 그런데 오늘날의 자연, 즉 전 지구가 위기다. 문화세계와 자연세계는 뚜렷이 구별되는 영역이면서도 이 두 영역이 결코 분리될 수 없음을 유념해야 한다. 그 어떤 문화세계도 지구자연의 제약으로부터 자유로울 수는 없다.

'평화는 개선보다 귀하다'

오충석
주 이탈리아한국문화원장,
1987년 평화복지대학원 졸업

2020년 1월 15일, 이탈리아 국영방송 RAI의 황금시간 대 인기프로그램 〈이탈리아 갓 탤런트(Italia's Got Talent)〉에 한국인과 이탈리아인들로 구성된 세계태권도연맹 태권도 시범단이 무대에 섰다. 이들은 다양한 태권도 자세와 공중 격파 등을 선보이며, 시청자들과 심사위원단들을 놀라게 했다. 이날 태권도 시범단은 심사위원의 "골든 버저"를 받으며, 바로 결선에 진출하는 성과를 냈다.

당시 이 프로그램을 본 이탈리아 사람들은 약 141만 명이었다. 이들은 한국의 태권도 시범단의 현란한 동작에도 놀라워했지만, 이들 시범단이 마지막 장면에 펼쳐 든 플래카드 "La Pace e piu preziosa del trionfo(평화는 개선보다 귀하다)"라는 문구에도 놀라워했다.

오랜 역사 동안 수많은 전쟁에서 상대방을 물리치고 의기양양하게 돌아온, 수많은 개선 영웅들을 가진 이탈리아에서, 아니 유럽에서, "평화는 개선보다 귀하다"라는 문구를 내세울 수 있을까? 이탈리아 사람들이, 아니 유럽 사람들이 이 말에 공감을 하기는 할까?

하지만, 우리 인류의 역사를 돌이켜 보면, 전쟁으로 인해 많은 개선 영웅이 탄생했지만, 그 전쟁에 참여하고, 또 그 전쟁에 패배한 수많은 당시 사람들에게 전쟁은 무슨 의미였을까? 상대방을 죽이지 않으면, 내가 죽어야 하는 참혹한 삶의 현장이 아니었을까?

조영식 박사께서는 평생을 통해, 당시 살고 있는 사람들에게 참혹할 수밖에 없는 전쟁이 이 지구상에서 더 이상 없기를 바라는 진정한 세계 평화를 갈망하셨다.

세계 평화는 어떻게 가능할까? 다양한 방안 중에서도, 교육을 통해 세계 평화를 달성하고자 했던 대표적인 분이 조영식 박사였다.

1984년 당시 연세대학교 졸업반이었던 나는 졸업을 앞두고 진로를 고민하고 있었다. 그러다 우연히 보게 된 그 해 10월 한국일보 기사 하나에 매료되었다. "국제평화를 이끄는 세계적인 리더 양성"을 목표로 평화복지대학원이 경기도 광릉에 설립되었다는 기사였다. 평화복지대학원에서는 국제 평화를 선도할 리더를 양성하기 위해 모든 수업은 영어로 하고, 해외의 석학들을 초청해 강의하며, 기숙사에서 생활하며, 학생들에게는 전액 장학금을 지급한다는 당시로서는 한국에서 기대하기 어려운 획기적인 내용을 담고 있었다.

나는 이 신문 기사를 보는 순간, 한국 교육에 새로운 시대가 열리고 있다는 생각이 들었다. 우선 학교명에 평화와 복지를 내세운 것만 해도 매우 획기적이었다. 우리가 흔히 아는 경영대학원, 행정대학원 등은 많이 있었지만, 우리가 이루어야 할 목표를 학교 이름에서 분명히 한 대학원은 평화복지대학원이 처음이었다. 게다가 영어로 교육하는 국제대학원 성격을 가진 학교도 한국에서는 처음이었다.

2000년대 후반 들어, 한국의 역대 정부들이 "평화", "번영", "복지" 등을 국정 지표로 내세우게 되는데, 조영식 박사는 이미 1980년대에 이러한 지표를 학교 건립 시 선택하고 있었다.

사실, 6·25 전쟁 와중에 조영식 박사께서 만든 대학교의 교시는 "문화세계의 창조"였다. 당시, 전쟁 와중에 참혹하고 또 경제적으로도 살기 어려웠던 한국에서 "문화세계의 창조, 평화롭게 상생하는 지구공동사회"를 학교 교시로 내세운 것은 매우 획기적이었다. 지금은 문화세계니, 지구촌이니, 지구 공동체니 하는 말들이 너무나 자연스럽지만, 1950년대 한국에서 이러한 말을 하는 것 자체가 참으로 놀라운 것이었으리라. 이렇듯 조영식 박사께서는 항상 시대를 앞서 우리가 지향할 바를 제시하는 분이었다.

평화복지대학원에서의 학창 생활은 내게 너무나 소중한 경험이었다. 당시 조영식 학원장께서는 바쁜 일정 속에서도 매주 대학원을 방문하여 학생들과 토론을 즐기셨고, 당대의 훌륭한 분들을 초청해 학생들과 면담하도록 해주셨다. 당시 평화복지대학원 학생들에게 항상 평화를 지향하며, 항상 새로운 세계로 나아가며, 또 항상 미래를 준비하도록 일깨워 주셨다.

내가 평화복지대학원을 졸업한 후 통일부에 근무하면서 남북관계 개선과 통일이라는 업무를 하게 된 것도, 주 필리핀한국문화원, 주 이탈리아한국문화원에서 문화 관련 일을 하는 것도 조영식 박사께서 평화복지대학원에서 일깨워 주신 교육에서 영향받은 것이리라.

조영식 박사님의
GCS와 RCS 비전

오영달
충남대학교 교수, 조영식 · 이케다 다이사쿠 연구회
홍보위원장

경희대학교 평화복지대학원(Graduate Institute of Peace Studies, GIP)은 나에게 두 번째 대학원 석사 과정이었다. 내가 GIP에 대해 처음 들은 것은 1984년 가을 어느 날 한 일간지의 대학원 학생 모집 공고를 통해서였다. 당시 나는 한양대학교의 학부 4년의 마지막 학기를 보내고 있어서 졸업 후 진로에 대하여 고민하고 있을 때였다. '평화' 그리고 '복지'라는 이름이 들어간 대학원, 완전 장학제, 그리고 영어로 강의가 진행된다는 이 대학원은 곧 나에게 동경의 대상이 되었다. 그러나 나는 곧 관심을 접었다.

그 이유는 모집 공고의 선발 인원을 보니 약 10명 정도였고 '나는 감히 바라볼 수도 없겠구나' 여겨졌기 때문이다. 나는 결국 내가 학부 과정을 공부했던 한양대학교 정치외교학과 대학원의 석사 과정에 지원하였다. 그 결과, 1985년 3월 한양대학교 대학원에 입학하게 되었는데 입학을 하기 직전에 휴학하고 병역 의무를 먼저 이행하였다. 1987년 3월에 이 대학원에 복학하여 남들이 보통 2년 만에 마치는 석사 과정을 3년 만에 마치던 무렵, 다시 진로에 대해 고민하던 끝에 GIP에 대한 미련이 남아서 1990년 봄 학기 입학 원서를 제출했다.

당시 GIP의 입시 제도는 매우 독특하여 3차에 걸쳐서 시험이 치러졌는데 한 단계씩 통과하여 다음 단계에 올라갈 기회가 주어졌다. 1차는 영어 듣기 및 독해 시험이었다. 2차는 GIP 교수 네 분 앞에서 주로 영어로 가지게 되는 A 면접을 가졌고, 이 면접이 끝나면 GIP 설립자이신 조영식 박사님 집무실로 옮겨 B 면접으로 진행되었다. 특히 조영식 박사님은 1인의 지원자에 대하여 약 30분 전후 면접 시간을 가지셨다. A 면접을 마치고 B 면접을 위해 조영식 박사님의 사무실에 들어섰는데 저 멀리 자비로운 미소를 띠며 조영식 박사님께서 맞이해 주셨다. 그 때 조영식 박사님께서 피면접자였던 나에게 던졌던 질문이 떠오른다.

"앞으로 세계 질서는 어떻게 될 것으로 보는가?", "양극 체제에서 다극 체제로 변화해가리라고 생각합니다..." 나는 정치외교학도로 전공 시간에 익숙하게 들었던 대로 대답하였다. "그것 말고 또 없어?", "…….", "여기들어와서 좀 더 공부해봐."

　아직 지원자 위치에 있던 나에게 조영식 박사님이 숙제를 주신 것으로 생각됐다. 나는 그 답이 몹시 궁금한 채 면접을 마쳤고 운이 좋게 1990년 3월 GIP에 입학하였다. 경기도 광릉의 아름다운 자연 속에 위치한 웅장한 GIP 캠퍼스와 기숙사 생활이 시작되었다. 나는 GIP 학교 생활을 하면서 다행히 입학 면접 시험 때 조영식 박사님께서 던진 질문에 대한 답을 얻게 되었다. 그것은 바로 설립자께서 생전에 고구정령 부르짖으셨던 바로 지구협동사회(Global Cooperation Society)/지구공동사회(Global Common Society), 지역협력사회(Regional Cooperation Society)/지역공동사회(Regional Common Society), 즉 간단히 GCS, RCS라는 비전이었다. 조영식 박사님께서는 매주 목요일이 되면 '목요 세미나'라는 토론 자리에 참석하시기 위해 서울 본교 캠퍼스에서 광릉 GIP 캠퍼스에 다른 교수님들과 함께 오셔서 인류사회의 평화 관련 주제들에 대하여 논의하셨다. 또 그 분이 많은 노력을 기울여 1981년 유엔 총회가 결의를 통해 지정한 국제평화의 날을 기념하는 대규모 국제학술회의를 매년 개최하셨다. 그 분은 이러한 회의들에서 자신의 기조연설을 통하여 세계평화를 위한 비전을 설파하셨다. 당시는 탈냉전의 시대로 접어드는 초기였기 때문에 그 분의 GCS, RCS 비전은 설득력 있게 다가왔다. 이제 국수주의적인 국가 중심을 벗어날 때가 되었고 평화로운 국제질서를 위한 새로운 비전이 필요한데 그 답으로 GCS와 RCS 비전을 제시하신 것이다. 한국 내에서뿐만 아니라 정치 체제의 급변을 경험하고 있던 고르바초프 지도 체제 하의 소련 당시 모스크바 국립대학교를 방문하여 그 분의 비전을 주제로 강연하셨다. 나는 GIP 졸업 후 약 6개월 정도 정당에서 일한 후 다시 조영식 박사님의 비전 관련 연구소라고 할 수 있는 인류사회재건연구원 산하 국제평화연구소에서 약 3년 반 동안 연구 조교로 일하였다. 국제평화연구소는 회기동 본교와 광릉 GIP캠퍼스 양쪽에 사무실 공간이 있었는데 당시 평화복지대학원 원장으로서 국제평화연구소 소장직을 겸직하고 계셨던 손재식 전 통일원 장관님 가까이 광릉캠퍼스에서 근무했다. 또한 연구소 주요 업무 중 하나로서 조영식 박사님께서 해마다 성대하게 개최하였던 국제평화의 날 기념 국제회의와 조영식 박사님의 역점 사업 중 하나였던 세계평화백과사전의 국문판 작업에 조력하였다.

국제평화연구소에서 근무하는 동안 조영식 박사님의 GCS와 RCS 비전에 대하여 지속적으로 접하게 되었음은 물론이다. 결국 그 분의 GCS와 RCS 비전은 1648년 유럽의 30년 전쟁을 종결한 베스트팔렌조약 이래 존재해온 주권 국가 중심의 국제 질서에 대한 재편을 제안한 것으로 볼 수 있다. 그리고 이러한 맥락에서 조영식 박사님께서는 유엔강화론 즉, Pax UN을 제창하기도 하셨는데 이 부분은 곧 GCS의 한 측면이라 할 수 있다. 또한 지역 통합에 있어서 큰 진전을 이룬 유럽연합은 RCS의 좋은 예라고 할 수 있다. 조영식 박사님의 이러한 비전과 구상이 설득력을 얻기 위해서는 그동안 국민국가(nation-state) 중심의 국제질서를 지탱해온 개념으로서 '주권(sovereignty)'에 있어서 어떤 식이든 변화가 일어나야만 될 것이었다. 나는 국제평화연구소에서 근무하면서 유학 준비를 하여 영국의 웨일즈대학교(The University of Wales, Aberystwyth)* 국제정치학과의 박사 과정을 밟게 되었다. 내가 이때 천착했던 중심 주제는 '변화하는 현대 세계에 있어서 '주권'의 의미를 어떻게 볼 것인가' 하는 것이었다. 이러한 주제 설정은 알게 모르게 설립자의 GCS 및 RCS 그리고 Pax UN으로부터 영향받았음을 부인할 수 없다. 다만, 하나의 학위 논문 주제로 다루기 위하여 '주권'과 '인권'의 관계로 좀 더 범위를 좁혀 접근하였다. 그리하여 나는 주권 개념에 대하여 살펴보기 시작했고 서양 정치 사상사로 거슬러 올라가 주권 개념의 논의 과정들을 살펴보았다. 그 동안 주권 개념은 "국가 내부적으로 최고, 절대이며 국가 밖으로는 독립적이고 평등한 권위"로 정의되어 왔는데 주권 개념에 대한 이러한 이해를 당연시하는 한 GCS, RCS 그리고 Pax UN은 설득력을 얻기 어려운 것으로 보였기 때문이다.

나는 서양 정치 사상사의 주요 주권 및 인권 사상가들을 검토하여 주권 개념은 역사적으로 고정불변한 것이 아니라 정치 상황적 맥락에 따라 다르게 이해되고 있었다는 점을 지적하였다. 즉, 하나는 통치자 중심 주권론이고 다른 하나는 피치자 중심 주권론으로 대별하였다. 통치자 중심 주권론은 군주 등 통치자 위주로 정의된 개념으로서 정치 사상사에서 프랑스의 장 보댕이나 영국의 토마스 홉스 등의 주권론에서 그 전형을 볼 수 있고 피치자 중심 주권론은 영국의 존 로크, 프랑스의 장 자크 루소 등

---

* 이 대학교의 명칭은 2007년 9월 1일부로 기존의 연합체적 성격을 띠고 있던 The University of Wales 그룹으로부터 독립하여 Aberystwyth University로 개칭되어 존재하고 있다.

의 저술에서 확인될 수 있었다. 나는 인권 보호가 제대로 이루어지기 위해서는 로크나 루소 등의 저서에서 확인되는 국민주권론 또는 인민주권론권과 같은 피치자 중심 주권론으로 접근될 필요가 있다고 주장하였다. 이러한 피치자 중심 주권론, 국민주권론 또는 인민주권론의 이론적 기초는 사실 개별적 인간들의 자연권론이다. 이러한 개별적 인간들의 자연권 즉, 생명, 자유, 재산권을 제대로 보호하기 위하여 만들어진 개념이 자연권 행사의 합으로서 국민주권이고 이로부터 파생된 것이 통치자들이 행사하는 국가주권이라는 것이다. 2001년 유학을 마치고 귀국하여 조영식 박사님의 당시 연설문들을 살펴보았는데 전통적인 절대적 주권으로서 국가주권 개념 대신에 국민주권 개념으로부터 접근할 필요가 있다는 말씀을 접하게 되었다. 조영식 박사님께서는 당위적으로 요청되는 사회, 즉 오토피아를 제창하시면서 다양한 주제의 사회 운동을 주창하셨는데 그중 하나는 인간복권운동이다. 인간복권운동은 인간의 천부인권을 다시 회복하자는 것이고 국민주권은 천부인권을 가진 국민들이 주권자라는 이해에 기초하고 있기 때문에 서로 의미상 일맥상통한다고 할 수 있다.

주권과 인권에 관한 이러한 주장은 사실 유엔을 중심으로 하는 국제사회에서 새로운 국제 규범으로 채택되었다. 즉, 유엔에서는 제1차 걸프전쟁 이후 유엔강화론 그리고 인도주의적 개입 문제 등이 활발히 논의되었는데 그 결과 중 하나가 "개입과 국가주권에 관한 국제위원회(ICISS)"가 설치되어 연구, 발표한 "보호책임(Responsibility to Protect)" 보고서다. 이 보고서의 핵심 내용에 따르면, 국가주권 개념은 어떤 국가 통치자들이 권력을 농단하면서 그 보호막으로 사용하기 위한 수단이 아니라 국가 통치자들이 그 국민들을 제대로 보호해야 하는 일차적 책임을 의미하며 여러 가지 이유로 그 책임이 이행되지 못할 때 국제사회가 개입할 수 있다는 것이다.

나는 현재 대학 강단에 서고 있는데 담당하는 주요 과목 중 하나가 유엔이나 유럽연합이 중요한 내용이 되는 국제기구정치론으로서 물론 조영식 박사님께서 생전에 강조하셨던 Pax UN 즉, 유엔의 역할 강화론이 저변에 자리하고 있다. 조영식 박사님의 GCS 및 RCS 비전은 인류사회가 앞으로 지향해야 할 원대한 비전으로서 그 실현을 위해 꾸준히 노력에 노력을 더해가야 할 것이다.

⟨오토피아론⟩과
디지털 시대

이동수
경희대 공공대학원 교수

필자가 경희학원 설립자인 조영식 박사님을 처음 만난 것은 경희대학교에서 매주 목요일 진행하던 ⟨목요세미나⟩를 통해서였다. 조 박사님은 생전에 ⟨목요세미나⟩를 통해 여러 교수와 학문적 담론을 즐기셨는데, 2000년대 초 정치 사상을 전공하는 젊은 학자였던 필자에게 조 박사님의 ⟨오토피아론⟩은 커다란 흥미를 제공하였다.

그의 ⟨오토피아론⟩은 현대 문명의 문제점을 치유하고 평화와 공영의 미래세계인 당위적 요청 사회를 건설하는 것을 최종 목표로 삼는다. 특히 '오토피아론'은 철학적으로는 주리·주의생성을 통해 인격적 인간의 조건과 가능성을 적시하고 이에 따라 인류사회 재건운동을 실천적으로 펼쳐 나감으로써, 명실상부한 '이론과 실천의 통일'을 추구하는 사상이다. 이는 주로 근대 서양철학 특히 헤겔(G. W. F. Hegel)의 사상과 흡사한 면이 있으며, 다만 동양적 사고에서 비롯된 독특한 용어들을 사용하고 있다는 점이 다르다.

헤겔 철학이나 조영식 박사님의 〈오토피아론〉에 있어서 중요한 것은 '이론과 실천의 통일'을 위한 현실 세계에서의 구체적인 실행(practice)인데, 이 실행이 쉽게 이루어지는 것이 아니며 그 실행들이 모여 최종 목표를 달성하는 것은 몇 배나 더 어려워 보인다. 그러나 그렇다고 해서 실행 자체를 시작하지 않는 것은 인간의 특성이 아니다. 사실 실행을 위해서는 그 의미에 대한 깨우침 그리고 더 나아가 그것에 대한 의지가 중요한데, 아직도 사람들은 그것을 단지 시작하고 있지 못할 뿐이다.

필자가 보기에, 그 주된 이유 중 하나는 조영식 박사님이 말하는 '통정적 인식'의 부족에 있다. 즉 그는 오토피아를 실현하기 위해서는 인간의 '주의적 지도성' 혹은 '인격적 의지'가 필요하며, 또한 이러한 주의가 발현되기 위해서는 무엇보다도 '통정적 인식'이 선행되어야 한다고 본다. 여기서 '통정적 인식'이란 세계에 대한 입체적이며 총체적인 인식을 의미하는 것으로, "부분만을 보지 않고 전부를 보는 것"을 뜻한다.

하지만 현대처럼 고도로 분화되고 개별화된 사회에서 '통정적 인식'을 갖기란 결코 쉬운 일이 아니다. 이에 필자는 우리의 인식의 변화를 가져올 수 있는 사유 방식 자체의 변화, 또 그러한 사유 방식의 변화를 이끌어 내는 환류로서의 매체의 변화가 중요한 변수라고 생각하며, 여기에 옹(Walter J. Ong)과 맥루한(Marshall McLuhan)의 사상을 통해 그 가능성을 가늠해보고자 한다.

먼저 조영식 옹과 맥루한에 따르면, 매체는 단순한 도구가 아니라 인간의 감각이 확장된 것으로서 매체의 변동에 따라 우리의 인식 기능도 변화한다. 이때 총체적이고 종합적인 인식은 문자성(literacy)뿐만 아니라 구술성(orality)도 포함하면서 인간의 5가지 감각, 즉 촉각, 미각, 후각, 청각, 시각이 균형을 이룰 때 가능해진다. 즉 총체적 인식이란 어느 것에 치우치거나 부분적이지 않은 합리적인(rational) 인식을 가리키며, 이때 합리성이란 그 단어의 라틴어 어원인 ratio(비율)에서 보여 주는 것처럼, 감각 간의 비율적 균형을 이루는 것을 의미한다. 이러한 총체적 인식이 있어야만 '통정적 인식'의 수준으로 나아갈 수 있으며, 이때 비로소 사회에 실행이 발생하고 통합된 공동체가 형성될 수 있다.

구술성이 강조된 청각 중심의 고대 세계 혹은 문자성이 득세한 시각 중심의 근대 세계에서는 '통정적 인식'의 가능성이 낮지만, 오늘날 대두된 디지털 매체는 청각과 시각을 모두 사용하면서 총체적 인식을 가능케 하는 조건을 만들어 준다. 비록 디지털 매체의 확산으로 인한 여러 부작용과 폐해가 있는 것은 사실이지만, 우리가 이 매체의 특성에 주목하여 선용한다면 맥루한이 말하는 '지구촌'(global village) 즉 조 박사님의 〈오토피아론〉이 추구하는 '지구공동사회'(Global Common Society)의 건설이 불가능하지만은 않을 것이다.

그런데 조 박사님의 〈오토피아론〉은 이런 가능성을 예견하고 있다. 그는 《인류사회는 왜, 어떻게 재건되어야 하는가》(1993)에서 현대사회의 새로운 환류 현상들을 설명하면서, "세계문화의 신질서를 창출하게 될 Trans-National, Cross Culture, Cross Information과 Technology를 통해 세계공동체사회를 이루게" 될 것이라고 말한다. 즉 앞으로는 배타적인 국가경계선을 넘어서 문화와 정보의 교류를 통해 지구공동사회를 잉태할 것이며, 이는 기술의 발달 즉 디지털 미디어의 발전으로 가능해진다는 것이다.

물론 디지털 매체의 확산이 지구공동사회의 달성으로까지 진행되기에는 많은 장애물이 있는 것도 사실이다. 그러나 이런 환류의 변화가 지구공동사회 즉 오토피아 건설을 위한 보다 호의적인 상황을 초래했다는 것은 분명하다. 다만 아직도 인류는 서로 반목하고 갈등을 유발함으로써 아직 '통정적 인식'에는 도달하지 못한 것 같다. 이런 때일수록 더욱 조영식 박사님 생각이 난다.

The legacy of Young Seek Choue and
the intellectual ecosystem of
Kyung Hee University

Emanuel Pastreich
President, The Asia Institute

I started teaching as a professor at Kyung Hee University in 2011 at the newly established Humanitas College. Humanitas College was a new program for undergraduates that combined a broad survey of the humanities with a careful consideration of science in a concentrated series of required courses. The program was intended for all undergraduates and, remarkably it addressed ethical issues in general and specific problems within contemporary society.

Humanitas College was unlike any program I had ever seen in my career as a professor of 15 years in the United States and Korea. It had some elements similar to the directed studies program at Yale College which I was familiar with from my undergraduate days, but it encouraged students to engage in contemporary society, to link what they learned with what they observed around them.

I was honored to have the chance to teach several classes at Humanitas College in which I could combine a discussion of the humanities with science and technology in a manner I had never been able to do previously at University of Illinois. I wondered to myself why it was that Kyung Hee University was able to undertake such an original approach when other universities were unable to do so. My experience had been that universities around the world were moving towards a corporate model of providing the qualifications for students to get jobs and abandoning the mission of teaching youth how to think clearly and investigate the world around them, how to act in an ethically appropriate manner.

The immediate source for the Humanitas College launched in 2011, which I was the only foreign professor involved in, was the distinguished scholar of literature, and deeply committed public intellectual Doh Jung-il. I worked with Professor Doh constantly as we crafted a truly original approach to education for undergraduates and I was deeply impressed by how he gathered the members of the office for readings on literature and philosophy and encouraged deep engagement by all members of the community in intellectual discourse.

I knew intellectuals like Professor Doh in the United States, however, and I had watched how they were alienated and isolated without exception. There was something unique about the intellectual ecosystem at Kyung Hee University that permitted an intellectual like him to rise to such a position. Kyung Hee remained, in the face of an overwhelming onslaught of neo-liberal educational propaganda about preparing students for the corporate world and deriving profits from tuition by seeking out higher college rankings, a university with real principles.

Slowly, through various conversations, I learned that the true power behind Kyung Hee rested with Dr. Young Seek Choue, who was one of most remarkable figures of contemporary Korea. I think that some professors were uncomfortable talking about Dr. Choue's role because they wanted to highlight their own accomplishments, their own ties to Ivy League universities. Dr. Choue seemed perhaps a bit dated to them, a figure from a Kyung Hee University before it was fully integrated into the universe of endless SSCI journal articles and international conferences on specialized topics of little appeal to the citizen.

I never had the chance to meet Dr. Choue, who was ill and remained in his home on campus. He passed away the second year I was at Kyung Hee University and I had the opportunity to see the deep respect that many of the senior professors had for this intellectual visionary at the funeral—including Professor Doh who bowed down deeply when the hearse passed in front of him.

Dr. Choue, Chancellor of the Kyung Hee University System, passed away on February 18, 2012 at the age of 91. He had been ill for several years. He served as president of Kyung Hee University for many years before.

It was the stubborn vision of Dr. Choue that meant there were scholars at the meetings about academic policy who continued to argue for a dedication to the arts, to music and dance, to the pursuit of world peace and the fight for Korean unification. The efforts made by professors and students at Kyung Hee, who were directly or indirectly inspired by Dr. Choue were unlike anything I had seen anywhere else.

Dr. Choue was a scholar who devoted himself to a vision of peace and education in an age when most Koreans were more concerned with economic development and material wellbeing.

He was a visionary when most Korean politicians were blindly seeking to increase the GDP of South Korea. He established and built Kyung Hee University in the face of such short-sighted thinking, never giving up his commitment to a far-sighted plan to "build a civilized world."

When Dr. Choue started to build Kyung Hee University in the 1960s, and pushed for deep engagement with the United States and a central role for a unified Korea in the future of global governance, his ideas seemed fantastic and unrealistic. No one imagined at that time that a South Korea struggling to feed itself would produce Ban Ki Moon, a Secretary General of the United Nations. Dr. Choue played a major role in giving South Korea the confidence to take that step.

Dr. Choue was born in North Pyeongan Province (in present-day North Korea) in 1921. He received a degree in law from Seoul National University in 1950 and found himself caught up in the chaos of the Korean War the same year. After many efforts to find a road to peace, he found himself a refugee from the Communist invasion taking shelter in Busan.

Dr. Choue became the head of Shinheung Junior College in 1951, a minor educational institution thrown into chaos by the Korean War. He worked day and night to transform Shinheung Junior College into a world-class university dedicated to the humanities, to the arts, and to public service which would eventually be known as Kyung Hee University.

"Kyung Hee" refers to the Kyung Hee Palace, the furthest West of the Imperial Palaces in Seoul Korea, which is not far from the Gohwang Mountain beneath which Kyung Hee University is located today. The Kyung Hee Palace, once the locus for political debate and policy during the Joseon Dynasty, was intentionally destroyed as part of Japanese occupation. The Japanese wished to discourage any self-sufficiency and original thought among Koreans that could feed into an independence movement.

Without any doubt, Kyung Hee University has the most attractive campus of any university in Korea, with carefully landscaped paths lined with trees, a pond with fish behind the main administrative building, and extensive wooded areas to wander through while contemplating one's academic work. The buildings at the Hoegi-dong Campus were made from rock carved from the Gohwang Mountain. All the buildings are carefully integrated into a totality that encourages a harmonious community.

Dr. Choue put together a larger educational system in 1961 that provides for education from kindergarten through the Ph.D. level. This vertical integration was part of his vision of a truly independent cultural community in which education could be a life-long process that is inseparable from other aspects of human experience. I met one professor emeritus at Kyung Hee University who had attended Kyung Hee kindergarten and stayed in the educational family for his entire career.

Dr. Choue made "scholarship and peace" central for his vision of the university, wishing to turn the tragedy of the Korean War and the Korean division into an opportunity for a serious effort to establish a global peace regime. Perhaps the most impressive part of that project was his commitment to the emerging field of "peace studies" which was completely unknown in Korea at the time. Kyung Hee University became a global leader in peace studies and Dr. Choue's extensive writings on peace inspired a new generation of leaders in Korea, including the current president of Korea Moon Jae-in.

Dr. Choue took the brave step of establishing the Graduate Institute of Peace Studies in 1984, a program entirely dedicated to the study of international relations with a focus on the importance of peace as an intellectual foundation, a vision for the world in which peace was not merely the absence of war, but a powerful cultural and spiritual force that shaped the lives of the citizens of the Earth.

The numerous global research projects undertaken since at the Graduate Institute of Peace Studies engaged citizens in Korea and around the world at all levels, from government and industry, to dancers and singers, novelists and poets. The program became a beacon for a future age that would move beyond Cold War rhetoric of division.

Dr. Choue wrote,

"This global era opens a new chapter in human history, one in which peace, security and prosperity for all on earth can become a reality. Nevertheless, Mammonism and belief in the omnipotence of science and technology are still prevalent. So many people continue to indulge in egoism and to pursue blindly self-interest. In this process, human dignity has been impaired and the human spirit itself is at risk withering away. If human society is so dehumanized, human civilization and its institutions cannot properly serve humankind. They will decay, and in time dictate the rules and threaten to control human beings.

There are many critical challenges confronting humankind today. The gross imbalance between population and food, the depletion of natural resources, pollution, and the aggrandized vision of the power of science and technology have reached a level of crisis. The distortions that have formed in our social values and norms, the moral decadence that permeates society and dependency on terrorism as a solution to social problems trouble us. And the constant threat of nuclear war, though considerably diminished by the demise of communism in Eastern Europe and Russia, remains quite real. These are only a few of the global problems facing the world today.

Without solutions to these problems, the future of humankind will be in jeopardy.

Given this situation, the supreme tasks facing humankind in the 21st century are:

"The reconstruction of human society so as to bring about a better world, through the restoration and invigoration of the human spirit.

The reestablishment of mankind, and the human spirit, as the proper master of civilization, through liberation from purposeless science and technology, the deification of technology, and the clinging to obsolete institutions.

The utmost exertion of our efforts to create a new civilization wherein everyone on earth can enjoy happiness and security, through good will and cooperation among nations, taking all humans to be a single family.

The piece-meal approach to solving these problems undertaken today remains insufficient. To implement solutions to these problems we must find holistic approaches that take the whole, as well as the parts, into consideration."

As a graduate program of international relations that emphasizes peace, philosophy and the liberal arts, and physical education, the Graduate Institute for Peace Studies remains unique in the world. The school offers full scholarships to all students, and thus allows students to focus on their ideals without financial concern.

Dr. Choue also made physical health central for his vision of education, serving as a major supporter of Taekwondo in Korea and around the world. He felt that a strong body was essential part of education and made physical education, which had been his original field, part of the university program.

Physical health also extended to medicine and Kyung Hee established a unique hospital that combined the best of Eastern and Western medicine. It is the only major hospital in the world that encourages institutionally the fusion of Western and Eastern medical sciences. This approach is based on Dr. Choue's vision of a "third medicine" that combined the best of East and West, a vision that has proven to be remarkably prescient.

Kyung Hee University today has one of the most comprehensive medical programs in Korea, covering every aspect of medicine from nursing and dentistry to rehabilitation and long-term care.

In the 1950s, Dr. Choue launched an ambitious program to educate farmers in the devastation following the Korean War best known as the "For a Better Life" movement. That movement was an inspiration for similar outreach by the Korean government in the 1970s and was also the basis for Dr. Choue's later push for a truly international movement for world peace.

Dr. Choue launched another movement, the Global Common Society, in 1975 that continues to work today to instill a personal commitment to ethics and a global perspective among intellectuals in Korea, and around the world. The Global Common Society led naturally into his "Neo-Renaissance Movement" which strove to create a life that was "spiritually beautiful, materially affluent and humanly rewarding." Those moving words continue to inform the culture of Kyung Hee University.

He would then launch the "Global Peace Movement" in 1981. As part of this movement, Dr. Choue proposed the establishment of the International Day of Peace at the 36th U.N. General Assembly and, with the support of Costa Rica, the United Nations adopted his proposal. Dr. Choue was an early advocate for family reunions between North and South Korea, starting his work in 1982 as head of the "Reunion Movement."

Dr. Choue also proposed, and co-founded, the International Association of University Presidents in 1965 to assure closer global cooperation between universities. He established Korea's first Graduate School of NGOs and had the foresight to understand the critical role that NGOs would play in this century.

Dr. Choue wrote,

"The civilization of the world passes through cyclic changes. At the moment, the dynamics of world civilization suggest a shift from Europe and North America and new alignment around East Asia. As human civilization aligns with the Pacific Basin, civilizations coming together as one global community, a community that harmonizes the spiritual and material realms of human life. We must be keenly aware of our duty as academicians and intellectuals to usher in this new era. We will leave behind our "partial culture" that forces a choice between the spiritual and the material and move towards a new integrated culture."

It took a few years before I actually sat down and started reading the remarkable essays of Dr. Choue. There is a library on the third floor of the main administrative building at Kyung Hee University that is dedicated to his efforts and houses his writings in multiple languages. I made a special effort to set aside a few hours a week to read through his essays, and the important books on peace and international relations that he had collected over the years.

Dr. Choue saw the role of the university as a platform for preparing society for the new realities of a world wherein information technology rendered the modern nation state untenable. He felt that there was a need for a fundamental restructuring of society in response to these challenges that would encompass all institutions and habits. He also argued that war was caused by the greed of rulers and that a true democracy, global in nature, was the best response.

Dr. Choue theorized that human history would pass through a period of international coalitions and regional coalitions similar to the European Community which emerged after the Second World War, but he was convinced that in the end these regional coalitions would be absorbed by international coalitions.

He saw the tremendous promise, and the risk of such global coalitions and dedicated his work to promoting a global civil society rooted in true participatory democracy that would extend beyond the limitations of the nation state.

For Dr. Choue, the empowerment of citizens through NGOs that accurately reflected civil society at home and around the world was essential. He spoke of a global common society in which there flourished a global democracy in which freedom, equality and prosperity would be extended to all. He also took the lead in implementing such a global common society through a network of NGOs.

He labeled the future global democracy that would grow out of these efforts as "Oughtopia," a term he coined that describes a world that aspired to an ideal, but that, unlike a "utopia," could be actually realized.

He felt there was a moral imperative, at the local and international levels, to reach such a state, and the university must play a central role. Drawing on Immanuel Kant's essay "Perpetual Peace: A Philosophical Sketch"(Zum ewigen Frieden. Ein philosophischer Entwurf), Dr. Choue put forth a vision for what could be accomplished. He imagined a new form of nationalism that accepted cultural continuity but emphasized a coexistence and prosperity based on accepted universal principles.

Dr. Choue received more than 70 awards in recognition of his dedication to the promotion of human rights, peace and welfare around the world. Noteworthy among his writings "On Liberty in Democracy" (1948), "Creating a Civilized World"(1951), "Rebuilding Human Society" (1975), "Oughtopia"(1979) and "Why Human Society has to be rebuilt?" (1993).

인류의 대도로
나아가다

미우라 히로키
서울대학교 사회혁신 교육연구센터,
평화복지대학원 32기

조영식 · 이케다 다이사쿠 연구회 연구위원장을 맡으면서

2016년 5월 18일, 경희대학교 네오르네상스관 3층 회의실에서 15명의 교수와 연구자가 모여 조영식 · 이케다 다이사쿠 연구회를 설립했다. 하영애 교수를 회장으로, 임정근 교수와 홍기준 교수를 부회장으로 하고, 내가 연구위원장을 맡기로 했다. 1997년에 천년지기(千年知己)의 우정을 맺으며 함께 네오르네상스를 이루어내자고 약속했던 두 지도자의 뜻을 학문과 실천 차원에서 계승하는 것을 목적으로 하는 학술 단체다. 이후 매년 개최되는 심포지엄과 학술회의 등을 통해 다양한 연구가 진행되어 연구 총서 2권을 발간할 수 있었다. 2021년에는 많은 사람의 후원으로 '조영식·이케다 다이사쿠 펠로우' 제도를 창설하여 후세대 인재 육성도 강화했다.

이 과정에서 나도 조영식 학원장님에 관해서 많은 것을 새롭게 알게 되었고, 학문적으로도 큰 자극과 영향을 받았다. 박용승 교수가 소개한 1965년 IAUP 설립 전후 학원장님의 세계적 활동, 김민웅 교수에 의한 문화세계 창조론의 심도 있는 해석, 오영달 교수에 의한 Pax UN론 연구, 신충식 교수에 의한 칸트 철학과의 비교 그리고 손재식 원장님에 의한 조영식 평화 사상의 4가지 특징 정리 등이다. 나도 조금이지만, 이케다 사상 연구의 맥락에서 문화세계에 관한 두 분의 비교를 발표할 수 있었다. 또한 이러한 연구 과정에서 늦게나마 학원장님의 《민주주의 자유론》, 《문화세계의 창조》, 《인류사회의 재건》 등을 본격적으로 읽게 되었고, 손용우 평화복지대학원 동문회장이 주도하는 연구 모임에 참석하면서 학원장님의 사상을 더 깊게, 더 의미 있게 공부할 수 있었다.

연구회 운영은 사실 쉽지 않고 현실적 어려움의 연속이다. 또한 두 지도자의 사상과 마음이 워낙 깊고 활동 범위도 방대하기 때문에 이를 연구자가 분석·재해석하는 것은 쉬운 일은 아니다. 그러나 조영식 연구, 이케다 연구를 축적·확장하는 사명감과 보람 그리고 무엇보다도 두 지도자에게 직접 받은 격려를 잊지 말고, '인류의 대도(大道)', '사제(師弟)의 길'을 제대로 나아가면서 지적 연대를 조금씩이라도 넓혀가는 것이 나의 역할이라고 생각한다. 지금 우리가 하는 일은 두 지도자의 사상에 대한 학술 연구의 씨앗에 지나지 않을 수도 있지만, 이것이 언젠가 대륜(大輪)의 꽃이 되어 지식 생태계의 중심이 될 것으로 믿는다.

향후에는 더 포괄적이고 국제적인 연구 주제의 발견, 체계적이고 학제적인 방법론의 수립, 학술과 실천의 시너지 가속화 등 다양하게 도전하고 싶다. 작은 연구회를 더 멋있는 연구소로 또는 선구적인 '조영식 학회'나 '조영식·이케다 다이사쿠 학회'의 탄생으로, 우리의 연대를 발전시킬 수 있으면 한다.

조영식 학원장님과의 인연

학원장님과의 인연은 내가 한국에 온 계기와도 연관된다. 1997년 9월, 학원장님 주도로 이케다 선생님이 창립한 소카대학교와 경희대학교가 학술교류를 맺었는데, 그 때 소카대의 방문단이었던 다카무라(高村忠重, 1943-2018) 교수가 국제정치론 수업 시간에 조영식 학원장님과 평화복지대학원에 대해서 학생들에게 자세히 소개했다. "새로운 시대를 개척하고 있는 훌륭한 대학이 한국에 있다"라고.

그 후 나는 다카무라 교수로부터 추천서를 받아 평화복지대학원에 지원했고 일본 유학생으로서는 최초로 합격했다. 또한 이와 전후하여 학원장님이 1997년 11월 소카대 대학 축제를 방문했을 때 나는 학생회 임원으로서 학생 신문과 홍보를 담당하고 있었다. 학원장님을 소개하는 신문 기사를 미리 전교 학생에게 전달했고, 기획 운영 멤버로서 축제에 참석할 수 있었다. 이 때 학원장님의 연설은 지금도 선명하게 기억한다. 그것은 형식적인 인사말과는 전혀 다른 강력한 어조와 짧은 문장, 진정성 있는 눈빛으로, 소카대 학생들을 향한 사자후(獅子吼)와 같은 격려였다. "사랑하는 소카대학생 여러분, 21세기는 여러분의 것입니다", "여러분이 미래의 대 지도자로 성장해 가는 것입니다", "우리 두 대학이 손을 맞잡고, 이케다 선생님과 내가 손을 잡고, 교직원 · 학생 여러분과 함께, 새롭고 훌륭한 시대를 구축해 갑시다."라고.

2000년 3월 평화복지대학원 입학식에서 "소카대에서, 이케다 선생님의 슬하에서 왔습니다."라고 내가 인사를 올리자, 학원장님은 "잘 오셨습니다. 감사합니다."라고 일본어로 따뜻하게 맞이해주셨다. 이후, 동기생과 선후배들과 함께 모두가 세계평화의 '지도자 중의 지도자'로 성장하기 위한 2년 간의 대학원 생활을 하면서 학원장님의 특강(간담)을 자주 들을 수 있었다. 동시에 구하(Amalendu Guha, 1924-2015) 교수나 '페드로'(Pedor B. Bernaldez) 교수와도 캠퍼스에서 같이 지내면서 학원장님의 기본 정신이나 우주적 평화 사상(peace cosmology), 제3민주주의론 등을 이해하여 어떤 의의가 있는지 배울 수 있었다.

이처럼 나는 학원장님의 교육 활동 그리고 수많은 선배 학자들과 동료들로부터 도움과 지혜, 용기를 얻으면서 한국에서 성장할 수 있었다. 말하자면 학원장님을 기점으로 한, 뜻이 있는 사람들에 의한 인간혁명의 연쇄 속에서 나도 스스로를 혁신하면서, 공동의 목표와 보다 큰 경애(境涯)를 향해 전진할 수 있게 되었다.

마지막으로, 나는 학원장님의 대단한 점으로서 '언제 어디서든 항상 사람들을 격려하는 자세'를 말하고 싶다. 심오한 사상과 철학, 사회 운동이나 세계적 조직도 있으나 결국 그것을 실천하는 '인간' 개개인의 매 순간의 의지와 힘이 중요하다. 학원장님은 항상 우리 모두의 존재 의의와 노력을 격려했다. 1964년에 발표한 "개교 100주년 기념식에 보내는 메시지"에서 학원장님은 또 다른 시대적 난제에 직면하게 될 미래의 경희대 가족을 다음과 같이 격려했다. "검은 먹구름 뒤에는 여전히 우리의 생명을 불어 넣어주는 눈부신 광명이 있음을 잘 알고 있습니다.", "오직 이성을 쫓아 인류의 대도를 걸어가는 동안 모든 인간의 어려움은 스스로 극복되고 인류의 문화는 창조될 것입니다.", "친애하는 나의 후배 여러분, 숭고한 인류의 사명을 되새겨봅시다. 우리가 할 일이 무엇이고 또 무엇을 어떻게 해야 하는가를." 학원장님은 100년에 걸쳐 수많은 사람의 마음을 움직여 의지를 불어 넣었다. 나도 그 중 한 사람인 것에 감사와 행복 그리고 후계로서의 사명감을 느낀다.

'그랜드 피스 투어(Grand Peace Tour)', 평화여행의 길 위에서 조영식을 생각하다

정다훈
평화여행작가, GIP46기

나에게 여행은 '경계 넘기'다. 경계를 넘는 순간, 새로운 나를 마주한다.

기존의 고정된 사고 틀에서 벗어나면 그 곳엔 과거와는 전혀 다른 새로운 내가 서 있다. 그래서 여행은 언제나 고정된 관점의 틀을 깨고 인식의 전환을 만들 수 있는 중요한 모멘텀이 된다.

나는 더욱 더 많은 사람이 갇혀진 틀을 깨고 세상 밖으로 나가기를, 그리하여 '아니다'라고 생각했던 무언가에 '왜'를 물을 수 있기를, 늘 옳다고 생각했던 무언가에 '아니다'를 외칠 수 있기를 바란다. 바로 그 순간이

닫혀진 마음이 기적처럼 열리는, 관용과 포용의 세상을 마주하는 순간이기 때문이다. 평화 공존이란 이렇게 열린 마음이 가득한 시민들이 만드는 세상이다.

그러기에 나의 여행은 언제나 '악의 축', '가난하고 미개한 나라'라는 고정된 관점으로 매몰된 국가들로 향한다. 그 고정관념을 깨려는 의지 속에 '평화의 씨앗'이 있기 때문이다. 나는 이런 여행을 '그랜드 피스 투어'라고 명명한다. 스스로 갇혀진 관점을 깨려는 '의지'를 낸 사람들이 많은 나라, 그 국가에는 희망이 있다.

열린 마음과 관용성은 위대한 국력을 만드는 역량이기 때문이다. 배낭을 메고 미지의 나라, 미디어가 만든 틀 속에 갇혀진 '최악, 미개, 가난, 전쟁, 악의 축'으로 떠나보면 언제나 나는 그 곳에서 선량한 사람들을 만났다. '발전, 선진, 첨단'이라는 문명국을 걸으면서는 '행복, 자유, 공존'의 가치를 다시 묻고 찾기도 했다. 중요한 것은 단 하나의 유일한 답, 단 하나의 고정된 관점만이 존재하지 않는다는 사실을 인식하려는 노력이다.

내가 '평화'를 주제로 한 '그랜드 피스 투어'를 시작하게 된 계기는 경희대학교 평화복지대학원에서의 2년 때문이다.

조영식 박사에 의해 설립된 경희대학교 평화복지대학원은 전쟁과 세력 균형이란 개념이 핵심인 주류 학문, 국제정치학에서 '평화'라는 개념이 학문적으로나 실천적으로나 그저 공허한 울림이 아니라 비판의 시작이자 대안일 수 있음을 상기시켜주었다. 조영식의 평화 사상, 그 사상적 기반에서 세워진 경희대학교 평화복지대학원은 '평화'의 가치를 단순히 국가적 수준에만 머무르지 않고 개인적 수준까지 다층적으로 고민하게 함으로써 인간을 인간답게 하는 것, 그것의 본질적 가치가 무엇인지를 스스로에게 끊임없이 묻게 했다.

무엇이 인간을 '인간'답게 하는가?

이 질문이 내 여행의 시작이었다. 인간을 동물과 구별하게 하는 것 중 하나는 '정치성'이다. 인간은 정치적 동물이다. 정치는 강자가 지배하는 약육강식의 세계에서 약자를 위해 존재함으로써 인간을 '짐승'과 구별한다. 따라서 '복지'는 공공성을 발휘하여 사회적 약자를 돌보는 고도의 '인간성'이 발현된 국가의 최종 목표이자 정치의 '꽃'이다. 이와 같은 관점을 확장하여 국제 정치에 적용하면, 국제 정치의 최종 목표는 '평화'라 할 수 있다.

만약 강대국이 무력을 앞세워 자신의 이익을 챙기고, 약소국은 착취를 당하는 세상이 된다면 그것은 약육강식의 동물의 세계와 다를 바가 없어진다. 인류 역사는 전쟁이 모든 사람에게 비극이지만 약자에게 더욱 큰 비극이라는 사실을 증언하고 있다. 모든 인류가 평화로운 세상을 염원하는 이유다.

필자 역시 전쟁하는 인간이 아니라 '평화하는' 인간이 많아지는 세상을 꿈꾸고, 그 세상을 고민하며 지난 3년간 평화여행작가로서 '그랜드 피스 투어' 시리즈를 집필해 왔다. 지난 두 차례의 그랜드 피스 투어(《그랜드 피스투어: 유럽에서 전쟁과 평화를 묻다 1》, 서해문집: 2019)는 인간 세상 속에 존재하는 수많은 갈등과 전쟁 상태를 '잘못된 구조'로 인식하고 어떻게 하면 이를 평화로운 체계로 변화시킬 수 있을까를 고민한 시간이었다.

질문은 이어진다. 인간을 '인간답게' 하는 것은 또 무엇일까? 인간을 동물과 구별하게 하는 또 하나의 특성은 인간만 가진 '종교성'에 있다. 지구상에서 인간만이 유일하게 죽음을 인식한다. 죽음을 인식한다는 것은 인간은 스스로의 삶의 유한성을 알고 있다는 것이다. 영원하지 않은 삶이라는 인식은 인간으로 하여금 '그렇다면 이 유한한 삶을 '어떻게' 살아야 하는지'라는 의문을 제기한다.

그러므로 인간을 '인간답게' 하는 것은 동물과 차별화되는 구조적 평화를 만들기 위한 '정치성'과 내면적 평화를 만들기 위한 '종교성'에 머무르려는 '노력'에 있다.

지구상에서 벌어지는 수많은 민족, 종교, 영토 등의 구조적 갈등을 보면서 나는 그 원인이 궁극적으로는 어떤 것을 '구별'하는 의식 과정 속에 있다는 사실을 발견하게 되었다. 정치학적으로는 민족, 종교, 영토 갈등의 원인을 역사적 원인, 정치적 요인, 경제적 요인 등 세부적으로 구별하여 정리하지만 사실상 근원적으로 이와 같은 모든 갈등은 나와 다른 민족이라는 '구별', 나와 다른 종교라는 '구별', 나의 것과 너의 것에 대한 '구별'에서 시작한다.

갈등은 인간이 처한 구조적 상황인데, 이와 같은 갈등의 근본 원인인 '구별'이라는 과정은 인간의 '관념'과 '의식'에서 만들어지는 것이다. 지구상에 살고 있는 인간은 이렇게 나와 '다름'을 구별하는 '판단' 과정을 통해 '적'으로 상정된 대상에 대해 증오와 적의를 표현한다.

그리고 한 개인이 가지는 증오와 적의가 사회 전체에서 다수에게 누적되어 있는 상태가 우리 눈에 결과적으로 구조적 '갈등'으로 보여지는 것이다. 이와 같은 생각의 끝에서 나는 구조적 평화와는 다른 차원에서 내면의 평화를 위한 여행의 필요성을 깨닫게 되었다. 국가적 차원의 '평화'에서 개인적 차원의 층차로 보다 구체화된 것이다. 구조적 평화에서 내면의 평화로 가는 여행은 편견을 조장한 신념과 선과 악으로 구분된 세상의 '구조'에서 탈출하는 과정이다. 그러나 이 여행은 위험하다.

이 여행이 위험한 이유는 그것이 이 사회가 구별해 둔 기준에서 탈출하는 일이기 때문이다. 사회가 구별해 둔 기준에서 탈출하는 일은 언제나 위험하다. 그것은 정상과 비정상의 분류 기준이며, 옳음과 그름의 구별 기준이기 때문이다. 대부분의 사람은 사회가 분리한 기준 속에서 그것이 당연하다고 믿으며 평생을 살아간다.

그런데 이렇게 당연하다고 믿고 있던 틀을 의심하는 '질문'은 이미 던져진 순간부터 고정된 안정 구조를 벗어나는 위험한 행위가 된다. 따라서, 우리의 삶 속에서 '질문'은 안정화된 상태에서 전혀 새로운 다른 차원으로 넘어가게 하는 '경고음'이자, 미지의 세계로 진입하게 하는 '안내자'다.

그런데 놀라운 것은 질문을 던지는 그 순간이 인생의 새로운 모멘텀이 된다는 것이다. 경계를 넘어 떠나보면 그동안 당연하다고 생각했던 것을 의심하게 된다. 이 사회에서는 바른 기준이 저 사화에서는 틀림이 되기도 하며, 여기서 좋은 것이 저기서는 누구도 원하지 않는 것이 될 수도 있다.

이렇게 '당연하다'고 믿어왔던 모든 것에 대한 균열은 곧 거대한 충격이다. 자신의 몸을 단단하게 조이고 있던 거대한 알 껍질을 벗어 던지고 세상을 본 새끼거북에게 알 껍질 밖의 세상은 거대한 충격일 것이다.

그러나 육지가 아닌 바다라는 또 하나의 거대한 세상을 만나기 위해 새끼 거북은 또 다시 생명을 건 여행을 떠나야만 한다. 바다는 알 껍질을 깨지도 못한 새끼 거북, 알 껍질은 깼지만 끝내 바다를 만나지 못한 채 죽은 거북에게는 죽는 순간까지 없을 세상이자 개념이다. 인간이 죽을 때까지 자기에게 주어진 시공간적 구조 속에 질문을 던져 끊임없이 알을 깨고자 하는 노력을 해야 하는 이유다.

바다를 만나본 거북만이 바다 속의 생명체를 알 수 있으며, 하늘을 날 수 있는 새만이 저 멀리 구름 위의 세상을 알 수 있다. 이렇게 끊임없이 의심하고 질문하며 나에게 주어진 세상의 한계를 깨고 나가려는 사람들에게 주어지는 이 위험한 여행의 선물은 '열린 마음'과 '포용력'이다. 이것이 구조화된 편견과 고정된 이념의 경계에서 탈출하려는 이 위험한 여행이 아이러니하게도 가장 고요한 평화 여행이 될 수 있는 이유다. 그러나 대부분의 우리는 어떤 시점에 우주의 한 공간에 던져진 이후, 태어나서 살고 있는 이 시간과 공간에서 형성된 세계관을 '옳은 것'이라고 착각하며 살아간다.

그것이 단지 본인이 인식할 수 있는 한계 속에서만 존재한다는 사실을 모른 채 죽을 때까지 나름의 행복과 안정 속에 살아왔노라 믿고 그 안에 안주한 채 일생을 마친다. 그러나 극소수의 인간은 자신이 던져진 그 환경이 하나의 거대한 알이며, 그것을 깨고 나가면 또 다른 새로운 세계가 펼쳐져 있음을 자각한다. 그들은 나를 둘러싼 알을 스스로 깨고자 애쓴다. 문제 의식과 질문이 사라진 채 타성에 젖어 안주하고 있던 자아를 깨워 자기 자신이라는 괴물과 용감하게 대면하는 사람들, 나는 이 여행이야말로 진정한 자기 자신과 만나기 위해 기꺼이 용기를 낸 '가장 위대하고 아름다운 도전'이라 말하고 싶다.

2021년 11월은 내 인생에 '평화'라는 화두를 던진 평화 교육의 사상적 아버지, 미원 조영식 박사의 탄신 100주년이 되는 달이다.

그는 죽고 이 땅에 없지만 그가 뿌린 평화 교육의 뿌리가 내 인생에 가장 고요하지만 가장 위대한 도전을 만들고 있음에 감사한다. '평화'라는 관념을 세계적, 국가적, 개인적 차원에서 설명한 그의 평화 사상은 궁극적으로 나의 세 번의 '그랜드 피스 투어'의 사상적 모체가 되었다.

경희대학교 평화복지대학원에서 조영식 박사의 평화 사상을 구체적 실천교육프로그램으로 만들고자 애써주신 모든 교수님께 감사드리며, 대한민국의 선구적 평화 운동의 사상가이자 실천가인 조영식 선생의 탄신 100주년을 기념하며 짧은 추모의 글을 마친다.

평화에 대한
염원

람칸프 엉(LAM KHANH PHUONG)
베트남, 경희대학교 유학생

　달력을 열어보니 어느덧 9월이 다가왔고 21일에 '세계 평화의 날'로 기재되어 있는 걸 보며 많은 생각에 잠기곤 합니다. 저 같은 경우 베트남에서 자라 많은 고난과 전쟁을 겪은 나라의 한 시민으로서, "세계 평화의 날"이 지극히 고귀하고 신성한 의미로 다가왔습니다. 그러나 베트남뿐만 아니라 다른 세상의 다른 사람들에게도 평화라는 존재가 역시나 같은 의미가 아닐까 싶습니다. 왜냐하면 그들의 역사에서도 오랜 시간 검과 안장, 무력과 투쟁이 함께했기 때문입니다. 그렇다 보니 물이 흐르듯 자연스럽게 평화는 진정으로 모든 인류의 영원한 열망이라 말할 수 있을 것 같습니다.

평화에 대한 이러한 염원은 세계 곳곳에 쉽게 찾아볼 수 있습니다, 특히 문학 작품들만 해도 《일리아드》(그리스), 《만하브라타》(인도), 《삼국지》(중국), 《전쟁과 평화》(러시아), 《바람과 함께 사라지다》(미국)… 등 각 국가마다 고유한 스타일로 전쟁과 평화에 대해 풀어나가는 방식은 약간씩 다를 수 있지만 정당한 전쟁을 찬양하는 것, 부당한 전쟁에 대한 규탄도 결국엔 평화 속에 살고 싶다는 간절한 염원을 공통적으로 표현하고 있습니다.

인류가 걸어온 지난 20세기에는 인류 역사상 가장 큰 갈등과 전쟁, 대표적으로 수많은 사람의 목숨과 맞바꾼 1차 및 2차 세계 대전이 있습니다. 그 암흑기를 겪고 인류가 깨달은 것은 서로 단결하고 전쟁을 함께 방지하고 평화에 도달해야 한다는 것이었습니다. 그런 의미에서 '세계 평화의 날'이 탄생하지 않았나 싶습니다. 2021년은 유엔이 정한 '세계평화의 날(International Day of Peace)'의 40주년이 되는 해입니다. 이 '세계평화의 날' 지정에는 조국을 사랑하고 평화를 자신의 목숨 이상으로 중요시한 조영식 박사의 끈질긴 노력이 숨어 있었습니다. 유학생으로서 대학의 역사와 설립자 및 평화에 대해 관심을 갖게 된 것은 우연이었고 평화의 전당을 보면서 관심이 많아졌습니다. 조영식 박사가 설립한 대학교 – 경희대학교는 전국에서뿐만 아니라 전 세계적으로 평화를 중요시하고 평화 자체가 발전의 밑바탕이었습니다.

이렇게 저에겐 평화라는 것이 남다른 의미가 있기 때문에 경희대학교의 사상과 교육 철학은 더욱 더 특별했습니다. 경희대학교 설립자인 조영식 박사는 선구적 안목을 지닌 교육자로서, 조국의 부흥과 인류 문명의 발전을 위해 헌신한 사상가로서, 전쟁과 갈등의 위협에서 벗어나 지속 가능한 지구공동사회를 구현하는 일에 열정을 바친 평화 운동가로서 끝없이 도전하고 실천하는 삶을 살아왔기에 매우 존경스러운 인물입니다. 그의 다양한 삶의 궤적을 일관되게 이끌어온 신념과 철학이 잘 요약되어 있는 '문화세계의 창조'라는 이 말 한 마디처럼 조영식 박사는 학술적 성취가 대학이라는 울타리 안에 갇혀서는 주어진 소명을 다할 수 없다고 판단했으며 교육과 연구는 실천으로 이어져야 한다는 점을 항상 강조했습니다. '학문과 평화'라는 경희 고유의 학풍과 전통은 이 같은 교육철학 위에서 형성되는 것처럼 말입니다.

세계 평화를 향한 조영식 박사의 험난한 여정을 따라가다 보면 결국엔 결과적으로 보스턴 대회 기조연설을 맡은 조영식 박사의 구체적 실천 방안으로 민주적 시민교육, 전인교육, 인간 중심의 교육, 인류 의식이 전제된 민족 교육, 평화 지향의 교육을 제시했고 이 기조연설 내용은 1981년 유엔이 세계평화의 날을 제정하는 기본 정신으로 이어졌습니다. 핵전쟁 위기가 고조되던 1981년 7월 조영식 박사는 코스타리카에서 열린 세계대학총장회 연차총회에서 '세계평화의 날'과 '세계평화의 해' 제정을 최초로 제안했고 그해 11월 유엔총회는 1982년부터 매년 9월 셋째 주 화요일을 '세계평화의 날'로 정하고, '세계평화의 날' 탄생 이후 5년 뒤

1986년은 세계평화의 해로 지정됐습니다. 조영식 박사의 제안에서 비롯된 기념비적 평화 이벤트는 미소 간의 군사력 경쟁 완화와 냉전 종식에 간접적으로 기여했고 21세기에는 국가 권력 또는 특정 정치 세력의 독점 지배를 넘어, 시민사회가 참여하는 새로운 민주주의 시대가 열릴 것이라고 조영식 박사는 예견했습니다. 그리고 시간이 지나 유엔 총회는 2001년부터 매년 9월 21일을 '세계 평화의 날'로 공식 채택하여 여전히 조영식 박사의 기본 정신을 바탕으로 전 세계적으로 전쟁 당사자들에게 무기를 내려놓고 협상하여 모든 사람이 서로 손을 잡고 평화와 사랑의 세상으로 거듭나길 촉구하고 있습니다. 매년 9월 21일인 '세계 평화의 날'에만 평화를 이야기하자고 하는 단순한 의미만 담겨있는 기념일이 아니라 '평화'는 항상 인류의 소원이자 영구적으로 존재하는 열망, 모든 여정의 목적지이자 글로벌화 과정의 연결 고리였기에 매년 열리는 9월 21일 '세계 평화의 날'은 유엔과 전 세계 모든 국가가 전 인류를 위한 평화의 중요성과 고귀한 의미를 다시 한번 강조하는 기회라고 생각합니다.

올해 '세계 평화의 날'은 전 세계가 코로나19 팬데믹(세계적 대유행)으로 어려움을 겪고 있는 상황에서 매년 그 어느 때보다 특별하게 느껴집니다. 이처럼 맹렬한 코로나19의 대유행은 우리가 서로의 적이 아니라 건강과 안보, 일상을 위협하는 바이러스가 바로 우리의 공통적인 적이라는 사실을 다시 한번 분명히 보여주고 있습니다. COVID-19는 세계를 혼란에 빠뜨렸고 많은 국가의 의료 시스템이 압도당했으며 수백만 가족의 삶이 뒤집혔습니다. 따라서 현재의 세계평화는 동시에 많은 도전에 직면해 있습니다. 분쟁, 전쟁 및 불화 외에도 전염병은 인간 건강에 대한 실존적 위험이며 모든 국가, 민족 및 모든 사람의 공동 노력과 합의가 필요하고 그래야만 전염병이 퇴치되고 민중의 삶이 곧 다시 평화로워질 수 있습니다.

물론 앞으로 해답을 찾아 헤매야 할 문제들이 많겠지만 그 평화를 향한 첫 발걸음은 조영식 박사가 헌신을 다해 노력해줬기 때문에 지금까지도 계속 그 평화가 확장될 수 있게 가능성을 열어줬다고 생각합니다. 조영식 박사는 고등교육을 통해 '더 나은 나'로 성장할 수 있도록 후학을 가르치고, 실천을 통해 '더 나은 세계'에 대한 가치관을 심어줬고 담대한 도전을 통해 '더 나은 인류'를 위한 미래 비전을 제시했습니다. 교육-연구-실천의 창조적 결합으로 쌓아 올린 경희의 '학문과 평화'의 전통은 조영식 박사의 치열하고 헌신적인 삶과 일치합니다. 그의 생애와 함께 경희의 경이로운 역사를 다시 한번 돌아보고 경희 구성원뿐 아니라 교육의 미래, 대학의 미래, 인류의 미래를 모색하는 지식인, 시민사회에도 의미 있는 화두가 될 수 있기를 기대하며 2021년에 있을 '세계평화의 날' 40주년 기념 대행사가 더욱 더 의미 있고 심도있게 진행되어 많은 경희인에게 뜻깊은 행사가 되길 기대합니다.

조영식 박사의
평화 사상을 연구하며

진싱(XING, J.)
경희대학교 정치학 석사

___

　4차 산업혁명의 붐이 일고 있는 현대 사회에 살아가는 우리는 언뜻 '평화'라는 단어가 때로는 생소하게 들려오곤 한다. 특히 자유민주주의 원리 하에 살아가는 국민들은 더욱이 세계평화라는 모든 인류의 궁극적인 목표가 실제적으로 와닿지 않기 마련이다. 그러나 과거에도 그러했듯이 현재 또한 보이지 않는 세계 곳곳에서 내전과 갈등이 끊이지 않고 있는 것 또한 사실이다. 2021년 8월 31일, 조 바이든 미국 대통령이 아프가니스탄의 미군 완전 철수를 앞두고 현재까지 수많은 난민이 발생하였고,

자유를 얻기 위해 탈출하는 과정에서 생사가 오가는 현장을 보면서 전 세계는 또 한 번의 충격에 빠졌다.

그렇다면 전쟁은 왜 발생하는가? 이와 같은 근본적인 질문에 답하기 위해 조영식 박사의 세계평화론의 관점에서 살펴보자면, 주로 배타적 민족주의, 패권적 국가주의, 민주주의의 결여, 종교적 근본주의, 이념적 계급주의, 군비 경쟁에서 그 원인을 찾고 있다. 이와 같이 국가 간의 관계가 적대적인 이유는 국제 체제가 자연주의적 법칙(Naturalist Law)에 바탕을 둔 무정부 상태에(Anarchy)* 있다는 것이다. 이러한 점에서 조영식 박사는 평화에 대한 깊은 연구와 사색에 기초하여 독특한 '오토피아' 평화론을 제시하였고, 이를 바탕으로 한평생 인류사회의 복지를 위해 전쟁 방지 등 세계평화에 관한 여러 문제를 논의했을 뿐만 아니라 평화 운동을 실천에 옮기기 위해 현장에서 혼신의 노력을 기울여왔다.

1981년, 코스타리카 산호세에서 개최된 제6차 세계대학총장회(IAUP)에서 조영식 박사는 평화 수호를 위해 유엔이 세계평화의 날과 해를 제정하도록 하자는 〈코스타리카 결의문〉을 제안하였고 총회에서 만장일치로 통과되었다. 당시 한국은 유엔 회원국이 아니었기에 코스타리카 정부의 협조를 얻어 1981년 11월 30일 제36차 UN 총회에 공식 안건(Agenda 133)으로 해당 결의안을 상정한 것이다. 당시 UN은 157개 회원국의 만

---

* Young Seek Choue, "Is It Really Impossible to Realize Lasting Peace?" Toward Global Common Society vol. 1 (Seoul: Kyung Hee University Press, 2001), pp. 142-43.

장일치 찬성으로 1986년을 '세계평화의 해'로, 그리고 매년 9월 셋째 화요일을 '세계평화의 날'로 선포했다.

이처럼 UN이 제정한 세계평화의 해와 세계평화의 날이 현대사에 끼친 영향은 매우 크다. 이 평화를 위한 전 세계의 기념일은 자유 진영과 공산 진영이 세계평화를 위해 협력하는 실질적인 출발점이 되었기 때문이다.

특히, 세계평화에 관한 조영식 박사의 사상은 국가론에서 찾아볼 수 있는데, 그가 한국전쟁이 발발하던 시기에 출판한 저서인 《문화세계의 창조》에서 상세히 살펴볼 수 있다. 무엇보다도 그는 국가론과 관련하여 '통치자를 위한 국가관'과 '피치자를 위한 국가관'으로 나누어 살펴보았다. 통치자를 위한 국가관에 있어서는 국민들이 오직 군왕 즉, 지배자들에게 복종이 요구될 뿐 권리는 요구할 수 없는 경우로 보는 반면, 피치자를 위한 국가관은 국가가 통치자를 위해서가 아니라 국민 자신을 위해서 존재한다는 관점으로 17세기 및 18세기의 민권 사상 대두와 함께 발전하여 오늘에 이르고 있는 것으로 이해된다. 즉, 제3민주혁명을 통해 '보편적 민주주의'를 실현해야 한다고 본 것이다. 그에 의하면 보편적 민주주의는 기존의 두 민주주의 체제가 가지는 결함을 보완하는 동시에 오늘날 시대적 요청인 인간화, 복지화, 국제화에 부응하는 새로운 민주주의가 되어야 하며 나아가 함께 공영을 바라보는 국제주의, 합리주의, 인도주의, 보편주의에 초점을 맞추어야 한다는 것이다.

국제 분쟁에 대한 사실적 분석이 현 국제 사회가 직면한 심각성을 보여주었다면 조영식 박사의 평화론은 국제 사회에서 평화의 중요성을 다시 한번 발견하고 생각하게 하는 기회를 만들어 준 것이다. 다만 세계평화의 문제점은 과거 혹은 현시점의 어느 특정된 세대의 문제점이 아니라 이러한 평화 사상을 어떻게 지속 가능한 현실로 유지할 수 있을까 하는 과제가 남아 있는 것이다. 전 세계 각 국가가 자국의 이익을 위해 노력하는 한 국제 분쟁은 앞으로도 끊이질 않을 것이다. 그러나 경험을 토대로 평화 이슈를 공론화하고 갭을 줄여나가야 할 것이다. 뿐만 아니라 현재 대의민주주의가 가지고 있는 한계를 보완하고 보다 더 나은 체제를 구축하기 위한 연구가 필요할 것이다. 결국 완벽한 제도는 없으며 조화와 균형을 이루고 중용을 갖추는 것이 정의로운 사회가 아닐까 하는 생각이 든다. 마치 아인슈타인이 자유민주주의 평화의 가치를 존중하고 그의 평화 담론이 확산되고 있는 것처럼 앞으로도 필요한 담론으로 이끌어야 할 것이다.

조영식박사
탄생100주년
기념문집

제2부

교육의 힘으로
세계를 바꾸다

미원의 웅대하고
아름다운 발자취

김수곤
전 경희대 부총장

왜 총장님이 살아 계셨을 때 제대로 읽어보지 못했던가? 조영식 총장님을 처음 만난 것은 캐나다에서 한국개발연구원(KDI)으로 온 지 꼭 10년 만이었다. KDI에서 4차 경제개발 5개년 계획을 하던 때였다. 그 계획 중에서 인력개발계획을 수립하고 사우디(Saudi) 왕국으로부터 주베이와 얀부 산업기지 건설에 필요한 인력 개발 마스터 플랜(master plan)을 작성해 달라는 요청과 함께 당시 미화 200만 달러의 프로젝트를 갓 마치고 난 다음이었다.

그 때 마침 경희대학교 서울캠퍼스에 있는 정경 대학에서는 교수 충원이 제대로 되지 못한 데 대한 학생들의 불만이 고조되어 있었다. 인사 조직 분야의 교수님 한 분이 1년 동안 연구년으로 미국 캘리포니아에 나가 있었기 때문에 학생들은 교수 충원 요청을 강렬하게 하며 데모가 그칠 날이 없었다. 정경대 학장이 고려대 김윤환 교수의 소개로 필자를 불러 조영식 총장님과 면담했다. 총장실이 있던 본관 건물에서는 하루의 일과를 마무리하는 시간이었다. 총장실로 안내되어 공손히 인사를 드렸다. 사실 필자가 조영식 총장님을 알고 있었던 것은 그때로부터 한참 전인 10여 년 전 일이었다. 아마 고려대학교 정치외교학과 학생시절이었던 것으로 기억된다. 당시 조영식 박사님은 경희대 발전에 전력을 쏟고 있었다. 젊은 나이로 총장직을 맡아서 의과대학을 비롯하여 한의과대학 등 종합대학으로서의 면모를 구비하며 일신우일신하는 모습에 찬탄을 금할 수 없었을 뿐만 아니라 또한 그 시대에 장안의 화제를 낳았던 《문화세계의 창조》라는 책을 발간했기 때문이다. 이 야심찬 책 제목은 서울 장안의 모든 지성인의 눈을 확 뜨게 만들었다.

필자도 그 책의 내용을 묻지도 않은 채 단번에 구입해서 가지고 다녔다. 필자가 미국 유학을 가는 바람에 그 책을 더욱 깊이 탐독할 수 있는 시간은 없었으나 야심에 찬 젊은 청년 총장의 이상이 그 책 속에 있다는 것만은 확신했다. 이후에도 그 책의 내용에 대한 윤곽을 더듬어보기 위해 도서관에서 다시 그 원본을 구해다가 읽기도 했다. 50여 년 전 그 때 완벽히 읽어보지 못한 그 책을 지금 들고 앉아서 흐려진 눈으로 다시 첫 페이지를 여는 순간 나는 깊은 감회에 젖어 흐르는 눈물을 주체할 수가 없었다. 생존해 계셨으면 여러 가지 질문도 하면서 총장님의 철학을 더 깊고도 넓게 이해할 수 있었을 텐데. 세월은 이렇게도 기다려주지 않고 무정하게 흘러가는가 보다. 시간과 사람은 영원하게 머무르지 않는 것이 자연의 섭리이자, 이치이거늘. 만약 조영식 총장님이 살아계셨다면 당신의 웅대한 철학에 대해 물어보고 싶은 질문이 한두 가지가 아니었을 텐데.

또 지난 옛날의 일들이 주마등처럼 떠오른다. 내 나이 내일 모레면 아흔이 되지만 아름답고 소중한 것은 언제나 어제 일마냥 잔상에서 춤을 춘다.

그날이 달력으로 정확히 언제 몇 월 며칠인지는 모르겠지만 본관에서 교무위원들과 회의를 마친 후 우리들은 아무런 공식적인 토론과 발표도 없이 총장님의 뒤를 따라 본관 바로 뒤에 있는 바위산으로 함께 올라갔다. 해는 뉘엿뉘엿 서산 위에 걸려 있고 캠퍼스 하늘에 꽃이 피는 저녁 노을은 경희의 아름다운 캠퍼스와 어우러져 마치 한 폭의 그림 같은 전경이 시야 속으로 들어왔다. 교무위원들 또한 고황 산의 정기를 받았는지 한결 심신이 풀어진 가운데 총장님의 조용한 목소리에 귀를 기울이고 있었다. 총장님은 경희 교정을 내려다보시면서 자기가 해방 직후에 38선을 넘어 남하하시던 때를 회상하시면서 이야기를 하기 시작했다.

"노다지라는 말의 근원지인 평안북도 운산의 고향 땅을 버리고 38선에서 남하하고 있던 나는 당시 가진 것이라고는 몸뚱어리 하나만 살아 있었지 그 외에는 아무것도 소유한 것이 없었다. 고향 땅을 버리고 자유를 찾아 남하하는 그 당시에도 앞으로 어떻게 살 것인가 하는 걱정은 추호도 하지 않았다. 오직 자유만이 우리의 생명을 구해줄 것이라는 신념 하나밖에 없었다. 그래도 오늘 여러분이 보고 계시는 경희학원을 이룩하고 한국의 인재를 육성하고 있는 나를 여러분께서 이렇게 지지해주는 한 나는 나의 일생을 경희 발전을 위해 바칠 것이다"라며 강한 의지를 표명했을 때 교무위원들은 누구라 할 것 없이 모두 일어나서 큰 박수갈채를 보냈다. 해가 진 고황 산에 난데없는 박수 소리가 크게 들렸고 조용하던 산과 들이 갑자기 깨어나는 듯했다. 이날의 이벤트는 필자가 고려대학교에 다니면서 감명 깊게 사서 읽었던 조영식 박사님의 저서인 《문화세계의 창조》를 손에 쥐었던 그때의 희열을 다시금 느끼게 했다.

전두환 씨가 경희대학을 안 좋은 우골탑으로 몰아넣어 "국보위가 명륜동 우리 집을 가택수색까지 했지만 단 한 조각의 부정적인 단서도 찾아내지 못하고 오히려 자기가 손을 들었다는 사실을 자인했다"고 말씀하실 때는 언성은 떨리고 있었으며 우리 교무위원들은 말없이 모두가 감사의 마음을 가졌다. 그리고는 우리는 학교를 위한 학원장님의 엄청난 고생을 알고는 경의를 표했다. 필자의 이런 경험은 경희 가족의 일원으로서 깊은 자부심을 갖는 큰 계기가 되었다는 것은 두말할 필요도 없는 일일 것이다.

조영식 박사님은 늘 경희 가족들에게 이렇게 말씀하셨다.

여러분들은 할 수 있어요. 인간의 잠재력은 무한한 것이기 때문에 노력만 하면 무엇이든 이룰 수 있는 기적의 힘이 몸 속에 있답니다. 그러니 우리 힘을 냅시다. 절대 기죽지 맙시다. 하면 됩니다. 여러분! 자신을 믿고 노력을 해 보세요. 이 조영식이 이룬 것이 하나라면 지금 여러분은 그 성공을 스무 배, 백 배까지도 이룰 수 있는 힘을 가진 자랑스런 대한민국에서 살고 있다는 것을 잊지 마세요. 그러니 힘을 내세요. 목표를 가지세요. 무일푼으로 남하한 조영식이는 했는데 여러분이 못 할 이유가 없어요. 자신감을 가지세요. 경희 가족 여러분! 무한한 가능성을 가지고 원대한 이상과 꿈을 키우며 세계를 향해 웅비하도록 하세요.

올해가 조영식 박사님의 탄생 100주년을 맞이한다고 한다. 더할 나위 없이 기쁘고 자랑스럽고 그리워진다. 그는 갔지만 경희의 웅비한 여정은 계속되고 있다. 오늘처럼 초가을날 비 뿌리고 나뭇가지 잔바람에 흔들리어 수묵 같은 그림자를 창가에 만들 때나 또 어느 가을날 소슬한 바람 일고 월색이 적요해질 때면 총장님과 함께했던 그 시절의 추억이 많이 그리워진다. 머잖아 반갑게 만나는 날이 오리라.

사진 1. 조영식 총장(좌 3번째)과 필자(우측)

경희(慶熙)와
한국의 르네상스

신용철
경희대 명예교수, 사학

대한민국에서 대학 교육의 활성화는 사실상 일제 강점기가 끝나면서 시작되었다. 일제 강점기에는 유일한 국립대학으로서 경성제국대학이 해방 후 서울대학교로 이름이 바뀌고, 민족의 교육열이 폭발하면서 여러 사립대학이 활발하게 설립되었다. 그런데 이 시기 사립대학의 명칭에서 시대 정신과 민족 중흥의 성격을 잘 엿볼 수 있다. 이는 우리 대학사의 중요한 초창기의 한 페이지이며 아울러 우리 문화사이기도 해서 의미 깊고 또 흥미롭다.

고려나 조선 한국 같은 국가의 명칭에서부터 서울, 한양, 한성, 수도 등의 지역적 성격과 국학, 국민, 한양, 한성 같은 수도 서울이나, 성균관, 단국, 홍익, 동국 등 유교와 대종교 및 불교의 민족 문화와 관계된 대학의 명칭이 대부분이었다. 한편 여성다운 이화나 숙명을 비롯하여 가톨릭이나 개신교의 외래 종교의 영향이 큰 대학들의 명칭도 시대의 조류이었다.

그렇게 보면 우리 경희대학교는 위의 일반적 교명들과는 다른 독특한 의미를 갖는다. 경희대학교는 1949년에 출발했으니 대학으로서 후발 주자라고 하겠다. 그래서 나는 경희(慶熙)라는 교명을 좀 더 가깝고 깊게 살펴 보려고 한다. 경희대학교는 1960년 3월 1일 교명을 신흥(新興)에서 경희로 바꿨다. 봉건왕조의 종말과 그 시대가 사실상 끝나며 민족자결의 민족의식이 분출되던 날, 3 · 1 운동의 3월 1일에 학교의 이름을 바꿨다.

대학의 후발 주자로 신흥(新興)이란 명칭은 오히려 초기에 어울렸을지도 모른다. 그러면 국가의 명칭과 지명이나 종교적 의미를 갖는 다른 사립대학과 전혀 다른 추상 명사로서 경희는 어떤 의미를 갖는 것인가?

나는 1960년에 입학한 경희의 원년 신입생으로 경희대학교의 설립자이며 나의 대학 재학생 시절과 대학교수 재임 기간 중에도 항상 총장이셨던 조영식(趙永植, 1921-2012) 학원장님을 그저 총장님이라고 부른다.

우선 경희의 명칭을 우리는 조선 왕조 시대의 5대 궁전의 하나인 경희궁(慶熙宮)에서 찾을 수 있다. 그러면 경희궁은 어떤 궁전인가? 광해군 9

년 1617년에 건립되어 10만 평방 미터가 넘는 사적 271호로 서울의 가장 서쪽의 궁전으로 서궁이라고 불리었다. 임진왜란 후 경복궁이 소실되어 조선 후기의 숙종이나 영조 및 사도세자와 정조 등이 자주 머물렀다. 특히 영조는 19년이나 살았다고 한다. 인현왕후와 희빈 장 씨와 혜경궁 홍 씨 등도 여기서 자주 살았다.

바로 숙종을 이어 영조와 정조의 재위 시기는 조선의 대 전란인 임진왜란과 병자호란 등의 피해를 극복하고 우리 문화의 부흥을 이끈 중요한 문화와 예술의 진경(眞景) 시대였다. 그러므로 이 경희궁은 이 시대와 문화의 상징이 된다. 그러나 일제는 이 경희궁을 파괴하고 그 자리에 경성 중학교를 지었는데 해방 후, 이것이 서울 중·고등학교가 되었다. 물론 지금은 서울 중·고등학교를 강남으로 이전하고 고궁의 정문인 흥화문과 정전인 숭정전 등을 복원하였다.

그런데 해방 후 일시 이 서울 중·고등학교의 교사를 역임한 조영식 총장님은 여기서 오늘날의 경희란 명칭의 역사적·문화적 의미의 섬광(閃光)을 받아들인 것이다. 대학 교육을 통해 문화세계의 웅대한 이상을 꿈꾸던 총장님은 한국전란으로 황폐한 한국의 발전과 문화의 부흥을 구상한 것이다. 20세기를 넘기면서 총장님이 강력하게 주장한 네오 르네상스의 구상도 결국 이러한 문화 부흥의 한 면이 아닐까 한다. 특히 경희대 수원 국제캠퍼스의 정문 명칭을 네오 르네상스 문이라 한 것은 바로 이 상징이 아니겠는가?

이러한 교명에 대한 막연한 생각은 1999년 경희대학교 50주년 기념 행사의 중요한 사업으로《경희 50년사》의 편찬을 주관하면서 나는 그의 실상을 더욱 명백하게 확인할 수 있었다. 사실 경희대학교의 회기동이나 수원 국제캠퍼스 등의 건설은 다른 대학의 기존 시설에 추가로 부설 내지 신설하는 당시 한국의 관행과는 달리 황무지에 캠퍼스의 구도를 종합적으로 구상한 것이다. 그리고 많은 건물이나 공원 및 각종 조형물에는 깊은 의미가 있다.

그 중에서도 회기동 경희의 본 캠퍼스의 정문인 등용문에서 교시 탑인 '문화세계의 창조'를 거쳐 궁전 같은 본관 석조전에 이르는 건물은 가장 중요한데, 이미 서울시 문화재로 지정되었다.《경희 50년사》를 편찬하던 중, 어느 날 늦은 오후 총장님은 나에게 매우 열정적으로 지난 날의 경희 역사에 도취한 듯 5시간여에 걸쳐 학교 건설 당시의 숨겨진 이야기를 계속하셨다.

"아마도 다시 경희의 역사를 쓸 기회가 내게 주어지겠느냐?"고 하시면서 역사는 빠짐없이 기록되어야 한다고 말씀하셨다. 그 때 내가 들었던 경희대학교의 교명에 관계된 숨겨진 이야기는 참으로 세상을 경륜하는 것 같은 총장님의 커다란 포부가 담겨 있다. 간략하게 말해서 경희라는 명칭은 경희궁에서 온 것이라는 것이다. 그리고 위에서 본 대로 경희궁은 경복궁이 전란으로 소실된 상태에서 서궁(西宮)으로서 숙종과 영조 및 정조가 사랑하고 머문 궁전이니 조선왕조의 부흥 즉 조선의 르네상스를 일으킨 매우 경사스럽고 빛나는 궁전이라는 것이다.

사실 경희대학교의 본관 석조전은 14개 열주(列柱)의 숫자나 건물의 구조 등이 한반도의 발전을 상징하는 내용이다. 특히 웅장한 석조전을 향해 분수대 공원을 내려오는 양 측의 돌 계단 사이에는 용의 조각이 있지만 그에 대해 관심을 갖는 사람은 거의 없었을 것이다. 그날, 이야기에 열을 올리시던 총장님은 갑자기 자리에서 일어나시면서, "신 교수, 저기 분수대로 내려오는 돌계단 사이의 조각을 본 적이 있는가?"라고 물으셨다. "네, 보았지만 특별한 것 같지는 않습니다."라고 나는 대수롭지 않게 대답했다. 다시 앉으시면서 총장님은 말씀하셨다. "그것은 경희궁에서 탁본해서 조각한 것이다."

그 말씀을 들으며 나는 바로 이것이 경희의 본 이념이구나! 하며 정신

사진 1. 본관 분수대 돌계단의 조각

이 번쩍 들었다. 탁본하신 것도 놀랍고 그처럼 웅대한 국가 경영의 숨은 의지가 또한 놀라웠다. 그래서 나는 총장님께, "왜 그러한 사실을 널리 알리시지 않습니까?"라고 물었다. 그런데 총장님은 웃으시며 "그것을 널리 알릴 필요가 없지!"라며 말씀을 마치셨다. 그리고 나는 우리가 자유민주 국가에 살고 있으니 가능하지 옛날의 봉건왕조나 북한 같은 사회이면 어림도 없는 반역일 수도 있겠다고 혼자 웃었다. 그리고 총장님은 말씀하셨다. "유명한 풍수 대가가 우리 학교에서 훌륭한 인물이 많이 나온다고 해!"라며 만족하셨다.

총장님의 탄생 100주년과, 유명을 달리하신 지도 내년이면 벌써 10주년을 맞이하게 된다. 지금 살아 계신다면 도처에서 활동하는 경희인들을 어떻게 바라보실까 그 생각이 궁금하다.

후발의 일개 사립대학을 설립, 설계하면서 우리 시대 민족의 절박한 과제인 발전과 문화 부흥이란 큰 꿈을 가지셨던 총장님을 지금도 생각한다. 역경의 도전이 문명 발전의 계기와 원동력이 된다는 역사 이론을 주장한 영국의 대 역사학자 토인비에게 한국의 위기 극복과 발전을 자신 있게 주장하셨다고도 했다.

그 날의 자신에 찬 말씀처럼 경희인들은 문화세계의 창조를 위해 총장님의 큰 꿈을 도처에서 펼쳐나갈 것이다.

사진 2. 조영식 학원장님과 조정원 총장님, 독일 하이델베르크 대학 방문

사진 3. 1992년 수락산 등반 시 학원장님

이 나라의 교육 발전과
인재 양성에 평생을 바친 총장님

안영수
국제영어대학원 대학교총장

2012년 2월 18일, 경희학원의 큰 별이 졌다.

경희대학교를 설립하여 명문 사학으로 발전시킨 조영식 총장님(내게는 학원장이 아니라 영원한 총장님이시다)께서 별세하셨다. 캠퍼스에 어두움이 드리워진 느낌이다. 갑자기 고립무원의 세상에 버려진 천애 고아가 된 듯하다. 지난 40여 년간 조영식 총장님과의 인연의 고리들이 주마등처럼 스친다.

경희대학교에 1964년 입학하여 총장님과 가까이 대면한 것은 2학년 때 임간 교실이었다. 입시 장학생으로 입학한 나는 100여 명의 장학생과 같이 미국의 소리 방송에 근무하던 황재경 목사를 초청하여 강연을 들었는데 그 자리에 젊고 잘생긴 총장님이 참석하셨다. 29세에 신흥대학을 인수하여 종합대학으로 승격시키면서 인재를 발굴하기 위해 당시로서는 파격적인 특대생 제도를 도입하여 우수한 학생들에게는 등록금 면제를 포함하여 매달 일정액의 생활비를 지원하였다. 그리고 장학사(여학생들에게는 개방되지 않았지만)를 교내에 두어 특대생들의 숙식을 도왔다.

나는 1968년 2월 전체 수석으로 졸업했다. 수석 졸업생은 대개 자매대학으로 유학 가는 것이 관례였지만 나는 집안 형편 때문에 유학을 떠나지 못하고 초등학교와 여자 중고등학교에서 영어를 가르치고 있었다. 1970년 2월 총장 비서실에서 외국 담당 비서를 구한다고 지도 교수인 박용주 선생님이 나를 추천하였다. 본래 그 자리는 영어에 능통한 남자 직원이 근무했던 곳이라 총장님은 결혼까지 한 여직원을 탐탁하게 생각하지 않으셨지만 적임자를 찾지 못해 내게 면접의 기회가 왔다.

3월 2일 면접 날 찾아간 비서실은 총장님 면회를 기다리는 사람들로 장터처럼 복잡했다. 몇 시간이나 기다린 끝에 총장님 면접을 했는데 그냥 인사만 하고 나왔다. 왜 나를 채용하셨는지는 잘 모르겠으나 박 교수는 내가 아이를 낳을 수 없다는 부연 설명을 했다고 나중에 말해 주었다. 이튿날부터 비서실 근무를 시작했다. 영어 원서를 닥치는 대로 읽고 미국 집 도우미를 하면서 익힌 영어회화는 외국인들과의 소통에는 무리가 없었지만 막상 총장님을 대신해서 편지를 쓴다는 사실은 엄청난 부담이었다. 범 무서운 줄 모르고 호랑이 굴에 뛰어든 격이었다.

내가 사용한 타이프 라이터는 올리베티(olivetti)라는 낡은 기기였다.

키보드가 얼마나 빡빡했는지, 그리고 타이프를 놓은 책상이 너무 높아 조금만 쳐도 어깨와 목이 아파왔다. 총장님 존함으로 나가는 편지에 오타가 생기면 안 되고 수정 액이 없어서 지우개로 지우면 표가 나기 때문에 편지 한 장을 치는데 대여섯 번은 다시 치곤 했다. 그래도 신이 났다. 매일 새로운 것을 배운다는 뿌듯함이 있어 정신없이 일에 몰두하였다. 외국 방문객이 오게 되면 김포 공항까지 마중을 나가고, 안내하는 일도 내 몫이었다. 토요일도 일요일도 없이 동원되어도 나는 즐거웠다. 총장님은 숙련된 비서는 아니지만 무조건 열심히 하는 내가 마음에 드셨는지 수시로 격려해주셔서 힘든 줄 몰랐다.

1970년 3월 2일부터 벨기에로 유학을 떠난 1975년 9월 말까지 5년 6개월 동안 비서실에서 근무하면서 총장님과 희로애락을 같이했다. 총장님은 퇴근 시간이 없는 일 중독자(workholic)여서 비서실 직원들은 개인 약속을 잡을 수가 없었다. 특히 여름 방학 때 정적만이 감도는 거대한 캠퍼스 본관에서 선풍기 하나로 버텨야 하는 고역은 견디기 힘들었다.

당시 학교는 의료원을 비롯하여 많은 건축과 조경공사가 진행되고 있었다.

고황산 밑 허허벌판에 가건물을 짓고 개교한 이래 총장님 마음에는 학교 청사진이 구체적으로 그려져 있었다. 건물은 짓지 않고 등용문만 커다랗게 세워 사람들의 비웃음을 사기도 하셨고 빈 터에 교화인 목련을 비롯하여 진달래와 벚나무들을 심고 경희 금강을 돌로 쌓아 만드는 등 경희 학원을 공원처럼 만드는 데 정력과 시간을 바치셨다. 그래서 7, 80년 대에는 서울 시내에서 창경원(창경궁) 못지않게 상춘객들이 몰려와 캠퍼스가 몸살을 앓곤 했다. 인공호수에는 폭포가 떨어지고 팔뚝만 한 잉어들이 튀어 올랐다. 캠퍼스 요소요소에는 아름다운 조각상을 만들어 세웠다. 총장님은 아름다운 자연 환경이야말로 학생들의 인성 교육의 단초라고 생각했다.

한 달에 한 번 본관 앞에서 열린 민주시민특강 시간에 총장님은 '교육은 인생 최대의 지고(至高)하고 지난(至難)한 예술 활동'임을 강조하며 한국의 지도자상은 '창의적(creative)이고 상상력이 풍부하고(imaginative) 지성적(intellectual)이고 능동적(dynamic)인 인간이다. 이것이 경희맨십인 동시에 한국의 새로운 인간상'임을 천명하셨다. 실력보다 인성을, 재능보다 화합을 강조하여 현실에 안주하기보다 도전하는 젊은이를, 개인의 이익보다 인류의 보편적 가치를 추구하는 인재 양성이 그분의 교육 목표였다.

본교 출신 류시화(본명 안재찬) 시인이 밝힌 일화에서 총장님의 교육관이 드러난다. 류 시인은 개교 60주년을 기념하여 경희문인회에서 발간한 《내 사랑 목련화》에 기고한 글에서 본인이 신춘문예 준비를 하느라고 성적 미달로 낙제하게 되자 총장 면담을 요청했지만 거절당했다고 한다. 어느 날 총장님 보좌관이었던 내가 우연히 사무실 앞에서 그를 만나 이유를 물었더니 총장님을 만나기 위해 며칠 동안 총장실 앞에서 서성거렸다고 했다. 1학년 때 그에게 교양 영어를 가르쳐서 사무실에 몇 번 왔을 때도 나는 그의 더부룩한 머리와 남루한 옷차림을 나무라기도 했었다.

내가 비서실에 부탁하여 류 시인은 점심 식사를 하려던 총장님을 뵙게 되었다.

노숙자처럼 꾀죄죄한 몰골로 들어간 그가 장학금이 없으면 학교를 다닐 수 없다는 얘기를 하자 총장님은 그에게 불쑥 이렇게 물었다고 한다. "글을 쓴다고 하니 묻겠네만, 인간이 무엇이라고 생각하나?" 그 문제를 고민하기 위해서 대학에 다닌다고 대답했더니 다른 것은 아무것도 묻지도, 훈계하지도 않고 선뜻 승낙하시며 그 자리에서 교무 처장에게 지시하셨단다.

총장님의 집중력은 직원들을 자주 놀라게 했다. 하루 종일 집무하고 퇴근하다가 본관 계단을 내려오며 손가락으로 대리석 벽을 만지면서 "여기 금이 갔구나" 하시거나 천장에 그려진 그림을 올려다보며 "저기 저 그림이 떴구나" 하시면 영락없이 하자가 발생한 것이다. 그리고 본관 앞 숲을 한 바퀴 주욱 돌아보며 "저 소나무가 죽고 있구나" 하면 관리과 직원들이 혼비백산하기도 하였다. 교직원들이 간과하는 사소한 것들까지 꿰뚫고 있는 총장님을 모두가 두려워했다.

관심 분야도 다양했다. 골프를 배우기 시작하여 1년 만에 싱글이 되셨고 사냥도 잘 했다. 출퇴근 차 안에서는 영어 단어를 빼곡하게 적은 노트를 펼쳐 공부하셨다. 그리고 유명한 가곡이 된 〈목련화〉의 노랫말도 당시에 작사하셨다. 1970년대 초 삼복더위가 기승을 부리던 여름날 늦은 오후였다. 방학 중인 캠퍼스는 정적에 쌓여 있는데 비서실에는 낡은 선풍기 한 대로 더위와 씨름하고 더위에 지친 우리는 퇴근 시간을 훌쩍 넘기고도 귀가하지 않으시는 총장님을 원망하며 각자의 시간을 죽이고 있었다.

그때 총장실에서 음악대학 김동진 교수의 노래 소리가 흘러나왔다. 총장님이 쓴 시를 작곡해서 들려드리고 있었던 것이다. 총장님이 우리에게도 집무실에서 같이 듣자고 하셔서 그날 온 국민의 애창곡이 된 〈목련화〉를 최초로 듣는 행운을 가졌다. 지금도 목련화를 들으면 그 시절의 총장님의 얼굴이 떠오른다. 그 노래를 듣고 또 들으며 흡족해하시던 그 표정! 단아한 풍채와 잔잔한 미소, 그리고 조용한 음성이 귓가에 맴돈다. '추운 겨울 헤치고 온 봄 길잡이 목련화는 새 시대의 선구자요 배달의 얼이로다' 총장님의 일생을 요약한 것이라는 생각이 든다.

당신을 위해서는 돈을 쓸 줄 모르는 분이기도 했다. 양복의 소매 깃이 낡아 실밥이 보일 때까지 새 양복을 거부하였고 구두도 뒤축이 닳을 때까지 신으셨다. 자택은 고옥이었다. 응접실의 천장 한쪽이 무너질 듯 내려앉아 있었고 안방에 들어가 총장님의 결재를 기다리는데 개미들이 노란 장판 위를 일렬종대로 행진하는 것을 보고 기겁을 했다. 사모님은 아무렇지도 않은 듯 목재가 너무 낡아 벌레가 많은 것이라고 웃었다.

낡은 것은 집안 구석구석에서 발견되었다. 언젠가는 비서실 직원이 총장님이 즐겨 들으시는 라디오가 너무 오래되어 소음이 심한데도 바꾸지 않는다고 해서 몰래 교체했고, 자택 책상 의자의 스프링이 주저앉아 방석을 다섯 개쯤 깔고 쓰신다고 해서 당신의 생신 선물이라고 겨우 설득해서 바꾸었다. 2002년인가 남동생이 당시 제일모직 사장으로 있을 때 양복 티켓 하나를 드렸더니 안 교수 마음만 받겠다고 극구 사양하셨다. 이 정도면 총장님의 결벽증 정도를 가늠할 수 있을 것이다. 그런데 학교에 투자하는 것은 그 반대였다. 사모님 오정명 여사에 의하면 당신이 곗돈을 타는 사실을 알게 되면 학교 재단에 보태달라고 졸랐다는 것이다.

총장님은 내가 국제담당 비서로 근무하기 전부터 대학의 국제화에 관심이 많았다.

국내 다른 어느 대학보다 먼저 외국 대학과 자매 결연을 체결하여 학생들을 유학 보내고 있었다. 미국의 Fairleigh Dickinson University, Long Island University를 비롯하여 대만, 일본의 대학들과 교류하고 있었다. 나의 업무는 주로 대학 총장들과의 협력 관계를 구축하는 일이었다. 총장님은 필리핀의 마카파갈 전 대통령, 미국의 Fairleigh Dickinson University 총장, 영국의 Oxford 대학 총장들과 함께 발기인이 되어 설립한 세계대학총장회의(IAUP: International Association of University Presidents)의 2차 대회를 1968년 서울에서 개최하였다.

내가 근무하던 당시에는 3차 IAUP회의 개최지를 물색하느라고 일 년에도 몇 차례 해외 여행을 했다. 마침 튀니지(Tunisia) 정부에서 유치를 희망하여 나는 눈코 뜰 새 없이 총장님의 지시에 따라 대학 총장들에게 회람을 보내야 했다. 회의 개최가 얼마 남지 않은 시기에 튀니지 내란으로 취소한다는 통고를 받고 나는 주저앉아 울고 말았다. 총장님도 너무 낙심하여 한동안 말문이 막혔다.

　나는 1975년 9월 비서실 근무를 중단하고 총장님 추천으로 자매교인 벨기에 루벤대학(Katholieke University Leuven)으로 유학을 떠났다. 사실 그 전에 필리핀으로 유학을 떠나고 싶었는데 총장님의 만류로 포기했었다. 루벤대학은 770여 년의 역사를 가진 유럽의 명문대학이었다. 영어가 공용어가 아닌데도 그곳으로 유학을 간 것은 그 대학의 총장이신 드조머(De Somer) 박사와 총장님간의 각별한 친분과 장학 조건이 파격적이었기 때문이었다. 등록금 면제뿐만 아니라 숙소와 가족 수당까지 나왔다. 총장님 큰 아드님 내외와 민준기 교수 내외 등 세 가족이 떠난 유학이었다. 나는 석사학위를 이미 취득하였지만 다시 석사 과정에 등록하여 전공 과목을 수강하는 빡빡한 일정을 소화하였다. 학교에서는 영어가 통용되었으나 일상 생활은 언어 때문에 긴장의 연속이었다. 그러나 네덜란드어(Flemish) 기초 과정을 수료하고 난 뒤에는 어느 정도 적응이 되어 1977년 6월 석사 학위를 끝내고 박사 과정을 시작해도 좋다는 지도 교수의 허락을 받았다. 그런데 루벤에 오신 총장님이 다짜고짜로 나의 귀국을 종용하셨다. IAUP 5차 회의가 1978년 8월 이란 샤한샤 국왕의 주최로 개최되는데 준비가 거의 안 되고 있다는 것이었다. 내 후임으로 있던 직원이 일 년마다 경질되어서 준비에 차질이 생겨 마음이 급해진 것이다. 나는 거절할 수가 없었다. 솔직하게 말하면 공부하는 데 지치기도 하였다. 모든 에너지가 고갈된 상태에서 총장님의 귀국 명령(?)이 고맙기까지 하여 두말 않고 동의하였다.

그분은 이미 교육과 세계평화의 구현이라는 대 명제를 긱국 총장과 함께 논의하고 해외 여행 중이 아니면 바쁜 틈을 내어 《오토피아(Oughtopia》를 집필하고 국내에서 전개하였던 잘살기 운동을 발전시킨 국내외를 망라한 밝은 사회운동(GCS : Global Cooperation Society)을 전개하고 있었다. 공부에 관한 한 그분의 집념이나 배려는 타의 추종을 불허하였다.

일본 식민지 시대에 공부하시고 일본으로 유학하신 분이라서 영어를 공부할 기회가 없으셨는데도 독학으로 국제회의에 나가 스피치는 물론 회의 주제를 영어로 하실 정도였다. 총장님은 내가 쓴 편지를 수정하실 때는 문법을 잘 모르실 텐데도 정성들여 쓴 편지에는 빨간 볼펜으로 고친 흔적이 적고 대충 쓴 편지에는 고친 흔적이 훨씬 많았다. 직감으로 좋은 문장과 잘못 쓴 문장의 차이를 알아냈다. 국제회의에 나가 스피치하게 되면 원어민에게 녹음시킨 테이프를 며칠이고 들으면서 발음과 억양을 익히셨다. 놀라운 집중력이었다.

본인만 공부하는 것을 좋아하는 게 아니라 공부 잘하는 사람들을 좋아하셨다.

업무에 치여 사는 내게 먼저 석사 학위 과정에 등록시키셨고, 벨기에에서 귀국하여 둘째 아이를 낳았고, 1978년 이란에서 개최될 5차 IAUP 총회 준비에 눈코 뜰 새 없는데 또 박사 과정에 등록할 것을 종용하였다. 너무 벅차서 사양했더니 앞으로 10년 후에는 박사 학위가 없으면 교수

되기가 힘들 거라면서 거듭 채근하셨다. 몸이 열 개라도 모자랄 정도였다. 두 아이의 엄마로서, 국제 회의를 준비해야 하는 보좌관으로서, 학생들을 가르치는 교수로서, 그리고 박사 과정을 들어야 하는 학생으로서 건강에 무리가 생기지 않을 수가 없었다. 그 후로 10여 년 동안은 목과 허리 디스크로 입·퇴원을 반복하였다.

1980년 8월 전두환 정권에 밉보인 총장님은 강제 퇴임하게 되었다. 출근도 못 하고 자택에 머물러 있던 총장님은 의연했다. 오히려 당신이 심혈을 기울여 이끌어온 IAUP 차기 회의 준비에 박차를 가했다. 그것이 내업무였기 때문에 자주 명륜동 자택에 들려 업무 지시를 받았다. 모시는 입장인 나도 견디기 힘든 시기였는데 당사자인 총장님의 태연자약한 모습에 어떻게 저러실 수가 있을까 하고 당혹스럽기도 했다. 때로는 당돌하게 진언하기도 했다. 제발 고개를 숙여 바람을 피하면 안 되느냐고, 그리고 현실과 타협하시라고. 그러면 총장님은 고개를 가로 저으면서 옳지 않은 길은 가지 말아야 한다고 '삼정행(三正行 : 正知·正判·正行)'을 강조하셨다.

1981년 6월 코스타리카 산호세에서 개최되는 6차 IAUP총회에 총장님을 수행하였다. 미국 여행이 처음이어서 들뜨기도 했지만 회의 준비에 심신이 지쳐 여행을 즐길 마음의 여유가 없었고 총장님도 하와이에 사흘이나 체류했는데도 호텔 방에서 스피치를 고치고 또 고치느라고 바깥에 나가시지도 않았다. 회의 장소는 코스타리카 산호세에 있는 '까리아리' 호텔이었다. 개회식에는 카라조(Carazo) 대통령도 참석하였고 총장님은

'교육을 통한 세계평화의 구현'이라는 주제로 기조연설을 하였다. 이 연설에서 그는 세계평화의 날 제정을 발의하여 만장일치로 통과시켰고 마침내 그해 유엔총회에서 '세계평화의 날'이 제정되는 쾌거를 이루었다.

　총장님은 폐회식에서 IAUP 발기인으로서 10여 년간 회장직을 맡아 700여 회원을 가진 순수한 대학 총·학장들의 단체로 발전시킨 총장님의 헌신적인 노력과 공로를 치하하여 세계평화 대상을 받으셨다. 수상 소감을 말하기 전에 부인 오정명 여사를 단상으로 불러서 "내자의 도움으로 주어진 소임을 무사히 마칠 수 있었다."고 여러 사람에게 소개하였다. 한국인으로서는 좀처럼 하기 힘든 매너여서 무척 인상 깊었다.

　또 한 가지 잊을 수 없는 기억은 해발 3,432미터의 이라즈 화산에 올라갔던 것이다. 짙은 안개가 싸늘한 공기에 실려 파도처럼 밀려오던 화산은 생물이 지구상에 자라기 이전 태초의 지구 모습 같았다. 깊이를 가늠할 길 없는 웅덩이와 용암이 덮인 황량한 벌판과 태고의 침묵을 통해 인간은 그의 유한함과 동시에 겸허함을 배워야 할 것 같았다.

　교수가 된 이후 처음으로 1988년 1월 연구년을 얻어 자매학교인 미국의 리노(Reno)에 있는 네바다 주립대학교로 출국하기 전에 인사 차 자택을 방문하였을 때 총장님은 뜬금없이 출국 날짜를 늦추라고 하셨다. 예약해서 어렵겠다고 했지만 총장님은 무조건 연기하라고 하셨다. 고집부릴 수가 없었다. 며칠 후 전체 교수회의에서 투표를 거쳐 총장으로 추대되었다. 그제야 출국을 연기시킨 이유를 알게 되었다.

1980년 8월 전두환 정권의 압력으로 총장직에서 퇴진당한 이후 당신과 함께 마음고생이 심했었는데 당신의 총장 복귀 현장을 보고 떠나라는 의미에서 출국 일자를 늦추라고 하신 것이었다. 총장님의 배려에 눈물이 났다.

1980년 이후 평화복지대학원을 설립하여 세계 평화교육 프로그램을 순수 영어로만 진행하며 등록금 전액 면제의 석사 과정을 만드셨고, '정신적으로 아름답고, 물질적으로 풍요롭고, 인간적으로 보람있는 GCS_ Global Cooperation Society)' 운동을 국내외로 전개하였다. 저서를 쓰고, 해외여행도 일 년에 몇 차례 다니며 당신의 사상을 해외에 보급하기에 바빴다. 연세가 여든을 넘기고는 더 조급증이 생긴 것 같았다. 퇴근 시간이 저녁 8시를 넘기기가 일쑤라고 제자인 비서들이 불평하곤 했다. 가끔 인사 가서 "좀 쉬시라"고 하면 "쉴 시간이 어디 있느냐"고 시간이 너무 아깝다고 오히려 나의 나태함을 나무라는 듯이 말씀하였다.

1999년이었던가. 개교 50주년을 기념하여 교무위원과 교직원, 학생 간부들이 모두 북한산행을 하였다. 총장님이 선두에서 걸었다. 무릎이 시원찮은 나는 동대문에 주저앉아 하산할 계획이었다. 그런데 총장님께서는 당신이 서울로 피난 와서 처음 올려다본 인수봉인데 한 번도 올라가 본 적이 없으니 같이 가자고 하셨다. 동료들이 잡아끌고 밀어주어 올라가긴 했는데 내려오는 것이 엄두가 나지 않았다. 총장님은 그 연세에 지팡이도 잡지 않고 먼저 내려가셔서 여교수들이 내려올 때까지 길목에서 기다리고 계셨다. 다른 사람들도 총장님 때문에 하산을 못 하고 있었다. 그런 모습이 꼭 아버지같이 자상하셨다. 산에서 내려오니 잔칫상이 마련되어 있었지만 교수들은 총장님이 어려워서 앞에 놓인 술잔을 입에 대지 못하고 있었다. 총장님 옆에 앉은 나는 총장님에게 "총장님, 저 소주 마셔도 되지요?" 하고 동의를 구하고 많은 교수들과 같이 총장님 앞에서 소주를 마셨다. 이처럼 편하게 처신할 수 있었던 것은 오랜 세월 동안 옆에서 모신 총장님의 신뢰 때문이 아니었을까.

당신의 비서를 뽑을 때면 내게 의뢰하셨다. 강의실에서만 일주일에 한두 번 만나는 학생들을 잘 모르니 다른 분에게 부탁하시라고 극구 사양한 적도 있었지만 "아니야, 그래도 안 교수가 용인(endorse)해야 내가 쓰지." 하시는 것이었다. 그래서 본의 아니게 비서실 공장장이라는 직함(?)을 갖기도 했다.

2003년 겨울이었다. 우연히 들른 비서실에서 총장님은 내게 자랑스러운 표정으로 당신의 뇌를 찍은 사진을 보여주셨다. 흰 부분이 거의 없는 꽉 찬 게 젊은이 못지않다는 의사의 소견이란다. 이러니 "내가 더 많이 일을 해야 되지 않겠느냐?" 하셨다. 그리고 2월 말인가 당시 외교부 장관이던 반기문 전 유엔 사무총장과 저녁 약속을 하셨다며 나를 초대하셨다. 반 총장은 70년 초부터 외교부에서 총장님의 국제관계 일을 간접적으로 지원해온 나의 오랜 친구인데 알제리 방문을 앞두고 계신 총장님께서 반 총장에게 부탁할 일이 있어서 만난 것이다.

경희학원은 유치원부터 대학원까지 있는 교육 기관이기 때문에 항상 크고 작은 사건이 있게 마련이다. 당시에도 졸업생이 자택 앞에서 일인 시위를 벌이고 있다는 소문이 있었다. 그날 나는 지금도 후회되는 말씀을 드렸다.

"왜 총장님 곁에는 도움이 되지 않는 사람들이 그렇게 많습니까?"

"안 교수, 내가 고용 총장이라면 얼마든지 정리할 수 있지만 나는 설립자가 아니냐? 아직까지 내 손으로 누구를 내보낸 적이 없다."

나는 간접적으로 총장님 옆에 아첨만 하고 제대로 일하지 않는 사람이 많다는 뜻으로 말씀드린 거였다. 누구든지 그렇겠지만 총장님도 쓴 소리보다 듣기 좋은 말만 하는 사람들을 좋아하시고 연세가 들수록 판단력이 흐려지는 것 같아 내 딴에는 충정으로 드린 말씀이었다. 그런 말씀을 드릴 자격이 있었는지, 왜 그렇게 당돌하게 말씀을 드렸는지 지금은 송구스럽다. 왜냐하면 그런 일이 있은 지 두 달 만에 쓰러지셨기 때문이다. 당신의 건강에 자신을 갖고 무리하게 일만 하지 않았어도, 알제리 여행을 떠나지만 않았어도 지금까지 건강한 노년을 누리실 수 있었을 텐데….

2004년 4월 18일 삼봉리에서 뇌졸중으로 쓰러진 총장님은 그날 밤 수술을 받으셨다.

면회도 금지된 상태에서 몇 달이 흘렀다. 중환자실에서의 총장님은 전설적인 인물이 되었다. 고통스러울텐데도 고함을 치거나 불평하지 않고 간호사들에게 고맙다고 고개를 끄덕이며 웃어 주셨단다. 나도 여름이 되어서야 휠체어를 타신 총장님을 만날 수 있었다. 근엄하던 표정은 간 데 없고 어린애같이 자주 웃고 밝아진 모습이 낯설었다. 너무나 버겁고 막중

한 업무에서 해방된 때문이었을까. 공관에서 물리 치료를 받고 당신을 모시는 간호사들과 물리치료사들과 농담도 잘 하신다는 것이었다.

보직 때문에 찾으실 때 못 가면 "안 교수가 바람났냐?"고 하기도 하고 내가 "회갑이 지났다고 하면" "아니 누구 허락을 받고 벌써 회갑을 하냐?"라고 말씀하시는 등 전 같으면 상상도 못 하는 말씀을 해서 좌중을 웃게 하시곤 했다. 그해 10월 말이었다. 삼봉리에 같이 가자는 전갈을 받고 동행하였다. 도착해서 쉬시는 동안에 나는 배가 고파 먼저 점심을 먹었는데도 나를 불러 앉히고는 서툰 젓가락질로 갈비를 집어 억지로 내 입에 넣어주시던 총장님께서 불쑥 이렇게 말씀하셨다.

"안 교수, 너 이름을 바꿔라."

"네?"

"안영수를 조영수로 바꾸면 어때?"

총장님의 농담에 모두 웃음을 터트렸다. 겉으로는 웃었지만 속으로는 권위와 자존심으로 똘똘 뭉치셨던 분이 병환으로 천진난만한 어린애처럼 달라진 모습이 슬펐다. 그리고 3개월 뒤 12월 24일 뇌졸중이 재발하여 수술을 받으셨고 그 이후로는 말씀도 못 하시고 누워만 계셨다. 어쩌다 문병을 가면 눈물이 앞을 가렸다. 그렇게 투병하시다가 2012년 2월 18일 운명을 달리하셨다.

당신의 개인적인 편안한 삶을 멀리하시고 그렇게 많은 분야에 관심을 갖고 촌각을 아끼면서 이 나라의 교육 발전과 인재 양성에 평생을 바치신 총장님은 그 곳에 가셔서도 쉬지 않고 일을 하실 것 같다. 그러나 당신이 배출한 많은 제자들이 여러 분야에서 국가 발전에 기여할 수 있게 만들어 주신 공덕은 아무리 칭송해도 모자랄 듯하다. 그리고 이 깊은 상실감과 절절한 그리움은 나만의 것은 아니겠지만 내 인생 전체를 설계해주신 그분의 은혜를 말로는 다 표현할 길이 없다.

(안영수 수필집《다른 이름으로 다시 나를 돌이키면》에서)

경희의료원 개원 50주년과
제3의학의 선구자

김기택
경희대학교 의무부총장, 경희의료원 원장

금년 2021년은 조영식 박사 탄생 100주년과 경희의료원 개원 50주년 등 뜻깊은 해이기도 합니다. 동시에 세계평화의 날 제정 40주년이 되는 역사적인 해이기도 합니다.

저는 조영식 박사님께 전임교원 면접을 받고 임용되어 30여 년을 경희 대학교에 몸담고 있으며 그분의 사상에 자연스럽게 영향을 받았습니다. 조영식 박사님은 그 당시부터 "문명은 놀라운 속도로 진보했으나, 인류는 지금 기아, 질병, 빈곤, 기후변화, 불평등과 같은 난제를 안고 있다. 특히 기후위기는 인류가 당면한 최대의 '실존적 위협'이 되고 있다. 경희가 기후위기에 주목하는 이유다"라고 하셨으며, 제가 맡은 경희 의료기관은 인류 공동의 적인 질병을 퇴치하여 인류사회를 재건하기 위한 '질병 없는 인류사회 구현'이라는 숭고한 목표로 경희의료원이 1971년에 착공되었으며, 개원식에서는 "인류의 보건 향상을 위해 국민에게 헌납한다"고 하셨습니다. 특히 한국 한의학의 현대화와 과학화는 물론 동서 의학의 조화를 통한 제3의학을 개척하는 선구자였습니다. 이처럼 경희학원은 조영식 박사님의 학문과 평화, 제3의학의 가치 철학으로 실로 문화세계의 창조와 인류사회의 재건을 실현하고 있다고 생각합니다.

금년 7월에는 조영식·이케다 다이사쿠 연구회에서 국제학술심포지엄을 개최하였고 본인과 자매교인 일본 소카대학교 다나카 료헤이(田中亮平) 부총장이 축사를 한 적이 있습니다. 절묘하게도 소카대학교 역시 올해가 개교 50주년이 되었으며 경희대학과 소카대학은 교직원을 비롯하여 200여 명의 학생이 교류했다는 사실을 알게 되었습니다.

이번 제5회 학술 심포지엄은 '기후위기와 세계평화'를 주제로 조영식 박사님과 이케다 다이사쿠 선생님 두 분이 공통으로 강조한 기후위기 분야에서의 두 분의 사상과 실천 방안이 대학 교육은 물론 궁극적으로 인류가 염원하는 아름답고 풍요롭고 보람 있는 BAR Society를 추구하는 두 분의 발자취를 공유하고, 활발한 논의가 이루어지며, 배우고, 성찰하여 '전환의 시대'에 우리 사회에 강력한 시대적 화두를 던지는 자리가 되었습니다. 제 개인적으로도 감회가 새롭고 아주 뜻깊은 자리가 되었습니다.

다시 한번 탄신 100주년 기회를 통해 조영식 학원장님의 질병 없는 인류사회 구현을 되새기며 경희 의료원의 발전에 최선을 다하고자 합니다.

2016년 설립 이후부터 교육·문화·예술·체육·종교·평화 분야에서 조영식 박사님과 이케다 다이사쿠 선생님의 사상과 실천을 계승·발전시키기 위해 헌신적인 노력을 해주시는 조영식·이케다 다이사쿠 연구회와 학교법인 경희학원 이사이신 하영애 연구회 회장님, 김대환 한국 SGI 학술부장님, 주관 기관 관계자 여러분께 경희대학교 구성원을 대신하여 감사의 마음을 전합니다.

고귀한 평화주의와 인간주의의 정신 故趙永植博士誕生100周年 記念 메세지

다나카 료헤이(田中亮平)
소카대학교 부총장(創価大学副学長)

　　존경하는 故 조영식 박사님의 탄생 100주년에 즈음하여 삼가 인사 말
씀을 올립니다. 위대한 교육자 故 조영식 박사님께서는 귀국의 명문대인
경희대학교 창립자로서 한국뿐만 아니라 세계 고등 교육의 발전에 다대
한 공헌을 하셨습니다. 또한 저명한 평화 활동가로서 일관된 유엔주의 아
래 박사님께서 주창하신 '세계평화의 날'과 '세계평화의 해'가 1981년 유
엔 총회에서 채택되는 등 세계평화 구축에도 위대한 업적을 남기셨습니
다. 박사님께 다시 한번 충심으로 경의를 표합니다.

소카대학교와 경희대학교의 교류는 '평화주의'와 '인간주의'라는 공통 이념을 지닌 귀 대학의 창립자 故 조영식 박사님과 본교의 창립자 이케다 다이사쿠 선생님의 깊은 우정으로 구축되었습니다. 1997년 9월, 본교는 한국의 경희대학교와 처음으로 교류 협정을 맺었습니다. 이후 교직원의 교류를 시작으로 지금까지 200명이 넘는 학생들이 두 대학의 캠퍼스를 오가며 공부했습니다. 해를 거듭할수록 교류가 더욱 깊어지고 있어 그저 기쁠 따름입니다. 창립자 두 분의 이름을 붙여 만든 '조영식 · 이케다 다이사쿠 연구회'도 하영애 교수님을 중심으로 활발하게 연구 교류를 추진하고 있기에 진심 어린 경의와 감사를 표하는 바입니다.

박사님께서는 1997년 가을, 본교를 처음 방문해 본교 창립자나 교직원과 회견하시고 본교 강당에서 개최된 학생제에 참석하셨습니다. 석상에서 박사님께서 소카대 명예박사학위를 받고 본교의 일원이 되어 주신 것도 본교 역사에 빛나는 역사적인 한 장면입니다. 그리고 두 창립자가 지켜보는 가운데 본교에 유학 중이던 한국 유학생들과 본교 학생들이 어깨동무를 하고 박사님께서 작사하신 '평화의 노래'를 함께 불렀습니다. "두 손을 높이 들고 굳게 맹세하는 그대와 나, 모두 어서 나와 함께 평화를 구축하자"며 대합창을 하던 벅찬 광경은 지금도 선명하게 기억합니다.

본교 창립자와 나눈 간담에서 조영식 박사님은 문명의 미래와 세계평화, 교육의 중요성, 자신과 가족에 대한 일 등 다방면에 걸쳐 여러 말씀을 하셨습니다. 본교 창립자는 기회가 있을 때마다 학생들에게 평화 사회 구축을 위해 교육의 중요성을 말씀하시고 '인류 최대의 비극은 전쟁이고 인류 최고의 행복은 평화다'라는 말씀을 비롯해 조영식 박사님의 지언(

至言)을 가르쳐 주셨습니다. 전쟁의 쓰라림을 맛보고 수많은 고난과 시련을 극복해 오신 박사님은 '인간중심주의'를 근본으로 인류의 행복을 위해 과감히 행동하는 인재 육성을 목표로 '교육'이라는 성업(聖業)에 존귀한 생애를 바치셨습니다. 귀 경희대학교에 유학하고 있던 저희 학생들도 따뜻하게 대해 주시며 기대 가득한 눈길로 "인류의 행복과 평화에 공헌하는 세계시민이 되어라" 하고 격려의 말씀을 해 주셨다고 들었습니다. 귀 경희대학교에서 공부한 학생들도 박사님의 기대에 부응하듯 현재 세계를 무대로 활약하고 있습니다.

박사님은 본교를 방문하셨을 때 "천년의 지기여, 21세기를 다시 건설합시다" 하고 메시지를 남겨 주셨습니다. 또한 '고등교육을 통한 세계평

사진 1. 1997년 소카대학교 방문 기념행사 (사진 중앙 조영식 박사, 옆 오정명 여사)

화의 실현'을 당부하셨습니다. 본교는 박사님이 지향하신 이상을 실현하는 인재 배출을 위해 형님격인 귀 대학과 손을 맞잡고 진력해 갈 결심입니다. 박사님의 고귀한 '평화주의'와 '인간주의'의 정신은 늘 저희 소카대학교에 살아 숨 쉬어 영원히 그 빛을 더해 갈 것이라고 약속드리며 탄생 100주년 기념 메시지를 마치겠습니다.

<h1>교육을 통해 지구촌의 꿈을
구현한 글로벌 리더</h1>

이광재
경희대 명예교수, 신성대 초빙교수

필자가 경희대학교에 1961년 입학한 해 봄 4 · 19혁명이 일어난 지 1년이 지난 뒤였다. 이 당시 한국사회는 정치 · 경제 · 사회 · 문화 등 여러 면에서 낙후된 상태였다. 국민 1인당 GNP가 100달러도 되지 않았다.

종로구 사직동 집에서 학교에 가려면 광화문에서 전차를 타고 종점인 청량리역에서 내려 중랑교로 가는 버스나 석관동으로 가는 버스로 갈아타고 회기동에서 내려 걷거나 아니면 청량리역부터 홍릉 산 중턱을 넘어 걸어서 통학했다. 이렇게 땀을 뻘뻘 흘리고 학교에 도착하면 제일 먼저 우리를 맞이하는 것은 독립문보다 더 웅장해 보이는 등용문이었다. 그 당시에는 정말 커 보였다. 지금은 의료원 등 고층 건물이 많이 들어서서 거대한 느낌이 많이 줄었다. 그리고 숲 속 길을 조금 걸어 올라가면 '문화세계의 창조'라는 교시 탑이 보였고, 또 11시 방향으로 길을 바꿔 걸어가면 덕수궁 석조전보다 더 아름답고 웅장한 본관 석조전(문화재로 등록)이 우리를 맞이했다.

1950년 북한의 남침(6·25전쟁)으로 인해 전 국토가 초토화되고, 1951년 휴전 이후 10년도 안 된 짧은 기간에 어떻게 이렇게 훌륭한 캠퍼스가 조성되었는지 당시 우리들은 이해하기 어려웠다. 무에서 유를 창조한다는 말이 실감나는 일이었다. 입학식과 조회 등을 통해 세계적인 대학, 세계평화, 지도자 중의 지도자, 학원의 민주화·사상의 민주화·생활의 민주화, 자연애호운동, 농촌계몽봉사활동 등 지금 들어도 어색하지 않은 단어들이 그 당시 신입생들에게는 정말 이국적인 것으로 느껴졌다. 지금의 표현을 빌리자면 "Think globally, act locally!"였다.

의식주 해결이 급선무였던 시절, 먼 미래 지구촌 사회의 꿈을 학생들에게 심어주기 위해서 경희학원의 설립자 미원 조영식 총장은 기회 있을 때마다 학생들에게 지구촌 개념의 《민주주의 자유론》(1948년), 《문화세계의 창조》(1951년), 《교육을 통한 세계평화의 구현》(1971년)을 강조했다. 학교 배지도 유엔 마크를 원용했다. 본관 앞 분수대의 지구의(地球儀) 조형물은 경희의 세계화를 보여주는 상징이다. 그리고 우리의 상대는 국내 대학이 아니라 미국, 유럽을 비롯한 전 세계 선진대학이라며 1960년에는 미국 마이아미대학과 자매 결연을 체결하고 교류를 실시했다. 중국 대만 사범대학과 중국문화대학과도 자매결연을 체결하고 학생, 교수 교환 등 본격적인 대학의 국제화 사업을 구현했다. 국내 다른 대학들이 생각지 못했던 것을 조 총장은 선진적으로 실천했다. 그리고 1965년에는 영국 옥스퍼드대학교에서 세계대학총장회(IAUP)를 주도하여 창립했고, 1968년에는 한국 경희대학교에서 제2차 세계대학총장회의를 성황리에 개최했다. 지금은 국제회의가 하루에도 몇 건씩 열리지만 그 당시에는 정말 희귀한 행사였다. 박정희 대통령도 참석하여 축사를 해주었다.

필자는 대학과 대학원을 졸업하고 학교에 봉직하면서 조영식 총장님의 철학과 사상 그리고 교육관을 비교적 자세히 공부한 사람 중 한 명이었다. 그는 젊은 시절 정치에도 깊은 관심을 가졌지만 해방을 맞이한 한국이 잘 살기 위해서는 무엇보다도 훌륭한 인재의 육성이 선결 과제(교육입국관)라는 점에 착안, 모든 것을 교육과 연관시켜 추진했다. 그래서 잘살기운동, 밝은사회건설운동, 세계평화운동, 인류사회재건운동, 자연애호운동 등 무수한 캠페인을 학교에서부터 시작했다. UN을 움직여 만든 '세계평화의 날'과 '세계평화의 해'도 경희에서부터 비롯됐다. 노벨평화상 수상 심사 대상자 명단에 이름이 올려졌던 것도 세계가 그의 공적을 인정했기 때문이었다.

금년(2021년) 7월 2일 UN무역개발회의(UNCTAD) 회원국은 만장일치로 한국의 지위를 개도국에서 선진국으로 변경하였다. 1945년 해방 이후 세계 최빈국에서 OECD 회원국, 경제 규모가 세계 10위권 안에 드는 선진국으로 도약한 것은 한국이 유일한 나라라고 세계가 격찬하고 있다. 우리 5천 년 역사를 통해서도 처음 있는 일이다. 이 쾌거는 어느 개인 한 명이 이루어낸 것이 아니라 전 국민이 함께 노력해서 얻은 결실이다. 선진국의 꿈을 이룬 원동력의 하나는 훌륭한 인재를 양성한 교육자들의 헌신이다. 교육의 힘이다. 이승만, 박정희 같은 정치 지도자는 물론 교육계에서는 조영식 총장과 같은 위대한 지도자들이 있었기 때문에 가능했다. 1970년대 초 새마을운동이 전국적으로 전개될 때 박정희 대통령은 조 총장을 청와대로 초청하여 자문을 구했다. 그 당시 박 대통령은 조 총장의 저서 《우리도 잘 살 수 있다》(1965년)라는 책을 세 번 읽었다고 했다. 이렇듯 조 총장은 교육자면서도 국가 사회 발전에 앞장섰던 선견지명을 가진 글로벌 리더였다.

금년은 그의 탄신 100주년이 되는 해다. 한국이 세계로부터 선진국으로 인정받은 해라는 소식을 접하면 얼마나 기뻐하실까? 아무것도 없는 황무지 천장산 자락(고황산)에 세계적인 대학으로 우뚝 솟은 경희대학교의 학교 랭킹이 해마다 올라가고 있고, 또 가장 많은 외국 유학생들이 공부하고 있다는 발전상을 아시게 되면 얼마나 흡족해하실까?

코로나19 팬데믹으로 전 지구촌이 고통을 받고 있는 이 어려운 시기에 조 총장이 살아계셨더라면 좋은 처방을 말씀해 주실 것도 같은데 하는 아쉬움이 남는다. 미원 조영식 총장님이 그리워지는 시간이다.

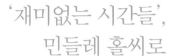
'재미없는 시간들',
민들레 홀씨로

연점숙
경희대학교 명예교수, 영문학

조영식 학원장님의 특강을 매달 한 번씩 들어야 체육 학점의 일부
가 되던 때가 있었다. 지금 보면 작고 아담한 본관 앞 분수대를 그 시절
1970년대 초반은 '분수대 광장'이라고 불렀었다. 그 분수대앞 '광장'에
가득했던 대부분의 학생들에게 그 시간은 의무적으로 때워야 했던 '재미
없고 지루했던 시간'이었다. 역사와 세계를 아우르는 학원장님의 비전은
피부에 닿아오지 않는 어려운 고담준론(高談峻論)일 뿐이었다. 과연 교수
님들을 제외하고 학점 때문에 그 자리에 와 있는 학생 중 그 내용에 공감

했던 학생들은 얼마나 됐을지 궁금하다. 학원장님은 세계 속의 한국, 세계 속의 경희대학을 열정적으로 얘기하셨지만 우리는 '여권 발급 받기는 하늘에 별 따기고, 일반인의 해외 여행은 꿈도 꿀 수 없는 데 세계 속의 경희라니' 속으로 궁시렁거리며 재미없는 시간이 빨리 끝나기만 기다렸다.

그러나 그 궁시렁거림이 얼마나 어리석었나를 깨닫게 되는 시간은 생각보다 빨리 다가왔다. 요즘말로 하면 글로벌 네트워킹의 선구자기도 하셨던 조영식 박사님은 세계대학총장회의를 1965년에 창립하셨던 뛰어난 리더셨다. 그리고 그 글로벌 인맥의 하나인 벨기에 신부인 폴 스와니폴 총장님이 세우신 필리핀 세인트 루이스 대학과 교환학생 프로그램을 맺으셨고 나는 (졸업 후 한 학기 했던 교사 직을 뒤로하고) 운 좋게 그 교환학생 중 하나가 되었다.

지금 생각하니 학비 면제 혜택과 월 생활비까지 받는 그 매력적 프로그램에 선발된 이유 중 하나는 한 통의 편지가 변수였을 것 같다. 대학 3학년 2학기 때 학장님이신 조병화 교수님 권유로 어쩌다가 문리과대학 학생회장 후보가 된 해프닝이 있었다. 당시는 본과를 제한 한의예과, 치의예과, 의예과와 가정학과까지 문리과대학 소속이어서 경쟁도 치열해 남학생 후보 두 명을 제치고 단 다섯 표 차이로 가까스로 당선되었다. 최초로 단과대학 학생회장이 여학생이라 쏟아지는 의구심을 불식시키기 위해서라도 잘해야 한다는 의무감이 강했다. 학생자치회의 연례행사 목록 중의 하나인 초청강연회 연사로 나는 겁도 없이 아무도 모르게 청와대 육영수 영부인께 편지를 썼다. 박정희 대통령은 싫어하는 사람이 많았지만 영부인은 사랑받는 분이니까 그분이 우리 문리과대학 학생회 연사로 오시면 문리과 대학이 빛나리라 생각하며 긴 글을 썼다. (그 편지를 복사해 놓지 않은 것을 후회하고 있다.) 그 때의 나는 맹해서 그게 그렇게 경희대학 대형 행사가 될 줄은 정말이지 몰랐다. 체육대학 강당에서 열린 행사 후 질의 응답시간에 나는 그분께 정권 반대 시위 혐의로 졸지에 학생 신분을 박탈당하고 군대로 끌려간 학우들이 다시 캠퍼스로 돌아올 수 있도록 어머니 같은 마음으로 도와주실 수 있느냐고 질의했던 것 같다.

한 통의 편지의 힘이 나를 그 아름다운 산상 도시 바기오에서 석사 과정 2년의 시간을 선물로 주었다고 생각했지만 물론 그보다 먼저 조영식 학원장님의 비전이 없었다면 그 모든 것은 성립하지 않았을 것이다. 1974년 학원장님은 해외 일정에 틈을 내시어 바기오를 방문하셨다. (그 프로그램은 첫 해 4명, 둘째 해 3명이 파견되어 도합 7명이 석사 과정을 이수했다.) 그때 총장 신부님은 귀빈 환대의 일환으로 조영식 총장님과 우리 한국 교환 학생들을 바기오에서 두 시간 떨어진 아름다운 바우앙 비이치라는 바닷가로 안내하셨다. 우리 여학생 세 명은 구절양장 꼬불꼬불한 산길을 내려가며 모두 차멀미를 심하게 했다. 조영식 박사님은 가장 유명한 한의대를 설립한 총장님답게 열 손가락 경락을 꼬옥 눌러서 우리들의 차멀미를 진정시키셨다. (우리 아이들과 여행할 때 나도 이 방법을 쓴 적이 있다.)

이 모두가 거의 47년 전 기억이다. 분수대 광장에서 조영식 학원장님의 '재미없는 시간'을 같이 궁시렁댔던 내 친구 김현덕은 후일 샌프란시스코 캘리포니아 주립대학 킴 포오만(Kim Foreman) 교육공학 교수가 되었는데 조영식 박사님의 서평을 색다르게 해서 깜짝 놀랐다. 방학만 되면 아프리카 르완다에 가서 교육 선교 봉사를 해왔던 그녀는 총장님의 저서《오토피아》를 너무 재미있고 감명 깊게 읽었다고 했다. 르완다의 가난한 학생들에게 자기가 세계로 나아가는 비전을 가지라고 얘기하곤 한다며 '분수대 조회 시간'에 조영식 총장님이 '세계는 경희로, 경희는 세계로' 그렇게 얘기하지 않으셨냐면서 말이다. 오래만에 귀국한 김현덕 교수에게서 그 말을 들었을 때 나는 "오토피아라는 책이 재미있다고 한 사람은 니가 처음일 거다. 그 얘기를 편지로든 뭐든 일찍 했으면 얼마나 좋았겠니? 너 같은 순수한 독자의 반응을 총장님이 참 기뻐하셨을 텐데"라고 말할 수밖에 없었다. 그때 조영식 박사님은 몇 년째 입원 중이셨다. 그리고 내 사랑하는 친구 김현덕 교수도 르완다 봉사 중 교통사고로 타계하여 이젠 별이 되었다. 그녀가 추천하여 한국 정부 장학금으로 경희대학에서 공부한 르완다 학생 샤망(Charmant)은 르완다에서 Kim Foreman 교수가 한국 가서 공부 잘하고 돌아와 르완다의 지도자가 되라며 노트북과 디지털 카메라를 주었다며 슬퍼했다. 김현덕 교수가 르완다로 날아가 민들레 홀씨가 되었기에 이곳에 왔던 샤망은 경영학 박사 학위를 끝내고 르완다에 돌아갔다. 나는 본관 앞 목련화를 보았던 샤망에게서 르완다의 '시대적 선구자가 되어 값있게 살아가는' 소식 듣기를 기대한다. 샤망은 얼마 전 멋진 결혼사진을 보내왔다.

세월이 아주 많이 지나야만 그 높고 깊은 뜻이 담겨졌던 '재미없는 시간들'의 발화는 그 진성성이 제대로 해석되는 모양이다. 조영식 작사로 이제는 국민가곡이 된 '목련화'의 아름다운 노랫말을 따라 부르다 보면 그분의 삶과 철학의 진실이 새삼 느껴진다. 19세기 영국 낭만파 시인 존 키이츠가 그의 불멸의 시 〈희랍 항아리에 부치는 노래〉의 유명한 마지막 행에서 노래한 '아름다움은 진리이며 진리는 아름다운 것(Beauty is truth, Truth beauty)'의 부단한 추구였으며, 분수대 광장의 그 '재미없는 시간들'은 그 비전의 민들레 홀씨 같은 것이었나 보다.

학원장님 탄생 100주년이 되는 올 가을. 사학의 자율성을 극도로 옭아매는 정책들이 쏟아지고 경희대학 교시 탑 '문화세계의 창조'와 멀어지는 현시대를 보시면 학원장님은 무어라고 하실까? 캠퍼스 곳곳 조형물에 새겨진 '학원의 민주화, 사상의 민주화, 생활의 민주화', 그리고 새마을운동의 모태 정신인 '잘살기운동', '밝은사회운동'의 정신과 배치되는 준 차베스 공약이 난무할 뿐 아니라 자유를 훼손하는 언론 재갈 물리기 시도까지 횡행한 시대를 꾸지람하시지 않을까. 특히 그 법들을 만드는 실권자들이 '분수대 광장'에서 싫든 좋든 학원장님의 고매한 강연을 들으며 청춘의 한 자락을 보냈던 사람들이라면 더욱 더!

다양함과 세계 시민관을 향한 고등 교육의 역할: 조영식과 이케다 다이사쿠의 세계관을 기리며

박영국
학교법인 경희학원 사무총장

인류사회의 지속 가능한 발전을 꿈꾸는 모든 사람이 결코 외면할 수 없는 기본적 주제는 다양함(diversity)과 세계 시민성(global citizenship)을 고양하기 위한 고등 교육의 역할이다. 인간 심리 저변을 지배하는 "나와 다른 것은 틀린 것"이라는 생각이 다양함을 추구하는 데 있어서 태생적인 편견일 것이다. 세계 시민관을 가지기 위한 첫걸음은 바로 이런 편견을 버리는 것이다. 차이를 인정하고 서로 간의 다름이 있다는 것을 인정하는 것은 논쟁의 주제로서가 아니라 다양함과 공존의 근본 토양이라는 일반적 진실을 공유할 때 우리는 보다 밝은 미래를 열 수 있다.

 미래 세대로 하여금 '서로 다른 것들로 구성된 공동체'에 대하여 가치를 부여하게 하는 일이 작금의 전환기에 고등 교육 종사자로서의 중요한 책무다. 그러나 오늘날 고등 교육은 위기에 서 있음을 부인하기 어렵다. 대학은 그 존재 이유에 대하여 더 이상 숙고하지 않는 것으로 보인다. 오늘날 대학은 장기간의 포괄적인 목표를 향해 가기보다는 사회와 시장의 요구를 무 비판적으로 수용하기 급급하다. 그 결과 대학이 그 본령인 '보다 나은 미래의 건설'을 향한 기여에 그리 성공적이지 않은 것으로 생각된다.

 대학이 급변하는 세계 환경에 능동적으로 대처하지 못하는 사이에 끊임없이 우리를 둘러싼 환경의 변화가 이루어지고 있다. 교육과 학습의 방법은 완전히 새로운 방식의 큰 변화를 보이고 있으며 대학은 인간 교육 체계의 정점으로서의 지위를 상실하고 있다. 지식과 정보의 반감기는 일익 줄어들고 있으며 사람들은 지금과 같은 100세 시대에서 생존을 위한 평생교육을 찾아 헤매고 있다. 전 세계적인 양극화 현상은 교육에서도 예외가 없다. 우리 모두 차별 없이 '만인을 위한 교육'의 길로 나서야 한다.

 이미 100여 년 전부터 서구에서는 "우리의 미래는 교육과 재앙 사이에서 누가 승리하는가에 달려있다."라는 경구가 있었다. 우리 인류는 교육을 통해 만들어지는 지속 가능한 미래와 재앙으로 인한 공멸 사이의 갈림길에 서 있다. 미래학자들은 기술 혁명이 초래할 가공할 변화를 이미 지적한 바 있다. 인공지능으로 작동되는 기계는 인류의 능력을 초월하는 "singularity"를 더욱 가속화할 것이다. 정말 두려운 일은 인공지능 시대 이후 우리 앞에 전개될 세상이 우리의 상상을 초월하는 모양새로 다가오게 된다는 것이다.

게다가 우리를 위협하는 기후변화가 생태계와 환경의 위기를 폭증시키고 있다는 사실이다. 안심하고 마실 물이 부족할 뿐만 아니라 편안히 숨 쉴 수 있는 공기조차 찾아 헤매야 하는 시대에 와 있다. 이제 정말 우리 모두가 함께 나서야 한다. 무엇보다 우리에게 닥친 위기를 알아차리고 무엇을 해야 할지를 정하는 것이 급선무다. 우리들의 오랜 믿음인 세상 모두는 서로 연결되어 있음을 자각하기에 지금이야말로 최적의 기회다.

우리는 인간과 인간, 인간과 사회, 인간과 그들을 둘러싼 세상, 심지어는 인간과 기계와의 '관계'에 대하여 다시 한번 살펴볼 필요가 있다. 이것이야말로 고등 교육이 그 역할을 다하기 위한 사유의 시작점일 것이다. 대부분의 '고등 교육'이 고정 관념의 물리적 틀에서 벗어나지 못하고 있다는 점은 통탄할 일이다. 오늘날 세계를 지배하고 있는 복잡성과 상호의존성을 깊이 이해할 때만이 인간과 삶과 자연의 의미에 대하여 눈을 뜰 수 있다. 우리는 이제 '차이'의 의미로서 다른 존재와 그들의 삶을 받아들여야 한다. 우리와 다른 사람뿐만 아니라 진정한 의미의 세계시민을 추구하는 우리들의 동반자로서 세상의 모든 존재를 받아들일 수 있어야 한다.

이런 의미에서 소카대학의 설립자 이케다 다이사쿠 선생님과 경희학원 설립자 조영식 박사님은 서로를 형제처럼 여기며 폭넓은 이데올로기와 교육의 가치에 대한 공감대를 가지셨다. 이 두 분의 석학은 창의적인 인간과 세계시민을 육성하며 인류의 평화를 추구하고 새로운 문명 세계를 만들고자 하셨다.

대학은 미래를 변화시키기 위해 스스로 변화해야 한다. 대학과 고등교육의 역할에 대하여 일찍이 후학들의 각성을 촉구한 두 분 석학의 혜안이 오늘날 팬데믹과 기후변화 등으로 인류가 마주치고 있는 위기를 이미 알고 계셨던 것으로 생각될 만큼 뼈아프게 다가온다.

(이 원고는 2018년 3월 16일 일본 소카대학에서 발표한 내용을 기반으로 작성되었습니다.)

세계평화와 국제 교류 그리고
한국어 문화 교육

김중섭
경희대 국문과 교수,
사단법인 국제한국어교육학회 대표이사

인생에서 누구나 전환점이 있고 전환점은 매우 중요합니다.

저는 경희대학교에 입학한 것이 행운이며 인생의 터닝 포인트가 되었
습니다.

1977년 '밝은사회운동' GCS 장학생으로 국문과에 입학했습니다. 새
로운 환경에 적응하느라 정신없이 지내던 어느 날 설립자이신 조영식 학
원장님의 특강을 듣게 되었습니다. 본관 앞에서 전체 학생을 대상으로 진

행된 세계시민 특강이었습니다. 당시에는 세계시민이라는 말도 생소하고 평화가 무엇인지, 왜 필요한지도 제대로 몰랐습니다. 게다가 의무적으로 들어야 한다고 하니 괜히 꾀도 나고 반항심이 들기도 했습니다. 특강 내용은 쉽게 이해되지 않았지만 세계평화와 세계시민이라는 말만은 또렷이 남았습니다.

1981년 대학을 졸업하고, 1983년 ROTC 제대 후 다시 학교로 돌아왔습니다. 대학원에 진학해 생각지도 않게 신설된 국제평화연구소 조교가 되었습니다. '세계평화대사전' 집필팀 보조업무를 맡았는데 그 일이 바로 조영식 학원장님과의 인연을 다시 이어 주었습니다. 당시는 강대국 간 무기 개발 경쟁이 극도로 심했고 그만큼 평화가 더 절실한 시기였습니다. 세계평화대사전 편찬은 조영식 학원장님께서 주창해 만드신 '세계평화의 날'을 기념하기 위한 프로젝트의 하나였습니다. 1년가량 국제평화연구소에서 근무하며 조영식 학원장님의 사상을 조금씩 이해하게 되었고, 동시에 마음속 깊이 우러나는 존경심을 느꼈습니다. 사실 그때는 학원장님을 행사 때 먼발치에서 뵙는 것이 고작이었지만 늘 기쁜 마음으로 뵙곤 했습니다.

1985년 국제교류위원회 연구 조교로 들어간 이후 1993년까지 세계평화의 날, 세계평화의 해, 세계 NGO대회, 세계 YOUTH Forum 등 우리 경희대학교의 역사적인 대규모 국제교류행사를 준비하는 스텝으로서 참가했습니다. 세계평화를 위해 미력하나마 힘을 보태고 있다는 사실에 보람을 느꼈습니다. 또한 행사에서 의전을 주로 맡았던 까닭에 세계적인 명사들을 가까이 접하며 세계평화의 소중함을 느낄 수 있었습니다. 무엇보다 좋았던 것은 행사 때마다 조영식 학원장님을 지근거리에서 뵐 수 있었던 것입니다. 간혹 제 지도 교수였던 국문과 서정범 교수님께서 조영식 학원장님과 탁구 치시던 이야기를 하셨는데, 학원장님이 오직 일만 하시는 분은 아니었구나 하는 생각에 인간적인 매력과 친근함을 느끼기도 했습니다.

1993년 4월 국제교육원 연구원으로서 처음으로 우리 학교 한국어 문화 프로그램을 만들었습니다. 영국 뉴캐슬대학에서 온 2명의 교환 학생을 대상으로 한국어 강의를 시작했던 것입니다. 열심히 노력하고 실천한 결과 2015년부터 국제교육원은 세계 각국에서 매년 수천 명의 외국인 유학생들이 한국어와 한국 문화를 배우러 오는 최고의 한국어 교육 기관이 되었습니다.

국제교육원 입교식에서 우리 학교를 소개할 때마다 교시인 '문화세계의 창조'를 가르치고 세계평화를 구현하는 명문 사학임을 강조했습니다. 또 수료식 때는 학생들에게 여러분은 이제 '경희인'이 되었다고 이야기하곤 했습니다. 국제교육원을 졸업한 수많은 외국인 학생들이 세계평화와 경희인이라는 말을 기억한다고 합니다. 만일 제가 학원장님과의 인연이 없었다면 분명한 철학과 신념을 가지고 그러한 말들을 하지 못했을 겁니다.

사진1. 조영식 학원장님과 필자

1998년에는 교육 대학원에 외국어로서의 한국어 교육 석사 과정을 개설하고, 2001년에는 일반 대학원에 한국어학 석박사 과정을 개설했습니다. 한국학(한국어 교육) 전공을 우리나라 최고의 한국어 교육 전공으로 키워왔던 것도 오랫동안 학원장님의 철학과 국제교류 감각을 배우고 실행한 덕분이라 믿습니다. 2015년 개인으로서는 최고 영예인 우리 학교 최고의 상 목련상을 수상했습니다. 우리 학교의 설립 취지와 학원장님의 정신을 다시 한번 새기는 동시에 제가 학원장님의 세계시민 교육을 받은 '조영식 키즈'였다는 생각이 들었습니다.

2018년 미래위원회 사무총장으로 개교 70주년 기념 행사를 준비하며

100주년에 우리 대학의 모습은 어떨까 떠올려 보았습니다. 지구 공동체의 새롭고 담대한 미래를 열어가는 세계적인 명문 사학의 모습이었습니다. 동시에 그러한 미래를 위해 조영식 학원장님의 철학과 신념을 실천하고 있는 저 자신을 돌아보게 되었습니다. 무엇보다 40여 년 동안 경희인으로서 전공인 한국어 문화 교육을 통해 설립자의 정신을 구현해 나갈 수 있다는 것은 행운이자 행복이라는 생각이 들었습니다.

지금도 본관 앞에서 열성적으로 특강을 하시던 학원장님의 모습이 생생합니다. 그 시절 그때로 돌아갈 수만 있다면 다시 한번 조영식 학원장님의 세계시민 특강을 듣고 싶습니다. 이제는 그 심오한 내용을 다 이해할 수 있을 텐데요. 시간이 지날수록 더욱 그립고 간절한 마음입니다.

우리나라 체육학의
선구자

송종국
경희대학교 체육대학장

내가 기억하기에 조영식 박사님을 처음 만난 것은 지금으로부터 44년 전인 1977년 경희대학교 입학식이었다. 그리고 한 학기 동안 경희대학교 본관 앞에서 개최된 민주 시민론 특강을 했을 때 몇 번 대면한 적이 있었다. 돌이켜 보면 그 당시 체육대학에 갓 입학한 20대가 경희대학교 설립자이신 조영식 박사가 "문화 세계의 창조" 교시와 "학원의 민주화, 사상의 민주화, 생활의 민주화"라는 교훈을 어떻게 만들었는지 그리고 6 · 25 전쟁 와중인 그 당시 신생국으로 최빈국이었던 대한민국에 최초로 체육과를 대학 편제에 왜 포함했는지 솔직히 이해하지 못했다. 이후 대학을 졸업하고 대학원에 진학했을 때 비로소 조영식 박사께서 집필하신 4권의 저서(《민주주의 자유론》,《문화 세계의 창조》,《인류사회의 재건》,《오토피아》)를 읽고 그분의 철학 사상을 조금은 이해할 수 있었다. 경희 체육의 역사는 1949년 5월 12일 체육과, 영어과, 중국어과로 경희대학교 전신인 신흥 대학(2년제)이 가인가 대학으로 시작할 때부터 경희 체육은 시작되었고 그 후 국내 최초로 1955년에 체육대학이 설립되었다. 조영식 박사께서는 모든 고난과 역경을 딛고, 자신의 창의적인 노력으로 경희를 세계적인 대학으로 만들겠다는 꿈을 펼치기 시작할 때부터 체육을 통한 교육을 중시하였고 전인 교육을 위한 체육의 중요성을 일찍 간파하였다.

체육학의 유래에서 알 수 있듯이 체육학은 응용 학문으로서 19세기 중후반부터 유럽과 미국 대학을 중심으로 발전하였고, 1896년 근대 올림픽 개최 이후 개인과 국가를 위해 선수들의 경기력 향상에 대한 스포츠 과학의 필요에 따라 전 세계적으로 빠르게 성장하였다. 그러나 우리나라의 경우 1949년 조영식 박사가 국내 최초로 체육학을 소개하기 전까지는 체육의 불모지였다. 그 당시 체육학에 대한 사회적 인식은 물론 체육 전문 인력이나 시설 등 열악한 환경에도 불구하고 인간을 인간답게 키우기 위해서는 인간의 습관과 성격을 의, 인, 지, 용에 두고 이는 체육을 통한 교육으로만 가능하다고 하였다. 또한 그는 1962년 대학원 석사 과정과 1980년 국내 최초로 박사 과정을 개설하여 체육학이 인문사회 과학과 자연과학을 포함한 융복합 학문으로 구축하는 데 중추적인 역할을 하였다. 더욱더 1997

년 경희대학교 국제캠퍼스에서 개최된 제40차 세계체육학술대회(The 40th ICHPER · SD World Congress) 기조연설에서 제2르네상스 운동의 궁극적인 목표는 영구적인 세계평화, 안보 및 인류 복지의 전제 조건인 건전한 사회 평화를 건설하는 것이며 진정한 스포츠맨십으로 평화를 사랑하는 정신을 얻을 수 있다고 주장하였다. 또한 스포츠맨십의 고귀한 정신에 바탕을 둔 페어플레이 정신을 통해 우리는 육체적, 정신적 건강을 얻을 수 있으며 정신적 건강을 통해 우리는 타락한 도덕성과 잃어버린 인간성을 회복하고 궁극적인 목표인 사회 평화 건설을 실현할 수 있다고 하였다.

한편 조영식 박사는 경희대학교 총장 재직 시 축구, 야구, 농구, 배구, 핸드볼, 체조, 럭비, 아이스하키, 태권도를 포함한 수많은 운동부를 직접 창단하여 지금까지 약 20,000명이 넘는 지도자와 국가 대표 선수를 배출하였다. 또한 1983년 세계 최초로 태권도학과를 설립하여 수많은 태권도 지도자를 양성하였고, 2000년 시드니 올림픽에서부터 2020년 동경 올림픽까지 국제 스포츠로서 태권도 세계화의 토대를 만들었고 이와 더불어 한국 스포츠가 세계 10위권의 스포츠 강국으로 발전하는 데 크게 기여하였다. 이와 같이 경희 체육의 역사는 우리나라 스포츠 역사와 그 맥을 같이 하고 있으며, 현재 한국의 체육학과 경희대학이 있기까지 설립자의 철학은 훌륭한 밑거름이 되었다. 이러한 조영식 박사의 업적을 기리기 위해 2019년 5월 18일 경희대학교 체육대학 70주년 기념식에서는 1,000여 명의 교수, 학생 그리고 동문들이 참석한 가운데 미원 조영식 박사의 흉상 기증식을 성대하게 치렀다.

사진 1. 경희대학교 체육대학 창립70주년 기념식

이제 우리는 경희 체육이 곧 한국 체육이라는 자부심을 가지고 제3의 도약을 통해 스포츠 선진국으로 진입하기 위해 경희대학이 그 선두주자가 되어야 한다. 특히 교육 시장의 개방화에 따라 우리만의 독특한 프로그램 없이는 세계의 무한 경쟁 속에서 살아남기란 매우 어려울 것이다. 격변하는 사회 구조와 글로벌 시장의 요구에 대해 맞춤형 인재를 양성해야 하는 교육 환경의 변화에 직면하고 있는 지금, 경희 100년을 향한 담대한 도전과 지속 가능한 문명 건설을 선도하는 대학다운 미래 대학으로 거듭나는 전환의 시점에서 시대의 앞날을 내다보고, 인류의 미래를 위한 공존 공영의 세계평화를 염원한 조영식 박사님의 뜻을 기리는 것은 새로운 도전의 시작점으로 삼기에 부족하지 않을 것이다.

수천 년 한의학을
제도화한 경희대학

이재동
경희대 한의대 학장

경희대학교 설립자이신 조영식 박사님은 한마디로 수천 년 내려온 우리의 전통 의학인 한의학을 제도권 의학으로 받아들여 과학화하고 세계화한 장본인이라 할 수 있습니다. 1965년 당시 경희대학교 조영식 총장님께서는 국내 유일의 한의과 대학이었던 동양의약대학과 합병을 전격적으로 성사시켜 한의학의 과학화와 세계화의 시작을 연 셈입니다. 1965년 6월 15일에 《한방의 벗》 제3호에는 조영식 총장님께서 하신 인터뷰 기사가 나옵니다. 이 인터뷰에서 "한의학 발전을 위해서 알찬 사업을 하겠다.", "어려운 학문인 한의학을 알기 쉽게 현대화할 것이며 비방(秘方)이라 해서 그 가문만이 그 사람만이 간직하는 등의 후진성을 탈피하고 그것을 공개화하여 함께 나누도록 하겠으며 전문적인 기초 위에 한의학을 발전시킬 것이며 연구소를 두어 나도 여러분과 같은 입장에서 학술 연구에 뒷받침하겠다." 등의 약속을 하셨습니다. 이러한 약속은 합병 이후에 거의 대부분 지켜졌음을 알 수 있습니다.

조영식 박사님께서 경희대학교에 한의학을 포용하신 이후 여세를 몰아 경희대학교는 1971년 세계 최초로 한방병원을 설립했고 1972년에는 세계 최초로 무통 침술마취에 성공했습니다. 그리고 이듬해인 1973년에는 세계침구학술대회를 성공적으로 개최했습니다. 1968년에는 세계 최초로 한의학 석사를 탄생시켰고 1974년부터 세계 최초로 한의학 박사 과정을 개설하였습니다.

이처럼 경희대에서 한의학은 '세계 최초'라는 단어가 수식어처럼 따라다녔습니다. 한의학과 서양 의학이 같은 캠퍼스에 공존하는 유리한 연구 환경을 십분 활용하여 동서 협진 센터를 운영하여 양대 의학의 상호 협력을 선도했습니다. 조영식 박사님께서 주창하신 '제3의학'이라는 단어로 표현되는 양대 의학의 협력 방안은 현재까지 여전히 본 대학이 풀어나가는 중요한 화두로서 모든 구성원의 목표이기도 합니다. 이 화두를 풀기 위해 WHO 지정 전통 의학 연구 협력 센터인 동서 의학 연구소를 1983년 설립하였고, 국제한의학박람회를 10년 넘게 개최한 바가 있습니다. 이러한 모든 일이 가능했던 것은 조영식 박사님의 한의학에 대한 넓고 긴 안목이 있었기 때문이라고 생각합니다. 특히 조영식 박사님께서 미래를 보시고 1999년 당시 50여 억 원의 거금을 지원하셔서 완성한《동양의학대사전》은 세계 최대, 최고의 한의학 대사전입니다.

1994년 한국 최초의 국가 설립 한의학 연구기관인 한의학연구원이 설립되어 조영식 박사님께서 초대 이사장으로 취임하셨을 때 개원식 자리에서 조영식 박사님께서 이사장으로서 본 연구 기관의 설립의 공을 한의대생들과 학부형들에게 돌리는 발언을 들으면서 감동했던 기억이 있습니다. 또한 저 개인적으로는 81년도 입학 후 삼의원에서 기숙사 생활을 하면서 총장님을 직접 뵙고 간담회를 할 기회가 있었는데 그 당시 인자하신 모습으로 손을 잡아 주시면서 한의학을 발전시켜 전 인류가 질병으로부터 고통 없는 세상이 되도록 꿈을 가지고 노력해보라고 격려해 주신 말씀이 제가 오늘 이 자리에 있기까지 한의학자의 길을 걸어오는 데 큰 힘이 되었습니다.

아무쪼록 경희대를 대표하는 학문으로 정평 있는 한의학을 이 캠퍼스에 심으신 조영식 박사님의 깊은 뜻을 잘 계승하여 세계의학계에 대안의학을 제시할 수 있도록 우리 모든 구성원은 협력하여 아낌없는 노력을 경주해 나가야 할 것이라고 생각합니다.

임정근
경희사이버대학교 교수,
조영식 · 이케다 다이사쿠 연구회 부회장

안정과 평화를 바라지 않는 사람은 없을 것이다. 하지만 삶터가 포탄의 화염 속에 재가 되고 수 많은 사람이 목숨을 잃고 서로가 서로에게 총을 겨누는 전쟁 속에서는 안정과 평화를 바라는 마음은 극도의 공포와 분노로 바뀌어 생사가 걸린 승리와 패배에 매달리게 된다. 하지만 죽임으로써 삶을 얻겠다는 승리 만능의 유혹을 떨쳐내는 성찰과 용기가 있어야만 온전한 평화의 길을 찾을 수 있을 터다. 바로 한국 전쟁의 참화 속에서 승리보다 귀한 평화의 길을 찾아 많은 사람을 인도한 사람이 조영식 선생이다.

필자와 선생의 인연은 선생께서 경희사이버대학교를 설립하시고 NGO학과를 개설하시면서 시작되었다. 2001년 설립 당시에는 사이버대학도, NGO학과도 모두 생소한 교육이었다. 그 누구도 사이버대학의 교육적 가치와 잠재력을 짐작조차 하지 못할 때 선생은 사이버대학이야말로 새로운 열린 교육, 전 세계를 연결하는 지성의 네트워크가 될 수 있다는 것을 주창하시고 열정적으로 설립을 추진하셨다. NGO학과도 마찬가지였다. 1999년, 세계NGO대회 주최를 통해 마련된 시민사회 네트워크를 바탕으로 2000년에 경희대학교 NGO대학원, 2001년에는 경희사이버대학교 NGO학과를 차례로 개설했던 것이다. 민주 사회와 세계평화의 전망을 교육하고 실현해 갈 경희학원의 의지와 소망이 담긴 경희사이버대학교 NGO학과에 초대 학과장으로 임명을 받은 것이야말로 필자의 인생에서 가장 중요한 전환점이었다. 그리고 한국의 민주화와 시민 사회의 성장에만 관심이 쏠려 있던 필자는 조영식 선생님께서 매주 개최하신 "목요세미나"를 통해 지구 전체를 아우르는 평화와 보편적 가치를 구현하는 지구공동사회라는 큰 소식을 접하며 눈이 번쩍 떠지는 경험을 했다. 경희대학교와 평화복지대학원의 아름다운 캠퍼스에서 선생과 경희학원의 선학들의 가르침과 고견을 듣던 시절이 아련하게 떠오른다. 아, 그때가 정말 행복한 시절이었다!

목요세미나에서 처음으로 발제한 날, 세미나 자리에서 분에 넘치는 격려의 말씀을 듣고 연구실로 돌아왔는데 오정명 여사께서 전화하시고 선생을 연결해 주셨다. 그날의 발표는 군대에 간 남자 친구를 기다리는 여성들의 사이버 공동체인 "고무신 닷 컴"에 관한 것으로 새로운 환류로서의 사이버 공간의 가능성을 담은 내용이었다. 선생께서는 사이버 공동체에 관한 발표가 좋았다고 다시 한번 칭찬하시며 사이버대학교가 GCS(Global Common Society: 지구공동사회)를 위해 전 지구적 사이버교육 공동체(GCS: Global Cyber Society)를 선도하는 대학이 되어야 한다는 당부의 말씀을 하셨다. 아직도 그 자상한 가르침의 목소리가 귀에 들리는 듯하다. 그 이후로 사이버대학교에 대한 내 생각도 단순히 새로운 교육 방법과 열린 교육의 가능성을 넘어 보다 나은 인류 공동체 네트워크로서의 사이버 교육으로 더욱 확장되었다.

조영식 선생님을 기억할 때 결코 빠뜨릴 수 없는 것이 UN이다. 일찍이 Pax UN을 통한 전 지구적 평화와 인간적 가치의 실현을 주창하시고 1981년, 코스타리카 대통령 등을 앞세워 UN총회에서 "세계평화의 날"을 제정하게 하신 것이다. 한국이 UN의 회원국도 아닌 시절에 불굴의 열정으로 UN 밖에서 "세계평화의 날"을 제정하신 사실이 알려져 2011년, UN 본부는 뉴욕에서 개최된 세계평화의 날 30주년 기념식의 주인공으로 경희대학교를 초청하였다. 당시 경희대학교 및 경희사이버대학교 총장이셨던 현 조인원 이사장께서 UN 본부에서 "평화를 위한 또 다른 제언"이라는 제목으로 기조연설을 하시던 장면이 지금도 생생하다. 대한민국의 대학 총장이 UN 본부에서 전 세계를 향해 세계평화의 날의 의미와 평화를 위한 대학의 역할을 역설하던 순간에 그 앞에 있었다는 것이 필자의 인생에서 가장 소중한 기억 중의 하나다.

아쉽게도 조영식 선생님은 병상에 계신 지 오래여서 함께하시지는 못하였지만, 눈가로 번지는 눈물을 보았다는 소식을 전해 들은 바 있다. 선생이 제창하신 세계평화의 날은 2001년, 전 세계에 비폭력과 총성을 멈추는 날로 지정되었고 UN은 매년 평화에 관한 주제를 설정하여 다양한 사업을 전개해 왔다. 선생의 염원인 전 지구적 평화는 아직 실현되지 않았으나 평화의 꿈을 갖고 앞으로 나아가는 지구적 공동체와 세계시민사회는 꾸준히 성장하고 있다. 그의 열정과 혜안을 연구와 교육 속에 담아 미래의 세대가 서로 손잡고 평화의 길을 가도록 하는 것이 대학인의 사명임을 다시 한번 확인하게 된다. 특히 이제 걷잡을 수 없는 위기로 다가오는 기후변화, 팬데믹의 엄습, 끝이 없는 지역 분쟁, 혐오와 차별을 바탕으로 한 포퓰리즘의 발호 등은 왜 미원(美源) 옹이 일찍이 주창한 문화 세계의 창조가 초미의 과제인지를 증명해 주고 있다. 또한, 선생이 구상하신 전 지구적 사이버 공동 사회도 모두가 공감하는 시대적 과제가 되었다. 이제 지구공동사회를 이룩하기 위한 선생의 열정을 이어받아 모든 경희인이 문명의 전환을 이루기 위해 용맹하게 나아가야 할 때다.

선생의 뜻을 생각할 때, 아직 걸음마도 끝나지 않은 것 같은데 필자는 2022년에 은퇴를 앞두고 있다. 하지만 경희사이버대학교와 경희대학교가 선생이 염원하던 전 세계를 연결하는 평화 네트워크로 우뚝 설 것을 믿으며 언제나 경희와 함께 하는 마음으로 여생을 정리해 가고자 한다.

"학원장님! 경희여! 감사합니다!"

새 빛의 창조자,
그 문화 세계를 생각하며

이계희
경희대학교 호텔관광대학 관광학과 교수,
전 경희여교수회 회장

저는 지난 2007년 경희 가족이 된 이후로 매일 아침마다 교문을 지나 만나는 교시 탑을 돌아 연구실로 출근하고 있습니다. "문화 세계의 창조"라는 교시를 처음 대했을 때 저는 상당히 놀랐습니다. 모든 대학이 지향하는 비전을 교시에 담아 학문과 사상의 근본으로 삼고 있어 교시가 갖는 의미는 그 구성원들에게 정신적으로 많은 영향을 줄 수밖에 없습니다. 경희대학은 그것이 문화 세계라는 조영식 박사님의 철학에 담긴 인간과 세상의 모든 존재가 평화롭게 상생하는 지구 공동체로 표현됩니다. 한국

전쟁의 한가운데서, 그 혼란스럽기 그지없고 어렵고 어둡던 시대에 문화 세계라는 비전을 보셨다는 박사님의 탁월한 통찰과 깊은 철학이 감동을 넘어 경이감을 줍니다.

문화 세계는 인간의 존엄과 행복과 평화가 근본 원리이며 이러한 세계의 창조는 전적으로 인간의 의지적 노력으로 창조되는 세계라는 것이 조영식 박사님의 생각입니다. 이는 정신적으로 아름답고, 물질적으로 풍요로우며 인간적으로 보람 있는 사회로서 우리 대학이 지향하는 바, 경희대학은 교육을 통해 이러한 사회의 성원들을 길러내고 학문을 갈고 닦음으로 이러한 사회의 창조와 유지에 기여할 것을 푯대 삼아 나아가는 학문 공동체입니다. 이런 대학의 성원이 되었다는 것이 참으로 복이라고 생각합니다. 무심코 지나칠 교시 탑을 오늘 아침 출근길에도 마주 보며 박사님의 탄생 100주년을 맞이하여 그 놀라운 통찰과 비전에 다시금 숙연한 마음이 듭니다.

저는 박사님을 직접 뵌 적이 한 번도 없습니다. 그러나 경희대학의 자유로운 분위기와 다양한 학문의 영역에서 서로 존중하는 전통은 이러한 창학 정신에 그 뿌리를 두고 있다고 생각합니다. 저는 지난 2년간 경희대학교 여교수 회장을 맡아 다양한 학문 분야의 동료 교수들과 교제할 수 있었습니다. 경조사를 서로 챙겨주고 여행도 함께하며 많은 대화를 나누는 가운데 경희 가족으로 하나 됨을 느꼈습니다. 여교수회를 통해 십시일반 장학금을 모아 코로나로 힘든 학생들에게 지급했던 일도 큰 보람이었습니다. 코로나 이전에는 선배 회장님들이 해 오신 전통을 이어받아 학생들 먹일 김장을 만들고 나누었던 일도 큰 기쁨이었습니다. 이런저런 일들을 지금 돌이켜 보니 학문을 통한 문화 세계의 창조라는 경희 가족 정신이 그 근본 동기가 아니었나 생각됩니다. 작은 봉사였지만 이를 통해 문화 세계의 창조, 정신적으로 아름답고 서로를 풍요롭게 하는 가운데 보람 있는 공동체를 만들어 나가는 데 일조했다는 자부심을 갖게 되었습니다. 비록 소박하고 작은 일이었으나 이것이 조영식 박사님이 지향했던 대학의 모습이 아니었을까 헤아려봅니다.

지금은 전 지구적 위기 가운데 우리가 하나 되어 평화와 인류 번영의 길을 향한 힘겨운 발걸음을 연대하고 합심하여 한 걸음씩 나아가야 할 때입니다. 대학의 위기라고 많은 사람이 말합니다. 개인적으로도 제 평생에 이러한 위기감을 느꼈던 적이 없던 것 같습니다. 경희대학이 이제 조영식 박사님의 인류애를 깊이 생각하고 새로운 21세기를 향해 중단 없이 나아가는 데 앞장서야 할 것입니다.

박사님께서는 나라가 혼란스럽고 어려울 때 더욱 깊은 사유와 통찰 가운데 엘리트들에게 길을 보여주신 것 같습니다.

오늘날의 이 혼돈 가운데에 오히려 박사님의 높은 뜻과 혜안이 더욱 빛을 발할 것 같습니다. 조영식 박사님을 뵌 적도 대화를 나눈 적도 없는 저로서는 그의 인격과 사상을 글로만 접할 수밖에 없어 안타깝습니다. 그러나 많은 이들에게 길이 되신 박사님의 생각과 비전은 경희대학의 캠퍼스 안에 아직도 고스란히 스며 있습니다. 경희대학이 새 빛의 창조자가 되라고 하신 박사님의 간절한 소망과 유지를 후학들이 이어 가겠습니다.

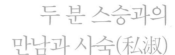

두 분 스승과의
만남과 사숙(私淑)

김대환
서울시립대학교 교수

우리 말에 사숙(私淑)이라는 말이 있다. 가르침을 직접 받지는 않았으나 그 사람의 인격이나 학문을 본으로 삼고 배운다는 뜻이다. 조영식 선생님과 나의 관계는 한 마디로 바로 내가 선생님을 사숙하는 관계다. 이 관계는 선생님께서 돌아가시고 최근에야 비로소 성립된 관계다.

선생님께서는 1921년생이시니 나보다는 43년 앞선 분이시다. 충분히 스승으로 모시고 배울 수 있는 터울이지만 안타깝게도 일찍이 나는 선생님을 알지 못했다. 아니 한참 뒤에야 비로소 선생님의 존재를 알게 되었다고 해야 정확할 것이다.

뒤늦게 내가 선생님을 사숙하게 된 것은 또 다른 나의 스승이신 이케다 다이사쿠 선생님 덕분이다. 물론 이 분도 직접 뵙고 훈도를 받은 것은 아니지만, 수많은 저서와 활자로 된 말씀을 통해서 깨우친 바가 있어 마음으로부터 존경하고 내가 따르고자 노력하는 분이다.

이케다 선생님은 일본의 저명한 불교 실천가이자 사상가로 잘 알려져 있다. 한국의 역사에 대한 이해가 깊고 한일 관계의 역사적 대차대조표의 작성이 정확하고 명확한 분이다. 비록 태생은 일본인이지만 스스로 세계인이라 칭하고 국가 간 민족 간 대화를 통한 교류의 길을 부단히 걸어오신 분이다. 그는 한국의 세종대왕을 존경하고 유관순 열사의 순국을 안타까워하며 위안부 문제를 비롯한 일본의 잔인한 역사적 과오에 대해 솔직히 사과하는 몇 안 되는 일본의 지식인이다.

내가 이케다 선생님의 사상과 철학을 만나게 된 것은 대학 3학년 때였다. 당시 어수선한 정세와 더불어 나는 앞으로 삶을 어떻게 살아가야 할지를 두고 방황하고 있었다. 그러다 토인비와의 대담집인《21세기를 여는 대화》(일조각)라는 책을 만나게 되었다. 정치·경제·사회·문화 등 폭넓은 분야에 걸쳐 동서양의 관점에서 앞으로 인류가 나아가야할 바를 제시하고 있는 이 책은 당시 나에게 큰 등불이 되었다. 이때부터 나는 이케다 선생님을 크게 존경하고 마음으로부터 흠모하게 되었다.

그런데 후에 이케다 선생님께서 창립하신 일본의 소카(創價)대학과 조영식 박사께서 설립하신 경희대학교가 교류하게 되었다. 두 분께서 하신 후일담을 보면, 양 대학이 교류하게 된 것은 조영식 · 이케다 다이사쿠 두 분의 인격적 만남에서 비롯된 것으로 보인다. 두 분이 어떠한 계기를 통하여 그러한 만남에 이르게 되었는지는 나로서는 정확히는 알지 못하지만, 두 분은 첫 만남에서부터 서로를 오래전부터 이미 잘 알고 있었던 교우나 형제처럼 같은 영적인 세계에 살고 계셨던 것으로 보인다.

두 분의 역사적 만남은 1997년 일본에서 이루어졌다. 이 때 조영식 선생님은 76세, 이케다 선생님은 69세였다. 고령의 나이에도 불구하고 몸소 이케다 다이사쿠라는 인물을 찾아간 조영식 선생님의 여전한 열정과 진심이 느껴진다. 이 첫 만남에서 두 분은 서로를 알아보았다. 이케다 다이사쿠의 사상의 핵심은 인간혁명이라고 할 수 있다. 한 사람이 바로 서면 가족과 이웃, 사회 그리고 국가의 운명도 구제할 수 있다는 신념이다. 따라서 이케다 다이사쿠의 사상은 인간혁명의 실천에 있다고 해도 과언이 아니다. 물론 인간혁명의 실천의 목표는 세계평화다. 인간혁명에 기반한 평화야말로 진정한 평화라고 보기 때문이다(이케다 다이사쿠 저, 소설《인간혁명》전 12권 및 소설《신인간혁명》전 30권 참조).

조영식 선생님은 이케다 다이사쿠를 만난 자리에서 "선생님의 인간혁명과 나의 인간 중심주의는 글자는 다르지만 사상은 같습니다."라고 단언하고, "영구 평화를 위해서는 가치관의 기준이 바뀌어야 한다. 마음을 바꿔야만 한다. 문화주의, 인간주의, 보편적 민주주의로 나가야만 한다.”
라고 자신의 신념을 피력했다. 이러한 조영식 선생님의 사상과 철학은 불
교적 신앙에 기반 한 이케다 다이사쿠의 실천 철학과 정확히 부합한다.
이로써 두 분의 역사적 도원의 결의가 맺어지게 되었다.

   나는 이케다 선생님의 저서와 문헌으로부터 세상의 많은 위대한 인물
을 접하게 되었다. 넬슨 만델라, 고르바초프, 요한 갈퉁, 조지프 로트블랫
등 내가 연구하는 분야와는 다르지만 세상의 등대가 되고 있는 많은 지
식인의 사상 그리고 그들의 활동에 대해서 알 수 있게 되었다. 우리나라
에서는 이미 내가 어느 정도 알고 있는 이수성, 조문부 같은 훌륭한 인물
에 대해서도 더욱 소상하게 알게 되었지만, 그 중에서도 특히 나의 삶에
지속적으로 영향을 미치고 있는 분이 바로 조영식 선생님이다.

   나는 조영식 선생님의 위대함은 무엇보다 그야말로 원수를 사랑하는
데 있다고 본다. 선생님은 일찍이 일제에 의해 학도병으로 끌려갔다. 그
리고 거기서 6개월이 넘는 옥중 생활을 했다. 그러는 가운데 해방을 맞았
다. 이때가 혈기왕성한 20대 초반이다. 일제 강점기의 경험이 전혀 없는
요즘의 젊은이들도 일본이라고 하면 치를 떠는 경우가 많은데, 일본제국
주의의 잔혹함을 직접 경험한 젊은이로서 오히려 그러한 트라우마를 떨
치고 한일 관계를 미래지향적으로 적극 설계하였다는 점이 놀랍다. 자신
의 마음으로부터의 미움을 극복하고 공생의 미래를 지향하자는 진심 어
린 제안에서 선생님의 대인으로서 품격을 느끼게 된다.

또한 선생님의 위대함은 6 · 25동란으로 폐허가 된 현실에서도 오히려 조국의 먼 미래를 내다보았다는 점이다. 모두가 현실에서의 생존에 급급해할 때 선생님은 조국의 백 년 뒤를 걱정하고 흔들리지 않는 국가 발전을 위한 인재의 초석을 놓는 작업을 쉼 없이 계속해 오셨다. 선생님은 현실을 사는 생활인에 머물지 않고 항상 이상과 신념에 살았다. 그러한 선생님의 삶에서는 18세기의 위대한 철학자 칸트를 떠올리게 된다. 그는 머리 위에 별이 빛나는 하늘과 자신의 내면에 있는 도덕률이라는 두 가지를 늘 경외했다. 별에 살고 도덕률에 살았다. 나는 칸트의 이 삶은 곧 선생님의 삶이라고 믿는다.

언젠가 나는 경희대학 캠퍼스를 거닐며 선생님께서 세우신 교시탑 앞에 가만히 서서 한참을 바라본 적이 있다. 70여 년이 지난 지금도 우뚝 서 있는 석탑에 새겨진 "문화세계의 창조"라는 글에서 선생님의 신념과 열망 그리고 나라와 세계의 미래에 대한 구상이 느껴져 전율했다. 그것이 나를 울컥하게 한 것은 그 돌탑을 세운 후 어려운 여건 속에서도 계속된 선생님의 문화 세계의 창조를 위한 헌신적 실천 때문이다. 이제 와 생각하건대 초심을 잃지 않고 생애를 관철한 사람만큼 위대한 사람은 없다. 선생님은 교육에 미래를 건 초지도 위대했거니와 그 삶을 90평생 흔들림 없이 관철했으니 내가 감히 사숙하는 것을 허용하실지 오히려 염려스러울 뿐이다.

내가 조영식 선생님을 사숙하는 또 하나는 뜻을 관철해 가는 정열이다. 선생님은 세계 역사에 대해 깊이 이해하고 인류는 스스로를 깊이 재고해야 한다고 보았다. 인류의 역사에 드리워진 수많은 잘못에 대해 선생님은 어떻게 하면 바로 잡을 수 있을지에 대해 깊이 고민하셨던 것 같다. 선생님은 1998년 이케다 다이사쿠 회장을 만났을 때, "새로운 천년을 맞이하기 전에 인류의 잘못을 바로잡을 올바른 길에 대해 이케다 선생과 대화하고 싶습니다. … 인류사의 획기적인 전환점을 만들고 싶습니다." 라고 하시며 또한 "나는 이 세상에 오토피아를 만들고 싶습니다. … 이 세상을 인간적인 낙토로 만들어 가자는 것입니다."라고 말씀하셨다. 이 때 선생님의 연세는 이미 77세였음에도 불구하고 그 정열은 1951년 맹세의 불꽃을 피웠을 때와 다르지 않았다.

나아가서 무엇보다 선생님의 위대함은 나는 그의 인류애에서 찾고자 한다. 선생님의 문제 의식과 미래에의 희망은 결코 한 학교와 한 나라에 머물지 않고 세계를 향해 있다. 오늘날 글로벌 시대에도 마음을 인류애로 열기란 결코 쉬운 일이 아니다. 세계는 가까워질수록 다른 한편으로는 서로 담장을 쌓고 있다. 가까워질수록 나의 이익이 침탈될 가능성이 더 커지기 때문이다. 이것이 세계화의 아이러니다. 그러나 선생님의 마음은 언제나 세계를 품고 있었다. 유엔에 대한 적극적 지지와 그를 통한 그의 세계평화 활동에서 잘 드러난다. 그를 위해서 대학 간 세계적 연대를 도모하고 거기서 리더십을 발휘했다. 말하자면 교육의 세계적 네트워크를 통한 인류 역사의 선순환으로의 전환을 도모한 것이다. 스스로 하나의 축이 되어 세계라는 거대한 수레바퀴를 돌렸다. 이 모든 일은 마음을 열지 않고는 담을 수 없는 스케일이다. 겨자씨 하나에 세상이 들어간다는 불언(佛言)은 참으로 선생님을 두고 한 말이다.

이케다 다이사쿠는 조영식 선생님의 이 모든 것을 깊이 이해하고 다음과 같이 그 품격을 읊었다.

> 불굴의 용자는 동지를 규합하여 / 목숨을 걸고 항일투쟁을 전개했다/ 탄압의 투옥에도 정의의 불길은 / 더욱 불타오르고 / 냉철한 지성의 빛은 / 감옥의 어둠 속에서 / 조국과 인류의 미래를 전망했다 / … / 6 · 25 동란의 이듬해 / 1951년/ 박사는 사자후 했다 / 두 번 다시 되풀이하지 않겠다 / 두 번 다시 그 미명에 속지 않겠다 / 전쟁으로 행복을 얻을 수 없다 / 정복으로는 평화를 가져올 수 없다.

선생님의 삶에 대한 짧지만 참으로 정확한 평가다.

나는 현재 조영식 · 이케다 다이사쿠 연구회를 통하여 선생님을 사숙하고 있다. 어쩌면 선생님의 생각은 글로벌 시대의 인문 교육을 통하여 오늘날 누구나 흉내 내거나 또 이해할 수 있을지는 모른다. 그러나 선생님의 영적인 힘, 생명적인 에너지를 실천 속에서 계승하는 일은 도무지 가능할 것 같지 않다. 그러나 저 하늘의 별이 도덕률이 되어 나의 마음에 자리하는 그날까지 멈추지 말라는 것을 선생님은 몸소 실천하여 보여주신 것은 아닐까. 우리에게 남겨진 과제는 선생님의 그 힘과 에너지를 우리에게 구현하는 일이다. 그것이 내가 선생님을 사숙하는 진정한 의미이기도 하다.

선생님의 탄생 100주년을 맞아 영전에 배례하며 삼가 올림.

문화 세계의 창조와
사회 복지

엄규숙
경희사이버대학교 부총장, 사회복지학부

올해는 우리 대학 개교 20주년이 되는 해다. 성년을 맞이한 대학에서 2002년 임용되어 19년 동안 근무했으니 학업을 시작한 이래 가장 오래 머문 긴 인연이고 지적 고향이 된 셈이다. 이 인연이 언제 시작된 것인지 기억을 되짚어 보았다.

독일 마부룩 대학에서 공부를 마치고 귀국하자마자 98년 여름에 한국 노총 중앙연구원에 자리를 잡았다. 노동조합 산하의 연구기관인데 사회

정책을 전공한 사람을 찾는다고 했다. 당시 IMF 경제 위기로 노동 운동이 사회복지제도의 확장을 어떻게 견인할 것인지 고민하는 시기였던 것 같다. 당시 대량 실업이 큰 문제였기에 고용 위기 극복과 실업 문제 해결이 중요해서 노동 운동뿐 아니라 빈곤 운동, 사회복지 운동을 하는 활동가들과도 국내·외적으로 제법 교류하게 되었다. 98년 하반기에 서베이를 위해 독일의 여러 단체를 방문하여 그들의 활동을 살펴보고 그 함의를 연구에 반영하였는데, 다음 해에 그중 몇몇 단체의 활동가들에게 서울을 방문하게 되었다는 연락을 받았다. "1999 서울 NGO 세계대회" 참가를 위해 온다는 것이었다. 반가운 마음에 어느 날 저녁 약속을 잡고 달려나갔더니 100여 개 국가에서 500개 넘는 단체가 참여한 엄청난 규모의 대회이고 UN과 공동 주최한 행사라면서 경희대학교를 자꾸 언급하는 것이다. 귀국한 지 얼마 지나지 않은 시점이라 당시 한국의 대학 특성을 잘 모르던 시절이라 전 세계 NGO들이 참여하는 대회인데 어떻게 사립대학이 함께 대회를 조직하고 참여하는 것일까 궁금해 하던 기억이 있다.

그로부터 일 년 반 정도 후에 신설된 경희사이버대학교에서 사회복지 전공 교수를 모집한다길래 교수 초빙에 지원하였다. 학과 심사와 당시 학장님의 면접이 끝나고 나니 경희학원 설립자님의 면접을 하게 될 것이라는 연락이 왔다. 99년 당시의 궁금증도 생각나고 해서 학교 홈페이지를 여기저기 찾아보며 교육 이념이나 교육 목표, 특징에 대해 그제야 자세히 살펴보게 되었다. 중·고등학교와 대학교 모두를 오래된 사립학교를 졸업했기에, 학교마다 강조하는 전통에 어느 정도 익숙하다고 생각했건만,

당시 경희대학교 홈페이지와 더불어 밝은사회연구소, 인류사회재건연구원 등에 올라와 있는 자료를 살펴보고 사회과학 전공자로서 신선한 충격을 받았음을 솔직히 고백할 수밖에 없다.

면접 준비하느라 잠시 살펴본 것으로 학원장님께서 깊은 궁구의 과정을 통해 정립하신 평화주의와 인간중심주의를 깊이 이해하기는 당연히 어려운 것이었다. 학원장께서는 복지정책 전공자라 하니 물질적 복지를 넘어 문화복지사회로 진전해가야 한다고 말씀을 하시는데 《문화세계의 창조》(1951)를 읽어본 적 없는 나로서는 잘 이해하기 어려웠다. 전공자로서 이해하기에 사회복지정책은 인간의 생존 욕구부터 시작해서 자아 실현의 욕구에 이르기까지 다양한 욕구를 충족시키는 것을 목표로 삼아 왔지만, 생존의 절박함을 고려한 경제적인 욕구에 비해 문화는 우선순위에서 한참 밀릴 수밖에 없기 때문이다. 특히 IMF 경제 위기 극복 과정에 있는 우리나라에서 궁극적으로 보편적 복지가 지향하는 바라고 해도 한정된 재원을 배분하는 과정에서는 문화는 후 순위로 가야 할 것 같다고 말씀을 드렸더니 《문화세계의 창조》의 어느 페이지를 펼치며 면접하다 말고 읽어보라 하시는 게 아닌가. 오랜 시간이 지나 정확하게 어느 부분이었는지는 기억이 나지 않지만, 인류의 미래를 위해 약육강식의 동물 세계 규범인 '자연 규범'을 넘어 인간의 보편 의지에 바탕 한 문화 규범의 정립을 해야 하고 이 문화 규범이 정립된 사회가 문화복지사회라는 취지였던 것으로 기억한다. 놀라운 것은 그 책이 한국전쟁의 혼란 속에서 1951년 집필되었다는 점이다. 그래서 나는 면접 중임을 까맣게 잊어버리고 당돌하게도 "어머나 전쟁 중이고 피난 시절인데 어떻게 이런 생각을 하셨어요?"라고 여쭤보고 말았다. 그랬더니 한참 껄껄껄 웃으시다가 인간중심주의, 세계평화의 중요성에 대해 한참 말씀하시다가 "앞으로 학생들을 잘 가르쳐 주셔요."라고 하신 기억이 난다.

학원장께서 산업 혁명 이후 인간의 삶에 큰 변화를 일으키게 될 4차 혁명으로 인터넷 혁명을 언급한 것이 1975년 발간된 《인류사회의 재건》에서다. 사이버대학의 설립도 21세기는 인터넷 혁명에 따른 변화를 빼고는 결코 이해하기 어렵다는 혜안에서 비롯된 것이라 들었다. 실로 놀라운 통찰이 아닌가.

10대부터 80대까지 모든 연령대의 학생들이 공부하는 사이버대학에서 교수 생활은 나에게도 성장과 배움의 과정이었다. 학생들의 연령 차보다 학생들의 다양한 배경과 경험의 차이 때문에 교육 방법에 대해 많은 고민을 하게 된다. 초·중·고를 모두 검정고시로 졸업한 60대 중반의 학생이 있는가 하면 경제학 박사 학위를 취득했는데도 사회복지사 자격증을 취득해보겠다고 입학하는 학생도 있으니 어느 학생의 눈높이에 맞춰 가르쳐야 하는지에 대해 매 학기 고민을 많이 하게 된다. 이런 차이와 격차를 연결하면서 제자들이 한 걸음씩 앞으로 나가는 것을 지켜보는 것이 큰 보람이지만 어쩌다 한 번씩 도저히 어렵다고 생각되는 때에는 "앞으로 학생들을 잘 가르쳐 주셔요"라고 하셨던 그 말씀을 다시 한 번 되새겨 본다.

1970년대에 인터넷이 사회의 기반을 혁신적으로 바꿀 것을 내다보고 경희학원의 교육 체계에 온라인 교육을 선도적으로 도입하여 그 변화를 선도하신 혜안이 놀라울 뿐이다. 코로나19 팬데믹으로 이제 온라인 교육이 새로운 교육의 기준이 된 것을 보면 학원장님의 긴 안목은 다시 증명된 셈이다. 오프라인 교육과 온라인 교육의 경계가 허물어지는 지금 잘 가르치는 것의 의미에 대해 여쭤볼 분이 안 계시니 안타까울 따름이다.

봄날의 햇살 같던
학원장님

차은경
경희여중 교장

조영식 학원장님에 대한 첫 기억은 젊은 날 경희여자중학교의 교사 임용의 순간부터 시작됩니다. 최종 면접에서 잔뜩 긴장한 모습으로 학원장님을 뵈었는데, 온화한 미소와 차분한 목소리로, 얼어있던 저의 마음을 녹여주셨습니다. 특히 좋아하는 곡과 그 이유에 대해 물어봐 주시고, 제가 답변한 작곡가와 곡에 대해 심도 깊은 이야기를 해주셨습니다. 문화예술에 대한 학원장님의 넓고 깊은 생각에 감명을 받으며, 교육과 문화예술이 갖는 의미에 대해 전해주신 이야기를 초심의 방향으로 삼게 되었

습니다.

또한 밝은사회운동과 관련된 많은 이야기를 해주시고, 문화 세계를 향한 실천적인 의지와 행동이 중요하다는 점을 교훈으로 전해주셨습니다.

세월이 한참 흐른 지금도, 신념과 철학이 담긴 학원장님의 목소리와 젊은 교사에게 감화를 주시던 따뜻한 미소가 생생히 마음에 남아 있습니다.

학원장님께서는 바쁘신 일정 중에도 해마다 학교의 졸업식장에 꼭 참석해 주셨습니다. 원고를 보시지도 않고 졸업하는 학생들에게 좋은 말씀과 덕담을 해주시던 모습을 보며 평소에 품어내신 생각이 강인한 신념이 되었기에 가능하다고 생각하게 되었습니다. 학교장으로 졸업식장에서 훈화해야 하는 상황이 되니, 그때 학원장님의 모습이 더욱 존경스럽습니다.

돌이켜보면 학원장님께서는 미래를 내다보는 혜안을 갖고 계셨고 그당시 세계적인 시각을 갖고 교육을 바라보셨다는 것이 놀랍습니다. 1960년 미래 세대 교육의 중요성을 인식하시고 경희학원 내 경희중·고등학교를 설립하셨는데 그 당시 사회 분위기상 생각하기 어려운 남녀 공학 편제로 설정하신 점, 그리고 제2외국어를 교육과정으로 편성하셨다는 점이 특히 그렇습니다. 당시 혁신적이고 선도적인 교육의 흐름을 보고 계셨던 학원장님의 혜안이 존경스럽습니다. 특별한 사학의 정신을 바탕으로 교육을 실행하는 것은 결코 쉬운 일이 아니라고 생각합니다. 경희학원 내 병설학교에 대한 애정, 자라나는 세대의 학생들을 귀한 인재로 키우기 위한 시도를 깨달을 수 있었습니다.

매일 경희의 교정을 다니며, '문화 세계의 창조'라는 경희학원의 교시와 경희 정신을 느끼며 바라봅니다. 학문과 평화를 강조하셨던 학원장님의 말씀이 오랜 시간이 지나도 삶의 지향점, 교육의 방향이 된다는 생각을 매일 하게 됩니다.

문화 세계의 창조라는 경희 정신을 구현하기 위해, 인문학적 소양과 과학 기술 창조력을 갖추고 바른 인성, 가치관을 겸비한 구성원을 키우기 위해 오늘도 열심히 교육하고 있습니다. 미래 사회에 필요한 자질과 역량을 갖춘 창의·융합적 인재로 키워 나가는 동시에 자주적인 사람, 창의적인 사람, 교양있는 사람, 더불어 사는 사람으로 성장시켜 학원장님의 크신 뜻을 계승하도록 하겠습니다. 또한 이웃을 생각하고 지구촌을 생각하는 세계시민교육과 봉사 활동, 더불어 지속 가능한 평화와 환경을 누릴 수 있도록 방향을 제시하는 것도 병설학교를 설립하신 학원장님의 정신을 계속 이어 나가는 것이라 생각하며 정진하겠습니다.

다각화된 현대 사회, 불확실성이 커진 시대 속에서 경희 정신이 주는 가치와 의미를 숙고하고, 우리 학생들에게 더 좋은 교육을 하고, 훌륭한 인재를 키워내기 위한 고민을 계속하겠습니다.

희망이란 본래 있다고도 없다고도 할 수 없고 그것은 마치 땅 위의 길과 같은 것이라 합니다. 본래 땅 위에는 길이 없었고, 한 사람이 먼저 가고 걸어가는 사람이 많아지면 그것이 곧 길이 된다고 합니다.

그 길을 먼저 걸어가신 학원장님의 뜻을 따라 '사회의 희망'이 되도록 우리 학생들과 동행하며, 건강하고 아름다운 사회를 만드는 데 조금이나

마 힘을 보태겠습니다. 그것이 학원장님께 감사한 마음을 표현하는 길이
라 생각합니다.

따스한 봄날 햇살 같았던 학원장님의 잔잔한 미소를 떠올립니다.
그리고 학원장님의 크신 뜻과 정신은 현재에도 늘 생생한 현재 진행형
이라는 말씀을 꼭 드리고 싶습니다.
아마도 학원장님께서 분명 흐뭇해하실 것입니다.

사진 1. 선동호에서 장학사, 병설학교 교사와 함께 하신 학원장님(1977.5)

사진 2. 1970년대 자유교양 고전읽기 우승기를 두고 학원장님과

사회와 세계를 걱정하는
비전과 가르침

강명옥
(사)한국국제개발연구소 대표, GIP 11기

2021년 조영식 학원장님의 탄생 100주년 추모집을 만듭니다.

1984년 학원장님께서 GIP(경희대학교 평화복지대학원)를 설립하신 후 사랑으로 키워주신 제자들이 대한민국 사회 그리고 세계 곳곳에서 인류 사회 발전을 위해 다양한 모습으로 기여하고 있습니다.

시대의 변화에 앞서 미래에 대한 비전과 국제 평화에 대해 늘 당부하셨던 말씀들이 격변하는 시대에 더욱 깊이 마음을 울리는 요즈음입니다.

1989년 가을 대학 졸업 후 기업에 들어가 7년간 국제 무역 업무에 종사하면서 미래에 대한 고민을 하던 때 평화복지대학원 학생 모집 공고를 보았고, '인류 복지와 세계평화에 기여할 인재'를 뽑는다는 내용에 뭔가 다르다는 생각을 가지고 지원하였습니다.

서류 전형, 체력 검정을 거쳐 세 차례의 면접을 거치게 되었고 두 번째 면접에서 학원장님 단독 면접 시 세상 걱정을 하시는 학원장님께 비교적 긴 시간 제 생각을 말씀드릴 수가 있었습니다. 마지막 면접이 학원장님과 교수님들 합동 면접이었는데 비교적 나이 많은 지원자가 계속 학업을 할 수 있을까, 대학원 졸업 후 지금 다니는 기업보다 더 나은 직장에 들어갈 수 있을까 염려하시는 교수님들에게 학원장님께서 긍정적으로 말씀을 해주신 덕분에 합격할 수 있었습니다.

궁극적으로 대학원 졸업 후 무엇을 하고 싶은가라는 학원장님 질문에 지금은 모르지만 졸업 후 가능하다면 공공의 일, 국제적인 일, 봉사하는 일을 하고 싶다고 답했습니다. 졸업 즈음에 국제 개발 협력 업무를 위해 새로 설립된 한국국제협력단에 지원하여 합격하였고, 7년 가까이 근무한 이후 향후 통일 한국에 국제 개발 협력을 적용해보고 싶다는 생각에 박사 과정에 진학하였습니다. 이후 유네스코 아시아·태평양국제이해교육원, 국가인권위원회, 2011대구세계선수권대회유치위원회 등에서 다양한 국제협력 업무를 담당하였고, 이후 (사)한국국제개발연구소를 설립하여 다양한 국제 개발 협력 업무를 해왔습니다. 그리고 공공기관인 대한적십자사, 국민건강보험공단에 들어가 미래 전략 및 국제 개발 협력 업무를 하였습니다. 그리고 업무를 하면서 여러 대학 및 대학원에서 세계의 변화 및 국제 협력에 대한 강의를 해오고 있습니다.

GIP를 졸업한 이후 지금까지 32년간 다양한 기관들에서 다양한 국제 협력 업무를 해올 수 있었던 것은 조영식 학원장님의 교육 철학, 인류 미래 및 세계평화에 대한 비전 등을 배운 덕분입니다. 학원장님의 가르침을 온전히 다 실천하지는 못했지만 일해 온 분야에서 그래도 조금이라도 실천하려고 노력해 왔다고 생각합니다. 늘 이 사회와 세계를 걱정하시며 앞선 비전과 가르침을 주신 학원장님은 영원한 스승이십니다. 스승님의 뜻과 빛이 GIP 졸업생들을 통해 계속되기를 기원합니다.

사진1. GIP에서 촛불을 끄시는 학원장님

문화 세계의 창조를
희구(希求)하며

이은선
경상국립대학교 경제학과 조교수

봄이 오고 벚꽃이 피면 온 캠퍼스가 흩날리는 벚꽃잎으로 가득하던 경희학원의 전경(全景)이 눈앞에 떠오른다. 경희학원을 떠올리면 찬란하고 열정적이었던 대학 시절의 내가 떠오른다. 그래서인지 필자는 벚꽃 피는 봄이 올 때마다 그 시절의 꿈과 포부, 순수했던 마음들을 아스라이 떠올리며 마음을 다잡곤 한다. 시간이 흘러 더 넓은 세상에서 더 많은 사람을 만나며 깨달은 것은, 앞만 보고 달리다가도 멈추어 스스로 돌아보고, 너무 높은 벽인 것 같아도 호기롭게 용기 내어 하나씩 넘을 수 있었던 것이 경희학원에서 보낸 청춘이었기에 가능했다는 것이다.

　교양 수업이 열리는 청운관까지 짧은 다리 하나를 건너야 했는데, 건물을 바라보는 편에서는 청운교(靑雲橋)라 쓰이고, 건물에서 나오는 편에는 대성교(大成橋)라 쓰인 다리다. 캠퍼스 지리가 익숙지 않은 신입생들은 청운교와 대성교가 같은 다리인 줄 모르고 약속 장소로 가기 위해 또 다른 다리를 찾아 캠퍼스 안을 헤매기도 하고, 녹원(綠苑)이 어디인지 몰라 헤매기도 했다. 그때마다 선배들은 캠퍼스 곳곳에 이름 지어진 건축물이나 공간의 명칭과 유래를 설명해주었다. 창립자 조영식 학원장이 학원생들에게 보내는 기대와 큰 뜻을 내가 발 딛는 곳곳에서 느끼게 되었다.

　벚꽃 절경(絶景)을 볼 수 있는 본관으로 가는 길, 도서관 가는 길에는 '문화세계의 창조'라고 커다랗게 쓰인 교시 탑을 지난다. 교시 탑 위에는 지구본과 유엔의 심볼, 그 위에 경희대학교의 심볼이 놓여 있다. 일분일초가 아까운 시험 기간조차 교시 탑의 문구를 보지 않을 수 없는 위치였다. 학교 곳곳에 문화세계·세계평화·청운의 꿈에 관한 문구와 상징이 있으니, 관련된 수업을 듣지 않더라도 우리는 진지하게 혹은 종종 장난삼아라도 그에 관한 이야기를 하곤 했다.

　비단 캠퍼스의 물적 환경뿐 아니라 필자가 대학을 다니던 시절에도 경희대학교의 교양 수업은 철학 및 인문학·사회과학·IT·의학·체육에 이르기까지 다른 학교와 비교가 안 될 만큼 다양했고, 분야별로 반드시 복수의 과목을 이수해야 했으며, 이수 학점도 많아 다른 학교의 학생들이 놀랄 정도였다. 교환 학생의 비율과 해외교류대학도 압도적으로 많아 그 시절에도 캠퍼스에서 외국 학생들과 자연스럽게 어울릴 수밖에 없었다. 교복을 벗고 짜여진 시간표에서 벗어나 자신의 삶을 온전히 책임지는 어른으로 첫발을 내딛는 스무 살. 그 스무 살과 이십 대의 초반을 경희학원에서 보낸 우리는 호연지기(浩然之氣)를 기르는 가장 좋은 환경에 있었다고 생각한다.

시간이 더 흘러 최근에서야 필자는 조영식 박사의 사상에 관해 깊이 공부할 기회를 가졌다. 1951년에 저술한 《문화세계의 창조》를 탐독하며, 필자가 가진 캠퍼스의 추억이 단편적 서사가 아님을 깨달았다.

조영식 박사는 유엔과 전 세계를 대상으로 "나만 혹은 우리나라만 잘 살기 위해 노력하기보다 전 세계 인류가 다 같이 잘 살기를 원해야 한다"고 주장하며,* 그 주장이 단지 호소에 그치는 것이 아니라 우리가 희구해야 할 가치임을 이론적으로 제시하고, 그 자신부터 그가 발딛고 있는 현실에서 실천하였다. 조영식 박사의 민주주의론에서 '민(民)'은 국민이 아니라 인민(人民) 혹은 인류를 의미하고, '민주주의'는 하나의 정치 체제라기보다 인간중심주의 사회, 우리가 지향해야 하는 이상적인 사회를 지칭하는 용어로 사용되고 있었다. 이 책을 저술할 당시, 세계는 자본주의와 공산주의의 대립이 첨예했고 이로 인한 전쟁이 끊이지 않았다. 이러한 배경에서 그는 어느 한쪽의 사상이나 이념에 근거해 사람들의 삶이 피폐해

---

* 미원전집편집위원회 편저(2014), 『문화세계의 창조』 초판 2쇄, 289면

지지 않고, 인류 전체 차원에서 인류의 복지와 삶의 질 향상을 희구했다. 당시 존재하던 양 극단의 이념 모두 '민주주의'라는 용어를 사용했지만, 어느 한쪽도 진정으로 민(民)의 행복을 가져오지 못했기에, 진정으로 민(民)을 위한 정치, 경제, 사회를 구축하고자 '진정한 민주주의'라는 표현을 썼으리라. 또한 두 체제 모두를 뛰어넘기 위해 민주주의라는 용어 대신 '문화복리주의(文化福利主義)'와 '문화세계(文化世界)'라는 표현으로 완성했으리라. 조영식 박사가 문화를 문명의 상위 개념으로 보았다는 것을 감안하면,* 그는 경희학원의 학생들이 진정한 민주주의를 실현하는 '문화세계 창조'에 기여할 한 사람이 되기를 희구한 것이다.

조영식 박사의 사상을 깊이 공부하면서 필자가 가진 추억들이 단지 에피소드에 불과한 것이 아니라, 학생에 대한 박사의 깊은 애정과 큰 기대가 파편처럼 녹아있음을 깨달았다. 대학 시절에 이를 깨달았다면 하는 후회가 없는 것은 아니나, 아쉬운 만큼 남겨진 자(者)로서 그의 사상을 더욱 발전시키는 데 기여하자고 다짐해 본다. 그가 평생을 희구하였으나 아직 이루지 못한 문화 세계의 창조는 어쩌면 인류의 영원한 숙제이지 않을까? 필자를 포함한 경희가족 모두가 미원(美源) 조영식 박사가 희구한 문화세계의 창조를 향해 각자의 발걸음을 옮겼으면 한다.

---

* "통상 문화와 문명을 통칭해서 서양은 문명이라고 부르고 동양은 문화라고 부른다. 넓은 의미로는 문화는 문화와 문명을 다 포함하는 개념이다", 미원전집편집위원회 편저(2014), 전게서, 214면.

인간 중심의 인류 사회의
재건을 위한 노력

유재영
한국교원대 겸임교수

　돈과 권력이 행복의 수단이 아닌 행복 자체로 인식되는 가치관이 확산
되고, AI(Artificial Intelligence), 드론, 자율주행 자동차, 메타 버스, 사물 인터
넷 등으로 대변되는 4차 산업혁명 시대를 우리는 살아가고 있다. 빠르게
변화하는 현대 사회 속에서 눈앞의 이익에 일희일비(一喜一悲)하지 않고
시대를 통찰할 수 있는 인문학적 철학의 중요성이 더욱 부각되고 있다.
이러한 시기에 교육 평화에 대한 이상을 실천적 교육을 통해 사회에 헌
신하신 미원 조영식 박사의 탄생 100주년을 진심으로 축하드린다.

조영식 박사의 성함을 처음으로 접하게 된 계기는 1998년 경희대학교와 자매 결연을 맺은 일본 소카대학교의 창립자인 이케다 다이사쿠 박사의 명예 철학 박사 학위 수여를 신문을 통해 접하면서였다. 당시 나는 한국SGI의 대학생 신분으로 신문 지면을 통해 조영식 박사님의 후학 양성의 발자취와 세계평화를 위해 헌신해오신 모습에 감동하였다. 이후 나는 교육이 사람을 변화시킨다는 것에 매력을 느껴 중등 교사로 진로를 변경하고, 교육학 박사 학위를 취득한 후 조영식·이케다 다이사쿠 연구회의 일원이 되었다.

2017년 덕성여자대학교에서 경희대학교 하영애 교수가 '미원 조영식 박사의 평화 사상'을 주제로 연구한 학술 대회에서 논평자로 참여하면서 두 번째 인연을 이어갔다. 그리고 2018년에는 조영식·이케다 다이사쿠 포럼에서 '평화 교육'을 주제로 발표자로 참석하였다. 이를 통해 나는 조

사진 1. 조영식·이케다 다이사쿠 연구회 발표자로 참석 후 기념촬영(2번째 줄 중앙 오른쪽)

영식 박사의 주리생성론, 전승화 이론 그리고 오토피아 사상이 일본 대승
불교의 시조(始祖)인 니치렌 대성인의 불교 철학에 기반을 둔 이케다 박사
의 '인간혁명' 사상과 많은 부분이 겹친다는 것을 확인하게 되었고 내 삶
의 철학으로 자리 잡았다.

조영식 박사의 철학은 주리생성론(主理生成論), 전승화(全乘和) 이론의 사
상적 체계 위에 오토피아 사회를 구현하는 데 있다. 인간의 강력한 의지
여하에 따라 현실사회를 변화시킬 수 있다는 조영식 박사의 주리생성론
은 현대 사회를 살아가는 청소년과 기성 세대들에게 강력한 동기 부여
를 하는 삶의 철학이 될 수 있다. 또한 세상 만물이 서로 연결되고 입자
나 분자가 전체이면서 하나의 객체이기도 하다는 것을 설명하는 전승화
이론은 최근 과학계의 새로운 패러다임으로 등장하는 복잡성 과학(Science
of Complexity)을 통해 증명되고 있다. 그리고 현재 경희대 서울캠퍼스 한
가운데에 높이 세워져 있는 정신적으로 아름답고, 물질적으로 풍요롭
고, 인간적으로 보람 있는 B.A.R[B.A.R(Spiritually Beautiful, Materially Affluent,
Humanly Rewarding)] 사회를 만드는 작업이 후학을 양성하는 대학 교정에
서 실현되기를 바라는 오토피아(Oughtopia)의 모습으로 나타나고 있다.

조영식 박사는 오토피아 사회를 구축하기 위한 구체적인 실천 활동으
로 1970-1980년대 밝은 사회클럽(G.C.S: Good will, Cooperation, Service)을 국
내에 조직하고, 2000년대에는 인도, 필리핀 등 해외 40여 개 국가로 확산
시켰다. 또한 1979년 신동서냉전 속에서 유엔 역할을 강화하여 세계평화

를 성취하는 Pax UN을 주창하였고, 1981년 UN '세계평화의 날' 제정에 기여하는 등 나라와 국경을 초월하는 평화 활동을 전개하였다. 또한 미원 조영식 박사의 인간주의 정신은 현재 경희학원의 유·초·중등교육과 대학(대학원)의 교육 과정(Curriculum)과 평화복지대학원, 인류사회연구원, NGO대학원을 통해 인재양성의 모습으로 나타나 세대와 인종, 그리고 이념을 초월하여 계승되고 있다.

마지막으로 2021년 제5회를 맞이한 조영식·이케다 다이사쿠 연구회의 교육·문화·평화 분야에 걸친 다양한 연구가 조영식 박사가 생애에 걸쳐 펼쳐온 인간주의 정신을 계승하는 계기가 되길 바라며, 나 또한 연구회의 일원으로 초석(礎石)을 다지는 역할을 해가고자 한다.

두 분 스승의
감동적인 훈도(薰陶)

박창완
경희대학교 법학부(96학번)

저는 경희대학교 학부 출신이면서 한국SGI 회원이기도 합니다.

조영식 학원장님은 학교에서도 뵙기가 정말로 어려운 분입니다만, 학회 활동으로 인하여 직·간접으로 지근거리에서 두 번 정도 뵈었습니다.

한번은 잠시나마 대화를 나누는 역사도 있기도 했습니다.

이러한 추억을 후술하겠습니다.

경희대학교에 대표적인 건물은 아시겠지만 평화의 전당입니다.

제가 입학하고 2학년 때인 90년대 중후반에 평화의 전당을 모든 학생이 매그놀리아라고 불렀습니다.

그때는 그 뜻을 알지 못하고 다 그렇게 불렀습니다.

몇몇 학생은 하도 공사를 오래 해서 매그놀리아라는 뜻을 아직 그대로야라고 알 정도였습니다.

매그놀리아는 목련이란 뜻으로 학원장님이 작사한 명곡인 목련화에서 비롯된 것으로 알고 있습니다.

훗날 그 매그놀리아라고 불리던 건물이 평화의 전당으로 명명된 것도 세계 평화를 갈망하는 조영식 학원장님의 의지가 담긴 거라고 생각됩니다.

지금도 평화의 전당에서는 매그놀리아라는 송년 행사를 하고 있다고 들었습니다.

전술한 조영식 학원장님과 직·간접 만남을 말씀드리겠습니다.

지금은 유니피스 평화 활동으로 명칭이 변경되었지만 1998년 한국 SGI 대학부에서 제1회 캠퍼스 평화 문화전이 실시되었습니다. 그때는 학교에 인가를 받아 대학생들이 홍보물을 지키기 위해 밤을 세워 지켜가며 평화와 한일 역사 의식 재조명을 하기 위해 노력했었습니다. 당시 교내 담당으로 장소 허가를 받기 위해 학교 시설과를 갔는데 일정표에 5월 15일 池田大作名譽哲學博士라고 적혀 있어서 깜짝 놀랐습니다. 저와 멤버들은 일반 학부생들이라 수여식에 초대받지 못하였습니다. 이때 아니면 인생의 스승인 이케다 선생님을 뵙지 못할 거라고 생각하여 같은 학교 SGI 동아리 멤버들과 먼 거리에서라도 뵙고 싶어 동선을 지켜 기다리는 중 학교 선배님이자 학회 간부님이 전화가 와 행사하는 크라운 홀(음악대학)로 도착하던 중 조영식 학원장님과 이케다 선생님 차량이 도착하였습니다.

기억으로는 ROTC 기수단이 먼저 앞장을 섰었고 학원장님, 이케다 선생님이 그 뒤를 따라 행사장으로 이동하던 중 두 분이 저희 멤버들에게 손을 흔들어 주었습니다.

깜짝 놀랐던 것은 화면이나 지면에서만 보았던 학원장님 얼굴이 온화하고 선하다라는 느낌을 받았습니다.

아울러 기독교인인 학원장님이 이케다 선생님의 평화 사상을 알아보고 일본인이면서 타종교인인 이케다 선생님에게 대한민국 최초로 명예박사 학위를 수여하는 것을 보고 선각자는 선각자를 알아보는 구나라고 느끼게 해 주었습니다.

그렇게 만남을 뒤로 하고 4년 뒤 일입니다.

2002년에도 제5회 캠평문이 '대화 그리고 한일의 우정'이란 주제로 실시되었습니다. 2002년 당시 한일 월드컵이기도 하였고 올해야말로 이케다 선생님을 선양해 주신 학원장님을 교내에서 하는 행사에 모시고 싶다고 생각하여 여교내 담당과 학원장님, 이케다 선생님 두 분 관련 자료와 책자를 들고 학원장실을 여러 번 가서 대화하였습니다. 그때 당시 관계자가 학원장님이 그런 행사에 가겠어라는 말도 들어 상처가 되기도 했지만 끝까지 오실 거라고 생각하였습니다. 행사 마지막날 학교 관계자가 저희에게 오셔서 여기가 뭐하는 곳인데 학원장님이 오신다고 하면서 갑자기 주변 청소와 분수대까지 틀어 주었습니다. 잠시 후 학원장님이 학교 관계자분 및 교수님들과 오셔서 저희 전시물 관람을 자세히 하시고 설명도 아주 잘 들어 주셨던 기억이 납니다.

당시 방명록에 확실한 기억은 아니지만 '동북아 평화를 위해서'라고 기재해 주시고 저와 여교내 담당에게 이렇게 이야기해 주셨습니다.

나의 제자이기도 하지만 이케다 선생님의 제자인 것이 자랑스럽다.

이케다 선생님은 대단한 분이라고 이야기해 주셨던 것이 떠오릅니다.

또한 세계평화를 위해 학원장님이 설립한 밝은사회 국제클럽도 SGI와 더불어 노력하겠다고 이야기 해 주셨습니다. 한 10여 분의 짧은 만남이었지만 학원장님 본인보다 연배도 어리신 이케다 선생님에게 선생님이라고 명칭해 주신 모습이 대학자로의 품격이 느껴져 더 대단하게 느껴졌습니다.

글을 의뢰받고 과거 추억을 회상하면서 행복했던 학교 생활이었고 두 분(조영식 학원장, 이케다 선생님)의 위대한 스승에게 가르침을 받은 것을 일생일대에 행복으로 여기고 사회에서 더욱 빛나는 사람으로 살아가겠습니다.

두 분의 사상을 더 알려 나가는 제자로 성장해 가겠습니다.

감사합니다.

길강묵
평화복지대학원 22기, 법무부 화성외국인보호소장

1995년 12월. 평화복지대학원 3차(최종) 면접 시험 때였다. "길 군, 가장 존경하는 인물은 누구인가?"라는 예상 밖의 질문을 받았다. 질문이 말해 주듯 학업과는 크게 관련이 없기 때문에 보통 다른 대학 석사 과정 면접 시험에서는 묻지 않는 질문이다. 나는 "성경 속의 인물, 사도바울(Apostle Paul)을 가장 존경합니다. 그와 같은 사람이 되고 싶습니다."라고 대답하였다. 나의 답변을 들으신 학원장님께서는 사도 바울이 하였던 일들을 역사적 상황과 함께 1세기 유럽 지역에 미친 그의 영향에 대해서도 설명해 주셨다. 그리고는 말미에 "영향력 있는 사람이 되도록 노력하라"는 격려의 말씀을 해 주셨던 것이 기억에 남아 있다.

면접장을 나오면서 나는 혼란에 휩싸였었다. 응시자 입장에서는 오로지 "합격이냐, 아니냐."가 최대의 관심사였기에 학원장님의 "영향력이 있는 사람이 되도록 노력하라"는 말씀은 마음에 와 닿지 않았고, 그 말씀의 진의는 무엇인지, 긍정적인지 아닌지를 해석하려 했던 기억이 있다. 나는 대학원에 합격한 후, 학원장님이 말씀하신 격려의 말씀을 다시 새겨보았다. "길 군, 그대가 존경하는 사도 바울처럼 영향력 있는 사람이 되도록 이곳(평복)에 와서 열심히 노력하세요." 아마도 학원장님은 수험생이 생각하는 합격·불합격보다는 영향력 있는 사람이 되는 것에 관심을 가지셨던 것이었다고 생각한다.

대학원에 입학한 후, 학원장님은 매 학기 초에 학교에 방문하여 우리 젊은이들의 손을 일일이 잡으며 격려해 주셨던 기억이 난다. 언제나 우리들에게 미소를 지으시면서 항상 질문을 먼저 하셨고, 우리들의 답변을 들으신 후 세계, 역사, 철학, 인간의 본질과 삶 등에 대한 당신이 가진 생각을 비록 짧은 시간이었지만 쉽게 풀어서 설명해 주시곤 했다. 매 학기 스탠딩 형식으로 이뤄진 짧은 만남과 대화였지만, 당신의 질문은 본질에 접근하도록 예리했고, 설교보다도 강하였다.

그 후 한 세대라 불리는 30년의 세월이 흘렀다. 그 당시 학원장님의 말씀은 30년이 지난 오늘 나의 마음의 한 자리에 흔적이 되어 내 삶의 방향성으로 남아 있다. 첫 직장에서도, 그리고 2007년 이민정책 업무를 관장하는 법무부에 입직한 후에도, 2017년에 몽골 영사로 근무하면서도 나의 마음속에는 평복에서의 삶과 가르침, 학원장님이 순간순간 해 주셨던 말씀을 잊지 않았다. 다가오는 또 다른 30년에는 그 가르침에 더 큰 열매로 대답하리라고 다짐해 본다.

학생으로 배우고
싹을 틔울 곳은 어디에?

최창원
동티모르국립대 교수, 한국학센터장

조영식 학원장님의 높은 이상을 생각하며 제가 과연 이 글을 쓸 자격이 있는 사람인지 스스로 물어야 했습니다. 미성숙한 부분을 발견하며 망설였지만 부끄럽진 않은 부분들도 있다며 용기를 내어 제 삶 속에 학원장님의 궤적을 전달 드립니다.

"작은 컨테이너 박스인데 교수님이 주인공이라서 그런지 주위에서 관심을 많이 주네요.", "전 늘 노력했지만 주로 한국학의 토양이 건실한 나라에서나 시도하는 한국학을 한국대사관에서 적극 지지하시니 관심이 많아졌나 보지요." 최근 한 지인의 말에 제가 답한 내용입니다. 지인이 '작은 컨테이너 박스'라 표현한 건물은 20피트 컨테이너 4개를 붙여 만들고 입구에는 '코리아 코너' 간판을 다른 한편에는 '한국학센터'라 쓴 아담한 구조물입니다. 2021년 9월 13일에 치러진 공식 행사명은 '코리아 코너 개소식'이지만 제 귀에는 '한국학센터 준공식'으로 들렸습니다. 동티모르국립대(UNTL)에서 교육을 시작한 지 4년차인 2013년에 공식적인 한국학센터 활동을 시작했으니 그로부터 9년만의 성과입니다. 어쩌면 세상에서 기간이, 면적대비 준비기간이 가장 오래 걸린 한국학센터의 건물일지도 모르겠습니다.

제게 조영식 학원장님은 경희대 평화복지대학원과 같은 뜻입니다. 평화복지대학원을 통해 학원장님을 만나고 또한 세계평화에 대한 학습을 배울 기회가 있었으니 말입니다. 누군가 "젊은 날의 천국은 어디였습니까?"라고 묻는다면 전 주저하지 않고 "경희대 평화복지대학원생의 신분이었던 때였다"라고 말하겠습니다. 그만큼 좋은 기억들을 많이 경험하고 삶의 충만함을 느낄 수 있었던 공간이었고 그 중심에는 늘 조영식 학원장님께서 계셨습니다.

"여러분~"으로 시작하는 나지막 하지만 온화하며 묵직하여 강력한 힘이 느껴지는 목소리, 그 목소리의 어조가 저에겐 가장 먼저 떠오르는 학원장님에 대한 기억입니다. 대학원에 오셔서 장학금을 전달해 주실 때면 늘 들을 수 있었던 그분만의 어조. 제겐 그분의 말씀 내용보다 더 직감적으로 삶의 깊이와 성숙도를 전달해 주었습니다. 동티모르에서 불혹의 시기를 만나고 이제는 지천명이라 하는 50세를 넘겼건만 아직도 흉내조차 내기 힘든 그분만의 색깔입니다. 동티모르에서 13년이란 시간이 흘러 시나 브로 같은 대학 내 외국인 교수들 중에 최장기 근속 교수가 된 지금 그간의 삶을 돌아보니 그분의 음성만큼이나 따스하고 넓은 영향을 느낍니다.

2008년 가을 제 가슴은 흔들렸습니다. 하지만 하나의 질문을 받고서 그 요동치던 가슴을 진정시킬 수 있었습니다. 숙소도 알아서 해결해야 하는 무급 봉사이긴 했지만 UNTL 총장님의 초대를 받아 UNTL로 떠나기로 마음먹었으나 "베트남 대학과 협업도 하고 안정적인 급여도 있는 한 국제 NGO의 베트남지부장으로 가지 않겠느냐?"는 제안에 혹하여 갈등했던 것입니다. "베트남에는 이미 한국이 사람 많지, 반대로 동티모르는 그렇지 않고. 창원을 덜 필요한 곳과 더 필요한 곳 어디로 가고 싶지?" 국제 개발원조 경력이 출중하신 평화복지대학원 한 선배님의 이런 질문에 저는 바로 답하며 고요함을 찾을 수 있었습니다.

만약 학원장님께서 평화복지대학원에서 학습할 기회를 주지 않으셨다면 그런 멋진 질문을 줄 수 있는 선배님과 같은 분을 만날 수 있었을까? 또한 2년간 기숙생활을 하며 세계평화와 세상으로 들어가 평화를 만드는 실천을 강조하는 교육을 받지 않았더라면 "동티모르를 선택하겠습니다."라고 말할 수 있었을까? 아무리 여러 가정을 해봐도 학원장님이란 존재 없이 불가능했을 겁니다. 동티모르는 인구 1백만 남짓의 작은 나라지만 학원장님께서 강조해 오셨던 세계평화의 길에 나선 동문들을 국제기구나 NGO등을 통해 그간 십여 명이나 만날 기회가 있었습니다. 경희대 평화복지대학원 졸업생이라는 선물은 뜻을 함께 나눌 수 있는 동문들과 함께 제 삶을 꿈틀거려 살아 있게 합니다.

'삼정행'을 실천하라는 기숙사, 삼정서헌 입구 오른쪽에 붙어있는 '정지', '정판', '정행'은 대학원 생활 중에 그리고 그 이후로도 학원장님으로부터 받은 가장 직접적인 영향을 준 삶의 지혜입니다. '피하듯 머뭇거리며 끄덕이는 고개'를 해석하기는 무척 어려웠습니다. 2008년 여름 UNTL총장님과 첫 만남의 약속과는 달리 한국어반 개설 확정이 늦어지던 기간이 있었습니다. 저는 다시 비행기를 타고 동티모르로 가서 "다음 학기에 한국어반이 예정대로 개설되는지요?"라는 질문을 총장님께 드렸고 그 질문에 UNTL총장님은 대답 없이 머뭇거리는 끄덕임으로 답했습니다. 총장님의 행동과 표정을 해석하긴 쉽지 않았지만 선의를 추구하며 삼정행대로 생각했습니다.

종합적으로 볼 때 총장님의 모습을 피하듯 하는 부분을 중심으로 해석하지 않고 끄덕임을 중심으로 판단하고 행동했습니다. 비록 스스로 초대까지 하면서 약속한 한국어 과목개설은 상황이 쉽지 않아 미안하여 머뭇거려야 했을지언정 자신은 최선을 다하겠다는 총장님 약속의 끄덕임으로 이해했습니다. 다시 귀국한 후 운영해 오던 가치 리더십 센터 사무실을 폐쇄하고 UNTL에서 교육하기 위해 2008년 11월말 출국했습니다. 제가 도착했을 때 한국어반은 개설되지 못할 거란 생각도 못하고 말이지요. 한국어반이 개설되지 않았어도 먼저 다른 정치학과 과목을 지도하기로 했습니다.

선의가 통했던지 2009년 3월이 되니 한국어반이 개설되었다는 전화를 받을 수 있었습니다. "제 삶 속에 삼정행은 무엇이었을까?" 그리 질문해 보니 순차적이진 않았던지라 절차적 논리성에 약점도 생기곤 했지만 선의를 동반한 행동이 어렵게나마 다른 기회를 열어 오지 않았나 싶습니다.

'나선형 구조의 역사발전'은 학원장님께서 해주신 말씀 중에 가장 기억에 남는 세상을 보는 관점입니다. "내가 UNTL를 소송 걸어서 그간 4년간 밀린 급여를 받아 줄 수 있어. 어떻게 생각하니?" 2016년경 동티모르에 살며 자연스레 친해진 동티모르인 전문가의 제안입니다. 자원봉사 교수활동을 4년 차 마무리하고 이제는 급여를 받아야 할 시기가 왔다면서 아카데미 총괄책임자가 써준 확인서가 있었습니다. 그런데 동티모르 국립대의 상황은 계속 저에게 급여를 줄 수 있는 상황이 되지 못했고 동티모르인 전문가는 약 4년간을 급여가 없는 상태, 즉 실질적인 자원봉사 교수활동을 하는 제 삶을 보고 돕겠다며 수차례 그리 소송제안을 했었습니다. 친구의 제안은 논리적이고 합리적이었습니다. 하지만 나선형 역사 발전처럼 동티모르에 순풍이 불어오는 시기까지 더 잘 준비할 수 있으리라 믿고 견뎌내고 더 잘 준비하는 것이 제가 택한 해결책이었습니다.

UNTL에서 교육을 시작한 이래로 제가 방문한 첫 번째 기관은 동티모르내 유엔센터 사무실이었습니다. 담당자와 대화를 나누기 전에 저를 먼저 반겨준 포스터가 하나 있었는데, '세계평화의 날'을 알리는 포스터였습니다. 20세기 말 인구 비중 기준으로 볼 때 세계에서 가장 큰 인종학살이 있었다고 평가되는 동티모르에서 학원장님의 세계평화를 추구하는 열정의 산물인 세계평화의 날 포스터를 만나는 것은 제겐 큰 자긍심이 되었습니다. 동티모르를 방문해 주시는 경희대 교수님들과의 만남은 각별한 기쁨을 전달해 주었고, 밝은 사회 클럽과 세계태권도연맹을 이곳에서 보니 역설적으로 제가 함께할 수 있는 일이 더 있다는 걸 알게 되기도 했습니다. 이렇게 먼 곳 동티모르에서도 조영식 학원장님의 삶의 향기를 느끼며 살 수 있어 큰 행운이라 생각합니다.

2017년 여름 저는 한 캄보디아대학에서 주최한 국제회의 참가를 위한 경유지 국가, 베트남에서 잠을 자야 했습니다. 넓은 큰 도로 위에 오토바이와 차량이 도로 밖으로 쉼 없이 빛을 내 품는 길거리에 앉아 쌀국수를 홀로 먹으며 사색에 잠겼었습니다. 머릿속을 맴돈 질문은 "만약 2008년에 동티모르가 아닌 베트남을 택했다면 내 인생이 어떻게 변했을까?" 였습니다. 베트남의 발전상은 동티모르의 것과 비교 불가할 정도로 눈부셨기에 자연스레 떠오른 질문이었습니다. 저를 더 필요로 하는 곳에 존재할 수 있다는 것은 가치 있는 일임이 분명했고 전 그 가치를 키워 갈 수 있다고 여겼습니다. 그리고 좀 더 길게 제 삶을 봅니다. 분명한 것은 동티모르와 베트남을 선택하는 것보다 더 큰 제 삶의 사건은 제가 경희대 평화복지대학원생으로서 학원장님을 알게 되었다는 것입니다. 학원장님을 만난 사건을 중심으로 제 삶을 되돌아 보다 미소 짓곤 합니다.

"동티모르내 한국학이라는 싹 밑에는 무엇이 있나?" 금년에 현대한국사 과목을 정규과목으로 개설하며 스스로 던지는 질문입니다. 마침 한국 외에 어떤 나라도 지역학을 전혀 시작하지 못하고 있는 동티모르의 현실을 고려해 볼 때 상징적인 가치가 크다 자족하면서도 현실적인 이미지를 떠올려 봅니다. '콘크리트 위에 싹이 튼 한국학'이라는 이미지가 먼저 떠올랐습니다. 하지만 한국학의 지적 토양이 기름지지 못하고 또한 재정적으로 지원도 척박한 동티모르임을 나타내는 듯 보입니다. 사실적이긴 하지만 발전의 제약과 곧 죽을 수도 있는 듯 위태롭게 느낍니다. '자갈밭 위에 싹을 틔운 한국학'이란 이미지도 떠 오릅니다. 전 이 이미지를 거짓스럽지 않으면서도 좀 더 희망적으로 느낍니다. 싹의 주변을 눌러대는 콘크리트가 없어 그 자갈을 더 기름지게 일굴 수 도 있다 느껴지기 때문입니다. 그 자갈을 대치할 기름진 거름들을 준비하려 합니다. 학원장님의 교육가적인 세계평화사상이 그 거름들을 잘 뭉쳐지게 할 든든한 자양분입니다.

경희대 평화복지대학원생이라는 신분은 "세상에 대한 제 관점은 무엇인가?" 그리고 "제가 하는 일을 통해 세상을 어찌 바꿀 수 있을까?"라는 질문에 자연스레 답하게 하곤 했습니다. 이 글을 읽고 있는 분들의 삶에도 조영식 학원장님께서 만들어낸 유산의 흔적을 경험하셨으리라 생각합니다. 학원장님께서는 공부 너무 열심히 하지 말고 실천을 더 하라고도 하셨지요. 이상(理想), 학원장님의 이상의 높이에 비춰 성숙했다 말하기 어려운 처지의 제가 용기 내서 쓴 글입니다.

"우리는 조영식 학원장님으로부터 받은 유산으로 무엇을 할 것인가?" 저와 여러분께 드리는 질문입니다.

조영식 박사의
리더십을 되돌아 보며

최준희
유엔세계식량계획 근무, GIP 44기 국제평화학과

　분쟁, 기후변화, 코로나19등의 이슈로 전 세계가 흔들리고 있다. 특히 코로나19가 우리들 삶에 깊숙이 들어와 그동안 우리가 살아가던 방식에 근본적인 의문을 던지게 했다. 무엇보다 많은 이들이 지구 반대편에서의 일이 더 이상 그들만의 문제가 아닌 우리 모두의 문제이고, 인류는 함께 살아가는 공동사회(Global Common society)임을 깨닫게 되었다.

　비록 직접 뵙지는 못했으나, 주변 선배들을 통해 조영식 박사의 삶에 대해 이야기를 들을 때마다 나왔던 얘기가 바로 인류 공동사회였다. 조영식 박사는 모든 사람은 서로 영향을 주고받는 공동의 운명을 갖고 있음을 알았고, 이런 세상을 평화롭게 이끌 지도자를 양성하기 위해 평생을 헌신한 분이라는 얘기를 들었다. 코로나19, 기후 위기, 기아 등의 이슈에 제대로 대응하지 못하는 국가의 리더들이 언론을 통해 알려질 때마다 위기 상황에서 올바르고 깨어 있는 리더십의 중요성을 절감하게 되는 요즘, 조영식 박사가 인류공동사회 구현을 위해 보여주신 리더십이 얼마나 중요한지 다시 한번 생각하게 된다.

우선 조영식 박사는 인류공동사회를 이룩하기 위한 장기적인 안목을 갖고 계셨고 이를 위해서는 한 사람의 중요성을 아셨던 분이다. 한 사람의 생각이 행동을 바꾸고 이런 영향력은 주변과 사회 전체에 미칠 수 있음을 누구보다 잘 아셨던 분이다. 그래서 교육을 통해 평화를 지향하는 리더를 양성하는 데 많은 노력을 쏟으셨다. 조영식 박사는 모든 것은 생각으로부터 시작되기 때문에 생각의 힘을 강조하셨고, 생각하는 힘을 기르기 위해서는 올바른 교육의 중요성을 말씀하셨다. 단기적인 성과에만 집중하거나 얄팍한 말로 대중에게 마치 큰 변화가 있을 것처럼 떠드는 일부 리더들의 모습을 볼 때마다 조영식 박사의 장기적인 안목의 중요성을 깨닫게 된다.

이런 장기적인 안목을 가지고 조영식 박사는 지금 당장 할 수 있는 게 무엇인지 생각하고 행동으로 옮기셨다. 첫 번째가 유엔평화의 날을 제정하는 데 주도적인 역할을 한 것이다. 당시에는 한국에 유엔 가입국이 아니었기 때문에 의안을 상정할 권한이 없었다. 하지만 조영식 박사는 먼저 1981년 코스타리카 산호세에서 열린 세계대학총장회(IAUP) 총회의 기조

연설 '평화는 개선보다 귀하다(Peace is more Precious than Triumph)'를 통해 유엔이 세계평화의 날/해를 제정하도록 촉구하자고 제안했다. 제6차 IAUP 총회에서 600여 명의 대학 총장은 전원 일치로 조영식 박사의 UN 세계평화의 날/해 제정 제안을 통과시켰다. 그리고 의안 제출 권한이 없다는 한계를 극복하기 위해 조영식 박사는 코스타리카 정부의 도움을 얻어 의안을 제출했고, 유엔이 이를 채택했다. 결국 1981년 11월 30일 뉴욕 UN 본부에서 개최된 유엔 총회는 회원국의 만장일치로 1982년부터 매년 9월 셋째 주 화요일을 세계평화의 날, 1986년을 세계평화의 해로 정하는 것으로 결의했다.

두 번째로 조영식 박사는 인류공동사회를 이끌 평화를 지향하는 리더 양성을 위한 특별한 교육 기관 평화복지대학원(Graduate Institute of Peace Studies)을 설립하셨다. 국내 최초의 국제대학원으로 외국 학생들과 함께 공동 생활을 하며 다양한 문화와 생각이 어떻게 평화롭게 공존할 수 있는지 학생들 스스로 경험할 수 있는 장을 마련하셨다. 2년 동안 학생들은 바르게 알고(正知), 판단하고(正判), 행동하는(正行) 것이 무엇인지 실생활을 통해 체득할 수 있는 기회를 누릴 수 있었다. 이런 의미에서 평화복지대학원은 인류공동사회의 인큐베이터 역할을 했다고 볼 수 있다. 조영식 박사는 이런 작은 성공의 경험을 가진 글로벌 리더들이 사회와 세계 곳곳으로 나아갔을 때 보다 평화로운 세상이 올 것이라는 확신을 가지시고 남다른 애정을 갖고 학생들이 보다 더 많이 배우고 경험할 수 있는 기회들을 마련해 주셨다.

이처럼 장기적인 안목을 갖고, 지금 당장 할 수 있는 것들을 실행으로 옮긴 조영식 박사의 리더십은 혁신적이었다. 무엇보다 코로나19와 기후 위기, 기아 등 많은 국제 이슈들이 우리의 행동과 맞닿아 있음을 많은 이들이 알게 된 요즘, 조영식 박사와 같은 리더십을 가진 이들이 그 어느 때보다도 절실히 필요하다. 이런 점에서 평화복지대학원을 졸업한 사람들이 할 수 있는 역할이 많다고 본다.

2020년 노벨평화상은 내가 현재 근무하고 있는 유엔세계식량계획(World Food Programme)에서 수상했다. 노벨위원회는 "백신을 찾을 때까지는 이 혼돈에 맞설 최고의 백신은 식량"이라고 했다. 코로나19로 물류망이 멈추면 식량 등의 필수품 공급이 지연되고, 가난한 이들은 당장 먹을거리가 없어 사회 불안이 초래될 수 있다. 따라서 유엔세계식량계획과 같은 인도주의 기구들이 지원하는 식량은 단순히 굶주리는 이들의 허기를 채워주는 것에 그치는 것이 아닌 사람들이 평화를 누릴 수 있도록 환경을 만들어 주는 것이다. 그래서 유엔세계식량계획은 식량이 곧 평화로 가는 길(Food is the pathway to peace)이라는 기치를 내걸고 2030년까지 전 세계 기아 퇴치(Zero Hunger)를 위해 최전방의 현장에서 일하고 있다.

아직 많이 부족하지만 조영식 박사의 삶과 리더십을 통해 배운 바를 내가 속한 곳에서 적용하고자 노력한다. 가야 할 길이 멀다. 때로는 지칠 때도 있다. 그럴 때마다 먼저 이 길을 걸어간 많은 선배들, 무엇보다 큰 스승이신 조영식 박사를 기억하며 다시 일어서게 된다. 이렇게 만들어진 작은 평화들이 모여 더 큰 평화를 만들고, 언젠가 조영식 박사가 꿈꾸던 평화로운 인류공동사회를 이루는 데 일조할 수 있도록 맡겨진 리더의 역할을 잘 수행하고자 노력을 기울이고 있다.

백성우
젠미 코리아 컨설팅 부장

우리 집은 경희 가족이라 말할 수 있습니다. 여동생이 호텔관광대학을
졸업하여 지금은 어엿한 직장인이고 어머님이 경희대학에서 교수로 재
직하셨습니다.

그러나 저는 솔직히 공부에는 별 취미가 없었습니다. 1996년 중학교 3
학년이 되는 시점에서 그때는 흔하지 않던 유학이라는 새로운 갈림길에
서서 갈피를 못 잡던 중 평소 어학과 국제 관계에 관심이 많았던 부모님
덕분에 부유하지 않는 집안 환경에도 불구하고 다른 배움을 찾아 유학을

떠났습니다.

어린 나이에 가족과 집을 뒤로 한 채 본인의 배움과 미래를 위해 유학을 떠난다는 것은 쉽지 않은 결정이었습니다. 지금에 와서는 유학을 다녀온 것이 엄청난 재산으로 남아 있으며, 유학 시절 많은 것을 경험하고 보람 있는 일들을 통해 문화의 다양성을 배우게도 되었습니다. 유학 당시 언어 장벽을 경험한 뒤 혼자 독학으로 열심히 공부하고 외국인 친구들을 사귀면서 많은 대화를 통해 언어에 대한 두려움을 없애고 영어 울렁증을 극복하게 되었습니다. 한 가지 팁을 말하면 어학은 현지인과의 친구 찾기를 통하는 것이 빠른 어학 습득의 지름길이라고 말할 수 있습니다. 머나먼 타국에서 제일 서러웠던 것 한 가지를 꼽으라고 한다면 하루 학교를 못 갈 정도로 감기몸살이 심했는데 내 옆에서 도와줄 사람이 없다는 걸 느꼈을 때 가족의 소중함을 절실히 느끼게 되었습니다.

유학을 다녀온 뒤 짧은 사회 경험을 하고 군대를 다녀오고 회사에 입사하여 컨설팅이라는 직업을 가지고 현재까지 커리어를 쌓아 가고 있습니다. 비교적 젊은 나이에 회사 생활을 시작하면서 처음으로 접한 업무가 바로 컨설팅 및 영업 관리였습니다. 처음 하는 일이라 많이 실수도 하고 실적도 별로였으나 컨설팅에 관한 서적을 많이 읽어보고 발로 뛰는 경험을 한 덕에 제 직업 능력은 날이 갈수록 좋아졌습니다.

그래서인지 처음 입사한 회사 도산 이후 옮긴 회사에서도 컨설팅 및 영업 업무를 맡아왔으며 현재도 해외 컨설팅, 영업 및 영업 관리를 총괄하고 있습니다. 수년간 영업 경험을 통해 자신을 발전시키고 회사에도 많은 영업 이익을 가져다 주었습니다. 성격상 맡은 임무는 어떻게든 잘 성사시킵니다. 외국 구매자가 전화로 제품을 구매한다고 하였으나 방문하여 제품을 보고 구매를 취소했습니다. 하지만 전 그 구매자들을 이틀이나 쫓아다니면서 저만이 가지고 있는 설득력을 발휘하여 제품을 구매하도록 계약을 성사시켰습니다. 그 후 사장과 직원들이 절 높이 평가했습니다.

어느 해 커다란 시련을 겪게 되었습니다. 그런데 우연히 경희대학교를 들렀다가 호텔관광대학 앞의 큰 바위에 새겨진 "생각하는 자 천하를 얻는다."라는 문구를 읽게 되었고 그것은 제게 커다란 교훈이 되었습니다. 적지 않는 사람들이 인생 문제, 취업 문제, 남녀 간의 사랑 문제에 이르기까지 크고 작은 고통을 겪고 고심하고 있으며 비단 제 혼자만의 문제가 아님을 깨닫게 해 준 것입니다.

그 후 제게 생각하는 습관이 생겼습니다. 사업의 기획과 마케팅 분야에서도 잘 풀리지 않을 때, 조영식 박사님의 이 글을 떠올리곤 하였고 때로는 새로운 영감을, 때로는 다양한 인간 관계의 굳건함을 다지는 계기가 되기도 하였습니다.

최근에 제게 보람 있는 봉사를 할 기회가 생겼습니다. 조영식 박사님의 사상을 계승시킬 수 있는 펠로우를 양성하는 '작은 장학회'가 설립되어 저도 적지만 후원금을 내는 계기가 되어 기쁘게 동참하고 있습니다.

조영식 박사님을 생각하면 제일 먼저 떠오르는 것은 위대한 교육자, 선구자, 지도자라는 말이 떠오릅니다. 이미 수많은 사람의 마음을 움직였고, 교육적·사회적으로도 훌륭한 업적을 많이 남기셨습니다. 그래서 박사님의 사상을 깊이 있게 생각하고 그 고귀한 뜻을 잘 알고 간직했으면 하는 바람입니다.

조영식 박사
탄생 100주년
기념문집

제3부

아름다운
인간적 면모

삼가 존경과 애정을
닮고 싶습니다

김경오
대한민국 항공회 명예총재

65년 전 가을 우연히 한 모임에서 그분을 뵙고 인사를 나누었을 때 고향이 같음을 알게 되었다.

경희대학교의 설립자로서 이미 높은 위엄과 기품을 지니신 어르신이었는데 통성명을 하면서 같은 고향 출신임을 알게 되자 각별한 친근감을 갖고 나를 대해 주셨다.

깊은 학식과 교육에 대한 뜨거운 열정을 가진 그 어르신을 나는 지금까지도 진심으로 존경하며 당시 태산 같은 지도를 받았던 것을 늘 감사히 여긴다.

오늘날 세계적인 위상을 자랑하는 경희대학교가 되기까지는 조영식 박사님의 희생적인 분투 노력이 기반이 되었음은 자명한 사실인데 내가 기억하는 그분은 한편으로 캠퍼스에 심은 나무 한 그루 에도 온 애정과 정성을 담아 눈길을 보내시며 자랑하셨던 모습으로, 마치 아이같이 기뻐 하는 미소를 환히 지으셨던 것이 먼저 떠올려진다.

그렇게 나무 한 그루를 심을 때에도 깊이 땅을 파서 어린 묘목이 모진 폭풍우를 잘 견디고 자라나 장차 학생들에게 시원한 그늘을 만들어 줄 거라고 하시던 말씀이 새삼 귓가에 쟁쟁하다.

늘 나를 보면 "우리 고향의 자랑"이라며 "빠이로뜨 김경오"라고 부르 시곤 했다. 항상 "안전 비행하라"며 "안전하시라요"라고 하시던 다정한 모습도 눈앞에 선하다.

이 글을 쓰는 순간에도 그 어르신의 기품 가득한 미소를 떠올리며 고 개 숙여 그분의 탄생 100주년을 맞아 존경과 애정을 담아 절을 올린다.

지금도 내게는
영원한 총장님

송현
경희대 사학과 12회

조영식 총장님은 1961년 내가 대학에 입학하던 때부터 대학 졸업 시기는 물론 20년 후 1981년 대학 교수로 부임하여 2002년 거의 정년 시기까지 대학 총장이셨다. 그러므로 나에게는 학원장님이나 다른 어떤 호칭보다 총장님이 가장 친근하고 영원하다.

나는 학생이나 교수 시기에 공식적이고 행정적으로 총장님을 수없이 뵙고 말씀을 들으며 저서도 읽었다. 그러나 이 글에서는 이 기간 비공식적 · 개인적이거나 우연한 기회에 가까이서 들은 총장님의 말씀을 기억 속에서 꺼내보려고 한다. 이러한 토막 이야기들이 때로는 총장님의 인생관이나 철학 및 교육의 흥미롭고 중요한 이면을 잘 보여준다고 생각하기 때문이다.

경희대에 입학했을 때, 학교는 후발 대학이어서 학교 홍보와 우수 학생 유치를 위해 전국고등학생을 대상으로 학력 대회를 개최하였다. 나는 이 때 이 학력 대회와 교내의 아직 어린 나무들을 보면서 이 학력 대회와 성공적 조림(造林)을 위한 제언을 대학 건의함에 넣은 적이 있었다. 이로써 총장실에서 총장님을 뵈온 것이 첫 독대였다. 대학을 졸업하고 중 · 고등학교 교사 임용 시험에서 최우수 성적을 받았지만, 이른바 명문 대학이 아니어서 오는 임용의 불투명 상태에서 총장님이 성적대로 하라고 조언하셔서 임용되었다는 이야기를 훨씬 뒤에 들었다.

1970년대 내가 서독의 하이델베르크 대학에 유학할 때, 총장님이 정력적으로 추진하시던 세계 대학 총장 회의를 위해 하이델베르크 대학의 후버트 니더랜더(H.Niederlander) 총장을 만나기 위해 두 차례 오셨을 때, 통역과 안내로 가까이 모시고 말씀을 들을 기회가 있었다. 1980년 늦은 가을, 꽤 싸늘한 날씨에 외투도 없이 오셔서, 니더랜더 총장이 사드리겠다고 했지만 사양하셨던 건강하신 모습을 기억한다.

1989년 11월 독일의 베를린 장벽이 무너지고 통일의 열기가 고조될 때, 나는 다음 해 독일에서 연구 학기를 준비하고 있었다. 나는 이 때 총장님의 최초의 저서 《민주주의 자유론》을 읽으며 그 당시 상황과 연관하여 감동을 받았다. 이 점을 총장님께 말씀드렸더니, 그 저서를 복사하여 다음 한 학기 평화복지대학원의 '목요세미나'의 교재로 쓰셨다고 한다.

총장님은 태평양 시대가 온다고 자주 강조하시며 대학에 동북아 연구원(뒤에 아시아 태평양 연구원)을 부설하였는데, 나는 원장으로서 중국 랴오닝성 선양(沈陽)에서 중국과 북한 학자들과 함께 학술 세미나를 여러 차례 개최하였다. 이 때 북한 학자의 단군 왕릉에 대한 설명 중 과장된 내용을 질의했더니, 북한 학자가, "수천 년 역사를 다루다 보니 착오도 있겠지요."라고 대답을 얼버무렸다. 총장님이 나를 가리키며, "신 교수는 사학자입니다."라고 하자, 북한 학자가 "공자 앞에서 문자를 썼군요."라고 해서 함께 웃었다.

뒤에 중국 곡부(曲阜)의 공자 문화절 행사에 참여한 뒤, 허난성 허난 대학과 소림사 등을 여행할 때, 가는 곳마다 나에게 중국 역사를 설명하라 하시며 학구적인 면을 보여주셨다. 소림사의 스님과 인생의 철학을 논하는데, 중국 스님이 진땀을 흘리던 모습이 눈에 선하다. 하남 성에서 밭 가운데 거의 폐기되어가는 송 태조 조광윤(趙匡胤)의 묘를 찾던 기억도 새롭다.

교무 회의 때, 교무 처장으로 교내 선동호 등 호수의 물갈이 정화 및 임야의 토양 개선이나 특히 늦가을 큰 소나무의 낙엽 털기 등의 잡무에 이르기까지 관심을 갖고 지시하심에 3개의 경희캠퍼스를 아름다운 공원으로 조성한 자연애를 확인할 수 있었다.

　대학의 음대 앞에는 암석과 관목 등으로 아름다운 조그만 공원을 만들었고, 그 안에 조그만 비석이 하나 섰는데 외면에 아무런 글자가 없어서 안쪽의 뒷면을 보니 거기에 "지도자 중의 지도자가 되자."가 쓰여 있었다. 내가 총장님께 그 이유를 물으니, "무릇 지도자는 자기 자신을 너무 겉으로 나타내지 말아야 한다."고 하셔서 총장님의 지혜로움을 읽을 수 있었다.
　"세상에는 이렇게 쉽고 유익한 일이 많이 있는데, 사람들이 그것을 잘 모르니 이것을 찾는 것이 매우 중요하다."라고 자주 말씀하셨다. 전쟁 후 물질적·정신적으로 황폐한 이 땅에 체육이나 의학 같은 기초 학문을 포함한 종합 학원의 교육도 바로 그런 것이라고 생각해 본다. 총장님은 어느 국제학술회의에서 〈역경결정론〉을 바탕으로 중국의 부상을 예측하는 영국의 대 사학자 토인비(J. Toynbee)에게 한국의 경우를 물으니, 그는, "한국을 연구하지 않아서 잘 모르겠다."고 해서 크게 실망하셨다고 했다.

　1992년 운동권 학생들이 총장실 등 대학의 행정 기구를 마비시키고 이른바 협상이란 회의 도중, 보직 교수들은 학생들의 무례하고 무법적 태도에 분개하였다. 이 때, 총장님은, "내 나이만 되어 봐, 학생들이 귀엽지!" 하시던 말씀을 나도 80을 넘으면서 생각한다. 학생들의 점거 농성이 끝나고 함께 화해 차원에서 수락산을 등산하고 족구를 하는데, 총장님이 그 연세에 헤딩을 하셔서 모두를 놀라게 했다. 더욱이 백운대를 등반할 때, 너무 힘든 코스여서 주변에서 총장님께 그만 두시라고 했지만 "내가 언제 다시 와 보겠느냐?" 하시며 정상에 오르는 노익장을 과시하셨다.

1946년을 시작으로 하는 경희대학교의 역사 서술은 20년사와 30년사, 40년사, 50년사로 계속 이어졌는데, 나는《경희 40년사》편찬 위원과《경희 50년사》의 편찬 위원장으로 관여하였다. 총장님은 이 교사 편찬에 큰 관심을 갖고 위원들을 자주 불러 격려하시고 학교 설립 시기의 많은 이야기를 들려주셨다. 크리스마스 오후, 위원을 부르셔서 학교의 초창기 긴 역사를 설명하셔서 여러 약속이 있던 위원들이 안절부절못하던 모습이 아직도 기억에 선하다.

나는 특히 자주 불려가서 5, 6시간씩 독대하면서 굴곡 많은 학교의 역사를 총장님으로부터 직접 들었다. 이 때 총장님은, "앞으로 내가 더 역사를 쓸 기회가 있겠나? 그러므로 역사는 빠짐없이 잘 써야지!"라고 하시며 학교 설립 시기부터 어머님과 부인 오정명 여사의 노고에 대해서도 칭찬을 아끼시지 않았다.

1950년대 중반 회기동 캠퍼스의 조성 당시 우리 본관의 뒷산 천장 산(= 고황산) 기슭의 웅대한 건설을 보면서 주변의 한 대학 신문은, "허허벌판에 독립문 같은 교문을 짓더니, 중앙 로터리에는 교시 탑을 세우고, 천장 산(= 고황산) 밑에는 덕수궁 석조전 같은 건물을 짓는다."는 비아냥거리는 기사를 썼다고 웃으시면서, "지금은 그 큰 교문도 통행량이 많아 좁아지지 않았느

나?"라고 흐뭇해하며 말씀하셨다. 특히 총장님은 이 지리적으로나 역사적으로 좋은 땅인 경희대의 이 자리가 그대로 비워있던 것은 하늘이 경희대를 위해 감추어 둔 천장 산(天藏山)이라고 자랑하시기도 했다. 총장님은 이어서 유명한 풍수 대가가 이 학교 터에서 훌륭한 인재가 많이 나올 것이라고 했다면서 흐뭇해하셨다. 오늘날 계시다면 어떤 생각을 하실까 생각한다.

전쟁으로 폐허가 된 국민 소득 100불도 안 되던 가난하던 시절, "밥 먹고 죽벌이라도 해야 한다."고 잘살기 운동을 전개하시던 총장님의 말씀을 들으면서 유엔에서 인정한 선진국 대한민국의 밑거름을 주신 총장님을 생각한다. 일상 생활에서 나무 연료 사용과 전쟁으로 폐허가 되고 가뭄과 수해가 심하던 때, 자연 애호를 주창하여 본관 앞에서 묘목 기르는 온실을 만들어 도시 속의 아름다운 공원 같은 새 캠퍼스를 만드셨다.

평생의 목표인 문화세계의 창조가 국제 평화와 밝은 사회 교육을 통해 이루어지기를 간절히 바라시면서《경희 50년사》를 격려하셨다. 회기동 캠퍼스의 본관 석조전이나 교시탑과 평화의 전당을 비롯하여 국제캠퍼스 본관이나 사색의 광장 및 네오 르네상스 정문에서 오늘날 우리는 총장님의 정력적이고 깊은 사상과 목표를 읽는다.

총장님의 이상인 '문화세계의 창조'나 '평화는 개선보다 귀하다'는 바로 우리시대에도 가장 절실한 생존과 미래의 목표가 아닌가?

작은 장학회에
동참하면서

이지현
모담 공동대표

조영식 박사는 워낙 저명하신 분이라 존함은 익히 알고 있었지만 내가 더욱 자세하게 알게 된 것은 다음의 일들에서 비롯되었다.

첫째, 몇 해 전 7월의 어느 날, 친구와 함께 경희대 청운관에서 열린 조영식 박사 관련 세미나에 참석하였다. 발표하는 분들과 질의 토론하는 학자들을 통해서 과연 우리 같은 보통 사람도 조 박사님은 역시 대단하시다고 다시 느낀 적이 있다.

둘째, 어느 해 늦가을로 기억되는데 목련 음악회에 초대되어 갔었다. 웅장하고 멋진 관현악단의 연주와 많은 음대 교수와 성악가들의 노래는 여느 콘서트와는 또 다른 감동이 있었고 특히 국민 가요 '목련화'가 조영식 박사의 작시였고 목련화 꽃과 노래가 경희대학을 상징하는 것을 처음 알았다.

셋째, 조영식 박사의 사상을 계승 발전시키기 위해 '작은 장학회'를 만든다고 동참해달라는 하영애 교수의 이야기를 듣고 공감하며 바람직하다 생각하여 열심히 참여하기로 했다. 즉, 작은 금액이라도 다수가 참여하도록 해야겠다는 생각으로 주위 친구, 후배, 같이 사업하기로 한 사업 동반자 등에게 연락하였고 꽤 많은 분이 호응해줬다.

좀 더 가까이서 조 박사님을 만나 뵈었던 것은 내가 국제 여성 단체인 사단법인 한중여성교류협회에서 임원으로 봉사할 때 중국의 중화전국부녀연합회 여성 지도자들이 협회의 초청을 받아서 한국을 방문하고 국제 세미나를 개최하였을 때였다. 당시 약 200여 명의 참석자 중에는 조영식 박사님, 당시 김정례 국회의원, 박순자 국회의원 등이 참석하였으며 조 박사님은 미래 사회는 여성들의 활동과 역할이 중요하다는 내용의 축사를 해주셨는데 참석자들의 커다란 호응을 받았다. 그분의 모습은 온화하고 인자하고 다정하셨으며 목소리 또한 부드러우면서도 힘이 있었다.

오늘날 한국 여성들이 자신의 목소리를 가질 수 있었던 연유는 이러한 조 박사님과 같은 선구자들이 있었기에 가능했지 않았을까?

높은 이상과
꿈을 심어주신 분

허명
한국여성단체협의회 회장

조영식 총장님을 생각하면 아득한 시절 경희대학 캠퍼스에 돌아온 것 같은 느낌이 든다. 49년 전의 일이다. 1차 대학에서 낙방하고 2차 모집 대학에 들어왔다는 좌절감에서 벗어나지 못했던 나는 공부에는 별로 흥미를 느끼지 못하고 친구들과 어울려 노는 데에 젊은 날의 귀중한 시간을 많이 보냈던 것 같다. 그 당시 정치적인 혼란으로 학생 데모도 많았고 따라서 휴교도 빈번했지만 우리대학 캠퍼스 분위기는 그리 어둡지만은 않았다. 우선 캠퍼스가 싱그럽고 아름다웠으며, 자유로운 학교 생활에서

342   미원 조영식을 생각한다

아무런 제재를 느끼지 않았기 때문에 우리는 젊은 날의 멋진 시간을 캠퍼스 안에서 어느 정도 누릴 수 있었다. 1970년대 전반기는 우리나라가 경제적으로 도약하기 시작하던 시기였기 때문에 꿈도 많고 활기에 넘치는 역동적인 분위기였던 것 같다.

우리는 그때 전교생이 모인 가운데 분수대 앞에서 한 달에 한 번씩 조회를 가졌다. 그때마다 조영식 총장님의 훈화가 있었다. 학문과 양심의 자유, 사상의 민주화, 학원의 민주화, 잘살기 운동과 같은 말씀들은 하도 자주 들어서 지금도 생생하게 떠오른다. 잘살기 운동은 나중에 정부 정책으로 수용되어 우리나라가 가난에서 벗어나는 데에도 적지 않은 역할을 했다고 들었다. 그때는 별생각 없이 보았지만, 경희대학에만 있던 선구적인 체육 대학, 한의과 대학은 우리나라의 체육 발전과 한의학의 세계화에 크게 기여했다고 생각한다.

우리는 조회 때마다 조영식 작사, 김동진 작곡 〈목련화〉를 교가처럼 부르기도 했다. 지금 들어도 가슴을 울리는 명곡이다. 그 당시 교정을 환하게 수놓던 목련화가 눈에 선하다. 봄이면 독일 가정집 정원에 화사하게 피는 목련화를 볼 때마다 모교의 목련화 오솔길들이 그리웠다. 조영식 총장님이 세계대학총장회 회장이라는 사실도 무척 자랑스러웠다. 내가 학교에 다니던 때에도 경희대에서 국제 회의가 자주 열렸던 것 같다. 캠퍼스 안에서 많은 외국인을 자주 마주치면서 외국에 대한 호기심이 생기고, 자연스럽게 외국 유학에 대한 생각도 싹트지 않았나 생각한다. 그때만 해도 해외 유학은 흔한 일이 아니었다.

독일 유학을 마치고 돌아와 보니 경희대학교는 내가 다니던 때의 학교 위상과는 비교할 수 없을 만큼 크게 발전하였고, 이미 명문 대학의 당당한 면모를 모두 갖추고 있었다.

불굴의 의지로 수많은 일을 이뤄내신 조영식 총장님에 관한 에피소드를 하나 소개할까 한다. 1989년 베를린 장벽이 무너지기 전의 일이다. 어느 폴란드 교수가 조영식 총장님을 예방한 자리에서 "이 대학이 사립 대학이라고 알고 있는데, 무슨 돈으로 이렇게 큰 대학을 만들었습니까?"라고 물으니, 조영식 총장님이 주저 없이 단순 명쾌하게 이렇게 답하셨다고 한다. "It's the mystery of capitalism." 소련 지배를 받던 폴란드가 자본주의 국가가 된 지 10년이 채 되지 않았을 때, 우연이겠지만 그 폴란드 교수도 폴란드에 커다란 사립 대학을 설립했다고 한다.

얼마 전에 동창회에 나가 경희대학의 훌륭하신 선·후배님들이 사회 각 분야에서 중요한 역할을 하고 있다는 소식들을 접하고 몇몇 분을 직접 만나 뵙기도 했다. 학창 시절에는 느껴보지 못했던 자긍심을 하늘처럼 높여준 동창들에게 마음 깊이 고마움을 느낀다. 조영식 총장님께서 높은 이상을 가지고 설립하신 경희대학이 만방에 그 빛을 발하고 있는 것이다. 밤낮으로 세계평화를 선창하시며 뛰어다니신 결과 마침내는 '세계평화의 날'을 제정하게 하신 조영식 총장님의 뜻을 받들어 인류 평화를 위해 힘써야 하겠다. 조영식 총장님은 평화에 대한 깊은 연구를 바탕으로 '오토피아' 평화론을 제시하셨다. 갑작스러운 코로나 팬데믹 시대를 맞아 총장님의 선구적이고 독보적인 사상을 계승 발전시키는 데 우리 모두가 일익을 담당해야 하지 않을까 생각하며 각오를 다진다.

대학 시절 교양학부 여학생부장과 학회장을 하면서 리더십에 눈뜨기 시작했던 경험이 지금 맡고 있는 한국여성단체협의회 회장 임무를 수행하는 데에도 큰 도움이 되고 있다. 높은 이상과 꿈을 담아 세워주신 경희대학교! 경희인의 한 사람으로 나는 조영식 총장님이 늘 감사하고 자랑스럽다.

미래를 꿈꾸는
소년

박상필
성공회대 NGO대학원 초빙교수

초등학교를 졸업하고 40여 년 지나 동창회에 가면 가끔 충격을 받곤한다. 우선 어린 시절 친구들이 너무 늙어버려서 충격을 받는다. 초등학교 동창회에 가면 자신도 모르게 어린 시절로 회귀하는 착각을 하게 되는데, 정작 자신이 늙은 것은 까맣게 잊고 있기 때문이다. 또한 친구들이 세파에 물들어 속물화된 것에 대해서도 충격을 받는다. 이것은 사람마다 다르기는 하지만, 학계에 발을 담그고 있는 사람은 세상 물정 모르고 순진하기 때문이다. 그런데 나이가 들어서도 어린 시절의 꿈 많은 순수함을

가지고 살아가는 친구를 만나면 반갑기 그지없다. 경희대학교 설립자, 조영식 박사가 바로 그랬다.

필자는 조영식 박사가 필생을 통해 이룬 경희대학교에 다닌 동문이기도 하지만, 1987년 6월 항쟁의 소용돌이가 치던 와중에 이 대학에서 총학생 회장을 역임했기 때문에 조영식 박사와 개인적으로 많은 대화를 나누었다. 가까이서 지켜본 그는 언제나 꿈을 꾸는 해맑은 소년이었다. 그는 인간이 가진 무한한 능력을 신뢰하였고, 그 인간이 관계를 맺고 살아가는 아름다운 사회 건설을 지향하였으며, 나아가 전쟁과 빈곤으로 얼룩진 세계의 평화를 이루기 위한 장대한 꿈을 꾸었다. 적어도 필자가 가까이에서 지켜본 바로는, 그가 아름다운 삶과 평화로운 사회를 건설하는 도정에서 한 번도 불가능하다고 말하는 것을 들은 적이 없으며, 일이 잘 되지 않거나 실패했다고 낙담하는 표정을 본 적이 없다.

인간이 가진 잠재력을 최고로 발휘하여 완전한 삶을 성취하고자 하는 그의 인생관은 현실에서 각종 프로젝트로 모습을 드러냈다. 그가 이룬 업적이 많겠지만, 필자가 직접 들은 바로는 박정희의 새마을운동의 모태가 된 새마음 운동의 전개, 국제대학원의 선구가 된 평화복지대학원의 설립, 한의학 발전의 모태가 된 한의과 대학의 설치, 대학의 세계적 네트워크를 맺는 자매 결연의 체결, 세계 지성의 결사체인 세계대학총장회의의 창립, 세계평화를 위한 유엔 평화의 날 제정 등 무수하다. 그런가 하면 대학의 교육은 근원적으로 '학문과 양심의 자유'를 지향해야 한다면서 그

것을 본관의 머릿돌에 새겨두었으며, 또한 대학은 무엇보다도 민주주의에서 이탈해서는 안 된다고 강조하면서 '학원의 민주화, 사상의 민주화, 생활의 민주화'를 제창하였다. 대학 캠퍼스의 어느 조각상에서 본, '평화는 개선(凱旋)보다 귀하다'라는 문구도 그의 평화관을 대변해주고 있다.

조영식 박사는 원대한 미래를 꿈꾸는 소년이었기에 전두환 정권에서 오해를 받아 억압을 받는 고초를 겪기도 하였다. 그런가 하면 정부의 요직에 발탁하려는 제의를 받기도 했다고 들었다. 그럼에도 그가 끝까지 굴복하지 않고 교육자로 남기를 원했던 것도 바로 미래 세대의 육성을 통해 좋은 사회, 좋은 삶을 위한 꿈을 꾸고 있었기 때문일 것이다. 어떻게 보면 그가 지향하는 교육 이념은 다소 관념적이고 규범적일 수 있다. 혹자는 대학의 마크인 '웃는 사자'가 이러한 점을 대변한다고들 한다. 그러나 그의 교육 이념 하에 교육을 받고 사회로 진출한 사람들을 대면해 보면, 그의 철학적 안목을 알 수 있다. 다소 편향적 생각일 수도 있지만, 필자는 언론에 대서 특필되는 각종 사회적 비행에 경희대 출신들이 연루되는 것을 거의 본 적이 없다.

우리가 대학에서 공부하고, 사회에 진출하여 일하고, 나아가 직장에서 은퇴하여 노년을 보내는 시간에도 여전히 자신을 무한하게 향상시켜 가려는 의지를 가지고 사는 것이 중요하다. 이것은 군이 인류 문명사적 차원에서 논하지 않더라도 자신의 충실한 삶을 위해 필요한 것이다. 원래 교육(education)의 어원적 의미가 잠재 능력을 이끌어 낸다는 것이고, 사제(師弟)의

사진 1. 서울 동대문운동장에서 벌어진 대통령배 대학야구에서 경희대가 승리한 후, 총학생회장(필자)이 교기를 학원장(조영식 박사)에게 전달하고 있다(1987. 05).

사진 2. 경희대 가을 축제 마지막 날, 대학 노천극장에서 경희대 발전 대토론회가 열렸다. 구호를 외치고 있는 총학생회장(필자) 뒤로 단상의 의자 좌측부터 총장, 조영식 학원장(중앙), 총동문회장이 앉아 있다 (1987. 11).

도(道)란 무한한 향상을 위한 인간 간의 계서적(繼序的) 연대를 말한다. 자신이 살고 있는 정치적 · 경제적 · 신체적 여건과 관계없이 자신의 생명 속에 내재하는 잠재력을 발휘하고 자신의 능력을 향상시키려는 노력은 행복한 개인과 건강한 사회를 만든다. 꿈꾸는 소년의 정체성을 지키려고 했던 조영식 박사가 평생 교육을 통해 지향했던 것도 바로 이것이라고 생각한다.

물론 미지의 완전과 절대를 향한 의지와 노력은 서양의 사상가, 문학가, 철학자가 일찍이 강조한 것이기도 하다. 이것은 콩도르세, 카뮈, 쇼펜하우어의 저작에서 나타나고, 니체의 '힘에의 의지(the will to power)'나 스피노자의 '코나투스(conatus)'에서 구체화되기도 한다. 조영식 박사는 바로 이러한 선각자들의 철학과 사상을 교육을 통한 제도로서 현실에서 직접 구현하려 했고, 그리고 상당 부분에서 성과를 달성했다고 본다.

어느덧 인생 60세가 넘어섰다. 공자는 이를 이순(耳順)이라 하여 사람들의 말이 귀에 거슬리지 않고 그 본의(本意)를 알게 된다고 하였다. 어디 그것뿐이겠는가? 점점 늙어가고 있지만, 여전히 꿈꾸는 소년의 희망과 활기찬 청년의 의지로 작은 일에도 결코 해이함이 없고, 어려운 상황에서도 쉽게 단념하지 않아야 하리라. 나아가 지금 다시 새로운 목표를 정하고 지적 프런티어(intellectual frontier)를 감행해야 하리라. 나의 스승, 조영식 박사의 탄생 100년을 맞아 다시 한번 생전 그의 꿈꾸는 모습을 그리면서 일상에서 어떻게 자신의 신체를 단련하고, 정신을 수양하며, 새로운 학문을 배우고, 사회적 연대를 넓혀갈 것인가를 깊이 생각해본다.

그분이었으면
어떻게 하셨을까

신상협
경희대학교 국제대학원 교수

조영식 학원장님과 나의 첫 만남은 내가 1985년 경희대학교 평화복지 대학원에 지원하면서 이루어졌다. 1차 필기 시험을 치른 후 면접을 하기 위해서 평화복지대학원 2층 학원장님실로 들어갔다. 그 순간 학원장님의 따뜻하고 온화한 눈빛이 나도 모르게 긴장됐던 내 마음을 너무도 편안하 게 해 주셨던 기억이 난다.

당시 평화복지대학원은 전 과정을 영어로 진행하고 전 학생에게 전액 장학금을 제공하고 세계적인 국 · 내외 석학들이 강의하시던 매우 강도 높은 교육 과정을 진행하는 한국 최초의 국제대학원이었다.

첫 만남 이후 수십 년간 지속된 학원장님과의 인연을 통해서 많은 것을 배우고 느낄 수 있었다. 내가 갖고 있는 조영식 학원장님에 대한 기억 · 추억은 너무도 많지만, 다음 몇 가지를 함께 나누고자 한다.

1. 교육자로서의 모습

경희대학교 설립자이신 학원장님은 세계평화를 이끌 지도자 양성을 목적으로 평화복지대학원을 설립하셨다. 평화복지대학원이 설립된 이후 매월 1회 평화복지대학원생들에게 장학금을 직접 주시기 위해서 평화복지대학원을 방문하셨다. 방문하실 때마다 우리 학생들에게 한 가지라도 더 가르쳐 주시기 위해서 너무도 열정적으로 특강을 해 주시던 모습, 질문에 최선을 다해서 설명해 주시던 모습, 우리의 이야기를 너무도 진지하게 들으시던 모습이 아직도 눈에 선하다.

강의 중에 이전에는 받아보지 못했던 질문들을 학생들에게 하셔서 우리들이 많이 당황했던 기억이 난다.

그 중 한 가지 질문을 소개한다.

파리가 공중에 날아다닐 때 맨손으로 파리를 잡으려고 하다 한 번에 잡지 못했을 때 다시 파리를 잡으려 손만 들어도 파리가 멀리서 손과는 반대쪽으로 날아가는 것이 파리의 본능인지? 아니면 한 번 학습했기 때문에 파리가 미리 피하는 것인지를 물으신 적이 있다. 상당히 당혹(?)스러운 질문이었다. 그러나 후에 두고 두고 생각해 보면 과연 파리가 생각할 수 있을까? 우리로 하여금 많은 생각을 하게 만드는 질문이었다. 교육자 조영식 학원장님의 면모를 엿볼 수 있는 한 에피소드라고 생각한다.

2. 평화 운동가, 실천가로서의 모습

세계 NGO대회, 세계평화의 날 제정을 위한 노력, 세계평화의 날 행사, 세미나, 천만 이산가족 찾기 운동, 잘살기 운동 등 한순간도 쉼 없이 활발하게 다양한 활동을 해 오셨다.

이런 행사 등에서 보여진 조영식 학원장님의 모습은 거인의 모습, 미래를 보고 미래를 준비하는 평화 운동가로서의 모습이었다.

3. 한 인간으로서의 모습

교육자, 세계 평화 운동가로서의 모습과 함께 큰 뜻을 이루기 위해 부단한 노력을 해오신 어른이시지만 작은 것도 결코 소홀히 하지 않던 분이셨다. 또 인간 조영식 학원장님은 강하지만 때로는 힘든 모습을 솔직하게 보여주시던 분으로 기억한다.

인간 조영식 학원장님의 모습을 잘 보여주는 일화를 소개한다. 2000년대 초반 학교와 병원 노조와의 협상에 많은 어려움이 있었던 것으로 기억한다. 당시 병원 노조의 간부로 활동하던 분 중에는 경희대학교 졸업생들이 다수 있었다고 한다. 곁에서 지켜본 나로서는 병원 노조의 파업 과정에서 학원장님이 사랑으로 키워 낸 경희 졸업생들로 인해 받으신 마음의 상처를 느낄 수 있었다. 병원노조와의 협상이 결렬된 어느 날 늦은 오후에 아무 말씀 없이 평화복지대학원 학원장실 창가에 서서 정원을 쓸쓸히 바라보시던 학원장님의 뒷모습이 생각난다.

　학원장님의 이런 모습들을 통해 나는 많은 것을 느낄 수 있었고, 생각했고, 또 많은 것을 배울 수 있었다.

　나는 어려운 상황에 직면할 때 한 가지 버릇을 갖고 있다.

　그것은 이런 상황에 처할 때마다 "학원장님이었다면 어떻게 하셨을까?"라는 질문을 늘 스스로에게 자문하는 버릇이다. 지난 수십 년 동안 나는 이 질문에 대한 답을 찾는 것으로 문제들을 해결하고자 노력해 오고 있다.

　이런 모습들이 내가 갖고 있는 조영식 학원장님에 대한 추억이다.

　학원장님을 진심으로 많이 존경하고 사랑한다. 학원장님이 많이 보고 싶다.

'지도자 중 지도자 되라'

정복철
경희대학교 후마니타스칼리지 교수, 부학장

올해가 미원 탄생 100주년에 세계평화의 날 40주년이라 하니 떠나신 님에 대한 감회가 어찌 형용할 수 없다.

잃어버린 열쇠를 가로등 밑에서만 찾으려 했던 그 학창 시절에 학원장 님을 뵐 수 있었던 것은 내 인생 일대 사건이었다. 1987년 이후 국내 정치 환경의 변화와 더불어 소련의 해체, 동구권의 붕괴는 당시 학생 운동권 졸업생으로서 향후 진로를 찾지 못해 참으로 암담하고 우울했던 시기였다.

평소 아껴주시던 선배님의 안내로 학원장님을 특별히 몇 번 뵐 수 있었던 총애를 입었다. 특히 '세계평화의 날'을 제정하기 위해 분투하셨던 말씀과 함께 상자 하나를 꺼내 보여 주셨던 그 날은 진정 특별한 날이었다. 칼이었다. 충격이었다. 한참의 침묵이 흐른 뒤 나지막한 목소리로 말씀을 이으셨다.

> "지도자 중 지도자 되라"
> "어떻게 하면 그런 '대단한' 사람이 될 수 있겠습니까?"
> "편향된 공부만 하지 말고 넓고 깊게 보는 안목을 기르는 그런 공부를 해야지."
> "뭐가 넓고 뭐가 깊은 것일까요?"
> "보이지 않는 것을 볼 수 있고, 들리지 않는 것을 들을 수 있는 역량을 갖추는 것이 참된 공부가 아니겠는가?"

그동안 적대가 앞에 보였던 세상, 투쟁이 자명했던 현실, 너무도 투명하고 확실한 세계였기에 보이지 않고 들리지 않는 불투명한 그 무엇을 보고 들으라는 말씀은 당시엔 도무지 뜬구름 잡는 이야기였다. 그게 분명한 당시의 내가 옳다고 보았던 내 시대 정신, 내 존재 수준이었다. 생각해보면 내 상황이 그랬다 칠 수 있지만, 그럼에도 참으로 우울했던 시절이었다.

지도자 중 지도자는 척박하고 엄혹한 정치 환경에서 학원의 민주화, 나아가 사상의 민주화, 더욱이 생활의 민주화를 교훈으로 새기셨던 바로 그분, 학원장님이셨다. 타자를 우리 안에 동심원으로 아우르면서 우리 '대학-국가-세계'를 연동하여 함께 동시에 지향하는 평화로운 보편 세계-문화 세계를 창조하시고자 한 것이리라.

지도자는 군사 정권 하 '총리' 자리가 아니었다(실제 군사 정권은 학원장님께 총리 자리를 제안했지만 사양하셨다고 알려져 있다). 현실 정치 세계를 장악하거나 그들에게 거대 권력을 행사하는 그런 팽창, 과시하는 리더가 아닌 현실 너머를 보고 듣는 안목과 지혜를 중시하셨기에 외도 한번 하시지 않고 오로지 교육자로서, 평화 운동가로서 사상을 정립하고 실천하고자 '칼'을 품고 자신과 세상과 하나 되어 '투쟁'하셨던 것이다.

지도자 중 지도자셨던 그분에게는 수신(修身)이 곧 치국(治國)이고 평천하(平天下)였던 셈이다. 역동하는 불확실한 세계에서 쉬 보이지 않고 쉬 들리지 않은 것을 내 안으로, 우리 안으로, 세계 안으로 드러내어 이윽고 새 차원으로 승화할 때 비로소 평화의 세계, 문화 세계를 창조하는 지도자 중 지도자가 되는 것임을 일깨워주시고자 함일 것이리라.

학원장님께서는 내 삶을 공부하는 삶, 교육하는 삶으로 이끌어 주셨지만 그저 미련하고 미진하여 부끄럽고 아쉬운 마음 그지없다.

학원장님! 탄생 100주년을 참으로 축하드리오며, 세계평화의 날 40주년 의미를 다시 새겨봅니다. 우리 후세에게 '평화'와 '문화세계의 창조'라는 위업을 안겨주신 학원장님께 한없는 존경을 바치오며 부디 영원한 안식을 기원드립니다.

이토 타카오
홍익대 조교수

조영식 박사님과의 만남. 그것은 내가 나아가야 할 길을 결정한, 인생의 출발점이자 원점이다. 청소년 시절부터 이웃 나라인 한국에 관심을 가지고 있었던 나는 1997년, 일본에서 소카(創價)대학교에 입학하여 한국어학습과 한국문화 동아리 활동을 동시에 시작하였다. 그리고 여름 방학 때 동아리 학생 교류단의 일원으로서 처음 한국을 방문했다.

신선하고 유익한 교류도 막바지에 접어들던 9월 2일, 숙소에 고문 교수님이 찾아오셔서 소카대와 경희대 사이에 학술교류협정이 체결되었다는 소식을 전해주셨다. 이것은 소카대가 한국의 대학과 맺은 최초의 협정이라는 점에서 역사적인 일이었다. 현재 소카대가 교류하는 한국 대학은 성균관대, 홍익대, 국립제주대 등 13곳에 달하지만, 이 날이 모든 역사의 시작이었다.

그리고 이날, 고문 교수님이 소카대 창립자 이케다 다이사쿠 선생님께서 경희대 창립자 조영식 박사님께 보내신 시 〈새로운 천년의 여명〉의 내용도 들을 수 있었다.

> 인생에는 일망일견(一望一見)해서
> 백 년의 지기(知己)를 얻는 만남이 있다
> 조 박사의 저작을 만나
> 실로 천 년의 지기(知己)를 얻은 마음이다
>
> 형인 경희대학교(慶熙大學校)와
> 동생인 소카대학교(創價大學校)와
> 이제 우리는 신의와 우정의 유대를 굳게 하여
> '전쟁과 폭력의 세기'에서 '인권과 생명 존엄의 세기'로
> 제2의 르네상스를 우러러보며 함께 다 함께
> 새로운 천 년의 여명을 사자분신(獅子奮迅)으로 열어간다

그때 나는 염원했다. "언젠가 꼭 조영식 박사님을 직접 뵙고 싶다"라고. 그런데 그 염원은 뜻밖에도 곧 실현되었다. 그 해 11월 1일, 조영식

박사님께서 소카대를 방문하신 것이다. 나는 4천여 명이 모인 대강당에서 거행된 기념행사에서 한국인 유학생과 함께 조 박사님께서 작사하신 〈평화의 노래〉를 불렀다.

> 우리는 지구마을 인류 한 가족
> 서로 돕고 신뢰하여 밝음을 찾자
>
> 이방인도 사랑하면 한 가족 되고
> 한겨레도 미워하면 원수가 된다
>
> 두 손을 높이 들고 다짐을 하자
> 너와 나 모두 나서 평화 이루자

합창이 끝났을 때, 두 분의 창립자께서 자리에서 일어나셔서 서로 굳게 포옹하신 광경은 생애 잊지 못할 감동적인 순간이었다.

이 행사에서 조 박사님께서 참석한 학생들에게 말씀하셨다.

"사랑하는 소카대 학생 여러분. 여러분의 그 모습으로 21세기를 열어주십시오. 여러분의 모습 속에서 꿈과 희망을 볼 수 있습니다. 인간중심주의로 '밝은 사회'를 이룩해 주십시오."

그리고 이 날, 조박사님께서 방명록에 다음과 같이 쓰셨다고 들었다.

"천년의 지기, 21세기를 재건합시다."

그때 나는 다짐했다. "두 분의 창립자께서 놓아주신 신의와 우정의 '보배의 다리'를 건너 경희대학으로 유학을 가자. 그리고 장래에는 비록 미력할지라도 한일 우호에 공헌할 수 있는 인생을 걸어가자"라고 말이다.

그리고 그 결의를 보다 확고하게 하기 위해 같은 해 12월, 소카대에서 열린 "한국어 스피치 콘테스트"에 출전하여 있는 그대로의 심정을 한국어로 발표했다. 이 콘테스트에 즈음하여 조 박사님께서는 장문의 메시지를 보내주셨을 뿐 아니라, 감사하게도 출전자와 관계자를 한국에 초대해주셨다.

1998년 4월, 한국을 방문한 우리를 조 박사님께서 진심으로 환영해주셨다. 다망하신 가운데 서울시내 한 호텔에서 회식 자리를 마련해주시고 많은 이야기를 들려주셨다. 특히 그 중에서도 "창립자의 마음은 창립자밖에 알 수 없습니다"라는 말씀은 후일에 학생들의 보고를 들으신 이케다 선생님께서도 깊이 공감하셔서 몇 번이나 언급하신 바 있다.

또 이듬해인 99년에도 만나 뵐 기회가 있었다. 그 해 여름, 다시 동아리의 교류단 일행이 경희대를 방문했을 때 우연히 본관 앞에 계셨던 조 박사님을 뵌 것이다. 조 박사님께서는 상냥한 미소로 감싸주시며 한 명 한 명과 악수를 해주셨다. 그리고 그 자리에서 측근에게 지시하여 숙소까지 가는 버스를 준비해주셨을 뿐만 아니라, 우리가 국제캠퍼스를 방문할 예정임을 들으시고 오찬 자리까지 마련해주셨다. 한 순간의 만남을 이토록 소중히 해주시는 조 박사님의 깊고 따뜻한 "창립자의 마음"을 접한 학생들은 감동을 금할 수 없었다.

그리고 10월에도 조 박사님께서 공동 대회장을 맡으신 역사적인 "서울 NGO세계대회"에 SGI대표단의 일원으로서 참가할 수 있었다. 조 박사님께서 대회장 안에 마련된 SGI 부스를 직접 찾아오셔서 스태프들을 격려해주셨다. 그때 조 박사님과 이케다 선생님께서 함께 찍은 사진을 보여드리자 "어떻습니까? 마치 진짜 형제 같지요?"라고 말씀하시며 기뻐해주신 것도 황금과 같은 추억이다.

돌이켜보면 모교에서도 '형님의 대학'인 경희대에서도 위대한 창립자께서 지켜봐 주시는 가운데 배울 수 있었던 나의 학창 시절은 얼마나 행복한 시간이었는가. 하지만 학생들이 그렇게 마음껏 면학에 매진할 수 있는 환경을 마련하기 위해 창립자께서 얼마나 많은 노고를 하셨을까.

"이 은혜에 조금이라도 보답하고 싶다", "그러기 위해서는 어떤 길을 택해야 하는가" 하고 고민한 끝에 나는 교육의 길로 나아갈 것을 결심했다. 아직 미숙하지만 두 분의 창립자께서 가르쳐주신 "학생 제일"의 정신으로 한 사람을, 한순간을 소중히 하는 교육자를 목표로 하여 매일 교단에 서고 있다. 그리고 보물과 같은 학생들의 모습을 볼 때마다 생각한다. "그때 조 박사님 앞에서 한일의 학생들이 목소리와 마음을 하나로 하여 〈평화의 노래〉를 불렀던 것처럼, 또 두 분의 창립자께서 굳게 포옹하셨던 것처럼 양국의, 나아가서는 전 세계의 젊은이들이 마음으로부터 서로 신뢰하여 손에 손을 잡으며 나아가는 '밝은 사회'의 문을 이 청년들과 함께 열어가고 싶다"라고.

시대의 거목(巨木)

이성길
한-인도네시아 산림협력센터 센터장,
GIP 국제평화학과 42기 졸업

2005년 봄 학기에 경희대평화복지대학원(GIP) 42기로 입학한 나는 조영식 학원장님을 실제로는 한 번도 뵙지 못했다. 몇 기수 위 선배들로부터 들은 바에 의하면, 학원장님께서는 GIP 학생 선발 면접에도 직접 참석하셨고, 수시로 GIP를 방문하셔서 학생들과 함께 많은 이야기를 나누셨으며, 이 과정에서 진정한 교육자이자 사상가이자 실천가로서의 면모를 보이셨다고 한다. 또한 학원장님을 직접 만날 수 있었던 교수님과 선배들은 하나같이 학원장님을 참다운 큰 어른으로 기억하고 있었다. 그러

나 안타깝게도 내가 GIP에 입학하기 얼마 전부터 학원장님은 병석에 계셨기에 나는 학원장님을 직접 뵙는 행운을 누리지 못했고 오정명 큰어머님과 함께 목련 어머니들의 자애로움을 조금이나마 접할 수 있었다. 나는 GIP의 교정, 교과 과정, 기숙사 생활, 각종 행사와 학원장님의 저술을 통하여 학원장님의 큰 철학과 신념의 일부를 느낄 수 있었기에 '큰 뜻을 품은 인간이 도달할 수 있는 곳은 과연 어디까지인가'라는 질문을 스스로에게 자연스럽게 던지게 되었다.

학원장님의 철학과 사상은 GIP 생활 곳곳에서 접할 수 있었다. 정지(正知), 정판(正判), 정행(正行)의 삼정행(三正行)으로 나를 돌아보게 하는 삼정서헌(三正書軒)에서 생활하며, 아침 기상 후 명상의 집에 모여 자아 완성을 실현하고 지구 대협동 사회 구현에 기여할 것을 다짐하는 GIP 원훈(院訓)을 낭독한 후 명상(冥想)으로 마음을 깨고 체조와 봉선사까지 달리기로 하루를 여는 것은 더 큰 나를 만드는 신성한 의식(儀式)이었다. 교정을 거닐다 GIP 가장 높은 곳에 우뚝 솟은 평화 탑에 이르러 '평화는 개선보다 강하다'라는 문구를 보고, 본관에 걸려 있는 평화에 관한 메시지를 읽으며 과연 내게 평화란 무엇이고 나는 평화를 위해 무엇을 해야 하는가라는 깊은 사색에 빠질 수밖에 없었다. 평소 지구 환경에 대해 관심이 많았기에 입학 후 식목일에 묘목을 준비해 동기들과 함께 교정에 나무를 심으며 환경을 지키는 것도 학원장님께서 가르치신 평화에 이바지하는 행위일 것이라 생각하게 되었다.

국제평화학과라는 내 전공은 기존의 국제정치학이나 국제관계학과는 다른 관점에서 세상을 바라보는 눈을 키우도록 도와주었다. 손재식 교수님의 평화학 수업을 통해서 평화란 단순히 전쟁의 부재(不在)가 아니라 우리가 노력해서 만들어가야 하는 인류 공영의 조화로운 상태임을 알게 되었고, 조경철 교수님의 천문학 수업을 들으며 고개 들면 무한한 우주가 펼쳐지는데 나는 와우각상(蝸牛角上)처럼 작은 세계에 갇혀 좁쌀 하나를 두고 옥신각신 다투고 있었구나라는 깨달음을 주었다. 이는 인간을 보다 깊이 이해하기 위해서는 우주에 대한 공부가 필요함을 꿰뚫어 보신 학원장님의 통찰력이 만들어낸 안배(安排)였다.

GIP를 졸업하기 위해서는 국제기구 또는 NGO에서의 인턴십을 반드시 거쳐야 하는데, 나는 GIP의 왕복 항공권 지원을 받으며 오스트리아 비엔나에 소재한 유엔마약범죄기구(UNODC)에서 인턴십을 했고 덕분에 국제기구가 어떻게 일하는지를 일견(一見)할 수 있었다. 이 과정에서 비엔나의 유엔 기구에 근무하고 있던 GIP 이호승 선배의 도움이 무척 컸다. 자원 봉사자로 활동했던 인연으로 사막에 나무를 심고 인재를 키우는 NGO인 '미래숲'에서 GIP 졸업 전부터 일하게 되었고, 국제 기구와 NGO에서의 경험을 합하여 《동북아 사막화 방지: 유엔사막화방지협약과 NGO 활동 중심으로》라는 석사 논문으로 GIP를 졸업할 수 있었다. 돌이켜보면 GIP에서 배운 평화와 글로벌 거버넌스 전공은 내가 지구와 인류를 위해 어떤 기여를 할 수 있는지를 일깨워 준 소중한 것이었다.

이후 지구촌 곳곳에서 활약하는 GIP 동문을 보고 지구적인 규모에서 일하는 것이 어떤 것인지 알 수 있었다. 아이티 지진 구호 현장에서 헌신을 다하던 적십자의 김재율 선배, 모든 것이 열악하기 짝이 없는 신생국 동티모르의 국립대에서 미래 인재를 길러내고 있는 최창원 선배, 동티모르 시골 마을에서 식수 사업을 하던 옥세영 동문, 모잠비크에서 위생 사업을 하는 정성훈 동문. 그 밖에 수많은 동문이 각자의 자리에서 나름의 방법으로 세상을 보다 나은 곳으로 만들어가고 있음을 목격하며 학원장님께서 꿈꾸시던 바가 이렇게 실현되고 있구나 하고 느끼게 되었다.

학원장님께서 주창(主唱)하신 오토피아(Oughtopia)는 '당위적 요청 사회'를 말한다. 인류가 마땅히 해야 할 일(當爲)을 다할 때 인류 평화가 구현될 수 있다는 것이다. 나는 인류가 마땅히 해야 할 일 중의 하나인 환경 보호 그 중 특히, 나무 심기를 통하여 평화에 기여하고자 한다. '십 년을 내다보면 나무를 심고, 백 년을 내다 보면 인재를 기른다(十年種樹 百年育人)'는 말처럼 나무를 심고 인재를 키우는 것은 미래를 위한 투자다. 나무 심기와 인재 기르기는 둘 다 그 결과가 단기간 내에 나오지 않지만, 보다 나은 미래를 위해서는 조금이라도 소홀히 하거나 늦춰서는 안 된다는 공통점이 있다. 나는 나무를 심으며, 큰 미래를 그리며 세상에 기여할 인재를 한평생 정성을 다해 기르신 학원장님의 절절한 마음이 조금이나마 느낄 수 있었을까.

나는 현재 우리나라 산림청과 인도네시아 환경산림부가 공동으로 설립한 자카르타 소재 '한-인니 산림협력센터(Korea-Indonesia Forest Cooperation Center)에서 근무하고 있다. 내 업무 중 하나는 산림청이 주도하는 국제 협력 프로그램인 '평화 산림 이니셔티브(Peace Forest Initiative)'를 세계에 알리는 것이다. 평화 산림 이니셔티브는 국경을 맞대고 있는 이웃 국가들이 해당 접경 지역에 산림을 조성하거나, 황폐화된 토지를 복원함으로써 서로 간의 신뢰를 쌓고, 평화를 증진하는 정책 프로그램을 말한다. 산림을 평화를 위한 수단으로 활용하는 것이다. 평화 산림 이니셔티브는 가까이는 남북으로 갈라진 우리 민족에게 절실히 필요한 일이며, 기후 변화로 인한 산불, 남벌(濫伐)로 인한 산림 파괴, 부적절한 이용으로 인한 토지 황폐화와 사막화 등으로 신음하는 지구를 구하기 위해 필요한 일이다.

조영식 학원장님께서 뿌린 평화의 씨앗은 전 세계로 퍼져 뿌리를 내리고 가지를 뻗고 있다. 우리가 소중히 가꾸고 돌본다면 평화 나무가 크게 자라 꽃을 피고 열매를 맺으며 아름다운 숲을 이뤄 인류 전체를 이롭게 할 것이다. 학원장님께서 바라시던 인간 중심의 문명 사회, 지구공동사회는 거창한 것이 아닐지도 모른다. 개개인이 마음 속 평화 나무를 가꾼다는 마음으로, 바르게 알고, 바르게 판단하고, 바르게 행한다면 '정신적으로 아름답고, 물질적으로 풍요하며, 인간적으로 보람 있는 지구 협력 사회'는 나무가 자라 숲을 이루듯이 우리 곁에 다가올 것으로 믿는다.

조영식 학원장님은 사람들에게 그늘과 과실과 목재와 그 모든 것을 아낌없이 내어주는 큰 나무와 같은 분이 아니었을까 싶다. 학원장님 탄생 100주년에 즈음하여, 시대의 거목(巨木)이셨던 조영식 학원장님에 대한 감사와 존경을 다시 한번 표하고 싶다.

조영식 박사
탄생 100주년
기념문집

제4부

내가 간직한 '님'의
추억과 함께 만드는 미래

김유택
전 경희대학교 도서관 근무

경희대 중앙도서관 출입문 앞에서 한 학생이 머뭇거리다가 어렵사리
말을 꺼낸다.

"저 학생증을 깜빡해서요…."

그러자 수위 아저씨의 날카로운 질문 공세가 퍼부어진다.

"무슨 과?" "학번은?" "총장님 성함은?" "담당 교수님 성함은?"

질문에 무사히 통과돼 경희대 학생임이 증명되면 비로서 도서관 출입
이 허용된다.

경희대학교 관리직에서 90년도에 정년 퇴임하고 경희대 도서관 관리로 부임한 지 1997년이 3년째인 김유택(64) 씨. 이같이 깐깐한 성격 때문에 부임 첫 해는 학생들과의 잦은 충돌이 일어났다. 학생증을 가지고 오지 않아도 대충 말만 잘하면 통과되던 예년의 습관에 젖은 학생들과의 마찰 때문 이었다.

"아, 자꾸 귀찮게 그러세요." "그냥 이런 거 따지지 않으면 아저씨도 저도 편하잖아요."

"맞는 말이지." 김 씨는 말한다. 확인 대충하고 자리만 지키고 있어도 누가 크게 뭐랄 사람 없다. 그런데 그렇게 못하는 건 김 씨의 마음이 편치 않기 때문이다. 고등학생이 들어와서 학업 분위기를 흐리는 건 아닌지, 타학교 학생 때문에 경희대 학생의 공부할 자리가 없어지는 건 아닌지…

실제로 김 씨의 부임 후로 도서관 분위기가 훨씬 좋아졌다고 학생들은 요즘 김 씨에게 찾아가 고마움을 전한다. 그래서 이제는 아무도 이 호랑이 아저씨에게 불평하지 않는다. 출입이 허용되지 않아 앞에서 불평하던 학생이 시간이 지나, 죄송하다고 찾아올 때가 참 고맙다고 하는 김유택 씨. 잠시 그의 눈시울이 살짝 붉어진다. "내가 여기서 뭐 낙이 있겠어요. 학생들 공부 잘 되면 그게 내 낙이지."

가끔 소문을 듣고 김 씨의 질문 형태를 미리 외우고 와 출입을 시도하려는 타 학교 학생들이 있단다. 그때는 제2탄이 준비되어 있었다.

"학번 거꾸로 빨리 대봐요. 어제 들은 강의와 강의실은?"

이렇게 철저히 맡은 바 직무를 수행할 수 있는 정신적 기준 이면에는 고인이 되신 조영식 학원장님의 군건한 의지와 학교를 위한 충심, 박애 정신 등이 있었다. 이 정신을 본받아 비록 관리직이지만 충정의 마음으로 일하였다.

대학 주보에 실렸던 그 때의 일을 생각하면 90이 가까운 지금도 가슴이 뛰고, 또 학원장님과 사모님 생각이 많이 난다.

교육의 권위가 추락한 시대에,
그분을 생각한다

주영자
전 경희유치원장

조영식 학원장님과의 첫 만남은 1964년 대학 입학식 날, 총장님의 축사 때였다. 첫인상이 너무 인자하시고 여유롭고 목소리는 사람의 마음을 매료시켰다. 졸업 후 타 학원에서 30년간 유치원 교사 및 원장으로서 재직하고 1995년 경희유치원 원장으로 옮기면서 학원장님과의 최종 인터뷰가 있어 만나 뵙게 되었다. 그날 학원장님은 자리에 앉아 계시지 않고 서서 나를 맞이해 주셨다. 나는 그 자리가 너무 어려워서 쳐다보기가 힘든 정도였다. 30년간의 세월이 지났으나 그간 뵙지 못한 탓일까. 여전히 대학생의 신분으로서 거리감이 있어서 너무 어려워한 것이 아닌가 싶다. 인사를 드렸더니 옆으로 와서 앉으라고 하셨다. 그래서 "먼저 앉으신 다음에 제가 앉겠습니다."라고 말씀드리며 계속 마음에 평정심을 잃지 않게 해달라고 마음속으로 되뇌었던 것 같다.

몇 가지 질문과 앞으로의 계획, 삶에서의 성공에 대한 여러 가지 말씀을 나눴다. 그때 제가 느낀 학원장님에 대한 두 번째 인상은 항상 관용을 베풀 준비가 되어 있는 마음의 여유로움과 너그러움을 처음 대하는 사람의 얼굴 및 사람을 대하는 태도에서 이렇게 바로 느낄 수도 있구나 하는 점이었다.

학원장님은 자신을 도와 경희에서 함께 일하자고 하시면서 그 자리에서 경희유치원 원장 자리를 승낙하셨다. 지금 돌이켜봐도 바로 어제 일처럼 생생하게 기억하는 대학 입학 때보다 행복하고 아름다웠던 순간이었다.

사회 생활을 하면서 그동안 많은 사람을 만났지만 이렇게 함께 일하는 사람을 있는 그대로 사랑하는 분이 있을 수 있을까 하는 생각이 들었다. 12년 근무 동안 그렇게 높고 중요한 자리에 계시면서도 권위적으로 말씀하시거나 좀처럼 화를 내는 행동을 본 일이 없었다.

1996년 전국 유치원 시범 수업을 시작하는 날이었다. 그날은 구청장님과 학원장님께서 오시어 과분한 칭찬을 하시면서 시범 수업 결과에 대해 매우 기뻐하셨고 이후의 다른 일정을 취소하시면서까지 유치원에 오래 머무르셨다. 그 영향인지 이후 구청장상과 대통령 훈장도 받게 되었고 학원장님으로부터 친히 포상금도 받는 행운이 있었다.

근무 중 매월 기관장 회의가 있을 때마다 기관장들과 악수를 하시면서 등을 두드려 주시며 항상 수고한다고 기운을 북돋워 주시면 모든 기관장이 이에 용기와 힘을 얻고 돌아가서 더 잘해야겠다는 다짐을 하게 되었다.

조영식 학원장님처럼 높은 자리에서도 어떻게 저렇게 사람을 먼저 사랑하고 아껴줄 수 있을까?

어느 날인가 학원장님이 어머님 기일이라고 해서 모든 기관장이 함께 산소에 간 적이 있었다. 산소 근처에 갔더니 갑자기 찬송가 소리가 크게 들려 묘지 담당자에게 이유를 물어봤더니 학원장님께서 교회 권사님이셨던 학원장님 어머니께서 제일 좋아하시는 찬송가를 산소에 계속 틀어놓으라고 당부하셨다는 것이다. 학원장님은 해외 출장 가실 때에도 먼저 산소에 들르시고 복귀 시에도 다시 산소에 들러 출장 보고를 드리고 나서야 다른 일정을 진행하실 정도로 효자이신 분이셨다.

또 한번은 유치원 행사로 내원하셨다가 유치원 마당에 원아들이 심어놓은 한 새싹을 보시고 "너는 햇볕이 들지 않아서 이렇게 자라지 못하였구나."라고 하시면서 그 바쁘신 중에 해를 가리고 있는 옆 나무의 가지를 손수 가지치기하시는 모습을 보면서 생명이 있는 작은 식물이나 동물에게도 동일한 관용을 갖고 계신 분이라는 것을 알게 되었고 그런 부분을 조금이나마 닮아가려고 노력해야겠다고 느끼게 하신 분이었다.

밝은 사회 운동을 경희 학원뿐만 아니라 국내 및 해외에까지 넓혀가려고 노력하시는 모습은 그분의 사람과 생명을 사랑하는 마음을 좀 더 외연적으로 확장하려고 노력하신 대표적인 사례라 할 수 있다. 학원장님은 여성 클럽에도 각별히 신경을 많이 쓰셨다. 여성인 엄마가 제대로 되고 바로 서야 가정도 화합하고 나아가 지역 사회 및 국가도 안정되고 발전한다고 보시고 미래 국가 발전을 위한 여성의 역할이 무척 중요하다고 말씀하셨다.

학창 시절부터 시작해서 사회 생활을 마치고 지금의 여든의 나이가 되기까지 내 삶을 돌이켜보면 그 동안의 내 인생에 있어서 롤 모델이자 가장 존경해왔던 분은 바로 조영식 학원장님이 아니었나 생각한다. 경희학원 안에서 12년간 경희유치원 원장직을 맡으면서 그분을 모시고 매달 만나 뵙고 말씀을 나눴던 그 시절을 돌이켜보면 항상 자부심이 느껴지고 행복하고 그리운 직장생활이 아니었나 생각한다. 나는 지금도 학원장님이 유치원에 내원하셔서 함께 찍었던 사진을 집 거실 피아노 위에 두고 있다. 여든이 넘었지만 아직까지도 가장 존경하고 그 삶을 배우고 싶고 그리고 가끔 견디기 힘들거나 마음이 무거울 때, 이럴 때 학원장님이면 어떻게 하셨을까? 어떻게 해결했을까 생각하면서 그분께서 몸소 실천하셨던 관용의 삶을 상황과 환경에 맞게 실천하고 노력하는 것을 잊지

사진 1. 학원장님과 경희유치원 교정을 걸으며

않기 위해서다. 요즘과 같이 교육자들과 어른의 권위가 떨어진 이 시기에 그분과 함께 일했던 경희유치원 교정에 문득 가보고 싶을 만큼 그 시절 이 그립다.

소망의 정상을 향한
끊임없는 노력

김화례
전 경희대학교 무용학부장

　올해는 조영식 박사님의 탄생 100주년과 세계 평화의 날 40주년이 되는 해다. 항상 온화한 미소와 사랑, 뜨거운 열정을 품고 일생을 보내신 그를 떠올려 본다.

　조영식 박사님은 경희대학교, 경희의료원, 경희 중·고등학교 등을 비롯한 경희 학원을 설립하셨다. 또한 세계대학 총장 회의를 창립하셨으며, 세계 평화의 날과 세계 평화의 해를 UN에 제의하여 제정 선포하게 하신 바 있다. 이렇듯 국내·외로 많은 업적을 남기신 분이기에 경희인 모두는 그를 매우 자랑스럽게 생각하고 있다.

조영식 박사님은 항상 학교를 걱정하셨고, 이를 더욱 발전시키고자 하는 마음과 헌신의 노력으로 살아오셨다.

지난 나의 교수 시절, 내 눈에 비친 조영식 박사님은 사랑과 격려로 많은 경희인에게 자신감을 가득 부어주신 따뜻한 모습이셨다. 반면 그 내면의 모습은 외모와는 달리 매우 강인하고 뜨거운 열정이 가득 찬 느낌이었다. 이는 경희대학교를 현 지면에서 국내는 물론 저 넓은 세계 속 정상을 향해 날아오르게 하고픈 소망이었을 것이라 느껴졌다.

나는 아직도 잊혀지지 않는다. 조영식 박사님은 경희인 모두를 사랑하셨지만, 그중에서도 무용학부에 대한 사랑은 그 무엇과도 비교할 수 없는 사랑이었다. 크고 작은 각종 행사 후 아낌없는 사랑의 격려로 무용학부 모두에게 자신감과 더 도약할 수 있다는 희망의 메시지를 느끼게 해주셨다.

이러한 사랑과 격려를 받으며 성장해온 오늘의 무용학부이기에 다른 단과대학들과 함께 경희대학교 캠퍼스 안에 당당히 우뚝 설 수 있지 않았나 생각해본다.

이번 조영식 박사님 탄생 100주년을 계기로 그동안 흘러간 많은 시간 속에 변화된 경희대학교의 전경을 바라본다. 열정을 가지고 건축하셨던 평화의 전당을 비롯하여 이제는 빈 공간이 거의 없을 정도로 가득 세워진 캠퍼스 건물 사이 사이로 불어오는 시원한 순풍과 함께 그의 숨결이 느껴지는 것 같다.

　그동안 우리 경희인 모두는 경희대학교의 위상을 높이기 위해 많은 노력을 기울여왔으며, 오늘의 경희대학교로 발전시켜 왔다. 앞으로도 조영식 박사님의 뜻을 이어받아 그 소망의 정상을 향해 끊임없는 노력의 나래를 펼침으로써, 경희대학교의 위상이 한층 더 높아질 수 있기를 간절히 기원해 본다.

꽃동산에서
아름다웠던 시절

조 정례
조 정례 한의원원장, 경희대한의학과 81학번

저는 경희대 81학번 졸업생입니다.

1980년 5월의 민주화 항쟁 속의 어수선한 분위기에서 고3 입시 공부를 마치고 경희대를 입학했습니다. 입학식을 노천극장에서 하고 본관과 도서관을 돌아보면서 사진으로만 보던 웅장한 건축물을 보면서 나 자신이 업그레이드되는 듯한 느낌을 받았습니다. 그 당시에는 물론 학교 밖의 풍경과 다소 어울리지 않는 교문도 있었습니다. 교문이 너무 크고 멋있기 때문입니다. 지금 모교를 찾아보면 교문이 좁아 보이기도 합니다. 듣기로는 조영식 총장님이 주위의 만류를 물리치고 본관, 도서관, 교문을 멋있게, 튼튼하게, 웅장하게 짓겠다는 의지가 확고했기 때문이라고 합니다. 교문을 지나면 머리에 닿을 듯한 고목의 벚나무가 줄지어 있었고 그 중간의 왼편에 녹원이라는 정원이 있어 가끔씩 교우들을 그곳에서 만나 이야기를 나누기도 했습니다. 학교 곳곳에 3월이면 순백색으로 피어오르던 목련들은 우리 경희대학교의 교화이기 전에 내 마음을 정화시키는 존재였습니다. 곧이어 개나리, 진달래, 영산홍, 벚꽃, 모란 등 그야말로 꽃동산이었습니다. 그 꽃동산에서 만나는 친구들은 모두 활기차고 현재를 만끽하고 미래를 준비하는 이들이었습니다.

그 당시에 인자하신 미소를 띤 조영식 총장님은 우리 재학생들에게 비전을 보여주시고 마음껏 공부할 수 있는 장을 만들어 주셨습니다. 특히 기억에 남는 장면은 무더운 여름날 도서관에 몸소 들르셔서 공부하는 우리들을 독려해 주셨던 에피소드입니다. 무더위에 애쓴다며 시원하게 먹을 음료도 준비해 주셨습니다. 과거는 다 소중하고 아름답다지만 대학 시절은 졸업한 이후에도 가끔씩 불현 듯 머리에 파노라마처럼 펼쳐지곤 합니다. 지금은 교정에 건물들이 빼곡히 들어차 있어 연구도 많이 하고 공부도 많이 하는 측면이 보이기도 하지만 여유로웠던 80년대가 그립기도 합니다. 기회가 닿아 좋다는 여러 관광지를 구경하지만 파릇파릇했던 20대 초반의 학교 교정에서 느꼈던 부품, 희망, 들뜸은 좀처럼 느껴지지 않습니다. 장마 이후에 무더위가 꺾이고 아침, 저녁으로 선선한 바람이 불어옵니다. 대학교 시절 밤 늦게까지 공부하고 도서관을 나와 대리석 교문을 나설 때의 지식과 지혜가 어제보다 조금 더 늘었다는 보람으로 가슴이 채워지고 사회에 진출하면 거칠 것이 없겠다던 그 때가 그립습니다. 지나간 시간은 되돌릴 수 없고 그 때의 만족감을 현재 우리 모교 경희대에서 공부하고 있는 후배들이 많이 느끼고 있고 체험할 것이라 기대합니다.

조영식 이사장님, 조영식 학원장님보다 저는 조영식 총장님이 더 친근합니다. 제가 대학 다닐 때의 존칭이었기 때문입니다. 신흥 대학을 인수하여 경희대학교를 만드느라 노고가 많으셨다는 이야기를 선배님들에게 듣기도 했습니다. 총장님이 아니었다면 저를 비롯한 수많은 경희 가족이 다른 인생 행로를 걸었을 터인데 그 길은 꽃동산에서의 꽃길이 아니라 가시밭길이 아니었을까 생각하니 다시 한번 조영식 총장님께 감사할 따름입니다.

美源 조영식 학원장의 기도

김우식
경희대학교 심장내과 교수, 경희대 교수협의회 의장

2007년 경희대병원 심장내과 스텝으로 근무하면서 9층 병동에서 美源을 진료했다. 美源의 vital sign이나 심장 리듬이 나빠지면 심장내과 스텝인 내게 연락이 왔다. 진찰을 하고, 심초음파를 검사하면서 美源의 상태를 관찰했다. 이 글의 요청을 받고 내가 알고 있는 美源은 지금 언급한 정도 밖에 없었기에 거절하고 싶었다. 하지만 先親께서 종종 美源과 경희대에 관해 말씀해 주셨던 것이 생각났다. 先親은 평양 출신이고, 기독교인이다. 美源도 평양 출신이고, 기독교인이다. 先親과 美源 두 분을 회상하고 싶었다.

先親과 美源은 왜 그리운 고향을 떠나 남쪽으로 오셨을까? 1945년 해방 후 북한을 탈출해서 실향하게 된 사람은 백만 명이 넘는다. 이에 비해 십만 명 정도가 자진 월북을 했다. 해방 후부터 북한에서 무슨 일이 있었고, 얼마나 급하게 진행되었는지 알고 싶었다. 주변 어르신들에게 가족이 남한으로 오게 된 이유를 여쭤보았다.

"왜 남한으로 오시게 되었어요?"

"아버지께서는 함경도에서 국어 교사로 근무하고 있었는데, 김일성을 찬양하라는 글을 쓰지 않았다고 마을 주민들이 모인 곳에서 총살을 당하셨지요. 당시 3살이었지만 엄마 옆에서 본 그 현장이 아직도 기억이 나요."

"황해도에 살고 있었는데, 아버지가 혼자 가는데 갑자기 트럭이 멈추더니 인민군으로 끌고 갔어요. 다행히 탈출했지요. 아버지는 집으로 돌아와서 먼저 부산으로 피신했고 나중에 가족들이 내려갔지요. 당시에 2살 된 오빠가 있었는데, 자꾸 보채 친정 엄마와 오빠는 집으로 돌아가고 나머지 식구만 내려왔지요. 엄마는 평생 내게 오빠에 대한 얘기는 하지 않았어요."

"영화 킬링필드 보셨지요? 그 일이 일어나고 있었어요…."

해방 후 러시아군이 들어오고(어떤 미친 놈은 해방군이라고 한다), 김일성이 조직을 장악하면서 북에서는 킬링필드가 시작되었다. 공산당의 첫 번째 숙청 대상은 기독교인, 지식인, 지주 등이었다. 美源의 선친은 평안남도 운산군에서 광업을 하고 있었다. 광산이 몰수당하고, 가족이 모두 기독교인이고 지식인이었으니 견디지 못하고 1946년 남한으로 오시게 되었다. 先親도 美源과 비슷한 사유로 1·4 후퇴 때 고향을 떠났다.

美源은 전쟁 중에 부산에서 학교를 세웠고, 전쟁이 끝나자 학교를 서울로 옮겼다. 경희의료원은 1971년 10월 개원했다(경희의료원은 올해가 개원 50주년이다). 경희대학교는 기독교 대학이 아니지만 경희의료원 6층에는 교회가 있다(사진 1). 교회 이름은 "성지에서 온 교회"다. 교회에 들어가면 美源의 이스라엘 성지 순례 발자취를 볼 수 있다(사진 2). 美源은 왜 이곳에 교회를 개척했을까? 美源은 이곳 성지에서 온 교회에서 무엇을 하셨을까?

북에서 남으로 탈출한 사람 중 많은 사람이 기독교인이다. 그들은 전쟁이 끝난 후 이 땅에 학교와 교회를 세웠다. 그들은 교회에 모여 창조주

사진 1. 경희의료원 전경과 성지에서 온 교회

사진 2. 교회 내부에는 美源의 이스라엘 성지순례 발자취를 볼 수 있다(좌). 주기도문을 가르쳐 주신 자리에 세워진 교회에서 촬영한 사진을 확대하였다(우).

하나님께 예배를 드렸고, 기도를 했다. 이들은 다른 세대에 비해 기도에 열심이었다. 주일뿐만 아니라 매일 새벽에 모여 기도했고, 수요일 저녁에 는 수요 기도회로 모였고, 금요일에는 밤을 새며 철야 기도를 했다. 북에 남아 있는 부모님, 형제들, 자녀들, 친구들을 생각하며 기도했다. 그들은 공산당을 피해 남한으로 왔지만 곧 다시 집으로 돌아갈 수 있을 것으로 생각했다. 사랑하는 아내와 젖먹이 아이 그리고 부모님을 남겨 놓고 내려 왔다. 왜? 곧 돌아갈 테니…. 하지만 전쟁 후 그들은 서로 왕래할 수 없 는 상태가 되었다. 러시아군과 공산당이 이웃에게 몹쓸 짓을 할 때 도와 주지 못한 것을 생각하면서 기도했다. 전쟁 때 죽은 엄마 옆에서 울고 있 는 어린 아이들을 외면할 수밖에 없었던 것을 생각하며 기도했다. 이웃의 어려움을 외면했던 자신을 돌아보면서 울면서 기도했다. 다시는 이 땅에 이러한 비극이 생기지 않기를 기도했다. 이 땅이 부강한 나라가 되기를 기도했다. 이 땅에서 생긴 비극을 하나님께 아뢰고, 침묵하면서, 이 땅이 부강하게 될 수 있도록 행동했다. 인재를 키우자, 나라를 부강하게 만들자.

6층 교회를 나오면 경희대학교 곳곳을 볼 수 있다. 美源과 사모님은 이곳에서 학교를 바라보면서 학교와 병원과 이 나라의 미래를 꿈꿨다. 이 학교에서 많은 인재가 나와 잘 살 수 있는 나라를 만들고, 이 땅에 자유민주주의를 꽃피우기를 소망했고, 많은 사람이 이곳에서 고침을 받기를 소망했다.

조영식 미원 옹과 나무 심던
임학도들의 추억 속 다짐

최원호
GCS 서울클럽 총무, 독도 회원

옹께서는 나무와 꽃을 좋아하는 어진 이셨다. 임학도들을 좋아하시고 좋은 가르침으로 키우신 고운 님이시다.

정현배 학장님과 전상근 부총장, 김영채 학장, 국민대학교 임학도들의 아버지 신만용 교수, 경희대학교 생태 시스템공학부 신미란 교수 등등도. 미원 님의 정성과 사랑으로 함께하신 님들이시다.

옹께서는 나무와 함께 살고 꽃과 돌과 물을 좋아한 신선이셨던 것 같다.

이른 봄 하얀 목련꽃이 피는 날이면 싱글벙글 환한 미소로 천국을 만난 어린아이 같았다. 회기동 1번지 교정을 꽃과 나무와 돌을 조경해서 상아탑 꿈동산을 만드신 걸 보면 알 수 있다.

등용문-정문을 들어서면 좌측에 녹원을 만드시고 좋아하시는 모습이 눈에 선하다.

풀 한 포기 돌멩이 하나, 나무 한 그루마다 생명의 존귀함을 아시고 혼을 담아 심고 가꾸셨다. 오죽하면 본관 앞 벚나무 숲에 온실을 만들어 묘목을 손수 기르시며 웃었다. 아마도 최초의 캠퍼스 묘 포장을 경희대학이 가진 것이다.

이후에는 내가 전공한 임학과를 만드시곤 퇴촌에 묘 포장을 두게 하시어 대한민국 산림녹화 사업에 앞장서셨다. 농부시며 시인이시고 철학자시고 교육자셨던 미원 옹은 숨은 임업인이셨다.

회기동 고황 산 돌산을 세계적인 캠퍼스 숲으로 조성하셨으며 경기도 광주의 퇴촌 일대의 수백만 평에 낙엽 송과 잣나무 숲을 만들고 가꾸신 분이 미원과 임학도들이다.

또한, 충북 영동에 황학산 수백 천여만 평과 광릉 숲 속 평화복지대학원 주변 숲 조성도 잣나무와 낙엽 송 등으로 조림하고 가꾸셨다.

그분의 5주기 때에는 신용철 박사님과 함께 추도식에 참석하기로 했는데 며칠 동안 이석우 교수 빈소를 지키시느라 병을 얻으셨나 보다. 연세 지긋하신 분이 너무 오래 봉사하신 게다.

김용식 성우형과 역사 얘기 나누며 강 구경, 산 구경을 하다 보니 별천지에 도착했다. 김영채 학장님도 함께하셨다.

묘역 조성은 자랑스런 나무 심는 일꾼 김광래 교수와 생전에 자리 잡은 산이란다.
완만하고 남한강이 내려다보이는 언덕에 회룡고조형 명당인 듯하다.
오정명 여사님과 합장되어 영면하시는 동산에 평화가 가득하다.
대동강도 녹아내리는 우수 지절에 삼백여 명의 추도객들이 모였다.
반기문 전 유엔 사무총장과 이수성 전 총리와 조정원 전 총장이 오시자 추도식이 시작되었다.

기록물 제작과 홍보 사업에 대한 3년간의 보고와 조경과 김 교수가 묘원 조성 계획의 이야기를 듣고 유족 대표로 조정원 님의 인사를 들었다.

사실상 10년 넘는 세월 간 대화도 못 하고 계셨는데요. 오늘 아주 좋아하실 것 같다. 배천 조씨 수종회와 세계평화공원으로 만들고 싶다고 하신다. 미원 평화 공원 내 기념 묘역 조성 사업을 하겠다시니 좋다.

71년부터 할머님께서 돌아가실 때 구입해서 효성을 다하신 모습이 선하다고 하신다. 어머님 10주기 때까지 기본 조성하시겠다며 감사하다는 인사를 하신다.

하늘이 파랗고 날씨가 좋다는 이수성 님의 인사를 듣는다.

반기문 님의 미래의 꿈을 향해 달려가는 미원 님의 추도사 겸 인사를 듣는다.

사회운동가시며 교육자시며 선견지명으로 세계를 이끄시고 경희학원을 만드셨다. 미래에 대한 혜안과 우주적 관점에서 은혜를 주신 분이 미원이시다고 회고하셨다.

한 인간의 비전이 얼마나 중요한가.

그분의 뜻을 바탕으로 우리가 계승 발전시키자.

하늘에 까마귀가 두 마리 노래 부르며 돌고 있다. 산신령님 사자들이다.

좌청룡 우백호 앞에는 청평 호수 북한강 앞산도 멀리 잘 생겼도다. 밝은 사회 운동도 더 잘 될 것이고 세계평화 운동이 잘되어 인류 사회를 재건하여 문화 세계를 창조해 보자.

우리 모두 합심해서 평화 통일을 이루자.

한반도의 평화를 사랑하는 사람을 키워내는 기쁨으로 사셨던 님과 함께 나무를 심고 가꾸던 추억이 눈에 선하고 그립다.

오 오 내 사랑, 목련화야. 그대 내 사랑 목련화야. …그대처럼 순결하고 그대처럼… 오늘도 내일도 영원히 아름답게 살아가리라.

미원 옹의 마음으로 목련 꽃이 아름답고 사랑스런 애인과 동격이 된 것이다.

새와 대화하고 나무와 사랑을 속삭이던 소년은 갔다.

한반도의 평화를 위해 열심히 유엔에 가입하고 세계 평화의 날을 제정하려 동분서주하시던 님은 우리 곁에 존재한다.

"밝은 사회 이룩합시다." 하는 함성으로 우리 곁에 존재한다.

지금은 대통령이 되어 봉사하는 문재인 대통령. 미원 옹께서 가꾸시고 심혈을 기울여 사랑으로 키우신 결과인 듯하다.

지도자를 잘 키워 내면 좋은 세상 만들기 지름길이다.

우리들을 길러내신 분이 미원 옹이시다.

한 분 한 분 모두 인류사회재건을 위해 미원의 분신이 되자.

한 사람 한 사람이 문화 세계의 창조자가 되자.

아름답고 행복하고 건설적인 밝은 사회 이룩합시다.

나무가 되고 풀이 되어 바위가 되어 물이 되어 봉사하는 마음으로 영원토록 임학도였던 님에게 감사드린다.

조영식, 목련화 혹은
꿈꾸는 리얼리스트

홍용희
문학평론가, 경희사이버대학교 교수

나의 삶에서 조영식 학원장님을 뵈었던 기억은 참으로 밝고 환하다. 학원장님을 비교적 근거리에서 뵐 수 있었던 것은 경희사이버대학에 부임하면서 목요세미나에 참여하게 되면서부터다. 당시에 느꼈던 학원장님에 대한 가장 강렬한 인상은 꿈꾸는 리얼리스트였다. 그의 삶은 철저히 현실에 기반하고 있으나 가슴은 늘 불가능해 보이는 꿈을 안고 있는 분으로 생각되었다. 그의 목소리와 눈빛은 고요하고 자애로웠지만 당위적 요청 사회를 향한 신념과 열정이 단호하고 형형했다.

실제로 그의 리얼리스트로서의 면모는 불가능해 보이는 꿈의 현실화를 통해 구현되고 있었다. 그는 일제 강점기와 한국 전쟁으로 이어지는 어둠의 역사를 직접 겪으면서 밝고 환한 평화의 세계를 누구보다 간곡하게 꿈꾸고 이를 현실 속에서 선구적으로 개척하고 실현해 나갔다. 그는 불가능해 보이는 현실의 역경을 오히려 가능성의 에너지로 전환시키는 역정을 지속적으로 보여주었다. 그가 전쟁의 포화 속에서 《문화세계의 창조》(1951)를 집필하고 냉전 체제의 대결 구도가 세계 대전으로 치닫던 시기에 UN을 통해 세계 평화의 해를 선포하고 평화의 원년으로 삼도록 한 것은 구체적인 실례다. 그는 문화 세계 창조와 평화의 구현이 자신은 물론 세계의 궁극적 지표이며 소명이라는 것을 생활 철학으로 내면화하고 있었던 것이다. 그의 목요 세미나를 통한 가르침 역시 문화 세계 창조와 평화 사상 그리고 이를 기반으로 한 네오 르네상스 운동으로 집중되었다. 그의 이러한 삶의 역정과 자세를 정서적으로 가장 잘 감각화한 것이 나는 그가 직접 작시한 〈목련화〉라고 생각한다. 이 자리를 빌어 그의 〈목련화〉를 분석적으로 깊이 읽어 보고자 한다.

목련화

오 내 사랑 목련화야 그대 내 사랑 목련화야
희고 순결한 그대 모습 봄에 온 가인과 같고
추운 겨울 헤치고 온 봄 길잡이 목련화는
새 시대의 선구자요 배달의 얼이로다
그대처럼 순결하게 그대처럼 강인하게
오늘도 내일도 영원히 나 아름답게 살아가리

오 - 내 사랑 목련화야 그대 내 사랑 목련화야
오늘도 내일도 영원히 나 아름답게 살아가리라

오- 내 사랑 목련화야 그대 내 사랑 목련화야
내일을 바라보면서 하늘 보고 웃음짓고
함께 피고 함께 지니 인생의 귀감이로다
그대 맑고 향긋한 향기 온누리 적시네

그대처럼 우아하게 그대처럼 향기롭게
오늘도 내일도 영원히 나 값 있게 살아가리
오- 내 사랑 목련화야 그대 내 사랑 목련화야
오늘도 내일도 영원히 나 값 있게 살아가리라

이 시는 시인의 목련화에 대한 무한한 환희, 경이, 동경의 정서가 유려하면서도 간곡한 음조를 통해 섬세하게 스며 있다. 반복되는 후렴구로 등장하는 "오- 내 사랑 목련화야 그대 내 사랑 목련화야"에서 감탄어 "오-"는 목련화에 대한 시인의 형언할 수 없는 친밀한 애정의 직접적 표출이다. 개념적인 사고 이전의 원초적 심상의 음역에서 솟구쳐 오르는 이러한 감탄어는 시인과 목련화의 내밀한 상호 공명의 울림으로 해석된다. 다시 말해, 시인에게 목련화는 이미 객관적인 관찰의 대상이 아니라 상호 교감의 대상이며 미적 동일시의 대상으로 존재한다. 그래서 목련화의 존재는 자연스럽게 의인화되어 "그대"라는 친밀한 인격적 대상으로 호칭된다.

그렇다면, 시인이 열정적으로 경탄하는 목련화의 미적 실체는 무엇일까? 그것은 목련화의 "희고 순결한" 절대 순수와 "추운 겨울 헤치고 온 봄 길잡이"라는 강인한 개척자의 모습에 있다. 목련화는 여성적 부드러움과 남성적 강인함을 동시에 지니고 있는 것이다. 그래서 시인은 목련화로부터 "봄에 온 佳人"의 얼굴과 "새時代의 선구자요 배달의 얼"의 기품을 함께 발견하고 있다. 특히 목련화로부터 "배달의 얼"을 연상한 것은 일차적으로는 목련화와 백의민족으로 지칭되어 온 흰색의 색채 이미지에서 비롯된 것으로 해석된다. 그러나 좀 더 심층적인 층위에서는 목련화의 한없이 연약하고 부드러우면서도 강인한 생명력에 상응하는 우리 민족의 속성에서 찾아진다. 우리의 배달민족이야말로 온갖 수난과 질곡의 역사를 온몸으로 헤치면서 찬연한 문화적 전통을 창조해 온, 가장 연약하면서도 가장 강인한 속성을 지닌 민족이라고 할 수 있기 때문이다. 물론, 이러한 정황은 또한 시인 자신의 "새 시대의 선구자요 배달의 얼"에 대한 간절한 선망과 지향성이 목련화의 "희고 순결"하면서 이른 봄에 피어나는 "봄 길잡이"로서의 모습에 열정적인 미적 가치를 부여하게 된 배경이 된 것으로도 해석된다.

이와 같은 시인의 내적 지향성과 목련화와의 상호 공명과 감응의 관계성은 점차 완전한 일체화의 단계로 나아간다. 그리하여 시인은 "그대처럼 순결하게 그대처럼 강인하게/오늘도 내일도 영원히 나 아름답게 살아가리"라고 노래한다. "오늘도"에서 드러나듯, 이미 그는 목련화의 "희고 순결"한 미의식과 절조를 자신의 생활 정서로 내면화하고 있다. 따라서 여기에서 "목련화"는 시인의 삶의 방향성을 인도하는 주체면서 또한 시인의 삶의 일상을 감각적으로 드러내는 곡진한 반영태이다.

3연에서는 목련화의 천상을 향해 피어있는 밝고 환한 모습을 예찬하고 있다. 중력의 하강성을 견디면서 천상을 향해 지등(紙燈)처럼 피어 있는 목련화로부터 시인은 "내일을 바라보며 하늘 보고 웃음 짓"는 미래지향적이고 낙관적인 상승 의지를 읽어내고 있다. 시인 특유의 고통과 역경에 함몰되지 않는 의지력과 자기 고투의 결연한 정신이 내밀하게 배어 있는 대목이다. 이와 더불어 목련화는 "함께 피고 함께 지"는 순일성으로 "인생의 귀감"이 되고 있다. 물론 여기에서 "인생의 귀감"을 수식하는 내용은 1연에서부터 반복적으로 노래하고 있는 목련화의 절대 순수와 강인한 의지에서부터 미래지향적인 자세까지 모두 포괄된다.

3연의 마지막 행에 이르면, "그대 맑고 향긋한 향기 온누리 적시네"라고 노래하고 있다. 여기에서 "향기"와 "적시네"라는 후각과 촉각의 심상은 목련화의 순결, 순수, 자유 의지로 표상되는 추상적이고 정적인 이미지의 구체적이고 동적인 전화다. 그는 목련화의 미 의식의 구체적인 감각화를 통해 "온누리"로 퍼져나가는 상황을 실감 있게 묘사해 내고 있는 것이다.

한편, "그대 맑고 향긋한 향기 온누리 적시네"라는 진술에는 객관적인 사실성보다 주관적인 염원이 강렬하게 배어 있다. 여기에서 주관적인 염원이란 "온누리 적시네"에서 드러나듯 온 세상의 모든 사람이 목련화의 순백한 심상과 동일화되기를 바라는 기대다.

그렇다면, 목련화의 "희고 순결"한 절대 순수의 진경, "봄 길잡이"의 선구자적인 기품, "내일을 바라보며 하늘 보고 웃음 짓"는 미래 지향적이고 낙관적인 자세가 "온누리"의 인간 삶 속에 드리워진 세계란 과연 어떤 것인가? 그것은 바로 학원장님이 일생 동안 추구해 온 "문화 세계 창조"가 아닐까? 이것은 또한 목련화의 미 의식과 정신 세계란 그가 일생에 걸쳐 열정적으로 추구해온 문화 세계 창조의 원형 심상이라고 할 수 있다.

경희의 캠퍼스에 해마다 봄이 오면 목련화가 눈부시게 피어난다. 학원장님은 가셨지만 학원장님의 삶과 사상은 해마다 '봄 길잡이로'서 환하게 일깨우고 밝히시는 것이다.

'미래는 꿈꾸고 상상하는 자의
손 안에 있다'

김미경
생각곳간 대표, 사회학 박사

저는 경희대학교 평화복지대학원 4기 졸업생입니다. 1986년 3월에 입학하여 1988년 8월에 졸업하였습니다. 조영식 학원장님을 처음 뵌 날이 엊그제 같은데 벌써 35년이 흘렀다니 세월의 무상함을 느낍니다. 시간이 흐를수록 학원장님을 향한 감사와 존경의 마음은 깊어만 갑니다.

제 고향 부산에서 대학을 마칠 즈음에 우연히 보게 된 신문 광고가 인생의 전환점이 되었습니다. '한국 최초의 국제대학원', '전 과목 영어 수업', '전액 장학금'이라는 파격적인 내용에 눈이 휘둥그레졌고 '세계 평화', '지구 사회', '지도자 양성' 등의 설명을 읽는 순간 '바로 여기다, 경희대학교 평화복지대학원!'이라며 가슴이 뛰었던 기억이 생생합니다.

1986년, 연녹색의 새순들이 막 올라올 즈음, 경기도 남양주 군 광릉 수목원 옆에 둥지를 튼 평화복지대학원 캠퍼스에서 조영식 학원장님을 처음 뵈었습니다. 새로 입학한 저희 여섯 명의 손을 한 명, 한 명 잡아주시며 매우 기뻐하셨지요. 따뜻하면서도 진중한 청년의 이미지였습니다. 짙은 눈썹이 인상적이었습니다. 당시 학원장님의 연세가 65세셨습니다.

학원장님은 바쁜 일정 중에서도 또 서울과 경기도라는 물리적인 거리에도 불구하고 학생들을 보러 자주 캠퍼스로 오셨습니다. "제군들은 일당 백이야!"라고 응원해 주셨지요. 같이 식사하고, 대화하고, 운동하면서 친밀해지려고 하셨습니다. 정말 새까만 후학인 학생들을 마치 친자식처럼, 친한 후배처럼 소탈하게 대하셨지요. 편한 운동복차림으로 남자 선배들과 같이 탁구를 치기도 하셨는데 눈치도 없이 이겨 먹으려고(?) 덤비는 학생들을 미소로, 실력으로 제압하시곤 하셨지요.

이 에세이를 쓰기 위해 학원장님께서 쓰신 글들과 학원장님의 평화 사상에 관한 글들을 다시 찾아 읽었습니다. 그리고는 35년이 지난 이제야 그 때 하신 말씀들이 퍼즐 조각처럼 맞추어진다는 것을 깨달았습니다. 컴퓨터 기술의 발전과 인간 상실, 국적을 초월한 문화와 사람들의 이동, 문명의 급격한 변동과 인권 존중 등을 당시에 설파하셨다는 것이 믿기지 않을 정도였습니다. 학원장님께서 식사 시간에 여러 번 강조하신 '현상들을 엮어서 볼 수 있을 때 그것들을 관통하는 진리도 꿰뚫을 수 있다'는 말씀의 의미를 알 수 있었습니다. 이제야 깨달은 것들을 그 때도 알았더라면 좀 더 많이 감사하고, 좀 더 깊이 새기고, 좀 더 겸손한 자세로 배웠을 것 같습니다. 학원장님께서는 간파하고 계셨던 것 같아요, 자신이 무엇을 모르는지조차도 모르는 것이 청춘이라는 것을요.

자료를 읽다가 학원장님과 평화복지대학원에 관해 전혀 알지 못하던 내용을 보고 많이 놀란 적이 있습니다. 대학원이 매우 어려운 여건 속에서 지어졌기 때문에 학생들의 체력 단련을 강조하셨지만 체육복을 구매할 상황이 되지 못해 학원장님의 어머님과 부인께서 시장에서 천을 떠와서 직접 만들어 입혔다는 것과 교직원들의 봉급을 줄 재원 걱정 때문에 부인께서 길을 걷다가 전봇대에 이마를 찧기도 했다는 일화였습니다. 전액 장학금에, 무료 숙식에, 매달 생활비까지 받아가며 '미래의 지도자'로서의 온갖 혜택을 누리던 우리의 일상 뒤에 학원장님과 가족의 헌신과 희생이 있었다는 사실이 너무나 황망하고 죄송했습니다.

그러던 중 학원장님의 비전, 도전, 꿈의 실현 방식이 1950년에 이미 실시된 적이 있다는 것을 알게 되면서 죄책감이 상당히 줄었습니다. 한국전쟁 중에 건물도, 대지도 없던 상황에서 학생들을 모집하여 해운대 모래사장에서 천막 대학을 운영하신 전력(?)을 알게 된 것이지요. 또 하나의 중요한 퍼즐이 맞춰지는 순간이었습니다. 대한민국 최초로 파격적인 교육 조건을 가진 국제대학원이었던 평화복지대학원을 설립하기 수십 년 전에 이미 크게 '맨땅에 헤딩(?)'을 하신 거였습니다. 그런 도전과 성공의 역사가 평복대학원의 설립 전에 이미 있었습니다. '아, 역시 우리 학원장님!' 하는 순간이었습니다.

"미래는 꿈꾸고 상상하는 자의 손 안에 있다"고 자주 말씀하셨습니다. 다양한 비전과 패기로 각자의 분야에서 도전을 멈추지 않는 동문들을 보면서 조영식 학원장님의 정신이 살아서 움직이고 또 계승되고 있음을 봅니다.

그리운 학원장님, 감사합니다. 지켜봐 주십시오.

학생들을 향한 뜨거운
관심과 사랑

김종현
서울 신문방송국 행정실

학보사에서 오랜 기간 일하다 보니 대학의 주요 보직자들을 접할 기회
가 종종 있다. 대부분은 학생 기자들이 인터뷰를 하고 기사를 작성하는
게 일반적이나, 간혹 역대 총장님들에 대한 인터뷰가 진행될 때는 사안의
중요성으로 함께 배석할 때도 있었다.

학원장님에 대한 기억은 서너 번의 인터뷰 배석에서 만들어진 것이 대
부분이다. 학원장님이 어려운 시기에 대학을 설립하고 지금의 튼튼한 학

원으로 만들어 오기까지 녹록치 않았던 시간들은 이런저런 자료들을 통해 접해왔지만 가까이서 인간으로서의 학원장님을 경험하는 것은 그리 흔치 않았기에 인터뷰 자리는 그분을 알아 가기에 더없이 좋은 기회였다.

내 시선에서 학원장님은 뜨거운 사람이었다.

경희대학교의 오랜 시간을 생각하면 학생 기자들이 나름대로 인터뷰 준비를 한다 해도 충분치 못한 질문들이었을 텐데 학원장께서는 그런 질문에 더해 대학의 가치와 경희대학교의 미래를 설명하는 데 아주 열정적이었다. 그런 만큼 학원장님 인터뷰는 마음을 단단히 먹어야 했다. 대부분의 다른 인터뷰는 길어야 한 시간 내외였는데 학원장님은 기본이 2~3시간이었다. 어떤 인터뷰 때는 오전 10시 전에 시작해 점심을 먹고 간단한 디저트를 겸하면서 총 4시간을 넘겨 진행할 때도 있었다.

텍스트로 접해오던 경희대학의 역사는 학원장님의 이야기 속에서는 전혀 다르게 다가왔다. 설립 초기에 겪어야 했던 어려움, 두 번의 군사 쿠데타 끝에 다가왔던 대학의 위기, 그럼에도 불구하고 국내라는 우물 안 명문대학에 그치지 않은 세계를 대상으로 했던 명문 사학의 꿈… 생생하게 이야기 하는 우리 대학의 역사 속에서 왜 우리 캠퍼스가 자연의 모습 그대로를 유지하게 되었는지, 왜 다른 대학에 비해 '평화'라는 주제를 전면에 내세우게 되었는지를 좀 더 깊게 경험할 수 있는 시간이었다.

상대적으로 젊었던 필자나 학생 기자가 피곤함을 느낄 정도였으면 이미 당시에 연로하셨던 학원장께서도 적지않이 피로를 느꼈을 텐데 질문

사진 1. 1995년 5월 대학주보가 창간 40주년을 맞았을 당시 학원장님이 기자들과 함께 서울캠퍼스 중앙도
서관 앞에서 이야기를 나누었다. 30여 명에 이르는 기자들 전원이 학원장실에 들어갈 수 없었는데
학원장께서는 마침 봄볕이 좋다며 직접 도서관 앞으로 나오셨다. 낡은 사진 한 장으로 남았지만 이
때의 만남은 대학주보 기자들에게 두고두고 깊은 인상을 남겼다.

에 대답하는 그 모습은 전혀 그런 기미를 느끼지 못하게 할 정도였다. 오
히려 다음 일정으로 제한된 인터뷰 시간을 아쉬워할 정도였다.

학생 기자들의 오해나 잘못된 정보를 정정해주는 데도 열심이었다. 개
교 50주년 기념으로 준비하고 있던 세계 NGO대회 관련 인터뷰를 갔을
때도 당시 외부 시민 단체와의 사소한 의견 불일치에 대한 질문 대목에
서는 아주 강렬하게 불합리를 지적하는 목소리를 내기도 하셨다. 평소의
온화했던 목소리에 비춰볼 때 이례적으로 느끼기에 충분했다.

오래전 기억을 더듬다 보니 학원장께서는 학생들에게 가볍지 않은 애

정을 쏟은 분이셨던 것 같다. 기자라 해도 학생 신분이고 아직 배워나가야 할 때였는데도 절대 낮춰보지 않으셨다. 준비된 질의 응답이 끝나도 결코 그냥 돌려보내지 않으셨다. 식사 시간이면 함께 식사를 하셨고 기자 이전에 학생 신분으로서 겪을 수밖에 없었을 공부하는 어려움, 그리고 졸업 후의 장래 희망을 물어보면서 해줄 수 있는 많은 이야기를 들려주셨다.

당연한 이야기지만 학생 기자들도(대체로 편집장들) 학원장님에 대한 인터뷰를 하기 전과 후가 달라지곤 했다. 직접 학원장님을 만나기 전에는 막연하게 설립자 혹은 한번은 만나야 할 인터뷰. 이 정도로 생각하다가도 두세 시간의 대화를 통해 경희대학이라는 것, 그리고 대학의 책무라는 것에 대해 좀 더 깊은 생각을 가져가는 계기가 되곤 했다. 그리고 그 계기는 우리 대학을 좀 더 많이 알리고자 하는 기획으로 지면화 되곤 했다. 시대의 어른으로서 보여준 진정성은 누구라고 할 것 없이 감화를 주기 마련인가 보다.

가까이 있을 때 그 가치와 무게를 잘 느끼지 못하다가도 어떤 계기로 새삼 돌아보면 묵직하게 다가올 때가 있다. 학원장께서 꿈꿨던 대학의 모습이 학생 기자들에게도 온전하게 전달될 수 있도록 오늘 저녁엔 아이들과 삼겹살이라도 한판 구워봐야겠다.

1997년 일본 소카대학교에서
조영식 박사님을 만나 뵙다

황보선희
소카대학 26기생, 한국유학생

제가 조영식 박사님 일행을 뵌 것은, 학부 2학년에 재학 중이던 1997년 11월 소카대학교에서 열린 소다이사이(대학축제) 때였습니다. 매년 소카대학에서는 11월에 학생이 중심이 되어 3-4일에 걸쳐 소다이사이라는 학생 축제가 열립니다.

그 첫날은 주요 행사로 소카대학교의 설립자이신 이케다 다이사쿠 선생님께 헌창 및 표창을 드리기 위해 오시는 세계 각국의 내빈을 모시고 학생들이 그간 갈고 닦은 실력을 선보였습니다. 1997년 소다이사이 때

제가 재학 중 처음으로 한국 내빈을 맞이하게 되었고, 그 내빈이 바로 경희 대학교 설립자이신 조영식 박사님 일행이셨습니다. 한국 손님이 메인이 되면서, 저희 한국 유학생과 학교 내 일본 친구들 동아리인 한글문화연구회 멤버는 그 해의 소다이사이를 최고의 날로 만들기 위해, 학업과 아르바이트를 병행해야 생활할 수 있는 학생의 신분으로 시간을 쪼개어 가며, 늦은 시간까지 기획부터 준비 과정, 연습까지 돌이켜 보면, 잠도 몇 시간 못 자서 비록 몸은 힘들었지만, 그래도 마음만은 즐거운 하루하루였던 것 습니다. 긴 회의 끝에 저희는 사물 놀이와 조영식 박사님이 작사하신 〈평화의 노래〉를 한국어로 합창하기로 결정했습니다.

준비 기간이 생각보다 짧아서 사물 놀이 악기와 의상 마련 등 힘든 부분도 있었지만, 특히 일본 친구들은 한국 노래를 외워서 불러야 했기에 많이 힘들었을 텐데, 지금 생각해도 일본 친구들이 정말 열심히 잘 해주었습니다. 물론 연습뿐만 아니라, 틈틈이 조영식 박사님의 업적에 대해서도 공부해 갔는데, 그럴 때면 이케다 선생님과 조영식 박사님의 평화, 교육에 대한 특히 학생 한 사람 한 사람을 소중히 생각하시는 설립자의 따뜻한 마음을 느낄 수 있었습니다.

드디어, 소다이사이 축제가 개막되었고, 저희는 그 동안 열심히 준비한 공연을 선보이며, 한일 친구들이 손에 손을 잡고 〈평화의 노래〉를 열심히 합창했습니다. 합창이 끝나는 순간 조영식 박사님이 자리에서 벌떡 일어나셔서 이케다 선생님을 향해 두 팔을 벌려 포옹하시는 순간, 무대에 있던 저희는 그 동안 힘들었던 일들이 한순간에 모두 사르르 녹아내리는 듯한 뜨거운 감동을 받으며, 모두 "와" 하는 함성과 함께 환호하며 서로

부등켜 안으며 기뻐했습니다.

1부 공연에 이어 2부 행사에서는 조영식 박사님이 스피치를 하셨는데, 목소리에서 느껴지는 따스함과 인자함은 지금도 잊혀지지 않습니다.

그때 함께했던 일본 친구 중, 졸업 후 많은 친구가 한국 유학을 결심하였고, 그 중 경희대학교에서 공부한 친구도 여러 명 있을 정도였습니다. 그러한 의미에서도 97년의 소다이사이에서 조영식 박사님과의 만남은 저희에게 큰 영향을 주었습니다.

저 개인적으로는 한국에도 이렇게 훌륭하신 교육자 분이 계셨다는 사실이 한국인의 한 사람으로서 자랑스럽고 감사할 따름이었습니다. 앞으로 더 많은 청년들이 이렇게 훌륭하신 조영식 박사님의 위업을 계승하여 실천할 수 있기를 진심으로 바랍니다.

다시 한번 조영식 박사님의 탄생 100주년을 진심으로 진심으로 축하 드립니다.

이케다 다이사쿠(池田大作) 회장의 '새로운 천년의 여명: 경희대학교 창립자 조영식 박사께 드린다'를 읽고

손희정
중국미술학원

美源 조영식 박사의 업적에 대해, 이케다 다이사쿠 회장의 장편 시(詩)*
⟨새로운 천년의 여명: 경희대학교 창립자 조영식 박사께 드린다⟩를 읽고
관심을 갖게 되었다. 또한 본인을 비롯한 한국SGI 회원들에게 '조영식
박사와 오정명 여사 그리고 경희대학교의 창립 정신'이 대대적으로 알려

---

* 조영식 박사의 생애와 인류 평화에 기여한 업적, 그리고 과거 일본이 한국을 식민 통치하면서 저지른 만
행에 대한 사죄 등이 담긴 서사시, 황병곤, ⟪조영식과 이케다 다이사쿠의 평화 사상과 계승⟫, 조영식 이
케다 다이사쿠 연구회 총서 1, 한국학술정보, 2018, p.160.

지게 된 계기가 있었다. 그것은 조영식 박사에 대한 일본 소카대학교*의 명예박사학위 수여식에서 연설한 이케다 다이사쿠 회장의 축사가 전해 지면서다. 현시점에서 볼 때, 당시 한국은 IMF 시기를 겪고 있었기 때문에 조영식 박사에 대한 일화가 극심한 경제고로 힘겨워했던 서민들을 감흥시키기에 다소 한계가 있었겠다고 판단할 수 있다.

그러나 국가 부도 상황 속에 있었던 100만이 넘는 한국SGI 회원들에게 현해탄 건너 들려온 '조영식 박사에 대한 일본 소카대학교의 명예박사학위 수여' 소식은 한국인으로서 강한 긍지와 자부심을 갖게 하였다고 생각한다. 게다가 세계 평화를 위해 다대한 공헌을 하신 조영식 박사와 이케다 다이사쿠 회장의 연설은 요원한 한일 관계에 새로운 희망의 등대가 되었다. 그리고 다음 해 이케다 다이사쿠 회장에 대한 경희대학교의 명예철학박사 학위 수여는 양국 문화와 교육의 교류발전에 가치적이고 실질적인 기여를 하였다.

한편 조영식 박사의 오토피아(Oughtopia)** 평화론과 이케다 회장의 니치렌불법 평화 사상의 실현은 세계 대전을 직접 경험한 두 위인의 강인한 의지가 있었기 때문에 관철해 낼 수 있었다고 생각한다. 이러한 이유로

---

* 이케다 다이사쿠 회장이 2001년 캘리포니아에 설립된 '미국 소카대학교(Soka University of America)'와 구별하기 위해 '일본 소카대학교'라 칭함.

** 신충식, 〈조영식의 '오토피아' 윤리 사상의 칸트적 기원〉, 《조영식과 이케다 다이사쿠의 평화 사상과 계승》, 조영식 이케다 다이사쿠 연구회 총서 1, 2018, pp.45~64.; 하영애, 《조영식과 평화 운동》, 한국학술정보, 2015, pp.52~120.

전쟁을 겪지 않은 세대에게 평화의 필요성과 소중함을 깨닫게 한다는 것은 매우 어려운 과제일 것이다. 그렇기 때문에 조영식 박사와 이케다 다이사쿠 회장이 교육 사업에 더욱 심혈을 기울였다고 생각한다.

일례로 한국의 명문 사학인 경희대학교는 경계와 차별을 넘어 차이의 공존을 실현하며 지구공동사회 건설과 문화 세계를 창조하여 평화로운 인류 사회에 기여하는 인재를 양성하는 교육 기관이다. 그리고 일본 소카대학교는 인류의 평화를 지키는 요새로서 창조적인 인간 교육의 최고 교육 기관으로 새로운 지구 문화 건설의 요람이 될 것을 추구하며, 생명 존엄의 인간주의를 확립하고 자타 함께 행복이라는 가치를 창조하는 지덕을 겸비한 인재 육성을 지향하고 있다.

이와 같이, 한국과 일본의 사립교육기관을 대표하는 경희대학교와 일본 소카대학교는 인류 공영을 위한 평화 문화를 창조하는 인재 육성이라는 공통의 목표로 가지고 있어 불가사의한 인연을 느끼게 한다.

그런데 美源 조영식 박사 탄생 100주년을 맞이하며, 후학들에게 남겨진 '창립 정신의 계승'이란 과제를 간과할 수는 없을 것이다. 조영식 박사의 평화 사상을 실현하기 위한 구체적인 방안은 팍스 유엔과 GCS* 등에 대한 다양한 연구와 단체 활동 등을 통해 실현되고 있다. 그러나 조영식

---

* "Good will, Cooperation, Service-Contribution"의 약자. 손재식, 〈미원 조영식 박사의 평화 사상과 실천〉, 《문화세계의 창조와 세계시민》, 조영식 이케다 다이사쿠 연구회 총서 2, 한국학술정보, 2020, pp.19-31.

박사의 심오한 사상과 방대한 구상을 감안하면 제2, 제3세대를 거치면서 그 실천 의지가 감소될 것을 우려하지 않을 수 없다.

따라서 포스트(Post)-코로나 시대에는 인류 공영을 위한 평화 문화를 창조하는 인재 교육에 대한 치밀한 계획이 더욱 더 필요할 것이다. 여기에는 주입식 교육이 아닌 교육 대상에 대한 철저한 이해를 통해 그들이 스스로 임파워먼트(Empowerment)를 발현해 낼 수 있게 하는 교육 기술 연구가 선행되어야 할 것이다. 왜냐하면, 점차적으로 교육을 받는 대상의 선택 권한이 확대되면서, 인류 공영을 위한 높은 가치의 교육 콘텐츠라 하여도 선택받지 못한다면 결국 도태될 수밖에 없기 때문이다.

이케다 다이사쿠 회장은 자신의 서사시에서 조영식 박사를 "새로운 천년의 여명!"이라 하였지만, 새로운 천년의 여명을 만들어 내는 것은 결국 "천년을 계승할 新인류!"라고 생각한다. 이러한 이유로, 포스트-코로나 시대에는 인류의 공생 공영과 세계 평화가 최고의 가치로 고착되어 인도주의적 경쟁을 주도하는 제2, 제3의 美源 조영식 박사가 지속적으로 출현하길 바라는 바다.

조영식 · 이케다 다이사쿠
연구회의 인연으로

노무라 미찌요
장안대학교 호텔경영과 외국인교원

저는 1994년부터 1998년까지 일본 소카대학교에 다녔습니다.

1997년에는 조영식 박사가 소카대에 오셔서 명예철학박사 학위를 받으셨고, 소카대 축제에서 열리는 기념 페스티벌에 소카대 창립자 이케다 다이사쿠 박사와 함께 참석하셨습니다. 그 자리에서 소카대 재학생 중 한글문화연구회와 한국에서 온 유학생들의 전통 타악 퍼포먼스가 있었습니다. 퍼포먼스를 모두 관람하신 후 조영식 박사와 이케다 박사가 포옹하시는 장면이 있었습니다.

저는 아쉽게도 그 자리에 없었지만, 영상 등을 통해 본 그 장면은 (지금도) 인상 깊게 남아 있습니다. 당시 그 장면을 바로 앞에서 본 학생이 한국 유학을 결심해 박사학위 취득까지 한국에서 공부했다는 이야기를 들었습니다.

저는 소카대 재학 중에 한국 문화에 관심을 가지게 되어 한국어를 공부하기 시작했습니다. 1997년에 소카대의 전통 행사인 한글 스피치 콘테스트에 도전했고 그 해 참가자를 중심으로 1998년 봄에 경희대학교로 초대를 받았습니다.

경희대학교를 처음 방문했을 때 캠퍼스가 매우 웅장하여 놀랐습니다. 학교 내 모든 건조물에서 이념적 배경이 느껴져 그 점에서 소카대 캠퍼스와 공통점이 있다고 생각했습니다. 경희대학교에는 등용문, 교시탑, 평화의 전당 등이 있으며 소카대학교에는 수많은 청동상과 비석, 그리고 신세기 다리, 문학의 연못, 이케다 기념강당 등이 있습니다.

당시 저는 소카대 캠퍼스밖에 몰랐지만 1998년 여름에 한국으로 유학을 왔고 그 후 한국의 여러 대학교 캠퍼스를 방문하면서 경희대학교 캠퍼스의 이념적 특징을 새삼 느끼게 되었습니다.

캠퍼스의 공통점으로 인해 조영식 박사가 소카대로 오셨을 때 매우 반가워하시지 않았을까 상상해 봅니다.

제가 대학생이었을 때는 세상을 너무 몰라서 사람은 이념대로 사는 것이 당연하다고 생각했지만, 사회에 나와서 시간이 지나니 그러한 삶이 얼마나 실현하기 어려운지를 통감하고 누구나 할 수 있는 일이 아니라는 것을 느끼는 요즘입니다.

이념을 추구하는 고결한 삶을 관철하신 조영식 박사는 인류를 위해 헌신해 오신 이케다 박사와 만나셨을 때 서로 통하는 부분이 있어서 얼마나 반가우셨을까요.

저는 아직 조영식 박사에 대해서 많은 것을 알고 있지 못하지만 조영식·이케다 다이사쿠 연구회의 일원으로서 지속적으로 배워나가며 저의 입장에서 최선을 다할 수 있도록 정진하겠습니다.

'Oughtopia 사상'에 대한
깊은 관심과 공감

이규선

수명산경희한의원 원장, 한의학 박사,
경희대학교 한의학과 96학번

1998년 5월 15일 이케다 선생님께서 본교 명예철학박사 학위 수여를
위해 오셨을 때, 저 또한 수여식이 열린 음악대학 크라운관 앞 먼발치에
서 수여식을 위해 입장하시는 학원장님, 이케다 선생님을 뵐 수 있었습니
다. 한국(SGI) 경희대 대학부는 이케다 선생님의 본교 방문을 기념하며, 5
월 17~18일 양일 간 서울캠퍼스 내에서 제1회 캠퍼스 평화 문화 활동으
로서 '인간주의의 세기를 향하여 展'을 개최하고, 이념 대립에 의한 전쟁
으로 얼룩진 20세기를 보내고, 다가오는 21세기는 전 인류의 행복과 평

화의 세기로 만들어야 한다고 알려갔습니다. 이 활동은 지금까지도 매년 '동고(同苦)', '공생(共生)', '격려(激勵)' 등의 주제로 전국의 대학 캠퍼스에서 유니피스 평화전(전시, 세미나, 영상전, 각종 토론회)을 실시하며 학우들에게 인간주의 부흥과 모두 함께 행복한 문화 창달을 알려가는 유니피스(UNI-PEACE, 전국대학생평화연합동아리)의 모태가 되었습니다.

제가 본격적으로 조영식 학원장의 사상에 대하여 접하게 된 것은 이듬해 열린 1999년 5월의 제2회 캠퍼스 평화 문화 활동이었습니다. 1999년 한국(SGI) 경희대 대학부 모임의 교내 담당을 맡게 되면서, 서울캠퍼스에서 〈전쟁과 평화 展〉을 기획, 준비하였는데, 이 전시회에 학원장님의 저서를 함께 전시하여 두 분의 사상과 철학, 해오신 활동을 함께 소개하자는 의견이 나왔습니다.

학원장 비서실장님을 찾아뵙고 의사를 전달 드리고, 허락을 받아 20여 권에 이르는 학원장님의 저서를 대여받았습니다. 그리고, 도슨트 교육을 준비하며 자연스럽게 학원장님의 저서를 공부하게 되었습니다.

특히 학원장님의 Oughtopia 사상에 대한 깊은 관심과 공감을 느끼게 되었습니다.

토마스 모어의 유토피아나 플라톤의 공화국 이론과 같은 이상적인 사회 모델은 현대 사회에 적용할 수 없고, 실현 가능한 이상적인 사회를 구축하기 위해서는 구성원 각자가 자발적으로 좋은 의지를 가지고 지켜나가야 할 덕목을 제시하고 있었습니다. 또한 실제 생활에서 이를 실천하기 위한 구체적인 활동 방향도 제안하고 있었습니다. 사회 구성원 각자가 자발적인 노력을 통해 능동적으로 자신의 삶을 누릴 수 있는 사회를 만들어 가야 한다는 생각에 크게 공감하였습니다. 이는 불교에서 말하는 의정불이(依正不二) 사상과 부합합니다.

자기 자신과 둘러싸고 있는 사회(환경)의 관계성을 보다 깊게 간파하여, 자신부터 생명력을 풍부하게 개발하고, 좋은 사회를 만들도록, 사회에 기여하는 방향으로 노력하도록 가르치고 있습니다.

이를 통해 저는 두 분의 창립자께서 어떻게 교육자로서, 평화 사상가로서 서로의 생각에 공감하고, 천년지기의 우정을 쌓게 되었는지 알 수 있습니다. 또한 비로소 문리대학의 벽면에 그려져 있는 벽화, 소위 '니 팔뚝 굵다'와 잘살기 운동 탑 등등 캠퍼스 곳곳에 창립자의 사상과 철학이 녹아 있음을 깨달을 수 있었습니다.

또한 고등 교육 기관인 대학에서 어떻게 사회적인, 지구적인 문제에 대한 충분한 인식을 지닌 인간을 육성할 것인가 하는 '대학의 사명'에 대한 두 분의 깊은 통찰과 공감도 접할 수 있게 되었습니다.

제가 실제로 창립자 조영식 박사를 직접 대면하게 된 것은 본과 1학년 (96학번이면 본과 2학년이어야 하나, 96년도의 한약 분쟁으로 6개 학년 전체가 유급을 선택한 영향)인 1999년 가을로 기억합니다. 오후 수업 후 동아리 후배들과 대운동장에서 농구를 한 뒤 교시탑으로 내려오고 있었습니다. 그때 창립자께서는 수행원 한 분을 대동하시고, 상념에 잠기신 듯 창학 이념 등을 게시해 놓은 캠퍼스를 거닐고 계셨습니다. 실제로는 처음 뵙지만, 그간 저서와 기록을 통해 본 모습을 통해 단박에 창립자이심을 알아차리고, 후배들에게 "저분이 학원장님이셔, 가서 인사 드리자"라고 하며 다가가 인사 드렸습니다.

학원장님은 본인을 알아본 것이 반가우신 듯, 만면에 웃음을 지으며, 전공을 물어보셨습니다.

"한의학과에 재학 중입니다."
"음, 좋아요. 최고의 학문이지, 전통 의학을 하는 자부심은 갖고 있지요?"라고 하셨다.
"예 그렇습니다. 그리고, 저는 이케다 다이사쿠 선생님의 문하생입니다. 두 분께서 평화와 교육에 대해 의기투합하신 것도 잘 알고 있습니다."
"오 그래요? 긍지를 가지고 열심히 공부하세요."

"네, 열심히 하겠습니다."라고 말씀드렸습니다.
짧은 만남이었지만, 깊은 인상이 지금도 생생하게 기억납니다.

앞으로도 학원장님의 훌륭한 사상은 교육, 평화, 종교, 체육 방향으로 널리 알려지며, 많은 사람으로 하여금 좋은 시민으로 성장하고, 평화와 행복의 사회를 만들어 갈 수 있게 되길 희망합니다. 저 또한 본교 출신이라는 긍지를 가지고, 조영식 학원장님, 이케다 선생님의 철학을 가슴에 새기고, 불법자로서, 의료인으로서, 좋은 시민으로서, 제가 속한 직장, 가정, 사회에서 좋은 행동을 통해 실천해 가도록 노력하겠습니다.

'대화 그리고 한일의 우정'이라는
주제의 캠퍼스 패널전시를 기획하며

임효빈
경희대학교 생명과학 99학번,
한국화이자제약 백신사업부

중고등학교 시절, 학교 설립자를 만날 수 있는 학생들이 늘 부러웠었다.

그것이 계기가 되었을까. 나는 설립자의 발걸음을 캠퍼스 곳곳에서 느낄 수 있는 경희대학교에 입학하였다.

경희대학교 설립자이자 경희학원 학원장이신 조영식 학원장님은 내가 존경하는 이케다 다이사쿠(池田大作) 선생님과도 깊은 인연이 있는 분이다. 조영식 학원장님은 1997년에 일본 소카대학교를 방문하여 명예법학 박사 학위를 받으시고, 소카대학교 기념 행사에도 참석하셨다. 이 때 이케다 선생님과 학생들의 따뜻한 교류를 직접 보시고는 큰 감동을 받으셨다고 한다. 아마도 경희대학교와 자매결연을 맺은 일본 소카대학교 창립자인 이케다 선생님의 모습에서 같은 창립자로서의 마음을 느끼신 것이 아닐까. 그 다음 해 1998년 5월 15일, 경희대학교는 이케다 선생님께 한국 최초로 명예철학박사 학위를 수여하였다.

내가 입학한 1999년은 경희대학교 개교 50주년이 되는 해이기도 해서, 크고 작은 행사들이 많이 개최되었다. 50주년 행사 때는 자원 봉사자로 활동하였고, 한국 최초로 개최되었던 '99 서울 NGO세계대회에서는 VIP 의전을 하며 가끔씩 조영식 학원장님을 뵐 수 있었다.

대학교 3학년이 되던 2002년은 한일월드컵이 열리는 역사적인 해였다. 월드컵 역사상 최초 공동 개최였다. 우리 동아리에서는 5월 중순을 목표로 '대화 그리고 한일의 우정'이라는 주제의 캠퍼스 패널 전시를 기획하였다. 패널 내용 중에는 조영식 학원장님의 우인이자 세계 평화를 위해 진력하고 있는 이케다 선생님의 한일 우호 활동 소개도 포함되어 있었다.

조영식 학원장님이라면 이 주제에 관심이 있을 것이라고 생각했기에 꼭 모시고 싶었다. 그래서 학원장님께 드릴 전시 초청장은 더 정성껏 만들어 틈날 때마다 비서실에 방문하여 전달을 부탁드렸다. 그러나 학원장님의 병세가 깊어 병원에 입원 중이시라 동아리 행사는커녕 입 · 졸업식 행사도 참석하지 못하고 계시다는 답변만 되돌아 왔다. 함께 전시를 준비하던 선배 중에는 그만 포기하라고 조언하는 분들도 있었다. 그렇지만 의

미 있는 행사를 알려드리는 것만은 포기할 수 없어 전시 당일 아침까지도 초청장을 들고 본관 비서실을 향했다.

민감한 주제임에도 많은 학우가 관람을 해주었고 또한 전시 취지를 잘 이해해주었다.

햇살이 내리쬐는 오후가 되자 어디선가 검은 양복을 입은 분들이 나타나 우리 주위를 감싸기 시작했다. 어리둥절하고 있는데 그 중 한 분이 동아리 대표인 나를 부르셨다.

"곧 조영식 학원장님이 이 전시를 보러 오실 겁니다. 패널 설명은 누가 하실 건지요?"

검은 양복 사나이는 믿기지 않는 내용을 전해주었고, 당황한 사이 패널 설명자는 내가 되어 있었다. 그리고 순식간에 전시 장소 앞 분수대는 말끔히 정돈된 모습으로 변신하였다. 검은 양복 사나이들은 우리 주변에 계속 서 계셨다. 학원장님이 이곳에 오신다는 것이 사실임을 직감했다.

잠시 후 조영식 학원장님이 봄바람처럼 전시 장소에 모습을 보이셨다. 한동안 학교 행사에서 뵐 수 없었던 분이어서 지나가던 교수님들과 학생들도 구경하러 오는 바람에 전시회에 많은 인파가 몰렸다.

나는 학원장님께 인사를 드리고 쿵쾅거리는 심장을 달래며 차분히 '대화 그리고 한일의 우정' 전시 패널을 소개하기 시작했다. 조용히 잘 들으시다가 이케다 선생님의 한일 우호를 위한 활동 패널을 소개하는 내용이 시작되자 조영식 학원장님께서는 "나도 만나 뵌 적이 있었는데 정말 훌륭한 분이셨다. 이렇게 훌륭한 이케다 박사의 제자가 우리 경희대학교에 입학해주어 너무 고맙다"라는 말과 함께 내게 "동북 아시아를 빛내는 인재가 꼭 되어 달라"라는 말씀을 해 주셨다.

걷는 것조차 힘들어하시는 학원장님이 일개 동아리 전시회에 일부러 참석해주신 것도 믿기지가 않는데, 평범한 학생에게 동북 아시아를 빛내 달라는 말씀에 너무 큰 감동을 받아 그 날 이후로 그런 인재가 되겠다고 다짐했다.

나는 경희대학교 창립자와 소카대학교 창립자를 모두 만나 뵈었다. 두 분이 국경을 뛰어넘어 깊은 우정을 나눌 수 있었던 이유는 수없이 많겠지만 그 중에서도 유치원, 초 · 중 · 고등학교, 대학교/사이버대학을 아우르는 학교 법인 설립을 한 교육자이면서 철학자였고 동시에 평화 운동가였다는 점이 크지 않았을까 하는 생각을 해본다. 물론 학원생을 아끼는 창립자라는 부분도 포함해서.

2002년 5월 15일 내가 동아리 온라인 게시판에 올린 〈새로운 천년의 여명〉이라는 시 일부를 소개하며 글을 마치려 한다. 이 시는 이케다 선생님께서 조영식 학원장님께 드렸던 시다.

> 조박사
> 경희대학교 전신인
> 신흥대학교를 설립하심은
> 6 · 25 동란의 이듬해
> 1951년
>
> 박사는 사자후 했다.
> "두 번 다시 되풀이하지는 않겠다
> 두 번 다시 그 미명(美名)에 속지는 않겠다

전쟁으로는 행복을 얻을 수 없다
정복으로는 평화를 가져올 수 없다"

우리의 마음은 통한다
상극과 분단의 시대를 극복하여
새로운 세기로
자유와 인간 존엄의 미래로
인권과 조화를 찾아
우리는 단호히 싸운다

이제 우리는
신의와 우정의 유대를 굳게 하여
'전쟁과 폭력의 세기'에서
'인권과 생명 존엄의 세기'로
제2의 르네상스를 우러러 보며
함께 다 함께
새로운 천년의 여명을 사자분신으로 열어간다

사진 1. 조영식 학원장은 방명록에 "동북아 시대의
새로운 협력으로 인류 사회 재건하자"라고
글을 남겼다. (오른쪽 저자)

조 박사님의 연설,
한 · 일 우호에 깊은 감명을

우오즈미 야스코
한국방송통신대학교 객원교수

저는 초등학교 5학년 때 라디오에서 흘러나오는 한국어를 우연히 듣게 된 것을 계기로 한국어에 매료되었습니다.

1997년 10월 29일 조영식 박사가 오사카에 있는 간사이 소카학원에 방문하셨을 때 당시 저는 간사이소카고등학교 1학년이었습니다. 저는 간사이 소카학원에 방문하신 조영식 박사와의 만남을 갖게 된 이후, 그때 저는 '한일 우호의 가교가 되겠다'는 인생의 큰 목표가 생겼습니다.

그날은 빅토리 합창단이 한국어로 아리랑을 합창하고 박사를 맞이했습니다. 그리고 학생 대표의 한국어 인사가 있었습니다. 박사는 함박웃음을 지으며 박수를 치시면서 기뻐하셨습니다. 식순 마지막에는 조영식 박사로부터 기념 연설이 있었습니다.

박사의 연설 내용은 제 기억으로 대략 다음과 같은 내용이었습니다.

> 어릴 때부터 일본이란 나라가 미워서 지금까지 한 번도 일본에 대해 알려고 하지도 않았고 찾아온 적도 없었습니다. 하지만 이케다 선생님을 만나면서 오늘 생전 처음으로 일본에 왔습니다. 일본에 진정한 친구가 생겨서 처음으로 일본이라는 나라를 다른 각도에서 보기 시작했습니다. 앞으로의 한국과 일본의 우호의 역사는 여기 청년에게 달려 있습니다. 저와 이케다 선생님처럼 여러분도 한국에 친구를 사귀고 새로운 한일 우호의 가교가 되었으면 합니다.

연설을 들으면서 한일 간의 역사에 대해 아무것도 모르는 제 자신이 부끄러웠습니다. 그리고 무엇보다도 박사가 청년에게 보내는 뜨거운 기대를 온몸으로 느꼈습니다. 한국에 관심이 있던 저는 이날 한일 우호의 가교가 되는 인재로 성장하겠다고 결심했습니다. 그러기 위해 우선, 한일 간의 역사와 한국어를 공부하기로 마음먹었습니다.

당시 서점에는 한국어 책이 별로 없었습니다. 하물며 아이들이 다닐 수 있는 학원도 전무했습니다. 그러나 부모님께서 저의 사명을 응원한다며, 열심히 알아봐 주신 덕에 집에서 차로 한 시간 거리에 있는 '한국어 교실'을 찾게 되어, 어머니와 함께 다니기 시작했습니다.

저는 2남 2녀의 4남매 중 장녀로 태어났습니다. 아버지께서는 어린 저희에게 항상 "일본만 보지 말고 여러 나라를 보고 넓은 세계를 봐라. 그리고 나중에 자기 사명이 있는 나라로 가라."고 말씀해 주셨습니다. 저의 포부를 들으신 부모님은 온 힘을 다해 저의 사명을 응원해 주셨습니다.

1997년 조영식 박사의 방문 이후, 한국 경희고등학교와의 축구 교류 등을 시작으로 한국에서 많은 식자가 방문해 주셨습니다. 고등학교 2학년 때 서울교향악단 일행이 방문하셨을 때는 배운 한국어로 학생 대표로 환영 인사를 했습니다. 또 다른 날에는 한복을 입고 환영 꽃다발 증정을 하고 합창단과 함께 아리랑을 합창하기도 했습니다. 박사님께서 방문해 주신 날 이후에 새로운 한일 우호의 역사가 움직이기 시작하는 것을 느끼지 않을 수 없었습니다.

대학교에 들어간 후, 박사님께서 창립하신 경희대학교 교환 학생으로 가는 것을 하나의 목표로 한국어 공부를 열심히 했습니다. 그리고 한글문화연구회에 가입하여 한국인 학생들과의 교류회는 물론, 한국에서 방문하시는 이케다 선생님의 내빈 손님들을 환영했습니다. 대학교 3학년 때 유학시험에 합격하여 경희대학교에 유학하게 되었습니다. 그러나 출국하기 직전 어머니가 자궁암 선고를 받으셨습니다. 눈앞이 캄캄해져 어머니를 두고 유학을 갈 수 없다고 단념해야겠다고 생각했습니다. 그러나 어머니는 "너의 사명의 유학이니 반드시 가라. 나도 여기서 암과 싸울 테니 함께 힘내자"고 말씀해 주셨습니다. 어머니의 응원을 바탕으로 유학 생활에서 남다른 노력을 기울이기로 마음먹고 스피치 대회에 출전하거나 동아리 활동에도 적극적으로 참여하여 한국인 학생들과 교류하는 가운데 살아 있는 한국어를 열심히 공부했습니다. 그러나 1학기가 끝나고 방학에 귀국한 지 한 달 만에 어머니가 돌아 가셨습니다. 절망을 겪었던 저를 다시 한번 일으켜 세울 수 있었던 것은 어머니의 응원이었습니다.

대학교 졸업후, 유학에서 배운 한국어 실력으로 한국 대기업의 도쿄 지사에 취직해 한국과 일본의 무역 업무를 담당했습니다. 6년간 근무 후 2010년 회사 본사에서 근무하던 한국인 남편과 결혼하면서 다시 한국에 오게 되었습니다.

한국에 돌아왔을 때, 경희대에서 알게 된 친구로부터 일본어를 가르쳐 보라는 권유를 받았습니다. 문부성의 지원으로 일본에 유학하는 100명의 한국인 학생에게 예비 교육으로 일본어를 가르치는 일이었습니다. 장소는 경희대였습니다. 일본어를 가르친 경험이 없는 저였지만 경희대에서라고 해서 바로 결심할 수 있었습니다. 고등학교를 갓 졸업한 학생을 보며 조영식 박사님과의 만났던 고등학생의 제 모습이 겹쳐져 한 사람 한 사람이 한일우호의 중요한 인재다라는 마음으로 가르쳤습니다. 이 경험을 통해 한국과 일본을 잇는 젊은 청년들에게 일본어를 가르치는 일이야말로 바로 나의 사명이라고 느끼고 본격적으로 일본어학을 배우기 위해 대학원에 진학했습니다.

6년간의 대학원 생활을 응원해주고 많은 도움을 준 남편을 비롯한 가족들덕에 저는 2019년 2월 일본어학 박사학위를 취득할 수 있었습니다. 대학원을 다니면서 여러 대학에서 강사로 활동하며, 2020년 9월 EBS 라디오 〈야사시이 일본어〉에 출연하게 되었습니다. 그리고 올해 2021년 한국방송통신대학교 일본학과에 객원교수로 취업하게 되었습니다.

제가 고등학교 1학년 때 그날, 조영식 박사님을 만나 뵙지 못했다면 지금의 저는 없었을 것입니다. 박사님께서 그날 저희를 만나 기대를 보내주시고 무한한 가능성을 믿어 주셨기 때문이라고 생각합니다. 그날 이후 많은 분들의 격려와 도움을 받아왔습니다. 모든 분들께 감사의 은혜를 보답하기 위해, 저는 앞으로 한일 우호의 가교가 될 인재를 육성한다는 마음으로 제가 있는 곳에서 최선을 다하고자 합니다.

항상 정신이 깨어 있으신 분

강성호
동아시아평화를 위한 역사 NGO 포럼 공동대표,
CICO 그룹 국제교류원 원장

___

미원 조영식 박사님 탄신 100주년을 맞이하는 의미있는 해에 그분을 기념하는 회고집 발간을 위한 기고문 요청을 받고 조영식 박사님과 함께했던 과거를 회상해 보았다. 나는 경희학원에 몸을 담으며 조영식 박사님과 인연을 맺었기 때문에 그분을 학원장님이라고 부르는데 더 익숙해 있다.

조영식 학원장님과의 인연은 내가 경희대학교 평화복지대학원(GIP) 학생 시절로 거슬러 올라간다. 나는 대학을 졸업하고 공부를 더 하고 싶은 열정을 갖고 있었으나 당시 상황이 여의치 않아서 고민하고 있을 때 우연히 전액 장학생 평화복지대학원 신입생 모집 공고를 접하게 되었다. 무엇보다 평화 지향적인 국제지도자를 양성한다는 학교의 취지와 이념에 끌리게 되었다. 나중에 알게 된 사실이지만 평화복지대학원은 조영식 박사님께서 UN 평화의 날과 평화의 해를 제정하는데 견인차 역할을 하시면서 평화 지향적인 국제적인 지도자를 양성하기 위해 코스타리카 UN 평화대학을 따라서 이 대학원을 설립했다고 한다.

평화복지대학원은 경기도 광릉 숲속에 위치해서 공기가 좋고 외부와 단절되어 명상과 함께 연구에 전념할 수 있는 특별한 환경을 갖고 있다. 마치 중세의 수도원과 같은 분위기였다. 당시 모든 학생은 아침 6시에 기상하여 함께 명상하며 하루를 준비한다. 그리고 교정 운동장에 모여 체조를 하고 광릉까지 조깅을 하며 체력단련을 하고 돌아와서 각자 맡은 기숙사 내부를 청소하고 하루를 시작했다. 모든 학생이 학교 식당에서 아침 식사를 마치고 학교 수업에 참석하거나 개별 연구활동을 시작한다. 당시 평화복지대학원은 30% 정도가 외국 학생으로 구성되고 영어를 공식어로 하는 국제대학원이었기 때문에 아침은 항상 양식으로 제공되었다. 국내외에서 모인 소수의 인재들이 의무적으로 4학기 동안 기숙사 생활을 하며 함께 지내기 때문에 30명이 있으면 30개의 정당이 있는 것처럼 갈등과 대립도 있으나 다양성 속에서 화합과 협력을 경험하는 그 자체가 훈육이며 졸업한 후에는 동료들과의 관계가 끈끈하고 우정이 돈독하다.

조영식 학원장님께서는 세계평화와 미래세계를 생각하며 개인으로서는 상상하기 힘든 엄청난 투자를 마다하시며 인류사회재건을 위한 인재를 육성하시려고 노력하셨다. 그분은 보통사람과 다른 혜안을 가지셨고, 사람을 끄는 특별한 인성을 갖고 계셨다. 그 큰 경희학원을 운영하시면서도 한 달에 한 번은 꼭 광릉 평화복지대학원에 들르시어 학생들에게 장학금을 손수 전달하시고 함께 식사하고 대화 나누는 시간을 가지셨다. 학원장님께서는 광릉 캠퍼스를 무척 사랑하시고 이곳 자연을 좋아하셔서 휴식 차 이곳에 머무시는 경우도 종종 있었다. 엄청나게 많은 일을 하시면서도 평화복지대학원에 매달 들르시어 젊은 우리 학생들에게 특별한 관심과 자상한 모습을 보여주시곤 하셨다. 또 노령의 연세에도 불구하고 새벽에 함께 조깅을 할 때는 광릉까지 1.5km의 거리를 선두에서 학생들과 함께 뛰셨고, 학교 축제 때 학생 자체 체육대회를 보시다가 기분이 좋으시면 직접 경기에 참여하시어 함께 운동하시는 기백을 보여주시던 모습이 선하다.

나는 평화복지대학원 4학기에 교수들이 운영하는 목요세미나에서 학생으로서는 최초로 발표하는 기회를 가지면서 학원장님과 특별한 인연을 맺게 되었다. 어떤 주제로 발표할까 고민하던 중 삼정서헌 기숙사 지도교수인 조만제 교수님이 조영식 박사님의 초기 저서인 《문화세계의 창조》에 대해서 발표해 볼 것을 추천하셨다. 당시에 이 책은 품절이라 어디에도 없는 책을 조만제 교수 본인이 소장하던 50년대에 발간된 원본을 빌려주셨다. 책은 옛날 방식인 세로쓰기로 되어 있고 현대에 통용되지 않은 표현들이 많을 뿐 아니라 인쇄 자체가 뚜렷하지 않아서 한 달간 문자를 확인하며 내용을 파악하는데 무척 힘들었던 기억이 난다. 조영식 박

사님이 30대 초에 저술한《문화세계의 창조》는 1951년 전쟁 중에 피난
다니면서 저술한 그분 일생의 이정표였다고 말 할 수 있다. 젊은 시절에
사선을 넘는 일제강점기의 경험과 한국전쟁을 겪으시면서 인간의 존재
와 국가 그리고 세계를 생각하며 이 책을 저술하셨다. 이 책에서 조 박사
님은 "인간이란 무엇인가?"라는 화두로 시작하여 자유, 평등, 공영, 정의,
문화의 개념을 정의하고, 민주주의와 문화복리주의를 설명하셨다. 미래
세계가 지향해야 할 "문화복리주의"를 제시하면서 인간이 지켜야 할 "문
화규범"을 강조하셨다. 나아가 평화로운 인류사회를 위해 UN을 중심으
로하는 문화세계공화국을 제시하였다.

나는 이날 학생으로서는 최초로 목요세미나에서 "문화세계의 창조"에
관해 발표하여 조 박사님의 큰 공감을 얻었다. 조 박사님께서는 30대에
저술한 까마득한 저서에서 몇가지 중요한 개념을 회고하게 해 준 나에게
큰 감명을 받으셨는지 나중에 사적으로 만났을 때 그 발표를 통해서 '문
화규범"에 대해서 다시 알게 되었다고 환하게 웃으시며 말씀하셨다.
    이런 계기와 인연으로 나는 대학원 졸업 후 경희대학교 밝은사회연구
소에 연구원으로 채용되어 경희학원에 남아 조영식 학원장님의 사상을
연구하며 경희가 추구하는 평화운동과 밝은사회운동(GCS)운동의 연구자
겸 운동가로 20년을 보내게 되었다.

조 박사님은 30대 초반에《문화세계의 창조》를 저술하시고 경희학원
을 인수하여 교육입국을 지향하며 인재를 육성하실 때 단순히 배움과 연

구에만 머물지 않고 헐벗고 가난한 국민과 국가를 계몽하고 잘 사는 나라를 만들기 위해서 60년대 초반부터 교직원과 학생들을 동원하여 민간 주도의 사회계몽운동과 잘살기운동을 선도하셨다. 조 박사님은 50~60년대에 우리가 왜 이렇게 못살고 있는지 그 원인을 탐구하시기 위해서 네 차례에 걸쳐 세계 87개국을 여행하셨고 이스라엘을 방문하시어 그 해답을 얻으셨다. 한 나라가 잘 살고 못사는 것은 자원의 많고 적음에 있는 것이 아니라 그 나라 국민의 마음 자세에 있다는 결론을 내리셨다. 그리하여 60년대 초부터 농촌계몽운동과 문맹퇴치운동을 시작으로 잘살기운동과 건전사회운동을 전개하고, 무분별한 개발로 파손되는 환경문제를 생각하시어 환경애호운동과 인간복권운동을 전개하였다. 또 1970-80년대 동서 냉전이 치열해 지면서 세계대학총장회(IAUP)를 통한 세계지성인들을 움직여 "세계평화운동"을 전개하였다. 이것이 바로 밝은사회운동의 역사이며 GCS운동의 경과인 것이다.

나는 밝은사회운동과 GCS국제운동의 연구자이자 운동가로서 경희학원에 몸담고 조영식 박사님을 모시고 다양한 경험을 하였고 그 경험을 바탕으로 현재 국제 NGO활동에서 지도적인 역할을 수행하고 있다. 오늘의 시점에서 보면 당연한 것처럼 보일 수 있으나, 과거 시절로 돌아가서 조 박사님의 발자취를 돌아볼 때 조 박사님께서는 우리 사회에서 그 누구보다 앞서 미래를 예견하시고 준비하신 혜안을 가지셨던 것을 알 수 있다. 1951년 전쟁 중에 UN을 중심으로 하는 문화세계의 창조를 강조하신 그분의 혜안에 얼마나 많은 사람이 공감하였을까? 1960년대 초의 잘살기운동과 건전사회운동 제창에 얼마나 많은 사람들이 동조했을까?

사진 1. 2000년 인도 GCS 국제본부 연차대회 (중앙 인도 간디 수상 사진 밑, 조영식 학원장님)

1965년 세계대학총장회(IAUP)를 조직하여 세계지성인들과 함께 1980년 대 인간복권운동과 세계평화운동을 선도하는 그 분의 탁월한 리더십을 그 누가 따라갈 수 있었을까?

내가 젊은 시절에 학원장님과 인연을 맺고 그 분을 가까이에서 모시 며 오랜 시간을 지켜보며 생각할 때 그분의 모든 사상과 인생관, 가치관 및 활동의 근간에는 바로《문화세계의 창조》가 있다. 그분은 '문화세계의 창조'를 실천하는 과정에서 경희학원을 세우셨고, 계몽운동, 잘살기운동, 자연애호운동, 인간복권운동, 세계평화운동을 전개하며 그 청사진을 초 지일관 실천에 옮기시며 일생을 보내셨다.

매주 어김없이 진행한 경희대 인류사회재건연구원 목요세미나 시간에

사진 2. 1999년 유엔 NGO 대표단과 함께 (중앙 조영식 학원장님)

일부 노교수들은 마지못해 참석하거나 심지어는 졸거나 나태한 모습을 보이는 사람도 있었으나 학원장님은 항상 꼿꼿한 자세와 반짝이는 눈빛을 잃지 않으시고 정신이 깨어 있는 모습을 보여주셨다. 그리고 젊은 교수 못지않게 시사문제와 신조어 용어에 대해서도 정확하게 이해하고 계셨다. 나는 제일 연장자이신 학원장님을 통해서 시사 문제와 새로운 시대 용어를 배우는 사례가 많았다. 그분은 연로하셨지만, 항상 정신이 깨어 있으신 분이었다.

학원장님께서는 인류와 미래를 생각하시며 젊은이들에게 특별한 애정을 가지셨던 것 같다. 개인적으로 학원장님을 면담할 기회가 있었을 때 "강군! 요즈음 세계는 인공위성에서 세상을 바라보는 전체적인 안목을 갖고 세상을 볼 수 있어야 해! 내가 평화복지대학원을 세운 것은 인류를 위해 일할 수 있는 큰 목수를 만들기 위해서이지. 요즈음 세상에 한 곳만 파고 자기 분야만 알고 있는 박사들이 많이 있지. 그런 작은 목수들은 매우 많은데, 세상을 바꾸고 인류사회를 재건할 수 있는 큰 목수가 없어, 그런 거목이 필요해. 그런 인재를 기대하면서 평화복지대학원을 세운 거야!"라는 애정어린 말씀을 주셨던 기억이 난다. 학원장님 탄신 100주년 기념 문집을 발간한다는 원고 청탁을 받고 바쁜 일정에 쫓기다 급히 지난 생각들을 모아 짧은 글을 마치며 미원 조영식 학원장님 사상의 근간인《문화세계의 창조》를 집어 들고 고인을 생각하며 다시 읽기 시작했다.

내 인생에서 만난
평화 운동가

여국희
조영식 · 이케다 다이사쿠 연구회 사무국장

'1999년 서울NGO세계대회'에서

1999년 전 세계가 새로운 밀레니엄을 준비하고 있을 때, 나는 고등학생 2학년 18살이었다. 아버지가 고등학교 선생님이신 덕분에 내 인생에서 미래의 진로와 꿈에 대해서도 조언을 많이 받고 성장했다. 어느 날 아버지께서 서울 올림픽 공원으로 자원 봉사를 하러 가는데 같이 가자며 나의 손을 이끄셨다. 그게 바로 '1999년 서울NGO세계대회'였고 경희대학교와의 첫 만남이었다. 그 당시에는 NGO라는 개념도 생소했던 시기였다. 나는 부스 단체에서 전 세계 NGO들이 평화, 환경, 인권, 여성 분야에서 활동하고 있는 활약상을 견학하면서 "역사와 사회 교과서에서 배운 내용은 정말 작은 세계구나."라는 충격과 함께 국제 사회 속에서 유엔의 역할, 국내외 NGO의 역할들을 자연스럽게 배울 수 있었다.

고등학교 3학년 졸업 즈음에는 대학 입시를 앞두고 학과 전공을 놓고 고민하고 있었을 때, 아버지께서 한 신문을 내게 건네셨다. 경희사이버대학교에 NGO 학과가 처음 신설되어 입학생을 모집하고 있는 홍보 광고였다. 이런 계기로 나는 2001년 경희사이버대학교 제1기생으로 NGO 학과에 입학하며 깊고 넓은 학문의 세계에 첫발을 내딛고 국내 NGO 단체에서 실무자로서의 현장 경험도 체득해 나갔다.

대학 졸업 후에는 NGO 대학원에서 글로벌거버넌스 학과에 진학해 개발도상국가에 지원되는 시민사회단체들의 공적개발원조(ODA)의 구조와 사업 평가에 대해서도 현장 경험을 병행하며 연구에 매진했다. 기나긴 대학원 시절이었기에 경희대학교에서 개최하는 다양한 프로그램과 국제 심포지엄, 세미나 등에 참석하고 배우는 기회가 많았다. 교육 과정에서는 국제 사회의 정세, Pax UN, 국내외 NGO 동향과 역할 등을 배울 수 있었다. 동아시아평화를 위한 역사 NGO 포럼에서는 조영식 박사님이 주장하는 지구공동사회 건설을 위한 밝은사회 운동(GCS)의 실천과 지역공동/협력사회(RCS) 비전에 대해서도 접하게 되었다. 그리고 1981년 7월 코스타리카의 수도 산호세에서 조영식 박사는 세계대학총장회(IAUP) 제6

차 대회를 통해 'UN으로 하여금 세계평화의 날과 세계평화의 해를 제정하도록 촉구'하셨다. 그 이래로 매년 경희대학교에서 개최되는 'UN, 세계평화의 날 기념(PBF) 국제 세미나'를 준비하는 계기가 되었다. 조영식 박사의 사진이 걸려 있는 미래문명원에서 연구 조교로 일하며 세미나에 참석하는 세계 석학을 섭외하고, 발표문을 프로시딩(Proceeding)하는 제작 과정을 도우며 1986년 9월 조영식 박사가 "팍스 유엔(Pax UN)"을 통한 세계평화의 구현이라는 제목으로 연설한 내용과 본 회의의 취지의 중요성을 다시 한번 상기하며 조영식 박사님의 사상을 생생하게 접할 수 있었던 소중한 시간이었다.

지금 돌이켜 보면, 1999년은 20세기의 마지막 해이자 경희가 개교 50주년을 맞는 뜻깊은 해였다. 조영식 박사님은 개교 50주년을 맞아 '새로운 천년을 여는 경희'라는 슬로건을 직접 제안하셨다. 그 내용에는 "전쟁과 갈등, 차별과 인간성 상실로 얼룩진 20세기를 마감하고 화해와 협력, 인간 존중의 문화 복리 사회가 될 21세기를 주도적으로 열어가야 한다."라는 박사의 의지가 담겨 있고, 이를 위한 실천이 바로 네오 르네상스(Neo Renaissance) 운동이라는 점을 알게 되었다.

또한, 조영식 박사님은 1997년 부트로스-갈리 UN 사무총장을 만난 자리에서 "1992년 리우에서 성공적인 환경 회의를 가졌던 것처럼 UN 협력 하에 세계 NGO 단체들을 모두 모아 놓고 서울에서 도덕 재건과 인간성 회복 회의를 갖고자 하니 협력해 달라."는 제안을 했다. 그해 10

월, 조영식 박사는 UN의 초청을 받아 UN 총회에 참석, 이날 연설에서 그는 "세계 평화 운동은 시민사회 단체와 연대할 때 지속적인 전개가 가능하다"고 강조했다. 연설을 마친 후 조영식 박사는 새로 취임한 코피 아난 사무총장과 NGO 세계대회 개최에 관해 논의했고, UN은 경희대학교 주도 하에 서울에서 '21세기 NGO의 역할'이라는 주제로 1999년 서울 NGO세계대회를 개최하는 것에 승인했다. 이러한 헌신적인 박사의 노력은 지금 21세기를 살아가고 행동해 가는 시민사회 단체와 활동가들에게 많은 동기 부여가 되었고, 더 멀리, 더 높고 깊게 미래를 전망하며 활약할 수 있는 무대를 만들어 주셨다. 특히 서울 NGO세계대회 기조 연설에서 조영식 박사는 '21세기는 참여민주주의의 시대'라고 규정한 뒤, 시민사회의 주역인 NGO의 역할에 대한 입장을 밝혔다고 한다. 그리고 "인류가 더불어 살기 위한 지구공동사회의 새 규범으로 공동 목표(Common Goal), 공동 규범(Common Norm), 공동 과업(Common Task)의 새로운 틀을 세워야 한다"고 강조하셨다.

후에 한국 사회에서 국내 NGO들은 한국의 특수성과 관련된 주제들로만 활동해 왔으나 조영식 박사의 이러한 제안을 '서울 밀레니엄 선언문'에 반영해 전 세계 NGO들이 국제 평화와 인간 존중, 윤리와 가치 등으로 시야를 넓히는 계기를 마련했다고 한다. 이런 측면에서 박사님은 21세기에 활동하는 NGO들 간의 상호 신뢰를 갖고 국제 연대의 힘을 더욱 강화하고 '시민 있는' 시민사회로서의 가능성을 열어준 평화학자이자 선구자이셨다고 생각된다.

그리고 박사님은 자신의 생각을 '정신적으로 아름답고, 물질적으로 풍요롭고, 인간적으로 보람 있는 BAR(Spiritually Beautiful, Materially Affluent, Humanly Rewarding) 사회'를 만드는 오토피아(Oughtopia) 사상과 실천을 통해 대학 교육 과정에 반영시켰던 것 같다. 21세기의 시민성과 전문성을 갖는 미래의 인재를 양성하기 위해 시민사회(NGO) 운동을 학문적 체계를 갖춘 학부 체제로 체계화시켜 21세기의 진정한 시민, 전문성을 갖춘 평화 활동가와 같은 인재를 육성해가고자 했던 것은 당시로서는 전국 최초였던 게 아닐까 하는 생각이 든다. 그 길에 나도 시민사회(NGO) 학문을 체계적인 과정에서 배울 수 있었음에 감사할 따름이다.

'조영식 · 이케다 다이사쿠 연구회'에서

2016년 하영애 교수님(연구회 회장)이 주축이 되어 경희대 15명의 교수가 모여 조영식 · 이케다 다이사쿠 연구회를 처음 만들었다. 어느덧, 5년 차가 되었다. 나는 2016년부터 조영식 · 이케다 다이사쿠연구회 사무국장직을 맡게 되었다. 사무국장인 만큼 연구회도 간략히 소개하고 싶다.

연구회는 "조영식 박사와 이케다 다이사쿠 선생님의 교육 · 문화 · 예술 · 체육 · 종교 · 평화 등에 관한 사상과 운동을 심층적으로 연구하고 동시에 실천을 통해 아름답고, 풍요롭고, 보람 있는 BAR 사회를 만드는 데 그 목적을 두었다. 조영식 박사님과 이케다 다이사쿠 선생님(소카대 창립자, 평화학자)의 인연은 1997년 소카대학교에서 만나 교육과 평화의 철학에 대해 깊이 공명하고 한일 우호의 교류를 증진하고 신세기 젊은 세계

시민의 연대를 강화/구축하는 데에서 역사적인 첫걸음을 시작했다. 이케다 선생님은 조영식 박사에게 최대의 존경을 담아 〈새로운 천년의 여명〉이라는 시를 증정했다. 조영식 박사는 이것을 받고 회견 방명록에 "천년의 지기(知己), 21세기를 다시 세웁시다."라고 기록하였다. 이러한 인연은 이듬해 1998년 경희대학교는 이케다 선생님에게 명예철학박사 학위를 수여하게 되었다. 그리고 21세기 2016년 이 두 평화 학자는 그 후학들에 의해 천년지기의 우정을 다시 이어가는 조영식 · 이케다 다이사쿠 연구회로 이어지게 되었다. 연구회의 주요 연구 사업으로는 조영식과 이케다 다이사쿠의 사상과 실천에 관한 연구, 강연회, 학술 세미나 개최가 있으며, 그 귀중한 성과들이 묶여 총 2권의 총서로 출판되었다.

그리고 올해 2021년은 조영식 박사의 탄생 100주년과 조 박사가 제의하여 유엔이 제정 공포한 세계평화의 날(1981년) 제40주년이 되는 뜻깊은 해를 맞이했다. 한편, 경희대학교와 자매교인 일본의 소카대학교(Soka University)가 창립 50주년이 되는 해이기도 하다. 이를 기념해 2021년에는 '조영식 · 이케다 다이사쿠 장학 펠로우' 사업을 처음 실시하였다. 장학 사업의 준비, 지원 학생들의 면접, 선발 과정 등을 직접 지켜본 나로서는 훌륭한 인재(청년)들의 생각과 철학을 함께 공감하고 배우는 귀중한 시간이었다. 그리고 선발된 2명의 우수한 학생들은 지금 그들의 사상을 스스로 배우고 알아가며, 자신의 전공 분야를 살려 세계 평화에 공헌하겠다는 의지를 불태우며 도전하고 있다. 연구회 회장님과 사무국에서는 향후 10년을 목표로 이렇게 훌륭한 후학들이 계속 탄생해 두 분의 사상과 철

학, 행동을 계승해 주기를 기대하며 보석 같은 인재 발굴을 위해 앞으로
도 성실히 한 발 한 발 노력하기로 했다. 조영식 박사님이 우리 사회와 그
리고 지성의 전당에 많은 후학에게 남겨 주신 사상과 철학 그리고 실천
과 열정에 비하면 아주 작은 발자취에도 못 미치지만, 나는 또 내 인생의
길에서 만난 평화학자를 통해 학자로서 이들을 사회에 알리고 공헌해 나
가는 출발을 준비하고자 한다.

2012년을 회고하며, 나의 서시를 써간다

여영윤
평화복지대학원, 32기

2012년 2월. 벌써 10년 가까운 시간이 흘렀다. 일상에 치여 어느덧 또 잊고 지내왔다. 이 책의 발간 소식을 듣는 이 순간처럼, 2012년 2월 18일도 뒤통수 맞은 듯하면서 복잡한 마음을 일으켰다.

한 통의 이메일로 그 소식을 접했다.

두 줄의 짧은 소식이었지만, 나는 잠시 숨을 멈추었고, 짧은 탄식을 내뱉었던 것 같다.

건강이 좋지 않으시다는 소식을 간간이 듣고 있었기 때문에 분명 시간이 많이 남지 않았다는 것을 알고 있었지만 막상 그 순간을 맞이하니 순간 세상도 나도 멈춘 느낌이 들었다.

사모님께서 영면하셨다는 소식을 들었을 때 언젠가 학원장님의 이런 소식도 접하겠구나 싶어 마음의 준비를 해 봤었지만, 막상 그 순간이 되니 일순간 마음속에 정적이 가득하고 한 줄기 전기가 찌릿 흐르는 느낌이었다.

몇 년 만에 이상한 긴장감에 쿵쾅쿵쾅하며 회기동으로 갔다. 대학원 5학기에 서울캠퍼스 도서관을 매일 다녔지만 나는 광릉캠퍼스 출신이라 이곳이 늘 낯설다. 이방인 같은 마음 따위 내버려 두고, 꼭 뵙고 싶은 마음에 그리고 뵈어야 한다는 마음에 평화의 전당으로 갔다.

되돌아보면 그 날 이방인 같은 마음이 들었던 것은 공간에 대한 낯가림보다는 학원장님과 평화복지대학원에 대한 미안함 같은, 쉽게 외면하고 지낸 세월에 대한 죄스러움이었던 것 같다. 부끄러운 인생을 살고 있지 않았지만 그 순간에는 왜 부끄러운 마음이 들었는지 모르겠다. 사실 알고 있었다. 그래서 더 고민하지 않고 학원장님의 숨결이 가득한 그곳으로 향했다.

조영식 학원장님을 처음 뵌 것은 2001년 입학이었다. 언제나 참 인자한, 신뢰를 보내는 인상이셨다. 이후 학원장님을 직접 뵌 것은 대학원 2

년 동안 두세 번으로 기억한다. 한번은 학원생들을 보고 싶으시다며 갑자기 오신 적도 있으셨다. 이렇게 직접 뵌 것은 많지 않지만, 학원장님을 떠올리면 평화복지대학원이 떠오른다. 광릉캠퍼스에서 2년 동안 생활하며 함께 한 대학원 원장님, 교수님들, 직원 선생님들, 식당 영양사 선생님, 함께 공부하고 생활한 동기 언니, 오빠와 선후배들, 웅장하면서 고풍스러운 건물, 언제나 생기발랄하고 푸근하면서 자유로웠던 캠퍼스 풍경이 떠오른다. 그리고 그 공간과 그 사람들과 나눈 나의 시간들이 떠오른다. 그 때는 그저 일상일 뿐이었고 그저 함께하는 사람들이었다.

젊은 날 2년여의 시간이라 그리고 가족이라, 그렇게 마음 표현 하나 안하고 또 못하고 보내 버렸다. 그 때는 내 안에 감사함과 그리움이 있는 것을 몰랐던 것 같다. 더 도전하고 더 마음을 열고 더 나를 보이면서 더 뒤엉켜 더 울면서 살 걸 하는 후회가 든다. 그러면 더 빨리 그 마음을 알았을 것 같다.

2012년 메일 한 통을 받고서야, 학원장님과 그분의 기대와 애정으로 만들어지고 지켜진 평화복지대학원, 그리고 그분을 존경하는 교수진, 직원들, 그리고 학생들의 마음이 내 안에 더 크게 그리고 분명히 자리잡고 있다는 것을 깨달았다. 광릉캠퍼스 본관 입구 조각상, 본관 로비와 유엔헌장의 문구들, 도서관 올라가는 계단과 벚꽃 열매가 가득 떨어져 있던 산책길, 기숙사 앞 목련 나무, 아침 명상 시간, 체조 시간을 떠올리며 학원장님을 느낀다. 그 메일에 마음이 내려앉고 부끄러운 마음에도 평화의 전당으로 달려가고서야 미처 알아보지 못하고, 표현하지 못하고, 제대로 품지 못한 마음을 보았다.

매년 봄, 아파트 화단 목련 꽃은 봄 햇살을 가득 품고 고귀하게 핀다. 그리고 나는 미원 조영식을 떠올린다. 떨어지는 목련 꽃잎을 안타까워하며. 이 글을 쓰는 첫 마음에 2012년의 부끄러움이 떠올랐듯이, 내년 봄에 필 목련을 두고 또 다시 얼마나 부끄러울까?

학원장님께 서시를 올립니다.

부끄러움이 덜 하기를 기도하며 그리고 다짐하며 다음 봄 다시 필 목련을 기다립니다.

어쩌면 더 많이 부끄럽지만 또 부끄럽지 않기도 할지도 모르겠습니다.

그래도 다음 봄을 기꺼이 맞이하겠습니다. 또 그 다음 봄도.

스스로의 문화 세계를 창조하다

심상우
조영식 · 이케다 다이사쿠 연구회 청년위원장,
IBK 사회공헌부 재직

청춘의 방향을 잡다

스스로를 감히 조영식 키즈라고 부르고 싶다. 나의 청춘은 그야말로 조영식 박사가 꿈꾸던 문화 세계 속에서 마음껏 학습하고 행복하게 탐구하는 일상의 연속이고 앞으로도 새로운 삶의 과정이 기대된다.

대학교 입학 후 모교는 나에게 아름다운 학교라는 이미지의 비중이 컸었고 진지한 생각과 스스로에 대한 탐구보다는 우선 재밌게 이곳을 뛰어

노는 것이 우선이었다. 사실 그때가 가장 행복한 시기가 아니었나라는 생각도 가끔 든다. 언제부턴가 학교의 상아탑에 새겨진 문화 세계의 창조 속 '문화 세계'에 대한 관심이 늘었고 자연스럽게 미원 조영식 박사가 남긴 문장과 단어들에 주의를 기울였다. 어떠한 큰 계기가 아니었다. 군대를 다녀오고 우리 학교의 후마니타스칼리지에 새롭게 개설된 익숙하지 않은 강의들을 수강하였고, 그 강의는 조영식 박사의 목소리를 직접 들은 제자 교육자들의 결과물이었다. 몹시 흥미로웠다. 한 학기에 대다수 강의를 조영식 박사의 뿌리에서 시작됐다고 볼 수 있는 강의들로 채웠다. 문명과 문화, 정신과 육체 그리고 생명, 역사, 인간과 공동체 등 많은 것이 유기적으로 연결되어 있고, 그 안에서 사고할수록 구체적으로 더 깊은 지적 호기심이 발생하였다. 지적 호기심은 나를 행동하도록 하는 원동력으로 작용하였고 4학년이 되었을 때 문명과 인류에 대하여 내가 이곳에서 학습한 것을 직접 느끼겠다는 방향으로 설계하게 되었다. 그렇게 용기 있게 떠난 세계 일주에서 나는 무엇을 위하여 일하고 기여해야 하는가에 대한 답을 어렵지 않게 찾을 수 있었다. 늘 해답은 나 자신이 아닌 타인에게 있었다. 더 나은 미래를 만드는 것은 나뿐만 아니라 우리 모두의 인간적인 삶을 만들기 위한 작은 노력의 합에서 시작된다는 믿음이 생겼다.

나만의 문화 세계가 만들어지다

주도적으로 내 삶을 설계한 20대 중후반의 결정을 통해 깨달은 것은 충분히 사유하고 깊게 탐구하자는 것이다. 즉흥적으로 큰 사안을 결정하지 않는다. 트렌드와 인기를 따라가지 않으려고 애쓴다. 무엇을 어떻게 준비할 것인가에 대한 깊은 사유와 함께 나 그리고 타인, 더 큰 세상을 떠올린다. 규칙적으로 명상과 쓰기를 통하여 위 사고들을 체화시키려 노력하고 있다.

30대 초반의 지금이지만 매번 많은 변화가 있었고 주변에서 봤을 때 익숙하지 않은 길이라고 부를 수 있는 커리어를 쌓고 있다. 세계 일주, 창업, 회사 근무 등의 과정을 겪으면서 내가 하는 일은 변하고 있지만 중심은 굳건하게 지키고 있다. 나의 문화 세계는 나의 궁극적인 목표와 의식을 통제하며 가장 옳은 길로 나를 이끌어 준다. 지금도 가치 판단에 있어서 작용하는 큰 틀은 무엇이 더 우리에게 유익하고, 세상과 타인을 위한 것이 무엇인가다. 내가 진정 하고 싶은 것이 어떤 것이었는지 수시로 생각하고 지금 길이 맞는지에 대한 고민도 동반되지만 그보다 더 근원적으로는 내가 예전부터 만들어가고 있는 나만의 문화 세계의 기반이 튼튼하게 쌓여지는지를 떠올린다. 물론, 스스로 이 길이 생경하다고 느낄 때도 있다. 하지만 돌이켜보면 나의 결정과 의견들이 모여 스스로의 문화 세계를 창조하고 있다는 생각이 든다. 그 때문인지 앞으로 다가올 변화와 목표를 향해 나아가는 여정에도 무너지지 않고 달릴 수 있다는 생각을 한다.

내가 원하는 것과 가고자 하는 길의 종착역을 그렸을 때 지금은 5%쯤 온 것 같다. 글 서두에서 언급했듯이, 나는 조영식 키즈라고 생각한다. 운이 좋게 매우 적당한 시기에 조영식 박사의 뜻을 이해할 수 있었고 나의 많은 도전에 큰 영향을 미치는 긍정적 결과까지 얻었다고 생각한다. 더 나은 나와 세상 그리고 타인과 함께하는 미래를 그려가는 지금이기에, 앞으로도 큰 걱정은 없다. 지금처럼 스스로의 문화 세계를 더 아름답게 빛내는 여정만이 기다리고 있음을 알고 있다.

김성우
제1회 조영식 · 이케다 다이사쿠 펠로우,
경희대학교 정치외교학과

개인적으로 경희대학교는 매우 친숙한 공간이었습니다. 경희대학교를 졸업하신 아버지가 제가 어렸을 때부터 줄곧 소풍하러 가자며 데려온 곳이 경희대학교 캠퍼스였기 때문입니다. 태어나서 처음으로 마주한 대학 캠퍼스, 낭만으로 가득 찬 그 공간에 대한 이미지에 있어 경희대학교는 저에게 전부나 다름이 없었습니다.

경희대학교 캠퍼스에 놀러 다니면서 대학 생활을 꿈꾸던 저는 정말로 경희대학교에 입학하게 되었습니다. 부모님이 다니시던 학교라는 점도 입학 동기로 작용했지만, 후마니타스칼리지를 통해 인문학 교육을 강조하는 학풍이 저에게 가장 큰 입학 동기라 할 수 있습니다. 기업이 대학 재단을 운영하는 경우가 많아지며 갈수록 취업 중심의 교육 과정에 지원이 집중되는 시국에서 학문의 상아탑이라 할 수 있는 대학의 가치를 유지하는 학풍을 가진 학교라는 생각이 들었기 때문입니다. 이는 곧 제가 공부하게 될 학교에 대한 자부심을 느끼게 됨과 동시에 학교의 역사를 제대로 알아보고 싶다는 계기로 작용하게 되었습니다.

경희대학교의 시작과 그 발전 과정을 찾아보기 시작했습니다. 만주 삼원보에 설립된 신흥무관학교가 서울에서 경희대학교라는 이름으로 변천하기까지의 역사를 살펴보면서, 조영식 박사의 존재를 처음으로 접하게 되었습니다. 조영식 박사께서 경희대를 설립하기까지의 과정을 알아보는 과정은 놀라움과 경외심 그 자체였습니다. 다른 국가들과 비교했을 때 민족 사학의 역사가 어떻게 보면 짧다고 할 수 있는 대한민국에서 경희대의 설립자이신 조영식 박사의 발자취는 모두의 본보기가 될 만한 업적들이기 때문입니다. 또한, 오늘날의 경희대가 어떠한 이유로 '후마니타스'라는 이름을 강조하는지, 왜 인문학 교육을 강조하는 학풍을 갖게 되었는지 등 학교에 다니며 가지던 궁금증을 해결할 수 있게 되었습니다.

'문화세계의 창조'라는 조영식 박사의 이념이 오늘날 후마니타스칼리지를 통한 경희대학교의 교육, 연구, 실천의 학풍을 확립했다는 사실을 알게 되었습니다. 학교 정문에 들어서면 늘 문화세계의 창조라는 글귀가 적힌 기념비를 발견하곤 했는데, 그제야 그 의미를 깨닫게 된 것입니다. 또한, 그러한 이념이 결코 탁상 위의 고민에서만 나온 것이 아니라는 것도 알게 되었습니다. 1950년대 이래 격동의 세월을 겪어온 우리나라에서 농촌계몽운동, 문맹퇴치운동, 잘살기운동, 밝은사회운동, 인류사회재건운동 등 조영식 박사의 행동과 실천을 바탕으로 그러한 이념이 탄생할수 있었기 때문입니다. 학술 연구에서 더 나아가 사회운동이라는 실천을 통해 우리 사회의 변혁을 일으킬 수 있는 대학을 설립하는 것, 개인적으로 평소에 지식인의 이상이라 생각하던 부분이기에 조영식 박사에 대한경외심이 일어나지 않을 수 없었습니다.

UN 세계평화의 날 제정에 선도적 역할을 하신 조영식 박사의 활동이오늘날 경희대 학내 UN 관련 행사 및 인턴십과 활발한 국제화 교류 활동의 밑거름이 되었다는 사실 또한 배울 수 있었습니다. 특히 저는 유엔개발계획(UNDP), 유엔아동기금(UNICEF), 유엔난민기구(UNHCR) 등 UN 산하 국제기구에서 활동하겠다는 꿈을 가지고 있어서 더욱더 관심이 가는 부분이었습니다. 조영식 박사께서 1981년 7월 코스타리카 산호세에서 열린 세계대학총장회에서 UN 세계평화의 날 제정을 제안하여 제36차 UN총회에서 만장일치로 이에 대한 결의안을 채택한 바 있기 때문입니다. 국제기구공무원으로 일하겠다는 저의 진로 목표 아래 모의유엔회의, 모의NPT회의, 모의아프리카연합총회 등 다양한 모의국제회의에 참가하여 경험을 쌓는 노력을 하고 있는데, 제가 다니고 있는 대학의 설립자께서 이룩하신 국제기구 내 업적을 보고 있자니 이를 롤 모델로 삼지 않을 수 없었습니다. 또한, 조영식 박사는 '일천만 이산가족 재회 촉구를 위한 범세계 서명운동'을 전개해 153개국 21,002,192명의 서명을 받아내는 세계 기네스 기록을 보유하고 있습니다. 이 사실을 알게 되었을 때, 놀라움을 감출 수 없었습니다. '나는 과연 내가 전파하고자 하는 사회적 메시지를 수많은 세계 시민에게 이를 설득하여 전달할 수 있을까?' 하는 생각이 절로 들었기 때문입니다.

경희대의 설립자 조영식 박사의 삶을 공부하는 과정은 이제 단순히 제가 다니는 대학의 설립자를 알아보는 것이 아니라 개인적인 롤 모델을 확립하는 과정이 되었습니다. 이는 '제1기 조영식 · 이케다 다이사쿠 펠로우' 장학금 사업에 지원하게 된 계기로 작용했습니다. 학교에서 졸업하기 이전에 경희대학교 학생으로서 학교의 뿌리라고 할 수 있는 조영식 박사의 학문과 사상을 자세히 공부하고 싶었기 때문입니다. 그렇게 저는 현재 제1기 조영식 · 이케다 다이사쿠 펠로우로서 활동할 수 있게 되었습니다.

스스로 학교의 설립자에 대해 알아보고 싶다는 생각을 자주 한 덕분이기도 하지만, 학내에서 이루어지는 유엔, 평화 관련 활동에 자주 참여했던 경험이 펠로우가 될 수 있었던 기반이 되지 않았나 싶습니다. 학내에서 '유엔 세계평화의 날' 행사를 통해 관련 학술 세미나를 참관하고, 경희대 후마니타스칼리지에서 주관하는 지구대학 프로그램인 'Peace Boat'

프로그램에 지원하여 여러 나라를 돌아다니며 국제 평화 실현의 방법론을 탐구한 바 있기 때문입니다. 개인적으로 제가 국제 평화 분야에 관심이 있기도 했지만, 이와 같은 학내 활동들은 모두 국제연합에서 세계평화 구현에 평생을 바쳐 이바지해 오신 조영식 박사의 노력이 있었기에 가능한 일이었습니다.

2016년 경희대학교에 입학한 까닭에 조영식 박사를 실제로 뵙지 못한 점이 매우 아쉽습니다. 세월의 흐름은 비록 저에게 조영식 박사를 직접 뵈어 대화를 할 수 있는 기회를 주지 못했지만, 아직 저에게는 조영식 박사의 뜻을 이어 세계평화 구현의 길로 나아갈 수 있는 충분한 시간이 남아있습니다. 앞으로 펠로우 활동을 통해 '문화세계의 창조', '세계평화 구현' 등 조영식 박사의 여러 사상과 학문을 학습하여 국제기구에서 활동하는 전문가의 길을 걷고자 합니다. 대학 졸업 이후 국제기구초급전문가(JPO) 제도를 통해 유엔난민기구(UNHCR)에서 수습직원으로 일하며 분쟁 지역 긴급구호 활동에 참여하고자 합니다. 밝은사회운동 등을 통해 전쟁으로 무너진 조국을 일으킨 조영식 박사의 삶처럼 이제는 전쟁으로 생명을 위협받는 세계 시민을 위해 제가 일해보고자 합니다. 평화구축활동(PBO) 분야에 특화된 국제기구 난민 문제 전문가로 나아가는 것, 행동하는 지식인 그 자체였던 조영식 박사를 롤 모델로 두고 있는 현재 저의 꿈입니다.

사람에게는 누구나 크고 작은 운명이 있다고 생각합니다. 한국전쟁 이후 가난했던 시절, 경희대 주변에서 순댓국집을 하며 생계를 책임지셨던 할머니의 보살핌 아래 아버지는 경희대에 진학하셨고, 마찬가지로 경희대를 다니셨던 어머니를 만나 경희대 의료원에서 저를 낳아주셨습니다. 어렸을 때부터 경희대 캠퍼스 내 수많은 벚꽃 나무 아래 소풍을 즐겼던 남자 아이는 다시 세월이 흘러 자신이 태어났던 경희대 캠퍼스로 대학생이 되어 돌아왔습니다. 경희대와 운명적으로 엮인 우리 가족의 간략한 이야기입니다. 우연의 일치이기도 하지만, 저를 비롯한 가족에게 의지가 되는 이야기를 제공해준 경희대학교입니다. 그러한 운명적 이야기에 자부심을 품으며 설립자이자 제 롤모델이신 조영식 박사를 이제는 펠로우로서 더 알아가고자 합니다.

사진 1. 1968년 경희대학교가 개최한 제2차 IAUP회의시 회장 및 의장으로서 기조연설하는 조영식 박사

그의 사상을 이어가려는
한 학생의 이야기

홍예성
제1회 조영식 · 이케다 다이사쿠 펠로우,
경희대학교 행정학과

내가 좋아하는 소설 〈데미안〉의 구절이 있다. '새는 알을 깨고 나온다.'
라는 구절이다. 새가 알에서 나오는 것은 거리 위 꼬마 아이들도 알 정도
로 너무나 당연한 사실이다. 하지만, 그 알을 깨고 나오기 위해서의 숨은
노력이 있었다는 것을 우리는 잊곤 한다. 현재 내 상황은 아쉽지만 아직
알을 깨고 나오지 못했다. 그러나 알을 깨고 나오기 위한 노력을 하고 있
으며 그 노력에 대한 원동력은 우연히 접하게 된 조영식 박사님의 서적
들이었다.

우연히 읽게 된 조영식 박사님의 '아름답고, 풍요하고, 보람있는 사회'에서는 과학기술개발 지상주의에서 우리는 오히려 과학기술의 풍요라는 이름으로 스스로 기술에 종속된 삶을 살게 되었다고 언급하였다. 진정 내가 왜 현재 이 역사 문명의 주인의식을 지니고 행위를 해야 하는지 목적을 망각한 채 말이다. 이러한 인간이 경시된 사회를 개선하기 위해 세상을 바로 세워보려는 삶의 목적을 세우고 주장한 바람직한 인간적인 인류 사회인 오토피아 사회를 제시하고 이를 실현시키기 위한 구체적 수단으로 지구협동사회GCS 설립 등을 한 것은 나에게 신선한 충격을 주었다. 항상 지금까지 삶을 살아야 하는 이유는 특정직업을 갖기 위해서였고 많은 돈을 벌기 위함이었으며 높은 권력을 쟁취하기 위함이었다. 하지만, 오로지 바람직한 인류애 사회를 건설하기 위해 그가 시행했던 움직임은 내가 비로소 어떠한 방향으로 삶을 살아가야 하는지 깨우치게 만들어 주었다. 그렇게 알을 깨고 나와야겠다는 생각이 든 것이다. 조영식 박사님이 추구했던 오토피아 사회에서 영감을 얻어 내가 얻게 된 내 삶의 목적은 바르고 공정한 사회 만들기가 되었다.

　조영식 박사님의 생각은 너무나 나에게 강렬하게 작용했다. 인류가 한 가족으로 영원히 평화롭게 살 수 있는 문화적이고 보편적이고 인간적인 지구공동사회를 만들어가려는 그의 열정은 내가 알을 깨고 나오기 위해 노력하게 만들었다. 이에 힘입어 나 역시 내 주변부터 한 가족이라 생각하면서 사회발전을 생각하게 되었다. 그렇게 탄생한 것이 전국 최초의 태양광 방음벽이었다. 서로를 이기심과 투쟁에 의해 바라보지 않고 주변을 내 사람이라 생각하고 이들을 위해서 어떠한 도움을 주어야할까라는 생각을 가지고 사는 속에 태양광 방음벽이라는 도시 미관도 개선하고 기존 석면 방음벽에서 뿜어지던 건강에 위해되는 물질도 배제시켜 주민들의 건강도 챙길 수 있었다. 조영식 박사님이 꿈꾸던 전 세계의 인류애를 위한 운동에 비해서는 비록 내가 사는 지역 주변에서 국한된 조그마한 사회운동이었지만 조영식 박사님이 추구하는 오토피아 사회를 향해 조금씩 발걸음을 나아가고 있단 생각이 나를 기분 좋게 만들었다.

조영식 박사님은 또한 인간중심 문명사회의 건설을 주창하였는데 기술이 발달하면서 고도의 문명화된 사회를 살고 있지만 정작 인간들은 정사선악(正邪善惡)의 가치판단을 바로 세우지 못하고 살고 있으며 정의라고 간주한 일이 불의가 되고 선인줄 알고 했던 일이 악이 되는 등 확립된 가치기준을 세우지 못하고 있다고 언급하였다. 나 역시 크게 동감한 부분이다. 발달된 사회를 살지만 우리의 사고와 생각, 세계와 나 자신에 임하는 태도는 발전하지 못하고 있었던 것이다. 소크라테스가 제시한 것처럼 배고픈 현자와 배부른 돼지 중 우리는 배부른 돼지인 상태에 안주하고 있었던 것이다.

조영식 박사님의 오토피아 사상에 영감을 얻어 형성한 내가 꿈꾸는 바르고 공정한 사회는 우리의 생각을 누구의 눈치도 없이 자유롭게 개진할 수 있는 사회였다. 이를 위해 조영식 박사님의 사상에 힘입어 개진한 사회운동이 바로 청소년들이 보다 정치에 쉽게 참여할 수 있도록 청소년 기본법에 의거한 정책기구인 청소년참여위원회를 자치구에 의무적으로 설치하도록 하는 청소년참여위원회 자치구 조례의무화 사회운동이었다. 사회현안에 대해 관심을 가지고 적극적으로 이를 탐구하고 물음을 던지는 행위야말로 우리 주변의 문제를 타인의 문제라 생각하지 않고 내 가족의 문제라 생각하는 것이라 생각했기 때문이다. 단순히 약육강식하고 우승열패(優勝劣敗), 적자생존 등의 힘의 논리 및 법칙에 입각해서 사회와 세상을 바라보는 것이 아니라 내 가족, 하나의 인류사회라 생각하고 임한다면 우린 사회를 대하는 정사선악의 기준이 더욱 확립될 것이고 인간의 삶을 더욱 힘 있고 값지게 해줄 수 있다고 믿어 의심치 않았다. 나는 그 출발이 바로 청소년들이 자신의 생각을 자유롭게 개진할 수 있는 공적 공간을 형성해주어야 한다고 생각했다. 그렇게 임한 청소년 정책기구 조례 의무화 사회 운동은 크게 성공해 현재 26개 자치구 중 20여 개 이상이 설치되어 청소년들의 권리가 보장된 보다 보편적 민주주의에로의 길로 확대될 수 있는 발판을 마련할 수 있었다.

간단히 2개의 사회운동을 언급했지만 이 모든 운동을 하게 된 스스로의 원동력은 바로 조영식 박사님을 통해서였다. 그의 서적을 통해 사상을 배우게 되었고 나 역시 이러한 보편적인 인류애 사회를 건설하고 싶은 열망으로 이어지게 되었고 그의 사상에 입각한 나만의 독자적인 삶의 목적을 세워 이를 실현하기 위해 구체적인 행위를 하고 있는 것이다. 그를 직접적으로 만나보지 않았지만, 그의 사상을 통해 감명 받은 나는 어느새 오토피아 사회의 계승자가 되어 이를 보다 사회에 정착시키기 위한 운동가로 되어가고 있다. 가끔은 그를 직접 만나 이러한 사상과 가치관에 대해 깊이 이야기를 했으면 어떨까하는 아쉬움이 들기도 한다. 하지만, 그가 남긴 곳곳의 흔적과 서적 등을 통해 항상 조영식 박사님과 이어지고 있다는 생각을 하면서 오늘도 어제보다 발전된 인류애 사회를 위해 열심히 활동하고자 한다. 그를 기리며 이 글을 마치고자 한다.

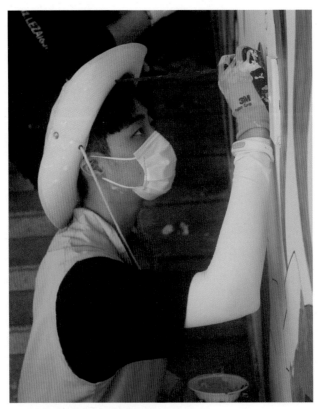

사진 1. 봉사활동을 하는 저자(학교 벽에 그림 그리기)

조영식 박사
탄생 100주년
기념문집

조영식 박사
탄생 100주년
기념문집

교훈으로 남는
일화들

님은 갔지마는, 우리는 님을 보내지 아니하였습니다

◆ 간행위원회

사람을 진심으로 감동하게 하는 힘은 웅장하고 화려한 데서 오지 않는다. 작고 소박하지만 참되고 아름다운 것, 한 인물의 배면에 숨은 일화들이 때로 우리의 심금을 울리는 연유가 바로 그 때문이다. 그런 점에서 1994년에 발간된 『人間 趙永植 博士 101人集』은 소중한 기록이다.

한 시대의 에포크를 그은 사상가요 교육자이며 길이 없는 곳에 새 길을 연 실천가, 경희학원 설립자 미원 조영식 박사님. 91년 생애에 국내외에 걸쳐 숱한 위업을 남기고, 그보다 더 깊은 인간사의 교훈을 남기고, 역사의 지평선을 넘어가셨다. 너무 많은 이들과 접촉 면적을 가지고 계셨으므로, 미상불 이와 같은 글을 쓸 사람도 즐비할 것이다.

글의 성격상 등장하는 인물들이 익명으로 표현되기도 할 것이고 일의 발생 시기를 구체적으로 쓸 수 없을지도 모른다. 다만 어떤 경우에라도 불필요한 과장이나 윤색은 하지 않았다. 그것이야말로 당대를 위인의 모습으로 살다 가신 그 어른께 누를 끼치는 결과가 될 터이기 때문이다. 여기에 실린 이야기들은 거의 모두가 위원들이 직접 목격하거나 직접 들은 내용임을 밝혀둔다.

교육사의 기적 일군 불세출의 거인

1. 세계 평화의 날·해 제정, 결사의 각오

유엔이 1986년을 세계평화의 해로, 매년 9월 셋째 화요일을 세계평화의 날로 제정한 것은 1981년이었다. 세계평화의 날은 그 뒤에 9월 21일로 다시 수정, 확정되었다. 1981년 역사적인 유엔 총회장 뒤편에, 유엔 회원국이 아니어서 표결에 참여하지도 못하는 동양의 작은 나라, 한국에서 온 노신사가 하염없이 눈물을 흘리고 있었다. 실제적 제안자 조영식 박사였다. 그런데 그의 품에는 30센티미터 가량의 칼 한 자루가 숨겨져 있었다. 이날 의안이 통과되지 않으면 그 자리에서 자결하겠다는 각오를 다진, 결기의 칼이었다. 결국 그 칼은 용도를 잃었다. 나중에 당신은 만국 평화회의에 파견된 대한제국 이준 열사의 심정이었다고 술회했다.

2. 기네스북 기록 갱신, 이산가족 서명운동

1983년 여의도 KBS광장에서 남북 이산가족찾기 운동이 전 세계의 이목을 집중시키던 그 시기로부터 20년 간, 학원장님은 일천만이산가족재회추진위원회 위원장으로서 정말 최선을 다해 일하셨다. 이 위원장직은 미수복 강원도 출신의 정주영 회장, 국무총리를 지낸 후 대한적십자사를 맡고 있던 유창순 총재를 포함한 3인 가운데 정부에서 결정했다. 모든 행사에 정성을 기울이셨고 중요한 연설문은 직접 쓰셨다. '김일성이 듣고 민족화합의 논리에 꼼짝 못하도록 하겠다'는 생각이셨다. 1993년 남북 이산가족 재회촉구 범세계 서명운동을 시작하여 153개국 21,202,192명의 서명을 받았다. 국제기네스협회로부터 최다국가 최다서명의 세계기록인증서를 받으면서, 학원장님은 당시 북한 인구보다 약 10만 명이 더 많다고 크게 기뻐하셨다.

3. 새마을운동의 모태가 된 잘살기운동

1963년에 발간된 저서 『우리도 잘 살 수 있다』는 박정희 정부가 추진한 새마을운동의 이론적 지침서가 되었다. 그때까지 한국의 사회 현실을 꿰뚫어 보고 실질적 방향성을 제시한 저술이 없기도 했지만, 이 책을 읽은 박대통령이 학원장님을 세 차례나 청와대로 초청하여 새마을운동에 대한 의견을 청취했다는 것이다. 맨 나중에는 이 운동을 직접 맡아 추진해 줄 수 없겠느냐고 간곡히 요청했지만, 교육 사업에 전념하겠다며 거절했다고 들었다.

4. 정치의 길 뿌리치고 선택한 교육

경희대학교의 전신(前身)인 미인가 2년제 초급대학, 신흥전문대학을 인수하기 전의 청년 조영식은 정치에 뜻을 두었다. 아직 30세 이전의 그 당시, 여당 격이었던 공화민정회의 조사국장 겸 법제사법전문위원을 맡고 있다가 교육입국의 꿈을 세우고 정치 마당을 떠났다. 나중에 어느 시기 어느 정당에서 조직과 자금을 다 갖추어 줄 테니 유력한 한 세력의 통합으로 대통령 후보로 출마하라는 권유가 있었지만, 단호히 이를 거절했다고 한다. 한국 현대사의 정치적 격변 속에 여러 고비가 없지 않았으나, 경희학원이 튼실한 교육기관으로서 뿌리를 내린 데는 이처럼 곁길을 버린 의지와 용기가 있었기 때문이었을 것이다.

5. 구금에 얽힌 뒷이야기

일제강점기 학병으로 끌려간 청년 조영식은, 학병들을 규합하여 탈출을 시도하다가 감옥살이를 했다. 그런가 하면 1951년 전란 중에 쓴 『문화세계의 창조』 가운데 '공존공영의 평화세계'란 구절이 문제되어, 1955년 전후에 용공성 시비로 구금되기도 했다. 5.16 직후의 군부, 1980년대 초반 신군부는 총장직 사퇴를 압박하면서 구인하여 강요했으나 논지를 굽히지 않았다. 다른 분들이 식사를 못하고 불안해 할 때에 당신은 국물까지 다 드셨다고 술회한 바 있다.

6. 대학의 이름, '가족'이라는 이름의 창안

'경희'라는 이름의 창안에 대해서는 여러 논의가 있다. 조선조 영정시대의 정궁이 경희궁이어서, 그 옛터에 있던 서울고등학교와의 인연 때문이라고 주장하는 이도 많다. 하지만 필자가 직접 듣기로는, 한 자 한 자의 이름도 좋고 두 글자를 합쳐도 뜻과 부르기가 좋은 '경희'를 했다는 말씀이 전부였다. 일찍부터 '경희가족'이란 명칭을 사용했는데, 나중에 현대·삼성·대우 등의 기업에서 이를 따라 기업명에 '가족'을 붙여 부르기 시작했다고 추억하셨다.

7. 오래 친분을 유지한 분들

참으로 많은 일을 하신 분이라 국내 · 국제 지도급 인사 가운데 가까우신 분들이 많았으며 그 분들이 글 한 편씩을 써서 『人間 趙永植 博士 101 人集』이 만들어진 것은 앞서 기록한 바와 같다. 종교인 한경직 목사, 언론인 홍진기 중앙일보 회장, 기업인 신용호 교보 회장 같은 분들을 자주 거명하셨다. 특히 현대그룹의 정주영 회장과는 그 분의 말년까지 가까우셔서, 남북 이산가족 문제와 관련된 후원을 받으시기도 했다. 자신을 위해서는 한 번도 다른 분에게 후원을 요청한 바가 없으신 분이, 그 민족적 숙원사업을 위해 계동 사옥으로 한 번 찾아가셨고 필자(김종회)는 그때 수행을 했다. 정 회장은 이산가족 사업을 위해 1억 원을 기탁했다.

8. 공무 중 말과 감정에 관한 통어력

1983년 '남북이산가족 재회촉구대회'가 장충체육관에서 열릴 때의 일이다. 한 기업에서 경품으로 소형 자동차 한 대를 내기로 약속이 되었다. 그런데 행사 하루 전에야 안 된다는 연락이 왔다. 참으로 난감한 지경이었다. 그 때 이 어른은 '망한…'이라고 어두를 뗀 뒤, '사람들'이라고 아주 작은 목소리로 마감하고 말았다. 누가 보아도 다른 말이 나와야하는 경우였는데, 서둘러 감정을 조절하셨다. 그리고 곧 다른 급한 일로 넘어가면서 이 일을 생각 속에서 지워버리시는 것 같았다. 이처럼 일과 감정, 그 완급의 조절에 탁월한 모범을 보여 주신 사례가 많았다. 다만 그 자리에서 서둘러서 경품 자동차 문제는 다른 방법으로 해결하셨다.

9. 부당한 청탁을 거절하는 소신

한 때 현직 대통령 비서실장으로 계신 분이 인사 문제에 대한 부탁으로, 학원장님께서 광릉캠퍼스에 계신 시간에 그곳까지 찾아가 요청을 했다. 이 어른은 답변을 부드럽게 하셨으나 이를 들어주지는 않으셨다. 막강한 권력 앞에서도 소신을 지키는 모습을 보며, 가까이 모시고 있던 우리는 감격했고 또 어른이 자랑스러웠다.

10. 혼자서 감당할 수 없는 일의 분량

30세의 젊은 나이에 총장이 되셨던 까닭으로, 많은 사람들이 '젊은 총장'이라고 폄하하듯 부르는 것이 싫어서 어서 나이가 들었으면 좋겠다는 생각을 하셨다고 했다. 중 · 장년으로 넘어가면서 한 사람으로서는 도저히 감당할 수 없는 분량과 수준의 일을 하는 것을 보고, 사람들이 자주 그 비결이 무엇이냐고 물었다는 것이다. 그때 이 어른은, '스탭'을 잘 활용하는 것이라 대답했다고 했다. 용인술(用人術)에 있어 탁발한 경지에 이른 것은, 그 길이 사람들과 더불어 교육의 미래를 개척하는 것이라는 신념과 무관하지 않아 보였다.

학문과 평화의 새 길 연 세계적 선각

11. 경희의 상징 본관, 창의력의 모형

한국, 더 나아가 동양과 세계 대학의 건물 중에 경희대학교의 본관만 한 위용을 보이는 건물은 흔하지 않다. 물론 동양에서 가장 아름다운 캠퍼스로 소문난 경희동산이 일찍이 중국의 문호 린위탕(林語堂)의 표현처럼 '창조적 천재의 작품'인 것은 익히 납득하는 일이지만, 본관이 웅혼한 자태를 드러낸 데는 숨은 비밀이 있다. 1950년대 중반 4층 규모로 당시로서는 최상의 대학 석조건물을 지었는데 조금도 웅장해 보이지 않았다는 것이다. 다시 양 옆에 석주를 세운 날개를 달았는데도 사정이 매한가지여서, 깊이 생각하다가 건물 앞에 깊이 분수대 광장을 팠다는 말씀이었다. 그랬더니 그 분수대 바닥에서 건물 꼭대기까지가 모두 건물의 키 높이가 되면서 현재의 모습을 갖췄다고 한다. 오늘로서는 쉬워 보일지 모르나, 여기에는 시대를 앞서는 창의적 시각이 잠복해 있었다. 한국의 첫 인공 폭포인 선동호 폭포 또한 그러하다.

12. 천장산에서 고황산으로 개명

지금의 경희학원 뒷산은 원래 그 이름이 천장산(天藏山)이었다. 지금도 지도에는 이 이름으로 기재되어 있다. 청년 조영식이 산 아래에 들어와 대학을 일으키면서 고황산(高凰山)으로 이름을 바꾸었는데, 당신 스스로는 하늘이 숨기고 있다가 임자에게 내어준 산이라는 뜻으로 받아들였다. 초기의 경희 역사에 천장산으로부터 마치 어린 사자처럼 보이는 맹수의 새끼 한 마리가 내려왔는데, 청년 조영식이 이를 도로 산으로 놓아 보냈다는 회고가 있었다.

13. 목숨을 담보로 세운 경희금강

지금 경희 캠퍼스의 크라운관 앞에 서 있는 경희금강은 학원장님께서 중국 · 일본 · 서구와 구별되는 한국의 정원을 조성하겠다는 목표로 만들었다. 그런데 정 중앙에 세우는 입석이 아무리해도 곧게 서지 않고, 인부들은 이 큰 돌을 붙잡고 있다가 돌이 쓰러지면 그 밑에 깔려 죽을 수도 있다 싶어 아무도 붙들려하지 않았다. 학원장님 당신이 마침내 위로 올라가 돌을 잡고 어서 콘크리트를 부으라고 고함을 쳤다. 그렇게 세운 경희 금강이었고 저간의 상황은 대학의 사무처장을 지낸 이규종 · 송은규 두 분이 목격했는데, 이 두 분 또한 이제 세상에 계시지 않는다.

14. '문(門)대학'이라 비웃던 세상의 시각

1950년대 중반 전후의 폐허 속에서 경희는 석조로 교문인 등용문(登龍門)과 '문화세계의 창조'가 새겨진 교시탑(教示塔), 그리고 대학의 상징인 본관 건물을 지었다. 의식주를 갖추어 살아남기가 문제이던 때에, 그와 같은 발상은 다른 사람들에게는 어리석기 짝이 없어 보였던 모양이다. 교시가 '문화세계의 창조'이고 교훈이 '학원의 민주화, 사상의 민주화, 생활의 민주화'였으니, 지금으로서는 수십 년 앞을 내다본 창의적 선각이었으나, 당시에는 세상 사람의 대다수가 비웃었다. 타 대학에서 경희대학을 '문(門)대학'이라 부르며 놀렸다는 얘기는 일찍이 총동창회 사무국장을 지낸 강봉순 선배(법학과 3회)께 들었고, 두고 보면 10년이 지나지 않아 이 문이 좁아질 것이라고 학원장님께서 장담하셨다는 얘기는 학원장님께 직접 들었다. 이렇듯 경희 캠퍼스 곳곳에는 그 어른의 얼이 전설처럼 배어 있다. 참으로 오랜 세월, 20년 가까이 걸린 평화의 전당 건축에 있어서, 국가기관의 중단 요구를 받고 첨탑 부분을 깎아내는 '정' 소리가 마치 직접 가슴을 치는 것 같았다는 탄식을 들은 바 있다.

15. '내 얼굴을 보라'고 한 자신감

아무런 환경 요인도 갖추지 못한 채 강한 자신감을 나타내 보이는 사람은 어디가 잘못되었거나 아니면 그에 대한 신념으로 충일한 경우일 터이다. 대학을 짓다가 은행 빚에 몰려 곤경에 처하게 되자, 대출을 중단하고 모두 회수하겠다는 은행 간부에게 학원장님은 이렇게 말씀하셨다 한다. '내 얼굴을 보시오. 내가 하던 일을 중도에서 그만두고 말 사람인지….' 이 분은 일생을 이러한 신념과 더불어 사셨다. 종교에 있어서는 신상기록부 난에 기독교로 기록하셨지만, 우리가 보기에는 범신론자이거나 모든 종교를 초월한 분으로 볼 수 있겠다.

16. 범인이 흉내 내기 어려운 삶의 금기

일생을 두고 술과 담배, 이성 문제 등이 없으신 분이었다. 이렇게 큰 학원을 일구시기까지 직접적인 전표 결재를 하신 바도 없다. 언제나 눈을 들어 하늘을 보고, 큰 뜻과 신념으로 그리고 자애로운 품성과 실천으로 사셨다. 탁구와 배드민턴을 즐기셨고, 특히 배드민턴은 사모님과 한 조가 되면 막강한 팀워크를 자랑하셨다. 장년 시절까지는 사냥을 즐겨하셨다고 했다.

17. 한국인의 가슴을 적신 가곡 목련화

'오 내 사랑 목련화야, 그대 내 사랑 목련화야….'로 시작되는 아름답고 순결한 노래 목련화. 학원장님은 이 노래의 작사자였고 작곡 김동진, 노래 엄정행으로 지금도 국민적 애창곡이다. 1973년 해외여행 중 대서양 상공의 비행기 안에서, 일생을 헌신적으로 내조한 사모님 오정명 여사를 생각하며 지었다고 한다.

18. 황순원, 조병화 등 문인 교수들과의 교분

오늘날 한국 문학에 400여 명의 문인을 배출한 경희문학은, 문단에서 '문인사관학교' 또는 '경희사단'으로 불린다. 거기에 초기부터 시작한 문예장학생 제도, 전국 대학에서 가장 오래된 전국 고교생 문예백일장 등의 여러 요인이 있지만, 주요섭·김광섭·황순원·조병화·서정범 등 저명한 문인 교수들을 초빙한 학원장님의 인도를 간과할 수 없다. 노년부터 쓰기 시작하신 여러 유형의 시나 연설문 등을 꼭 조병화 교수께 사전에 한 번 보시도록 했다. 1980년대 초 대학이 외부의 핍박으로부터 한창 어려웠던 때에, 학내외의 존경을 받던 황순원 교수께 전체 대학의 운영을 맡아보지 않겠느냐는 제안을 하셨다고, 황순원 교수께 들은 바 있다.

19. 함께 일하는 이들에 대한 깊은 애정

당신을 도와 함께 일하는 아랫사람들에 대한 애정이 각별하셨다. 지금은 정년퇴임을 하신 서정석 명예교수께서는 매우 오랜 시간 어른의 비서실장으로 가까이서 모셨다. 이 분이 수술을 받고 병원에 누워 계실 때, 문병을 갔던 우리는 작은 꽃바구니 하나에 단정하게 적힌 육필을 보았다. '서박사를 가장 사랑하는 사람으로부터.' 학원장님의 친필 글씨였다. 학원장님께서 말년에 8년 간 병원에 누워 계실 때, 우리가 할 수 있는 일이 아무것도 없었다. 겨우 생신과 스승의 날에 쾌유를 위해 기도한다는 꽃바구니 하나를 놓고 오는 것 외에는. 그렇게 받기를 많이 하고 많이 드리지를 못했다.

20. 무위로 끝난 주중 휴무 건의

생전에 늘 일과 만나야 할 사람들이 너무 많으셔서, 노년에 모시고 있던 사람들이 건의를 했다. 주중에 수요일 하루는 나오시지 말고 댁에서 좀 쉬셨으면 한다고. 우리도 따로 한 번 간곡하게 말씀드렸다. 허허 웃으시며, 그렇게 해 보리라고 하셨으나, 쉬지를 못하셨다. 그나마 저녁에 일찍 들어오시라고 사모님께서 전화로 재촉하시는 것이 조금이라도 휴식을 앞당기는 셈이었다. 사모님은 학원장님을, '아버지'라는 호칭으로 부르셨다.

큰 사랑과 작은 정성, 조화로운 인품

21. 오늘의 경희가 있게 한 근원, '생각탑'

일제강점기 평양고보(?)의 학생으로 평양에서 공부하던 청소년기의 조영식은, 방학을 맞아 고향인 평북 운산으로 돌아갔다. 부친 '조만덕(趙萬德)' 어른은 일제하에 조선 반도에서 금을 현물로 가장 많이 가지고 있다고 알려질 만큼 금광으로 성공한 부자였다. 그 금을 공산 치하에서 모두 빼앗기고 울화로 돌아가셨다는 말씀을 들었다. 고보학생 조영식이 금광에 계신 부친을 찾아갔더니, 그 금광 입구에 여러 개의 돌을 쌓아 만든 탑이 있었다. 부친이 물었다. '이 탑이 무엇으로 보이느냐?' 아들은 '돌탑 아니에요?'라고 대답했다. '아니다. 이것은 생각탑이다. 내가 광산을 해서 크게 두 번 망했는데, 세 번째는 여기서 왜 잘 안되었는가를 생각하고 또 생각했더니 마침내 성공할 수 있었다. 그렇게 생각할 때마다 돌을 하나씩 얹어서 쌓은 생각탑이 이것이다.' 아직 젊은 그분의 생애에 그리고 앞으로 우리 모두의 삶에, 길이 귀감인 말씀이 아닐 수 없다. 개교 25주년을 맞았을 때 해외 언론이 '극동 교육사의 기적'이라고 칭송하기 시작한 경희의 발전, 그 시공을 단축한 압축성장의 배면에 이와 같은 사고와 사색의 깊이가 있었다. 학원장님 사상의 기초를 이룬 주리생성원리(主理生成原理), 전승화이론(全乘和理論), 그리고 오토피아의 3정행(正知, 正判, 正行) 명상 등이 이 사색의 근원에서 말미암았을 터이다.

22. 지혜와 노력의 통합적 발현

언젠가 명륜동 댁에서 학원장님을 모시고 앉은자리 밥상의 식사를 한 적이 있다. 그때 하신 말씀, '농사 잘 짓는 사람이 고기도 잘 잡아. 나는 지금도 농사를 짓거나 고기를 잡으라면 잘 할 자신이 있어.' 당면한 일을 성취하기 위해 깊이 생각하면서 최선의 노력과 지혜를 다한다면 안 될 일이 있겠느냐는 말씀이었다. 6·25동란을 전후하여 당신 자신이 한국에서 영어 공부를 가장 열심히 한 사람일 것이라는 말씀도 덧붙이셨다.

23. 월남한 행로 찾아간 실향민

1980년대 초반의 학원장님은, 남북 이산가족 재회운동을 시작하시면서 더욱 고향 생각이 간절하신 것 같았다. 때로는 강원도 지방, 옛날 가방 하나 걸머지고 단신으로 월남한 그 길을 찾아가시곤 했다. 기억을 더듬어 산길을 걷다가 시장기가 넘쳐 길가 밭의 생 무 하나를 뽑아 드셨다. 그리고 그 자리에 밭주인이 보도록 만 원짜리 하나를 심어두셨다. 이 사건은 지금은 고인이 된, 당시의 운전기사 남판석 씨가 목격했다.

24. 부친의 묘소 탐문하던 효자

북한의 부친 묘소가 어떻게 되었는가를 지속적으로 탐문하셨는데, 그 자리로 큰 길이 나면서 묘소가 유실되었다는 말씀을 듣고 매우 가슴 아파하셨다. 그래서 한때 남양주시 조안면 삼봉리 모친의 묘소 곁에 부친의 허묘를 만들어 두기도 하셨다. 모친이 돌아가신 후로는 해외에서 귀국하실 때 공항에서 바로 삼봉리 모친의 산소를 찾아가시곤 하던 효자셨다. 그러나 1985년 제1차 남북이산가족 고향방문단이 평양을 가게 되었을 때, 일천만이산가족재회추진위원회 위원장으로 가장 먼저의 순번이었으나, 부위원장 일곱 분을 모두 보내고 당신은 사양하셨다. 그렇게 이북도민회장 다섯 분을 포함한 부위원장 일곱 분이 함께 평양을 다녀왔다.

25. 삼봉리에서의 소풍 : 배드민턴, 밤 줍기, 정원 식사

1980년대 날씨가 좋은 봄·가을에, 모시고 일하는 사람들을 삼봉리로 부르셔서 즐거운 시간을 보내시곤 했다. 배드민턴과 밤 줍기 시합 후에 정원에서 사모님과 함께 고기를 구워 우리를 대접하셨다. 제일 큰 밤을 몰래 주워, 누군가의 손에 꼭 쥐어주시기도 했다. 많이 먹고 많이 운동하라고 타이르시던 기억이 아직도 생생하다.

26. 자연시 '하늘의 명상'에 붙인 해설

1981년에 발간된 시집 『하늘의 명상』에는 '우주의 대창조'라는 부제가 붙어 있고, 이는 '빅뱅'으로부터 시작하여 우주의 생성 과정에서 현재에 이르기까지의 우주과학을 서사시로 노래한 것이다. 당신은 여기에 '자연시'라는 분류 명칭을 붙였는데, 이것은 물론 문예사조 상의 장르 구분과는 전혀 다른 것이다. 이 시집의 제자(題字)는 일중 김충현 선생의 것이고 제자를 받는 데는 그 문하의 중관 황재국 교수가 수고를 했다. 시집 뒤에 붙어있는 '자연시 해설'은 김종회 교수의 글이다. 우주과학의 지식은 조경철 박사가 도와주셨다.

27. 도리를 세우는 데는 북풍, 온화하기는 춘풍

20여 년을 모시고 이산가족 재회운동을 하는 동안, 간행위원회 위원중 김종회 교수는 칼날같이 매서운 질책을 받은 적이 꼭 한 번 있다고 했다. 법원 등기 갱신의 날짜를 놓쳐 법원으로부터 법규 위반의 공문을 받은 날이었다. 열심히 뛰어다니며 해명하고 문제를 해결한 다음 복명을 드렸더니, 봄바람 같이 온화한 얼굴로 용서해주셨다. 그 자리에서는 어쩔 수가 없어, 물러나온 다음에 비로소 긴 숨을 쉴 수 있었다. 이 일은 두고두고 우리에게 공무 처리의 교훈이 되었다.

28. 긴 세월에도 변화 없으신 마음

1982년 2월, 대학을 졸업하던 필자 김종회 교수에게 학원장님은 큰 책가방 하나를 선물로 주셨다. 군문을 거쳐 복학한 3학년 이후 학내의 조그마한 연설문 등을 도와드리며 모신 것을 잊지 않으셨다. 석사 1기에 일천만이산가족재회추진위원회 위원장을 맡으시면서 그 사무국의 과장으로 발령 내셨는데, 그로부터 지금까지 꼭 30년 세월이다. 그간 한 번도 마음을 바꾸신 적이 없으니, 큰 나무 큰 인물 아래서 누린 행복이 크고도 넓었다.

29. 잊지 못할 작고 소중한 기억들

1980년대 후반 강동구 잠실 석촌호수 부근, 아직 어린 두 아이를 데리고 가족이 가로수길 나들이를 하고 있던 날. 갑자기 지나가던 크고 검은 차 한 대가 길가에 섰다. 문이 열리더니 학원장님께서 내리셨다. 황망히 인사를 드리고, 아이들 인사드리게 하느라 분주했는데, 아이들에게 그때 돈으로 2만원의 용돈을 주신 후 등을 두드려 주신 다음 다시 떠나셨다. 그 2만원을 어찌할지 몰라 쩔쩔 매다가, 아이들에게 주신 것이니 자라는 동안 소용될 체중계를 사는 것이 좋겠다고 의논했다. 그리고 오래도록 그 체중계를 썼다.

30. 영결식장에서 남모르게 흘린 눈물

분향소가 차려진 평화의 전당 객석 한쪽 구석에서는 우리처럼 남몰래 울고 있는 사람이 여럿 있었다. 그래도 표시가 나지 않도록 주의했는데, 영결식장에서 정호승 시인의 조시 '지금은 천국에 목련화가 피어나는 시간'을 낭송하면서는 눈물을 주체하기가 어려웠다. 절반쯤 읽었는데 앞이 보이지 않아 자꾸만 눈을 끔뻑여야 했다. 어떻게 마쳤는지를 잘 모르겠다. 그런데 그것이, 그렇게 눈물을 막기 어려운 것이, 나도 잘 모르는 내 마음이었다. 그 마음을 가진 사람의 숫자를 헤아리기는 진정 어려운 일이었을 것이다. 그 어른은 그렇게 여러 사람의 마음에 눈물의 길을 만들고 떠나셨다.

이 자리를 빌어 다시 드리는 명목(瞑目)

경희학원 설립자, 우리 모두의 은사이신 미원 조영식 박사님은, 길다면 길고 짧다면 짧은 인생에 숱한 일과 성취와 의미와 생각을 남기고 하늘 나라로 가셨다. 우리 사회는, 우리나라는, 또 인류 세계는 그렇게 그분을 보내드렸다. 이 소박한 글은 다시금 그 영전에 바치는 우리의 영결사이 자, 누구나 매한가지인 우리 모두의 마음을 담은 것이다. 우리는 그분의 정신과 가르침을 안고 앞으로의 우리 삶을 열어갈 것이다. '오 내 사랑 목 련화야'가 우리 무의식 속에 아름다운 가락으로 남아 있듯, 세계 교육사 에 그리고 세계 평화의 전당에 그 귀한 이름은 언제까지나 찬란한 성좌 로 남아 있을 것이다.

조영식 · 이케다 다이사쿠 연구회
조영식 박사 탄생 100주년 기념문집 간행위원회

위원장 : 하영애 (조영식 · 이케다 다이사쿠 연구회 회장)

위　원 : 하영애 (조영식 · 이케다 다이사쿠 연구회 회장)
　　　　김종회 (문학평론가, 황순원 문학관 관장)
　　　　박흥순 (한국유엔UN협회 부회장)
　　　　이희주 (경희대학교 명예교수)
　　　　임정근 (경희사이버대 교수)
　　　　신상협 (경희대학교 국제대학원 교수)
　　　　신충식 (경희대학교 후마니타스 칼리지 교수)
　　　　오영달 (충남대학교 교수)
　　　　정복철 (경희대 후마니타스 칼리지 부학장)
　　　　엄규숙 (경희사이버대 부총장)
　　　　홍용희 (문학평론가, 경희사이버대 교수)
　　　　미우라 히로키 (서울대 사회혁신 교육센터 수석연구원)
　　　　이은선 (경상 국립대학교 경제학과 조교수)
　　　　여국희 (조영식 · 이케다 다이사쿠 연구회 사무국장)

A PLEA FOR PEACE[*]

• 조영식 (Young Seek Choue)

At this extraordinary gathering of eminent intellectual leaders of the world, it is with great pleasure and privilege that I, as the least conspicuous member of the initiating committee, take this opportunity to reaffirm my whole-hearted endorsement of the basic aim of this assemblage, and congratulate Fairleigh Dickinson University.

Needless to say, the common objective that has drawn us here together is to reevaluate the real significance of the current historic metamorphosis in which we witness the herald of a new cosmic age as evinced so valiantly by the recent remarkable feat of space-ships, and then to deliberate, as concretely as possible, the means through which the higher educational institutions of mankind by discovering some ways for overcoming the various problems of human society.

---

[*] 이 글은 "평화에의 호소"의 영어 원문임. Young Seek Choue, "A Plea for Peace" in *Fairleigh Dickinson International Conference on Higher Edutcation*, P. Saammartino (ed.) Fairleigh Dickinson University, Rutherford, New Jersey: 1965, pp.108-116.

What was have to do here, as the spiritual leaders representing the intellectuals of the world, is, therefore, not so much to draw up numerous dry rules as to ruminate upon the spiritual posture and direction of the collegians today in particular, and then to set up the spiritual goal for human society in general. Otherwise, every effort that we make here will come to naught.

Certainly, this age we live in is characterized by the humiliating submission of human spirit to the power of material civilization. The modern man is being dazzled by the song of Siren, and has lost his reasoning power, the consequence of which is to seek his carnal desires above anything else. No small part of the growing younger generations are aimless in their life, and in opposition to existing orders in society. Under their relentless attacks, the old established institution and beliefs are seriously challenged and dangerously deranged ; yet no sound alternatives are suggested.

But the younger generations should not be criticized unduly, because we must not overlook the glaring reality that even the grown-ups ignore God's law and order by seeking the false idol of materialism, and fall into the pathetic condition of being "eating animals" and "working machines." After finding away the human reasoning, freedom, and rights that he was entitled to enjoy in his condition of humanity under the laws of nature and God, the modern man has practically reduced himself to the state of a mere machine. He no longer has any noble principles in life and is thus being enslaved by his own devices.

What makes us worry most at this moment is that this tendency, if not checked laboriously, will surely make the world the Kingdom of Men where materialism rules, instead the Kingdom of Men where human reason must dominate. Then, everybody will become a lunatic. We shudder even at a thought of such a world.

If a man is left alone in such a state of life without the light of loges, he will in time be so dehumanized as to be indistinguishable from any brute; and then he will employ every possible trick, from class struggle to bloody revolution, in order to prey upon his fellow being. This hapless trend will result in the complete collapse of humanity.

Isn't there then any hope for tomorrow? Already, many Cassandras are clamorous to predict the imminent of destruction of civilization; and their points of view may appear to be so. But we must see the other side of the coin as well.

There still remain many reasons for us to believe that the perspective of mankind is by no means entirely gloomy. In fact, we see some brighter pictures too. Never before in human history was there a time when nations of the world had to depend upon each other as they do now. The development of modern science and technology has virtually made all the formerly heterogeneous societies congenial; the advent of the man-made Frankenstein monster -nuclear weapon- compels people everywhere to realize that if total war were to break out on account of the continued brutal competition among nations, the entire human race would be annihilated.

Therefore, now is the time for us to reinstate our reason to its proper place so as to regain our humanity. This is the most opportune moment when every nation should, in the name of democracy, forsake each other's hostile attitude, and become co-workers for the lofty common cause, which is human welfare, peace, and cultural value. Historically speaking, the unit of this human cooperation has, despite the seemingly endless maze of atrocities, enlarged from tribalism to nationalism, and then from regionalism to universalism. The most cardinal question which every international conference discusses should be, therefore, to find effective ways for mutual co-operation among nations; and needless to say, this is the reason why we are here today.

Personally, I hope fervently that some ways and means for our concerted action can be devised and ironed out at this conference is accordance with the rightful demand of present historical situation. For instance, professors, books and monographs, and the promotion of common research projects among us a tangible means to foster friendship.

At this threshold of a new cosmic age, the conquest of space is not merely the responsibility of a new powers that have ventured into such a project. Every nation–large or small–has a great interest in it, because every one of us has a joint obligation in this affair. As in a democratic legislature where the interest and opinion of minority are duly respected, the smaller nations–especially the developing countries–should not be excluded from the line of this noble historical mission in accordance with the command of God.

Any retrogressive trend from this rightful course that mankind should take on the basis of the humanitarian point of view will retard the advancement of culture as well as the peace of the world, because the course of history is, I am sure, running toward the realization of the "common prosperity" of mankind.

Indeed, the signs of the times tell us that the "age of co-operation" has come. The only feasible way in which we can improve the world situation is to enter into the gate of "common prosperity" on the basis of enlightened self-interests. Just as man has, from his rude beginnings, to fight against the hostile forces of his environment, so is it still true that our greatest enemy on the road of amelioration is not our fellow men, but ignorance, disease, poverty, and insatiable desire for power, which are still prevalent over the earth.

Likewise, the object of our fight in particular battlefield is not to inflict deadly blows upon our fellow human beings, but to control weather, eradicate diseases, explore the universe, and conquer nature for the welfare of mankind.

But alas! What have we been doing? Can we turn our back, despite our clear reason and intelligence, to the agonizing reality that more than half of the world's population go to bed every evening with hungry stomachs, while some nations are still bent upon producing more new weapons and ammunitions on a large scale, as if they have seen nothing at all? Can the leaders of the world ignore the innate instinct of self-preservation of homo sapiens ? What a pathetic ignorance of man it is.

Indeed, the world shall never be able to rest in peace as long as there exists even one uncivilized nations, straggler in the race of cultural progress, from chronic disease or various miseries ; nor will it when there remains even one nation which does not forsake its malicious intention for an armament race in order to conquer others. Peace is not kept by armaments, but only guarded by common prosperity and mutual understanding.

Now, we are at the crossroads. One road will drive us into the abyss of total destruction of the earth if human beings employ their lethal weapons irresponsibly. And the other will lead to prosperity for generations to come, but it demands tolls–the price not in monetary value but in human love, devotion, and sacrifice. We, intellectual leaders of the world, should always be vigilant on the trend of time.

Before human history suddenly comes to an end with the ashes of limestone fire, the intellectuals in every nation must awaken people in the light of reason, so that they may contemplate the real meaning, purpose, and value of life.

History tells us that insatiable ambition of any national leader who wanted to aggrandize his glory resulted, without exception, in self-destruction. Therefore, the only competition that could be allowed in human society is that of production, because it will certainly be advantageous for everyone in the race. We are brothers regardless of our racial and cultural differences.

If nations can only perceive the basic oneness of mankind so as to subdue their prejudice under the principle of co-operation, I am confident that we can advance modern science and technology to the level where human beings may utilize the solar heat, cultivate both the North pole and the South pole, irrigate the deserts around the world which amount to nearly one-third of the total land area, reclaim foreshores and continental shelves, cultivate undersea vegetations, and conquer space, thus prolongating our life span.

If this dream could be realized by the co-operative spirit of mutual benevolence, confidence, and fraternity, the human spirit will then be in control of science and technology for the sole benefit of mankind so as to elevate the world onto a new dimension. We shall be able to solve many world problems, thus creating what may be called "the Palace of Culture" on the basis of highly developed spiritual civilization, and producing the "Kingdom of Science" on the foundation of a highly advanced scientific civilization : the combination of these two will create, let us say, "a new world of civilization." Wouldn't this the heavenly mission of the university people today?

We, intellectual leaders of the world, should endeavor to become the pillars of this world. As the instruments to reason, we must engender the spirit of co-operation in place of way and conquest, and foster thr spirit of love and self-sacrifice in place of class struggle and racial hatred. I humbly reiterate that we are called to devote our life to this lofty purpose to unite the world by the spirit of love as exemplified in the family.

Certainly, we should not be enslaved by mammonism or mechanism. Instead, human reason should reign over the material would so that epidemic cycle of war and strife may be eradicated. We have thus to create a peaceful world where everybody can live safely as well as honestly, sincerely, diligently, and co-operatively. This is what I may call the victory of human spirit, namely "the Victory of Man."

The ultimate goal of our movement should be the world of freedom, where mankind could be free not only from political tyranny but also from the terror of poverty. This idea of freedom must be the center of the new civilized would that I have in mind. In order to move forward to this direction, we must set ourselves to be examples for others to follow by showing continuously and creatively, our dedication, toleration, and fraternal love for the sake of peace, even at this time of seemingly unsurmountable adversities.

With the tremendous power of persuasion we enjoy in our respective societies, We must proclaim this truth that the genuine peace of the world is to be maintained not by armaments, but by the spirit of mutual understanding and co-operation the sole foundation of a democratic and brotherly community of nations.

It is not exaggeration to say that the destiny of the future world rests on our shoulders. Let us pool our wisdom and ability together so that this conference may truly become a turning point for a new era toward a healthy civilized world, which is neither that of the East nor that of the West, nor a mere juxtaposition of two, but a new creation.

In conclusion, I would like to take the liberty to suggest that we adopt the following;

1. that we pledge to co-operate with one another by all means available for the purpose of creating a new civilized world through true advancement of science and technology under the control of human

reason;

2. that we strive for the realization of lasting world peace by promoting the common prosperity of mankind in which every nation will respect and understand every other nation's indigenous culture, so that we may overcome the international discord caused by the antinomy between self-interest and altruism, and between war and peace;

3. that we resolve that, in view of the spiritually unsound younger generations who often dissipate their energies or detonate their power for the demolition of established orders and values, we guide them in a direction where their vigor and strength will be used for the creation of a better world; and

4. that we resolve that, in cognizance of the fact that the cultural progress of mankind through the advancement of learning and technology is our common task, we launch as many common research projects as possible, and also endeavor to find the ways and means to exchange scholarship students, professors, books, journals, and other academic materials.